新潮文庫

ながい坂

上巻

山本周五郎著

新潮社版

1977

藩主三代系図

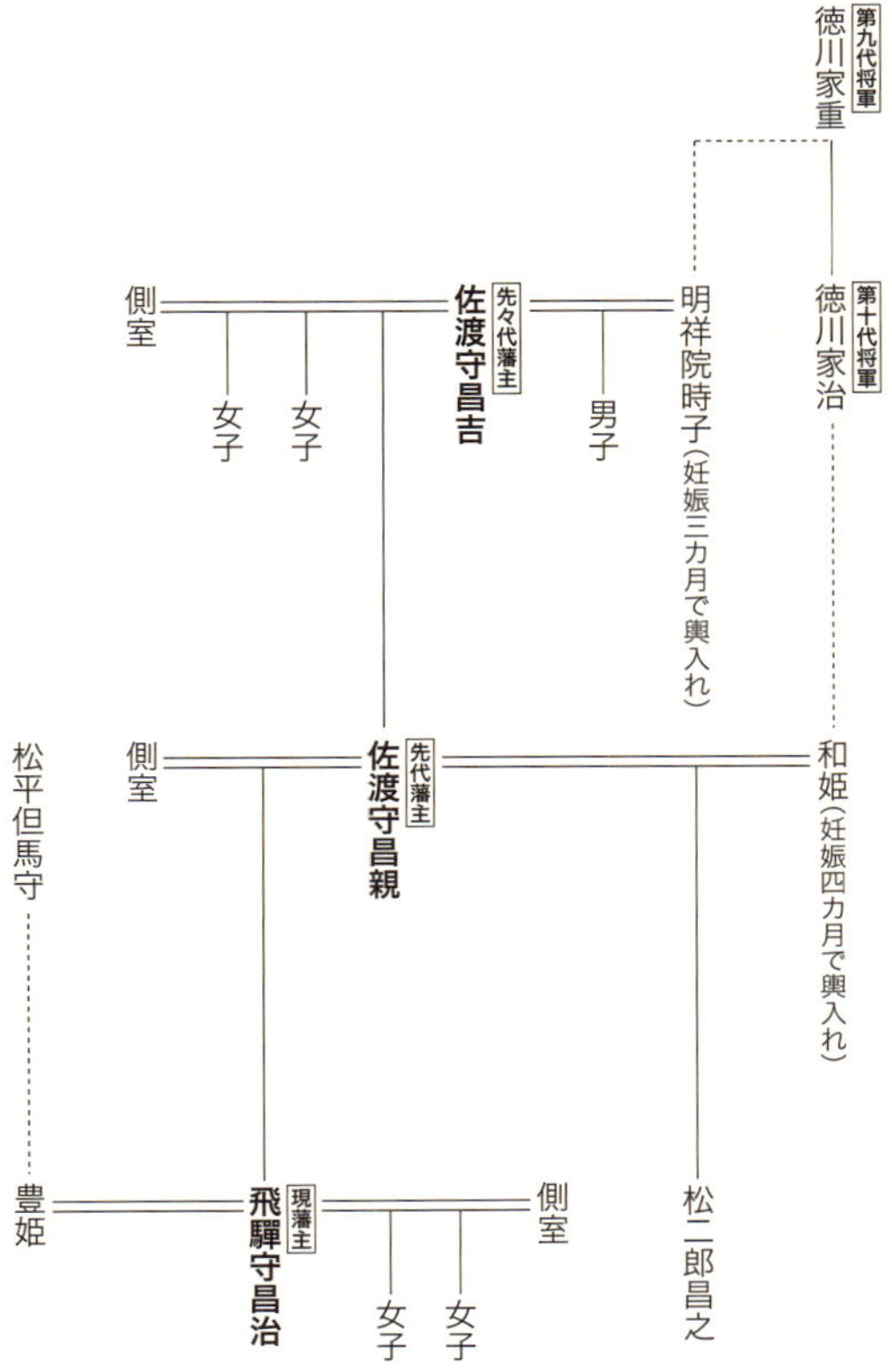
第九代将軍
徳川家重
第十代将軍
徳川家治
明祥院時子（妊娠三カ月で輿入れ）
男子
先々代藩主
佐渡守昌吉
女子
女子
側室
和姫（妊娠四カ月で輿入れ）
先代藩主
佐渡守昌親
側室
松平但馬守
松二郎昌之
側室
女子
女子
現藩主
飛騨守昌治
豊姫

主要登場人物一覧

三浦主水正（阿部小三郎）……平侍の子として生れるが、名門三浦家の家名を継ぐ。

阿部小左衛門……………小三郎の父。徒士組頭。

阿部小四郎……………小三郎の弟。

武高伊之助……………小左衛門配下の徒士の次男。農家の養子となり、名を伊平と改める。

ななえ……………伊之助の妹。

谷宗岳……………藩校・尚功館の教官。

小出方正……………藩校・藤明塾の教師。

井戸勘助……………藩校・藤明塾の助教。

滝沢主殿……………城代家老。

滝沢兵部友矩（荒雄）………滝沢主殿の息子。

平作……………森番の小屋頭。

大造……………………森番。
飛驒守昌治…………藩主。
松二郎昌之…………飛驒守昌治の兄。
山根蔵人……………老臣格の藩士。
つる…………………山根蔵人の娘。主水正の妻。
芳野…………………つるの侍女。
杉本大作……………三浦家の家士。
米村青淵……………仁山村の豪農の隠居。
米村清左衛門………米村家当主。青淵の息子。
石済和尚……………宗巌寺の住職。
横田鶴良……………飛驒守昌治の侍医。
佐渡屋儀平…………御用商人。回米を扱う。
太田巻兵衛…………御用商人。紙類を扱う。

牡丹屋勇助……………………御用商人。諸道具と陶器を扱う。
越後屋藤兵衛…………………御用商人。呉服類と糸綿を扱う。
桑島三右衛門…………………御用商人。両替商。

七……………………………………孤児。

高森宗兵衛……………………飛騨守昌治の家臣。
岩上六郎兵衛…………………飛騨守昌治の家臣。
佐佐義兵衛……………………飛騨守昌治の家臣。堰堤工事に携わる。
小野田猛夫……………………飛騨守昌治の家臣。堰堤工事に携わる。
猪狩又五郎……………………飛騨守昌治の家臣。堰堤工事に携わる。
栗山主税…………………………飛騨守昌治の家臣。堰堤工事に携わる。

ながい坂

上巻

森番小屋にて

引戸をあけ放した戸口の外は、むせるようないっぱいの緑であった。杉《すぎ》や檜《ひのき》のさわやかな香りが、小屋の中まで溢《あふ》れる水のように匂《にお》ってきた。

「そうだ、滝沢さまは三代続いた*城代家老だ、本来なら山内安房《あわ》さまと一代交代の筈《はず》なんだが」

小屋頭《こやがしら》の平作はそう云《い》って、考えぶかそうに髭《ひげ》だらけの頬《ほお》を掻《か》いた、「――どういうものか山内さまのほうにはお人が出ない、どういうもんだか、先々代の安房さま以来、みんな十五六になると酒を飲みだし、それから女道楽がはじまる、いまの安房さまはまだしもましなほうだが、先代などは殿さまの御愛妾《あいしょう》にまで手を出そうとしたそうだからな」

これは悪口ではない、御家中《かちゅう》では誰でも知っていることだ、と平作は云った。狭い谷を隔てた向うに見える緑の山腹を、小鳥の群がやかましく鳴きながら飛び去り、あまり遠くないところで筒鳥《つつどり》の声が聞えた。

「滝沢さまは先々代の主殿《とのも》さまから、先代、御当代の主殿さままでずっと、それこそ群を抜いたお人がそろっていて、＊七万八千石《ごく》の城代などには、もったいない人物だといわれたものだ、——おまえさんも知っているだろう、巳《み》の年の騒動のときに、先代の主殿さまはお裁きに当って、正しいだけがいつも美しいとはいえない、義であることがつねに善ではない、と御重職がたに云われた、このおれなどにはお言葉の意味はわからないが、そのために立原次郎兵衛ら五人は重罪をまぬがれた、ということだ」

平作はちょっと息を休めてから続けた、「——御当代の主殿さまには、お子たちが五人あったが、みな早死にをなすって、いまではたった一人、荒雄《あらお》とおっしゃる七歳の御子息だけが残った、四人も取られたあとだから、あたりまえなら風にも当てず、真綿でくるむように大事に育てるところだろう、世間なみの親ならみなそうするだろうが、主殿さまはまったく違っていた」

荒雄が五歳になると、主殿は家中から三人の子を選び、荒雄といっしょに夏は井関川で水練、冬にも裸で広い邸内を走らせたり、相撲《すもう》をとらせたりした。それよりまえ、尚功館《しょうこうかん》教頭を招いて素読《そどく》を始めたのが三歳の冬。いまでは邸内に学問所を新築して、お相手の子たちも五人に増した。その建物には道場も付いていて、学問のほうは尚功館の中泉教官、剣術は平来《へらい》先生、どちらも当藩では筆頭の教授であった。

「荒雄さまはお相手の子たちの誰よりも背が高く」と平作は続けた、「——眉《まゆ》が濃く眼鼻だちの際立《きわだ》ってすずしい、ほれぼれするようなお顔だ、学問も一番、剣術も一番、相撲をとっても一番、おまけにずばぬけた美男とあれば、次の御城代も滝沢さまと、いまからもうきまったようなものだ」

「あんまり揃《そろ》いすぎてやしないか」と信田《しのだ》がきき返した、「一代交代の城代家老が三代も続き、荒雄というお子がまた、そんなに群を抜いた才に恵まれているとすると、なんとなくあぶなっかしいように思われるがな」

平作はゆっくりと首を振り、「おまえさんは知らないからだ」と云った、「いちど荒雄さまに会ってみれば、誰にだってわかることだ」

「山内さまのほうはいま、どういうぐあいだね」

「云うことはないな」平作は用心ぶかく口をにごした、「安房さまの道楽はどうやらおさまったらしいが、長男の貞二郎さま、二男の時四郎さま、二女の雪江さまなどの御放埒《ほうらつ》は、止めどがないような評判だ、——評判には根のないものもあるから、おれの口からはなんとも云えないが、まあ、そんなところだな」

「どうもあぶなっかしいな」と信田が首をひねって云った、「私は江戸から来て三十日そこそこだから、家中のようすはまったく不案内だが、*江戸屋敷にくらべるとどこかちぐはぐで、みんなが互いにそっぽを向きあっている、というような感じがするんだ」

「田舎はどこでもそんなものさ、世間が狭いからな」と平作は云った、「いいことも悪いこともみんな筒抜けだ、誰でも相手の隠しごとや弱いところを知っているし、相手もまた自分のことは見とおしだとわかってる、そこで、会えばそら笑いをしたり世辞を云ったりしあうけれども、心の中ではそっぽを向き、舌を出しているというあんばいなのさ」

戸外でまた筒鳥が鳴いた。

あれがほととぎすというのかね、と信田がきいた。平作は首を振り、笑いながらその鳥の名を教えた。こっちへ来てからいろいろな鳥の声を聞くので、いまだにどの声がどの鳥なのかわからない、と信田が云った。

「鳥ばかりならいいが」平作は頬を搔き搔き、なにかを暗示するように云った、

「——人間も似たようなもんだからな、巳の年の騒動のときもそうだったが、——まあその話はよしにしよう、山を見にゆくかね」

そして二人は立ちあがった。

一の一

そこは馴《な》れた道であった。

小三郎は父につれられて、大沼へ魚釣りにゆくとき、いつもその道を通った。友達の武高伊之助《たけだかいのすけ》とゆくときも同じことで、そこまで来るとそれと気づかなくとも、足がそっちへ向いてしまうほど、通り馴れた道であった。冠町《かむりまち》をまっすぐにいって、途中から右へ曲るその道は、二つの大きな屋敷にはさまれている。左側が山内安房、右側が滝沢主殿、どちらも築地塀《ついじべい》をまわした、一丁*四方に余る広い構えで、特に滝沢家のほうには、森のような深い樹立《こだち》が、塀の外まで圧倒するように繁《しげ》っていた。——二つの築地塀にはさまれた幅二間*《けん》ほどのその道をゆくと、小さな橋が堀に架かっている。幅一間、長さ二間ばかりの橋であるが、堀の水は少ないときでも五六尺*の深さがあった。そこを渡り、広い草原をぬけていったところに大沼があり、秋になると鴨《かも》が渡って来るので、城主が在国*のときは「お止め場*」になる。また、底が泥深いため泳ぐことは禁じられてい、「沼には大蛇《だいじゃ》のぬしがいて、泳ぐと呑《の》まれてしまう」という威《おど》しの伝説がひろく知られていた。

大沼の上《かみ》と下《しも》は川につながっている。上のほうから流れこんで来るのが井関川、下のほうへ流れおちるのを下馬《げば》川といった。それは幾曲りかして、城の下馬先*から外堀へ通じているためであろう。少年時代の小三郎はむろんそんなことは知らなかった、彼は徒士《*かち》組屋敷《ぐみやしき》から出て、大沼までゆき帰りする道をうきうきとあるいたし、眼をつむってもあるけるほど馴れていた。

父の阿部小左衛門は二十石ばかりの組頭で、ほぼ十日に一度ぐらい非番がまわってくる。その日はなにか特に私用のない限り、小三郎をつれて釣りにでかけるのがきまりだった。そうでないときは、組屋敷の中に武高伊之助という友達がいて、その友人ともよくでかけていった。武高はおとなしく、同じとしなのに早くから小三郎にいちもくおいていた。父親が阿部の組下*であり、子供が多くて生活が貧しい、というひけめもあったらしい。小三郎の母は二人が釣りにゆくとき、いつも武高の分まで弁当を用意したが、それを喰《た》べる段になると、彼は番たび顔を赤くして、腹がすかないとか、朝めしを喰べてきたからなどと遠慮をし、結局はうまそうに喰べるというぐあいであった。また、気が弱いというより臆病《おくびょう》な性質とみえ、ちょっとしたことでも顔色を蒼《あお》くしたり、ふるえだしたりした。

或《あ》るとき二人で釣りをしていたのだが、ふと武高が「この大沼にはぬしがいるそうですね」ときいた。

小三郎は黙ったまま、そんなことはめったに云うものではない、という手まねをした。すると武高は顔色を変え、ふるえだした。小三郎はおしゃべりでもなかったし、意地わるでもなかったが、そのときだけは衝動的に口が動いた。

「大沼のぬしは七色《なないろ》の鱗《うろこ》を持った大蛇なんだ」と小三郎は恐ろしそうに囁《ささや》いた、「わるいことをした子供が来ると、沼の底からあらわれて呑んでいっちまうんだ」

云い終らないうちに、武高が釣竿《つりざお》を投げだし、小三郎にとびかかって来た。押し倒した小三郎の肩を両手で摑《つか》んで揺りたて、なにやらわけのわからないことを喚《わめ》いていたが、とつぜん立ちあがると、声をあげて泣きながら走り去った。

小三郎は自分の軽薄さを恥じ、武高の釣り道具を持って帰ってやった。そんなことがあっても、武高はすぐにあやまり、こっちからさそえば山遊びにも釣りにも、おとなしくついて来たものである。——小三郎は三人きょうだいの二男で、兄は生れるとすぐに死に、下に弟の小四郎がいた。小四郎はひ弱な生れで、いつもぐずぐず泣いたり、すぐ風邪《かぜ》をひいたり腹くだしをしたりした。そのためだろうか、父も母も小三郎の日常にはうるさいほど気をつかい、特に食物や飲み物には神経を尖《とが》らせていた。たとえば生水は絶対に飲ませなかったし、茶も必ず薄めて与えられた。父や母が喰べなくとも一日に一度、彼の膳《ぜん》だけには魚か鳥の肉が付いたし、七日ごとに薬食いといって、鱈昆布《たらこんぶ》とか、ひじきとか、みがき鰊《にしん》とか、麦とろという麦だけの粥《かゆ》などを喰べさせられた。

――あなたは阿部家のあととりですからね、あなたは大事なからだなのですよ。

そう云うのが母の口ぐせであった。彼はこれらの喰べ物も嫌いだったし、そういう母の言葉も嫌いだった。彼は六歳のころ、自分の本当の父母はほかにいる、ここにいるのは真実の父母ではない、と本気で考えるようになった。大沼へ魚釣りにゆくときだけは、ふしぎなくらい父に親しさを感じたものだが、それも八歳になった年の六月、彼の一生を決定するような出来事を経験したときに、消えてしまった。

その日は父の非番にあたるので、前の晩から釣り道具をしらべたり、母に弁当のことを命じたりしていた。焼きむすびに梅干ときまっているのを、父はそのたびごとにくどくどと母に注文し、母もまた初めてのことのように、辛抱づよく念を押したり、聞き返したりした。彼にはそれも嫌いなことの一つであった。

父は釣竿のほかなにも彼には持たせない、餌箱《えばこ》も魚籠《びく》も弁当の包みも、すべて自分で持った。組屋敷を出て約七丁、冠町の中ほどに滝沢家と山内家がある。そのあたりは藩の重臣たちの屋敷街で、実際には町名はないのだが、いつ誰が云いはじめたともなく、そう呼ぶようになっていた。滝沢主殿が手前、その向うが山内安房の屋敷で、その二つの屋敷のあいだを右へ曲ってゆくのが、大沼への道であった。けれども六月のその朝、――父と子がその道へ曲っていったとき、左右の屋敷から小*者《こもの》が三四人出て来、うす笑いをうかべながら、二人の通るのをじろじろ眺めていた。父と彼とはかくべつ気にもとめず、その道をあるいていった。すると、堀に架かっていた橋が、きれいに取り払われているのをみつけた。

小さな名もない橋であったが、それを見たとたん、彼は自分の胸に穴でもあいたような衝撃を受けた。彼にとってはものごころのつくころからの馴染《なじみ》であり、いつもそこにあったたし、それを渡って大沼へ往《ゆ》き来《き》していたものだ。幼ない彼のあたまでは、それは人の手によって作られたものではなく、もともとそこにあり、不動であり、永久にそこにあるものであった。道というものが取り外せないように、それもまた取り外すことのできないものであった。

「はあ」と父があいまいに呟《つぶや》いた、「――毀《こわ》されてしまったんだな」

そのときうしろから、さっきの小者が二人近づいて来て、ここは滝沢さまの私道であるし、さきごろ邸内に御子息の学問所が建てられた、築地塀に近い場所なので、この道を通る者があると学問の邪魔になる、今後はここを通ることはならない、と云った。

「それは気がつきませんでした」小左衛門はていねいに答えた、「そういうことでしたら、これからはむろん慎みましょう」

そして会釈《えしゃく》をし、きびすを返した。二人の小者がやはりうす笑いをしているのを、小三郎ははっきりと認めた。

「あの道は本当に、もとから滝沢さまの通用門に使っていたものなんだ」あるきながら父はそう弁解した、「大沼へゆくには近道だから使わせていただいていたのだが、――これからは下町《しも》をまわってゆくことにしよう」

下町とは武家屋敷から町人まちにはいったところで、そこをまわると倍ちかい距離になる。だがその距離よりも、そっちへまわらせられるという屈辱感と、小者などに会釈をした父に対する怒りとで、口をきくこともできなかった。――彼にはもう大沼へゆく気持など少しもなかったが、おとなしく父についてゆき、いつものとおり、夕方まで釣りをした。珍らしく多弁になった父は、一尾釣るごとに自慢してみせたり、意味もなく世間ばなしをしたりした。

小三郎は父の話すのを聞いていなかった。胸に穴でもあいたような、彼のまだ幼ないあたまでは理解しにくいなにかが、自分の内部に生れたことを感じながら、じっと水面をみつめていた。

一の二

阿部の家には納戸《なんど》いっぱいの蔵書があった。小三郎の祖父の代まで、七十石の＊表《おもて》祐筆《ゆうひつ》を勤めてい、その祖父のとき徒士組におとされた。おとされた理由ははっきりしないが、曾祖父《そうそふ》の時代から集められたという和漢の書物は、およそ千五百冊に及び、秋になって風入《かぜい》れをするときには、尚功館や藤明塾《とうめいじゅく》の教師たち、また、家中で愛書家といわれる人たちなどが、代る代る観《み》に来たものだそうである。——徒士組におちたとき、蔵書はみんな持って来たが、住居も狭くなり、そういう客をもてなす経済的なゆとりもなくなったため、＊曝書《ばくしょ》も少数ずつ順に、二十日も三十日もかかってやったたし、それも面倒になったのか、三年まえから納戸にしまったきりであった。例外として小出方正《こいでかたまさ》、米村青淵《よねむらせいえん》の二人は、ときどき弁当持参で来て納戸にこもり、勝手に望みの書物を出して読んだり、筆記したりしていった。小出は藤明塾の教師で四十歳あまり、米村は仁山《にやま》村の豪農の隠居で五十歳を越えていた。

取り毀された橋を見たあの日から五六日たった或る夜、小三郎が本を読んでいると、父がはいって来た。そこは古びた四帖半《じょうはん》で、天床《てんじょう》には雨漏りのしみがあるし、壁には幾筋ものひびがみえ、障子も煤《すす》けたままであった。弟の小四郎はもう眠っていたから、彼は小机を壁に寄せ、行燈《あんどん》＊も片明りにしてあった。はいって来た父親は、吊《つ》り手を一つ外した蚊屋《かや》のそとの、窮屈な片隅で机に向かっているわが子の姿を、不審そうな眼つきで暫《しばら》く見まもっていた。

「小三郎、もうおそいぞ」と小左衛門は呼びかけた、「もう四つ半＊すぎだ、寝なさい」

彼は本をみつめたまま「はい」と答えた。小左衛門はちょっと黙っていてから、静かに近よって机の脇《わき》に跼《かが》んだ。

「小三郎」とひそめた声で小左衛門はきいた、「おまえなにか困ったことでもあるんじゃないのか」

彼はやはり本をみつめたまま「いいえ」と答えた。だがその坐《すわ》った姿勢が緊張し、反抗的になっているのを、小左衛門は認めた。

「おまえは変った」と父親は云った、「私やかあさんの眼をいつも避けようとするし、あまりものを云わない、私から見ると、なにか困ったことでもあるとしか思えないんだがね」

「そんなことはなにもありません」

「しかしなにかわけはあるんだろう」

小三郎はようやく振り向き、自分では微笑したつもりらしい表情で、そんなことはなにもありませんと、はっきり答えた。それで安心をしたものか、小左衛門は机の上を覗《のぞ》いて、なにを読んでいるのかときいた。小三郎はそれを机の上から取って、父に渡した。「拾礫紀聞《しゅうれききぶん》」という題簽《*だいせん》のある写本で、とびらに巻七と記してあった。

「妙なものを読んでいるな」小左衛門はざっと頁《ページ》をめくりながら云った、「借りたのか」

「うちの本です」

「記事文のようだが」小左衛門はそれを机の上へ戻した、「なにか学問に関係があるのか」

「小出先生に読んでおけと云われたんです」

小左衛門は立ちあがって、蚊にくわれるからもう寝るがいいと云った。小三郎は、はいと答え、きつく下唇を噛《か》んだ。その写本は曾祖父の書いたもので、一冊二十一頁、全十七巻あったそうだが、いまは六巻から十五巻までしかなく、他の七巻がどうなったかは不明である。現に曾祖父の孫である父の小左衛門でさえ、その写本が誰の手でかかれたものかということを知らないらしい。藤明塾の教師、小出方正はなにか知っていて、納戸の蔵書の中からそれをみつけだし、小三郎にも読んでおくようにと云ったが、他の七巻がどうして失われたかについては、ただ首を振るだけであった。

小三郎はまだ八歳だったが、その写本には子供らしい興味をもった。そこには、この藩にかつて起こった災厄《さいやく》や、刃傷沙汰《にんじょうざた》や、犯罪や、不祥事などが詳しく書いてあった。「拾礫」というのは玉石の「玉」を外して「礫」*だけを採録したという意味だろうか。仮名まじりでこくめいに書いた記事を拾ってゆくと、彼がいつか聞いたことのある出来事や、水禍、火災、盗賊、殺傷沙汰など、思い当るものを幾つかそこに発見した。なんの年の水禍にどんな被害があったか、どの年の火事ではどこがどのくらい焼けて、幾人の男女が死んだか、侍どうしの決闘で誰が斬《き》られ、誰が罰せられたか、などという類《たぐい》である。こみ入った人事関係や、政治にかかわりのあるものはわからなかったが、他の記事には彼をひきつける出来事が少なくなかった。

「父さんは見たこともないんだ」父親が去ったあとで彼は呟いた、「見ようともしなかったんだ、父さんには徒士組頭が満足で、その役目を誤りなく守ろうとしているだけなんだ」

やっぱりあの人はおれの本当の父ではない、そう思ったが、これは思っただけで、口には出さなかった。

明くる日、藤明塾からの帰りに、武高伊之助が彼に呼びかけて、あした大沼へ釣りにゆかないか、とさそった。小三郎は勉強があるからだめだと答えた。そう答えながら、こいつはまだ子供だ、くだらないやつだと思った。彼はもう八歳ではなかった。あの取り払われた橋を見たときから、もう彼は八歳ではなくなっていたのだ。

この城下には藩校が二つある。一つは尚功館といって、中以上の家格の子弟のために設けられたものであり、学問の教官も武術の師範も、第一級の人が選ばれている。他の一つは藤明塾といい、これは中以下の侍の子弟や、町家の者も入学することができる。初めは私塾だったのを、三十年ほどまえに梶岡《かじおか》藤明という人が奔走して、藩校に昇格したという。そのため藤明塾と呼ばれるようになったが、学問も武芸も専任の教師はなく、家臣の中から必要に応じて任命されるのであった。いまの塾頭は矢垣主税《やがきちから》というが、役目は書院番*であって、式日*《しきじつ》のほか、殆《ほと》んど顔を見せることもなかった。――小三郎はむろん塾生だったが、そのことについて、これまでなにも意識したことはなかった。尚功館は尚功館、藤明塾は藤明塾、そこにどんな差があるか、両者のあいだにどんな優劣があるか、などということも考えたためしはなかった。けれども、武高伊之助や同年の学友たちを「子供だな」とみるようになったとき、彼は両藩校の格差と優劣とを、彼なりに判断するようになった。

九月になった或る日、夕食のあとで小三郎は、友達をたずねるからと云って家を出、そのまま曲町《まがり》の谷宗岳《そうがく》家へいった。宗岳の名は慶次郎、江戸から招かれた尚功館の教官で、としは三十がらみ。易経《えききょう》に詳しく、独特の注釈書を幾冊か板行《はんこう》しているということであった。曲町にある谷家は、土塀をまわした大きな構えで、老臣格*の門があり、玄関前は馬廻《うままわ》しになっていた。小三郎は脇玄関へいって案内を乞《こ》うた。初めに出た書生は妙な顔で彼を見たが、戻って来ると尋常な態度で、おあがりなさいと云い、先に立って案内をした。廊下を幾たびか曲ってゆくあいだ、植込のある庭に萩《はぎ》の花が咲きさかっていたが、小三郎の眼にははいらなかった。

宗岳は六帖ほどの部屋にいた。蚊遣《かや》りの煙が薄くただよい、燭台《しょくだい》の火がごくかすかにゆらめいていた。小三郎が縁側に坐って挨拶《あいさつ》すると、机に向かっていた宗岳が「はいれ」と云い、振り向いて小三郎を見るなり、おどろいたように眼を細めた。

「私に会いたいと云ったのはおまえか」

「はい」小三郎は両手を膝《ひざ》に置いた、「阿部小三郎と申します」

「おまえが私に会いたいという本人か」

「はい、おめにかかれるかどうかわかりませんでしたが、どうしてもおめにかかる決心で伺いました」

宗岳はするどい眼で、じっと小三郎のようすを見まもっていたが、やがてその眼のするどさがゆるみ、表情がなごやかになった。

「そこでは足が痛かろう」と宗岳は云った、「こっちへはいるがいい」

小三郎は立って部屋へはいった。

一の三

訪問者が八歳の少年だったことにもおどろいたようだし、次に小三郎の云うことを聞いて、さらに宗岳はおどろかされたようであった。

「だが」と宗岳は暫くしてきき返した、「おまえのとしでは、私の講義をきいてもわかるまいと思うが」

「そうかもしれません、けれどそうではないかもしれません」

「どうして」宗岳は興ありげに反問した。

「私は勉強いたします」

「ほう」宗岳の眼はまたするどくなった、「どのように勉強する」

小三郎は下唇を嚙み、自分の膝を見おろしていて、それから眼をあげて答えた、

「――それは先生の教えて下さることによって考えます、本当のことを申しますと、私は尚功館へあがりたいんです」

「すると、おまえは尚功館の生徒ではないのか」

「はい、藤明塾へかよっています」膝の上に置いた小三郎の両手が拳《こぶし》になり、その顔が赤くなった、「十歳になって、試験を受けてとおれば、尚功館へあがれる規則でしょう、私はどうしても尚功館へあがりたいんです」

宗岳は暫く黙って小三郎の顔をみつめていた。それからおもむろに云った、

「――学問は学校によって差別のあるものではない、藤明塾にもいい教師がいるぞ」

「はい、知っています」

「それでも尚功館にはいりたいか」

「はい」と云って小三郎は両手をおろした、「お願いいたします」

宗岳の眼からまたするどさが消えた。彼は瘦《や》せていて背丈が高い、茶色っぽいおもながな顔に、濃い眉毛《まゆげ》も眼尻《めじり》もしりあがりになってい、鼻柱も高く、口は一文字

なりで、昼は殆んどあるかないかわからないほど薄かった。

「いいだろう」とやがて宗岳は頷《うなず》いた、「私は六つに夕食をする、そのあとなら教えよう、但《ただ》し時間は一刻《とき》、客のある場合は断わる、それでもよければ来い」

小三郎は平伏した。宗岳は静かに眼をそむけた。

なぜ尚功館へあがりたいのか、ということを宗岳はきかなかった。たとえきかれても、小三郎には答えられなかったに相違ない。毀された橋と、小者たちに対する父の卑屈な態度、などということを語ったところで、宗岳には理解できなかったであろう。小三郎についていえば、谷宗岳の教えを受けることが、尚功館へつながっている、ということだけであった。こうして、曲町へかよいはじめてから、七日ほどたったとき、父の小左衛門が不審に思ったらしい、小三郎がでかけようとしていると、狭い玄関まで追って来て、呼びとめた。

「おまえ」と小左衛門はなにかをさぐるような眼つきで彼を見た、「――谷先生のところへかよっているそうだな」

「ええ、そうです」

「そうです、と云って」小左衛門はちょっと口ごもった、「――なにかわけでもあるのか」

「十歳になったら尚功館へあがります」

「どういうつもりだ」

「いまは尚功館へあがる、ということのほかになにも考えてはいません」

小左衛門は自分の足もとを見ていたが、帰ったらゆっくり話そう、と云ってきびすを返した。曲町から帰った小三郎が、書物や筆記帳を片づけていると、父が顔を出して、居間へ来るようにと云った。小四郎は蚊屋の中で寝息をたてていて、父の呼吸には酒の匂《にお》いがしていた。

父の居間には夜具がのべてあり、蚊遣りの煙が濃くただよっていた。父が息の匂うほど酒を飲むようなことは稀《まれ》である、顔は灰色だが眼は少し赤かった。袴《はかま》をはいたまま正坐《せいざ》した小三郎は、口をひき緊《し》めて父の顔を見まもった。

「先刻の話だが」と小左衛門は眩《まぶ》しそうな顔つきで云った、「おまえは本当に尚功館へあがるつもりか」

小三郎は「はい」と答えた。あまりに簡単でありはっきりしているので、小左衛門は困惑したようすであった。藤明塾では不満なのか、と小左衛門は問いかけた。不満ということはないが、私はどうしても尚功館へあがるのだ、と小三郎は答えた。あがるつもりだとも、そうする決心だとも云わず、あがるのだと云いきった。

「ありますか」と小三郎が訊いた、「おまえに見当がつくか」

「およそ見当はつく」と云ってから、小左衛門は云い直した、「——尚功館へかよう人たちはわれわれとは身分が違う、入学することはできるだろうが、身分の違いはどうすることもできない、じつを云うと私もやってみたのだ、おまえには祖父、私には父の代で表祐筆の職を追われ、徒士組頭《かちぐみがしら》におとされた、私の九歳のときだ、そのとき私がどんなに恥ずかしいおもいをしたか、おまえにもわかるだろう」

たとえ禄高《ろくだか》は低くとも、表祐筆は軽い役目ではない。けれども徒士となると平侍《ひらざむらい》で、家格の上の者とは対等のつきあいはできない。小左衛門は藤明塾でまなんでいたが、昨日まで仲よく遊んでいた友達まで、彼を避けるようになった。椿山《つばきやま》で毎年、塾生の幼年試合がある、日は五月五日、八歳から十歳までの者が、袋竹刀《ふくろしない》で勝ち抜き勝負をする。その日は城中の尚功館でも同じ行事があって、藩主が在国のときには御前試合《ごぜんじあい》になり、あとでさかんな宴が催される。——椿山のほうは物頭《*ものがしら》が臨席するだけだし、終ってからも、御家紋のある紙に包んだ餅《もち》三片《きれ》を下されるのがきまりであった。それでもその試合に出られるのは名誉になっていたのだが、家が徒士組におとされてから小左衛門はそのなかまからもはずされてしまった。

「どんなに私が恥ずかしかったか、おまえにもわかるだろう」と小左衛門は繰返して云った、「父が表祐筆であったとき、中には羨望《せんぼう》から反感を示す者もいたが、多くは親密につきあっていた、それらが急に態度を変え、卑《いや》しい血筋の人間でも見るような眼つきをし、みな私からはなれていった」

そこでかれらを見返してやろうと思い、けんめいに勉強して尚功館の試験を受け、幸いにも入学することができた。けれども彼は徹底的にそこで卑しめられ、除《の》け者《もの》にされ、暴力で痛めつけられさえした。

「いまでもあのときの口惜《くや》しさは忘れられない」と小左衛門は続けた、「たとえ学問や武芸でかれらに勝っても、身分の差ということは動かしようがない、これが武家の定めというものだ、私がこの身でその事実を知ったのだ、――小三郎、おまえの気持はわかるが、それは求めて悔いをかうようなものだ、やめたほうがいいと思うがね」

小三郎は俯向《うつむ》いたまま「はい」と云ったが、父の言葉を受けいれたようすはなかった。

一の四

藤明塾の武芸道場では剣術と槍法《そうほう》を教えた。剣術のほうの師範は高梨関兵《たかなしかんぺい》といい、べつに小さな町道場を持っている、五十がらみの肥えた温厚な人で、ほかに藩士が二人、益田《ますだ》喜十郎、井戸勘助《いどかんすけ》という、どちらも三十まえの助教がいた。井戸勘助は小三郎がひいきらしく、稽古《けいこ》にはいつも付いていてはなれなかった。むろん十歳まではは組太刀と軽い合せ打ちで、後者は二人ずつの立合だが勝ち負けはつけさせず、覚えた組み太刀の応用をこころみるのであった。——それが、小三郎はその規則を無視して、急に合せ打ちだけしか稽古せず、しかも激しく勝ち負けを挑むようになった。井戸勘助は暫くのあいだ黙っていたが、ついにたまりかねたとみえ、或る日、道場の隅へ小三郎を呼んだ。

「おまえどうかしたのか」と井戸は低い声できいた、「合せ打ちには規則がある、それを忘れたのではないだろうな」

「私は」と小三郎はちょっと口ごもり、それからはっきりと云った、「四級にあげていただきたいんです」

「どうしてだ」

「わけはありません、ただ四級にあげていただきたいだけです」

井戸勘助は声を荒くした。この道場の稽古は軀《からだ》をすこやかに育て、動作を機敏にするのが目的である。八歳ではまだ骨も弱く筋肉も柔らかい、うっかりすれば骨を折ったり筋肉をやぶったりする。今後は決してあんな乱暴な稽古はするな、私が禁ずる、と彼は云った。井戸勘助は五十石ばかりの馬廻*りで、十六の年に江戸詰*めとなり、二十五歳で帰国するまで念流《ねんりゅう》をまなんだという。尚功館の平来《へらい》師範に招かれたが、かたく辞退して、塾の助教になったのだそうである。

小三郎は道場の床板をみつめたまま聞いていた。その床板の表面に、あの毀《こわ》され取り払われた橋のありさまを思い描きながら、――おれはそんなことをしている暇はないんだ、と心の中で繰返し呟いていた。

「私の云うことがわかったか」と声をやわらげて井戸が云った。

小三郎は「はい」と答えた。井戸は疑わしげに彼を見まもっていたが、小三郎の姿勢に反抗的なものを感じたのだろう、もうよしと、不機嫌に云って彼に背を向けた。だがそれからの小三郎は以前の稽古ぶりに返り、合せ打ちだけでなく、きまりきった組み太刀も、熱心にするようになって井戸勘助をおどろかした。だがそれには理由があったのだ、井戸助教に叱《しか》られた日の午後、塾から家へ帰ると、小出方正が来ていた。

小出も六十石あまりの書院番で、藤明塾の教師を兼ねている。阿部家の蔵書をしらべに来る、ということだけでなく、彼もまた小三郎には特別ななにかを感じているようで、まず初めに「拾礫紀聞」を読むようにすすめ、蔵書のうちこれとこれが貴重なものだ、などと教えたりするようになっていた。――その日も二三冊の書物を出して、なにか抜き書きをしていたが、帰って来た小三郎を見ると手招きをした。小三郎は持っていた包みを自分の部屋へ置いてから、小出の前へいって坐った。

「今日の質問はきつかったね」小出は柔和な口ぶりで云った、「このごろひどく張りきっているようだが、今日のような質問がこれからも続くとすると、私ばかりではなくほかの先生方も戸惑うんじゃないかな」

その日の講義で「小学《しょうがく》」の或る章について質問した。小三郎にとっては納得がゆかなかったからで、教官を当惑させるつもりなどは少しもなかった。

「谷さんのところへかよっている、ということも聞いている、いいことだよ」と云って小出は喉《のど》を鳴らした、これは小出の癖で、役所にいるときも塾でも、機嫌がわるくなるとしきりにこの癖がでるのであった、「――なにごとにも人にぬきんでようとすることはいい、けれどもな阿部、人の一生はながいものだ、一足跳びに山の頂点へあがるのも、一歩、一歩としっかり登ってゆくのも、結局は同じことになるんだ、一足跳びにあがるより、一歩ずつ登るほうが途中の草木や泉や、いろいろな風物を見ることができるし、それよりも一歩、一歩を慥《たし》かめてきた、という自信をつかむことのほうが強い力になるものだ、わかるかな」

小三郎はじっとしていて、やがて「よく考えてみます」と答えた。人の一生はながい、という言葉は、小三郎に強い印象を与えた。それはひるま、井戸勘助に云われたことと重なって、幼ない彼の心に大きな変動をよび起こしたようであった。

「そうだった」と小出の帰ったあとで小三郎は自分に向かって呟いた、「人の一生はながい、ただあせるばかりでもいけないんだな」それからやがて屹《きっ》と眼をあげた、「けれども、おれはやるぞ、きっとやるぞ」

一の五

慥かに、小三郎はもう八歳ではなくなった。けれどもその反面、彼は八歳の感情で生きていた。徒士組頭は四人いて、その住居は黒い板塀で囲われていた。阿部家のうしろには、その塀を隔ててすぐ裏に武高たちのいる長屋があり、井戸を中にして五十坪*ばかりの空地があって、徒士組の女房や子供たちが、よくそこで洗濯をしたり米をといだり、賑《にぎ》やかに遊んだりしていた。武高伊之助は五人きょうだいで、伊之助の上に又三郎という兄があり、下に女の子が三人いた。伊之助のすぐ下に五歳になるななえという妹があって、小三郎を見かけると必ず声をかけ、恥ずかしそうに笑ってみせた。

「小三郎さん」とななえは呼びかける、「お帰りなさい」

むろん、いっていらっしゃいと云うときもある。まる顔で眉が濃く、ふっくらとした顎《あご》がちょっとしゃくれてい、彼に頬笑《ほほえ》みかけるときには、前歯のみそっ歯が眼立った。生れつきの性分だろうか、侍の子というよりも町家の子という感じで、口のききかたもやわらかく、動作もほかの女の子とは違っていた。——組頭の家族は組下の家族とつきあわない、というのが慣例のようになっていて、四家の組頭は子供たちまで相互でしか遊ばなかった。塾でも四家の子供は席がきまっているし、武芸の稽古も組下の者とはべつにやるというふうであった。

あの日から伊之助とは魚釣りにもゆかず、夕食のあとは谷先生の家へかようので、いっしょに遊ぶこともなかったが、小三郎の姿をみつけると、ななえだけは寄って来て、声をかけ、笑顔をみせた。ときには玄関へおとずれて、小三郎さん遊びましょ、などと云うことさえあった。そんなときはたいてい母が出て、いま小三郎は勉強しているからとか、用事があるからとか云って断わる。ひ弱なくせに気の強い弟の小四郎は、よく彼女にあくたいをついたり、外にいるときは石を投げつけたりした。ななえは泣いて帰るが、それで懲《こ》りるようすは少しもなかった。——小三郎は格別なんの感情ももってはいなかったが、或る日、曲町へゆこうとしたとき、家の角でななえに呼びかけられると、急にむかむかと癇《かん》に障《さわ》った。

「おまえ、しつっこいぞ」と小三郎は乱暴に云った、「これからはおれに近よらないでくれ、いいか」

するとななえは右の食指を咥《くわ》え、泣きべそをかいたとみるまに、大きくみはった両眼から、涙がぽろぽろとこぼれ落ちた。その姿はおどろくほど強く彼の印象に刻みつけられた。彼は逃げるようにそこを走りながら、心の中で自分を罵《ののし》った。城代家老の屋敷の小者と同じじゃあないか、組頭の子というだけの、けちくさい身分をかさにきて、あんな小さな弱い子を叱りつけた。

「いやなやつだ」と小三郎は口にだして呟いた、「あの小者たちとちっとも違いはしない、きさまはいやなやつだぞ」

おれは一生あの顔を忘れることができないだろう、と彼は思った。もちろん子供のことだから、そんなことにながく心をとらわれているわけはない、まして塾があり谷宗岳の教えがきびしいため、遊ぶ暇さえもない日が続くなかでは、どれほど強い印象でも、薄れてゆくのが当然というものであろう。ななえは彼に近よらなくなり、彼はななえのことを殆んど忘れてしまった。

小三郎は十歳の春、尚功館の試験を受け、群を抜いた成績で入学した。平侍の子弟で試験を受けた者は七人いたが、入学できたのは彼のほかに一人、中村木多雄《きたお》という少年だけであった。中村は五十石ばかりの*作事《さくじ》方《かた》で、木多雄はその三男。痩せた神経質そうな眼をした小さな子で、いつもいちばん隅の机に坐った。——藤明塾と同じように、尚功館でも家格によって席が区別され、平侍の子の席は隅のほうにあったが、中村はそのもっとも隅を選んで坐る。その一隅《いちぐう》にはかれらのほかに平侍の子が三人いた。十四歳が一人、十三歳が二人、全部で僅《わず》か五人なのに、その一人ひとりがみんな孤立してい、話もろくにしようとしないし、剣術の稽古もお互いどうしではやろうとはしなかった。

*めみえ格と呼ばれる、二百石以上の家の子たちは二十余人いた。十歳から十五歳までの講座で、十五歳以上になるとべつの講座になり、学問に才能のある者だけが選ばれるという。

めみえ格の子たちは、平侍の子五人に対してつよい反感と軽侮を示し、使った硯《すずり》や筆を洗えとか、机を拭《ふ》けとか、草紙の反故《ほご》を片づけろとか、いろいろな雑用を当然のことのように命じた。だが、中村木多雄と小三郎はきかなかった。小三郎は父の話を聞き、初めから覚悟していたが、中村は自尊心を守ろうとしているようで、誰かに用を命じられるたびごと、軀を固くし、緊張のため細い顔から血のけがなくなった。唇を噛《か》み、全身でふるえているのが、小三郎の席からもよくわかった。

尚功館へあがって三十日ほどたった或る日、めみえ格の太田亮助という、十五歳になる少年が、諄《くど》く中村をからかっていた。太田は鈍才で、軀だけは大きいが学問も武芸も最低という厄介者《やっかいもの》で、*学頭の中泉晩渓《ばんけい》は、ずっとまえから退学させるようにと主張していた。ただ太田は七百石の*老職に準ずる家柄であり、当主の総右衛門が*金穀《きんこく》収納の元締《もとしまり》を勤めていたからだろう、退学のことは実現しないままだ、ということであった。――彼にはなかまが五人あり、かれらはみな、太田のゆたかな小遣いめあてということが明らかだったが、その日は太田といっしょに、他の五人も中村を囲んでいやがらせをした。理由はよくわからなかったが、あんまり諄くからかうので、小三郎はたまりかねて立ってゆき、もうそのくらいでいいでしょう、と太田亮助たちに云《い》った。かれらは吃驚《びっくり》したように振り向き、太田が前へ出て来た。

「きさま」と太田が云った、「いまなんと云った」

「弱い者いじめはそのくらいでいいでしょう、と云いました」

なまいきなやつだ、と取巻きの一人が云った。太田は手をあげてそれを制止し、ためすような眼つきで小三郎のようすを見あげ見おろしした。かなりながいあいだであり、それから歯をみせて笑った。

「よし」と太田が云った、「――あとでゆっくり話し合おう、学校がひけたら角櫓《すみやぐら》の下まで来てくれ」

「どの角櫓ですか」

「二の丸のだ、いいな」

小三郎はしっかりと頷《うなず》いた。このあいだに、中村木多雄が帰ってしまったのを小三郎は知った。彼が太田たち六人に声をかけたとき、中村は迷惑そうにそっぽを向き、机を片づけたり道具を包んだりしていた。自分が庇《かば》われたことに恥ずかしさよりも屈辱を感じたようであった。

「これが」と尚功館から帰るときに、小三郎は自分に云った、「おれの一生の第一の障害だぞ、用心ぶかくやろう、負けるものか」

尚功館は三の丸にあった。城門を出て内壕《うちぼり》沿いに東へまわってゆくと、角の櫓がある。そこに広場があり、内壕と反対側に下馬川が流れていた。小三郎がそこへゆくと、六人の少年たちの待っているのが見えた。彼は立停《たちどま》ってあたりを眺めまわし、手頃な木の枝が落ちているのを拾いあげた。おそらくどこかの屋敷へ運んでゆく薪《まき》が落ちたのであろう。彼は勉強道具の包みを置き、その木の枝葉を払い、右手で二三度振ってみてから、かれらのほうへあゆみ寄っていった。

太田亮助を中に、五人は半円形に並んで小三郎を迎えた。

「さあ」と小三郎はまっすぐに太田の眼をみつめて云った、「話を聞きましょう」

太田は唾《つば》をのんだ、そして左右のなかまをすばやく見て、それから云った、「きさまはなまいきだぞ、よく聞け、きさまたちは平侍の分際《ぶんざい》で尚功館へはいって来た、そうでなくとも藩校ではな、新参者が古参の者の用をたすのは昔からのきまりなんだ」

「私は規則をよく読みました」

「おれは規則のことなんか云ってるんじゃない」

「私は尚功館規則をよく読みました」小三郎は静かに繰返した、「けれども、いまあなたの云われたような箇条はどこにもありません、それにいまあなたは、平侍の分際でと云われましたが、尚功館の学生ということでは、めみえ以上も平侍も差別はない筈《はず》です」

「痛めつけてやれ」と右側にいた少年の一人が云った、「そういうなまいきなことを云うやつには、二度とそんな口のきけないように、うんと痛いめをみせてやるがいいんだ」

「やってみろ」小三郎は木の枝を持ち直し、かれらを見ながらひそめた声で云った、「初めからそのつもりだったのだろう、そっちはめみえ格以上の者六人、こっちは平侍で一人っきりだ、六人と一人ならどこへ出たって申訳はたつぞ」

「平侍の子だということを忘れるな」と他の一人の少年が云った、「めみえ格以上の者に乱暴すれば、それだけでお咎《とが》めを受けるんだぞ」

「やってみろ」と小三郎はまた云った、「お咎めを受けるかもしれない、それに六人と一人ではおれの負けかもしれない、だがおれは、あんたたちの一人だけはやってみせる、あんたたちのうち一人だけは、殺さないまでも片輪にしてみせる、きっとだ」

六人は互いに眼を見交わした。誰か一人という、自分がその一人になりたくはないらしい。そのしりごみをするけはいを見て、小三郎は勝ったと思った。

森番小屋にて

二人は杉《すぎ》の林道を登っていた。杉はみな大木で、根廻りはみな二た抱《かか》えから三抱えほどあり、急勾配《こうばい》の道はそのあいだを稲妻形に延びていた。杉の幹からかなりつよく樹脂の香が匂《にお》っていた。

「これで半分道だが」と先に立って平作がうしろへ呼びかけた、「やっぱり大平《おおだいら》まで登んなさるかね」

「登りたいな、できたらそこから薙山《なぎやま》へもまわってみよう」

「あんたはたいしたお人だ」平作は首を左右に振った、「お材木奉行*もずいぶん知っているが、江戸から来た人であんたのように熱心な人は初めてだよ」

「みごとな杉が揃《そろ》ってるな」

「千年まえにはこの山から、都の寺や公卿《くげ》の御殿などを建てる材木が伐《き》り出されたということだ、向うの」と平作は谷を隔てた東側の山へ手を振った、「あっちの薙山には檜《ひのき》がある、それとここの杉とは、吉野《よしの》や紀伊《きい》や木曾《きそ》などのものより質がよかったそうでな」

「そういう記録を読んだことがある」

「妙光院と梅寺に伝わっているやつかね」

「梅寺の古記録だけだ」と相手が云《い》った、「江戸にいたころ、好きで集めた古文書の中に、たまたまこの山の記録があったのだ」それからひと息ついて云った、「いずれ妙光院のも見たいと思っているが」


そのとき道の上から、一人の男がこっちへおりて来た。髪も髭《ひげ》も伸び放題で、ぼろを纏《まと》い、から脛《ずね》に草鞋《わらじ》をはいている。顔も軀《からだ》も骨ばかりのように痩《や》せ、おちくぼんだ眼だけが、大きく光ってみえた。

「大造《だいぞう》だな」と平作が立停って呼びかけた、「どこへゆくんだ」


男はなにか持っていた右手を、慌《あわ》ててうしろへ隠した。おまえ西の番ではなかったのか、と平作がきいた。大造と呼ばれた男は足を停め、いちど顔をくしゃくしゃと歪《ゆが》めてから、平作を見て「ひゃー」というような声をだした。

「こりゃあおどろいた」と彼は云った、「おめえさま小屋頭《こやがしら》じゃあねえか、いまじぶんこんなところへ*なにょうしにござったね」

「ごまかしてもだめだ、きさま西の*番をあけてどこへゆく」そう云ってから、平作は相手がなにかうしろに隠したことに気づいた、「そうか、また酒だな」

「番には源《げん》が残ってるだ」と大造は云った、「城下のうちから孫が病気だって」

「しようのないやつだ」平作は頭を振った、「きさまには嘘《うそ》をつく知恵もない、早く帰って来るんだぞ」

大造はてれるようすもなく、けれども肩をすぼめて二人とすれちがい、道を下へとおりていった。あれは西の出小屋の者で、仕事もよくするが酒飲みで困る、仕事ちゅうはさほどでもないが、手があくと城下へおりていって、ときには三日も四日も飲み続ける、と平作は語った。そんな金がよくあるな、ときくと、山仕事のあいだに薬草を集め、それを城下町の薬種《やくしゅ》問屋へ持ってゆくのだが、案外なくらい高価に売れるらしい、と平作は答えた。いま孫が病気だなどと云いかけたが、彼はいちども妻を持ったことがない。そのくせよく妻や息子や孫のことを、さも現実のことのように話したがる。酒で頭がどうかしているのかもしれないが、と云って平作は笑った。

暫《しばら》く登ってから、材木奉行の信田十兵衛が、「滝沢さんの御子息に会った」と云った。平作はそのあとを聞きたいというふうに、振り返って「ほう」と眼を細めた。「おまえの話でおよそ察していたが」と信田は続けた、「話に聞いたよりはるかに立派だった、ちょうど御邸内の道場で剣術の稽古《けいこ》をされていた、師範はあの、なにがしとかいう」

ならば由布木小太夫《ゆぶきこだゆう》さんだ」

「平来《へらい》さんだ」と平作が云った、「平来さんなら五十二三、もし四十そこそこの人なら由布木小太夫《ゆぶきこだゆう》さんだ」

「由布木という人かもしれない、私が見たのは五人の学友との立合だった」と信田は続けた、「私は武芸のことはよく知らないが、五人とも筋のよいほうだろう、かれらどうしの立合も際立《きわだ》っているようにみえた、けれども荒雄という御子息は躰格《たいかく》、相貌《そうぼう》ともぬきんでているし、立合となると五人が五人、てんで勝負にならない、五人の相手はけんめいになって打ち込むのだが、御子息は微笑しているような平静な顔で、相手の袋竹刀《ふくろしない》を軽く払いのけてしまう」

荒雄のほうからは打ち込まず、相手のけんめいな打込みを極めて軽く、はねあげたり払いのけたりする。相手の五人の稽古着は汗まみれになったが、荒雄の端正な顔には汗ひと粒もみえなかった。

「あれが僅《わず》か十歳の少年とはとうてい考えられない」と信田は続けていた、「あれこそ生れながらの秀才というのだろう、あのまま成長すれば、おまえの云うとおり城代家老はまちがいないところだろう」

平作は先に立って道を登りながら、そのとおり、とでもいうように二三度も左右へ首を振った。

「ここが大平だ」と道を登り詰めたところで平作が云った、「おまえさんはお役目にも熱心だが、足も強いのにはおどろいた、ここへ来るまでには番の者でもたいてい三度は休むのがふつうだ」そして彼はふところから手拭《てぬぐい》を出し、額から顔、首筋から胸までの汗を拭《ふ》いた。

そこは樹《き》を伐りひらいた百坪あまりの、平らな台地になっていて、その東の端に立つと城下町を見おろすことができた。——北側に山から分れた支脈の丘陵が、しだいに低くなりながら、城下ぜんたいを囲うようなかたちになっている、その丘に近く鵬《おおとり》城があり、それを取り巻いて武家屋敷が見える。大沼は近くで見るよりはるかに大きく、そこへ流れこむ井関川は、丘の先端から曲ってくる一部しか見えない。外壕《そとぼり》になる下馬川も、武家屋敷や樹立《こだち》に遮《さえぎ》られていて、それが大川へつながるひらけた農地のところで、ようやく姿をあらわしていた。町人まちは内壕から外にあり、ほぼ矩形《くけい》に北から南へ延びている。

「こうして見ると、ずいぶん寺が多いな」信田十兵衛は大沼の向うを眺めながら云った、「——七つ、八つ、十以上もあるようじゃないか」

「古い土地だからな」と云って、平作は脇《わき》へ唾《つば》を吐いた、「寺が多いと百姓が苦労するばかりだ」

信田は、不信心なことを云う、とでも云いたげに平作を見たが、すぐに眼をそらして呟《つぶや》いた、「――私は江戸では健脚で有名なんだよ」

二の一

小三郎が十二歳になった年の二月、藩主の佐渡守昌親《さどのかみまさちか》が江戸で病死し、嗣子《しし》の昌《まさ》治《はる》が跡目《あとめ》を継いで、従《じゅ》五位の飛騨守《ひだのかみ》に任官した。昌治にはすでに婚約者があった。松平但馬守《たじまのかみ》の二女で豊姫といい、そのときとしは十六歳、三月には輿入《こしい》れをするはこびになっていたが、佐渡守の死去で一年延期ということにきまった。――小三郎はのちに知ったのだが、昌治は佐渡守の二男で、その上に松二郎昌之《まさゆき》という兄がいた。にもかかわらず二男の昌治が嗣子になり、長男の昌之はしりぞけられた。それにはそれだけの理由があったのだろうが、こうした問題には複雑な争いが糸を引きやすい。すなわちここでも、藩主の正統は松二郎さまに直すべきだ、と主張する者があらわれたのである。

この藩には古くから、藩主が死ぬと一年間の「喪」に服す、という家法があった。仏事葬礼を除き、神事祝祭、すべての行事が停止される。昌治と豊姫の婚儀が延びたのもそのためであるが、松二郎を正統に直せ、と主張しだした人々は、この「服喪」の一年をよき機会として動きだしたようであった。

　こんな事情は小三郎は知らなかった。藤明塾《とうめいじゅく》はもちろん、尚功館《しょうこうかん》も七十日間の休校になったので、殿さまが亡《な》くなったのだ、ということを現実に感じたが、それによって家中に、なにか変化が起ころうなどとは考えもしなかった。——尚功館では年に二回、春三月と秋九月に「審次《しんじ》吟味《ぎんみ》」ということがおこなわれる。つまり進級試験であって、これに合格すれば一級上にあがれるのだが、小三郎は去年の九月に三級あがり、「青」の組になっていた。組は上から「紅」「青」「黄」「黒」「白」と五級あり、十一歳で「青」の組まで進級した例は極めて稀《まれ》であるという。去年の九月の審次吟味を受けるまえ、谷宗岳はそれに反対した。

「学問はただ詰め込むだけが能ではない」と宗岳は云った、「学問だけがどんなに進んでも、おまえ自身がそれについてゆけなければ、まなんだことはなんの役にも立たない、ひとが二年かかるところを四年かけてやっても、それが身についたものならはるかに強いし力があるものだ、——おまえのようすを見ていると、なにか目的があってあせりにあせっているようだが、この辺で考えたほうがいいな」

　だが小三郎は秋の審次吟味を受け、みごとにそれを自分のものにした。

藩主の死によって、三月の吟味はやるかやらないかで議論になり、結局は中止ということにきまった。そして宵節句《よいぜっく》の夜、――云うまでもなく上巳《じょうし》の節句は禁じられていたが、――小三郎は異常な出来事を眼にした。尚功館へ入学したあとも、彼はずっと曲《まがり》町へかよっていたし、宗岳も事情のゆるす限り、こころよく講義をしてくれていた。そのときは「詩経」にかかっていて、藩校の教課では「紅」の組になって始めるものだが、宗岳はあたかも、小三郎の能力の限度をたしかめるかのように、強引に読み進めるのであった。けれども、三月二日の夜は*半刻《はんとき》ほどで講義をやめた。

奥には客があるようで、ときどき高ごえで云いあらそうのが聞え、そのたびに宗岳は口をつぐんだ。奥のことが気になるのだろう、講義をやめて耳をすまし、あらそいの声がとだえると、また続けるというふうであった。六時に坐《すわ》って約一時間、そのあいだ五たびばかりもそんなことがあり、宗岳は本を閉じた。

「桃の節句に蟬《せみ》がなきだすとは」と宗岳は云った、「まるで気違い陽気だ、今夜はこれまでにしよう、気をつけて帰れ」

小三郎は礼をしてから、ふと眼をあげて宗岳を見た。気をつけて帰れ、などと云われたのは初めてだからである。宗岳はそのまま立ってゆき、小三郎は書物や筆記具を片づけた。谷家には書生が二人いる、あとは雑用をする下男と飯炊《めした》きの老人だけという、まったく男ばかりの生活であった。これもあとでわかったことだが、江戸には妻女と二人の子があるのに、こちらへ来て以来、音信さえもしないということであった。

小三郎が脇玄関から出るとき、いつもそこにいる書生の姿がみえなかった。曲町はその名のとおり、屋敷と屋敷とが交互に地取りをしているため、道はその角《かど》かどを鉤形《かぎがた》に曲るようになっていた。もちろん辻《つじ》あかりなどはないので、闇夜《やみよ》には提灯《ちょうちん》がなければ足許《あしもと》があぶなかった。――小三郎はまだ少年だから、いちども提灯など持ったことはない。そのときも宵のくちだが空には月もなく、屋敷町のことでもれてくる灯影《ほかげ》もない、殆《ほと》んどくら闇といってもいいくらいだったが、彼にはかよい慣れた道なので、少しも不便には感じなかった。

「奥で云いあらそっていたのはどんな客だったろう」あるいてゆきながら、小三郎はそっと呟いた、「あの言葉の調子はこの土地のものではない、谷先生の言葉つきとよく似ていたようだ、とすると江戸から来た客だろうか」

「そうだ」と彼はまた呟いた、「――いま帰るとき、玄関に誰もいなかった、こんなことは今夜が初めてだ、いつも必ず、二人のうち一人は玄関にいたのに」

高ごえで云いあらそっていた客たちの、江戸ふうの訛《なま》りと、常になく、玄関に人のいなかったことが、小三郎にはしだいに訝《いぶか》しくなり、気分もおちつかなくなった。三たび角を曲り、四つめの角を左へ曲った。その角屋敷は山根蔵人《くらんど》のものである、山根はいま無役だが老臣格で、家中に一派の勢力をもっている、という評判がひろがっていた。その角を曲ったとき、向うに提灯のあかりが一つと、五六人の人影のもつれているのが見えた。小三郎は気にもとめずにあるいていったが、三十歩ほどいったときふと立停った。——もつれあっていた人影が左右にひらき、そしてかれらは刀を抜いたのだ。数はわからないが、提灯の光を映してぎらっ、ぎらっと、抜いた刀身の閃《ひらめ》くのが、小三郎の眼にはっきりと見えた。

小三郎の息が止まり、五躰が硬直した。向うの、左右にひらいた人数のあいだに、一人の侍がいてなにか叫んだ。言葉はわからないが異常な、ひどく切迫した叫び声で、同時に左と右から、その侍をめがけて二度、三度と、白刃がするどい光の弧を描いた。——小三郎は耳ががんとなり、喉元《のどもと》へなにかがこみあげてきた。あとへ戻ろう、逃げなければいけないと思いながら、足は棒のようになって動かず、躯ぜんたいが竦《すく》みあがって、いま斬《き》られた侍が片手で首を押え、膝《ひざ》を突き、前のめりに倒れるのを、夢中のことのように見まもっていた。眼をそむけることさえできなかったのだ。その侍は倒れてからひと言、悲しげになにか叫んだようだが、小三郎の耳には殆んど聞きとれなかった。

提灯の火が揺れ、すぐにこっちへ近よって来た。そのうしろから一人、抜刀を持っている侍が走りよった。

「なに者だ」近よって来た先の男が、そう云いながら提灯をさしあげた、「こんなところでなにをしている、そのほうなに者だ」

小三郎は口がきけなかった。

二の二

あとから走りよった侍の持っている、ぞっとするほど冷たい抜刀の光に、小三郎の眼は釘付《くぎづ》けにされた。

「いまのを見たな」と抜刀を持っている侍が云った、「きさまなに者だ」

「まあ待て、相手は子供だ」と提灯を持った侍が制止し、小三郎の顔を覗《のぞ》いた、「――おまえどこから来た、ここでなにをしていたのだ」

「私は」小三郎は唾をのんで云おうとしたが、口は乾いていて唾は出ず、声はかすれて言葉にならなかった、「私は」と彼はかろうじて、吃《ども》りながら答えた、「――阿部小三郎といいます、父は徒士組頭《かちぐみがしら》です」

「ここでなにをしていた」

小三郎は首を振った、「なんにもしてはいません、曲町の谷先生のところから、うちへ帰る途中です」

「曲町の谷先生だと」抜刀を持った侍が咎《とが》めるように云った、「するときさま、谷宗岳からなにか云い含められて来たんだな」

「もうよせ、山村」と提灯を持った侍がまた制止し、小三郎に向かって穏やかに云った、「うちへ帰るならここから戻って帰れ、加地町《かじ》をまわってゆけばいいだろう、少し遠廻りになるがやむを得ない、それから」とその侍は声にひそめた威嚇《いかく》の調子をこめて付け加えた、「――いまここで見たことは誰にも話してはならない、誰にもだ、親きょうだいにもだ、それをよく覚えておけ、わかったな」

小三郎は大きく頷《うなず》いてみせた。

彼はそのまま戻ってあるきだしたが、宙をあるいてでもいるように足がこころもとなく、こみあげてくる吐きけを抑えるのに困ったし、いまにもうしろから追討ちをかけられそうな恐怖のため、呼吸も思うようにはできなかった。

加地町というのは壕《ほりそと》外の町人まちで、徒士組屋敷へ帰るには四角形の他の三辺をまわることになる。まだ宵のことだから、町人まちは灯《ひ》も明るく、人どおりも賑《にぎ》やかであった。節句の祝いを禁じられた反動でもあろうか、街を往来する人びとの中に、美しく着飾った少女たちの姿が眼立っていた。

――この人たちはなにも知らない、と小三郎は心の中で呟いた。曲町で見たあの恐ろしい出来事があれだけで済めばいい、あれだけでも恐ろしいが、もっと恐ろしいことが起こるのではないか。

だが、この人たちはなにも知らない、祝いのない宵節句を、この人たちなりにたのしんでいるだけだ。おれもあんなものを見なければよかった、と彼は思った。

――帰ってみると、組屋敷はどの家も灯を消していて、ひっそりと物音も聞えなかった。いつもなら安田幸右衛門という組下の家で、幸右衛門の稽古する尺八の音が聞える時刻であるが、それもまったく聞えなかったし、小三郎の家でも灯の色は見えず、無人の住居のように暗く静かであった。

「ただいま」と彼は玄関へはいりながら云った、「ただいま帰りました」

すると待ちかねていたような足音がし、襖《ふすま》をあけて母が顔を出した。

「早く」と母が声をひそめて云った、「早くおあがりなさい、早く」

母の声は怯《おび》えているようであった。小三郎があがってゆくと、母はすぐに襖を閉め、彼の背を押すようにして八帖《じょう》の客間へつれていった。そこには被《おお》いをした行燈《あんどん》があり、そのまわりに子供たちが三四人、軀《からだ》を寄せあって坐っていた。小三郎は振り返って母の顔を見た、武高さんのお子たちです、と母が囁《ささや》いた。よく見ると、武高伊之助の下の三人の妹たちで、ななえがこっちへ横顔を向けたままおじぎをした。

「どうしたのですか」小三郎は坐って、包みを脇へ置きながらきいた、「なにがあったんですか」

「わかりません」と母親はおちつかない声で、囁くように云った、「わたしにはなにもわかりません、ただなにか大変なことが起こったようなんです」

「父さまはどうなさいました」

「御支配からお使いがみえて、徒士組に総出役《しゅつやく》の仰《おお》せがあり、半刻ほどまえに出ていらっしゃいました」

支配からの使いは馬をとばして来、口上で徒士組総出役の命令を伝え、なお、組屋敷ぜんたいは灯を消すこと、残った家族は絶対に外へ出ないこと、またこれからなにが起こるか不明であるが、見たこと聞いたことは決して他言しないようにと、厳重に云い渡していったそうであった。——それを伝えると、裏の武高では不安があり、三人の女の子を預かってくれと云って来た。又三郎と伊之助は男だからいいが、女の子たちは組頭の家にいるほうが安全だと思う、と武高の妻女はおろおろ声で頼んだということであった。

「小三郎さんは帰る道で」と母は声をひそめてきいた、「なにか変ったことに出会いませんでしたか、途中の道でなにもありませんでしたか」

いやなにもと、首を振って、小三郎はななえのほうへ眼を向けた。ななえは二人の幼ない妹を左右の手で抱え、襲いかかってくるなにかに対抗するように、頭をあげて壁のどこかをみつめ、軀を固く緊張させていた。その脇に菓子鉢《かしばち》が出してあり、小四郎は三人をみくだすような表情で、鉢の中から菓子をつまみ出してはぼりぼり喰《た》べている。その対照があまりに際立っていて、小三郎の胸が少年なりにするどく痛んだ。

「ななえさん大丈夫ですよ」と彼は慰めるように云った、「ここにいれば大丈夫です、心配しなくともいいですよ」

名を呼ばれたとき、ななえはぴくっと肩をふるわせ、二人の妹をさらにつよく抱きよせた。それはか弱い母鳥が二羽の雛《ひな》を守ろうとするかのようにみえ、小三郎はもっと激しく心を緊《し》めつけられた。

「菓子をおたべなさい」と彼は云った、「妹さんたちにも取ってあげませんか」

ななえは「はい」といったようだが、その声は聞きとれないほど低く、そしてしゃがれていた。緊張し固くなった軀と、そのしゃがれた低い声とは、いまどこかで、なにか大変な事が起こりつつある、という事実をそのままあらわしているようで、ななえ姉妹を哀れむ気持と同時に、小三郎は吸う息が固躰《こたい》にでもなってしまったような、息苦しい不安に圧倒された。

——曲町の出来事とつながっているのだ、と彼は思った。いったいなにが始まったのか、これからどうなるのか、おれはこんなことをしていていいのだろうか。

彼は包みを持って立ちあがり、それを自分の部屋へ置きにゆこうとした。あまりに不安が大きいので、じっとしていることができなかったのだ。しかし、彼が立ちあがったとき、戸外に慌《あわ》ただしい足音と叫び声が聞え、それらがこの家の門の外へ急速に近づいて来た。行燈のまわりにいた子供たちも母親も、それを聞いたとたんに顔色を変え、どうしようか、とでもききたげに小三郎を見あげた。

——みんながおれを頼りにしている。

そう思った彼は、包みをそこへ置き、刀を取って左手*に持ち替えながら、大股《おおまた》に玄関の三帖へ出ていった。

「取り巻け、うしろを塞《ふさ》げ」と門の外で叫ぶ声がした、「斬ってよし、逃がすな」

益田さんの声だ、と彼は思った。藤明塾で剣術を教えてもらった益田喜十郎、その特徴のある声には紛れがなかった。
誰かが表の塀にどしんとぶっつかり、すさまじい悲鳴が聞えた。暗い玄関の三帖で小三郎は総毛立った。

二の三

その騒ぎはすぐにしずまった。小三郎が聞いていた感じでは、一人の男を幾人かで追い詰めて来て、そこで斬るか捕えるかしたらしい。悲鳴をあげたのがどちらであるかわからないが、そのあと棒で打ち合うような音と、益田喜十郎の叫び声が二度ばかり聞え、ついで腹か胸でも押し潰《つぶ》されるような、ぶきみな呻《うめ》きが聞えた。——小三郎はこれらを耳で聞きながら、現実のことではなく、悪夢にうなされるような、身の置きどころのない恐ろしさにちぢみあがった。彼は客間へ引返した。襖のところに立っていた母は、まっさおな顔をして、いまの音はなんだったのかときいた。小三郎は行燈のほうを見た。小四郎は口をあけて、ぽかんとした顔つきで天床を見あげ、ななえは二人の妹を抱えたまま、背をまっすぐに伸ばしていた。彼はななえの側《そば》へゆき、そっと肩へ手をかけた。ななえはふるえてはいず、静かにこっちへ振り向いた。

「大丈夫ですよ」と彼は囁いた、「私がいますからね、心配しなくとも大丈夫です」

ななえは頷いて微笑した。ふっくらしたまる顔の片頬にえくぼができ、その微笑には却《かえ》って小三郎をなだめるような、おおらかなものが感じられた。

戸外の騒ぎはまもなく鎮《しず》まった。けれども武高の家からはななえきょうだいを迎えに来ないし、父の小左衛門も帰るようすがなかった。弟の小四郎は寝、ななえの幼ない妹二人も着たまま寝たが、母と小三郎とななえの三人は、夜が明けるまで起きていた。

父の帰って来たのは明くる朝の十時にちかいころであった。小左衛門は疲れきったようすで、食事はいらないと云い、味噌汁《みそしる》を一椀《わん》すすっただけで寝てしまった。昨夜なにがあったのか、自分がどこでなにをしていたか、などということはなにも云わなかったし、そののちもひと言として語ることはなかった。

小三郎は夜明け前に戸外へ出てみた。そして、門の外の塀際《ぎわ》に血の痕《あと》を見た。塀から三尺ばかりはなれた地面に、どす黒い血痕《けっこん》がかなり多量に固まってい、それが曲町で見た殺人の情景を連想させられて、彼はつよい吐きけにおそわれ、眼をそむけて家の中へ逃げ帰った。

その夜のことは、砂の上に書かれた文字が波に洗われて消えるように、あとかたもなく消されてしまった。塀際にあった血痕も、小三郎が起きたときには、きれいに洗い流されてしまったし、曲町で人が殺されたことも、噂《うわさ》にさえのぼらなかった。

その夕方、小三郎が勉強道具を包んで曲町へでかけようとすると、父がよせと云った。どうしてですかときくと、父は口をにごして、ともかく当分のあいだ曲町へは近よらないほうがいい、と云った。なにかわけがあるらしい。小三郎はゆうべ谷家の奥の間で、なにか云いあらそっていた江戸訛りの高ごえを思いだし、父の注意を聞きながして、曲町へでかけていった。用心して加地町をまわり、谷宗岳の屋敷へいってみると、門は閉めてあり、徒士組の侍が二人、ものものしい恰好《かっこう》で立番をしていた。一人は父の組下の者で、ときどき見かける顔だったが、向うでも知っていたのだろう、小三郎を認めるとこっちへあゆみ寄って来た。

「ここはだめです」と彼は云った、「このまま戻ってお帰りなさい」

小三郎はきいた、「谷先生に間違いでもあったのですか」

「私にはなにも云えない、誰にも云うことはできないでしょう、きいてもむだです」

「私は先生に会わなければならないんです、どうしても」と小三郎は云った、「私は先生の門弟です、先生が御無事だったらひと眼お姿だけでも見たいんです」

その徒士は小三郎の決心の固いのを感じとったのだろう、戻って同僚のところへゆき、なにか囁きあってから、小三郎を眼で招いた。徒士はあたりを警戒しながら、土塀を裏へまわってゆき、通用口のくぐり戸を叩《たた》いた。

「これはないしょです、早くして下さい」と彼は囁いた、「もしこんなことがわかれば、私共はお咎めを受けることになりますから」

くぐり戸が中からあいて、谷家の書生の一人が顔を出した。徒士組の侍はなにか口早に耳うちをし、小三郎を中へ押し入れた。谷宗岳は居間で本を読んでいたが、はいって来た小三郎を見るとちょっと眉《まゆ》をひそめた。

「先生、御無事でしたか」挨拶《あいさつ》もせずに小三郎はいきなり云った、「なにか大変な事が起こったようで、私は」

宗岳はゆっくり首を振って、小三郎の言葉を遮《さえぎ》った。

「なんでもない」と宗岳は云った、「時候はずれに蟬《せみ》が騒いだだけだ、だがおまえ、どうしてここへはいって来られた」

「立番に知った人がいたんです、けれども先生、ゆうべはいったいなにがあったんですか」

「季節はずれに蟬が騒いだだけだと云ったろう、おまえの気にするようなことではない、忘れてしまえ」と云ってから、宗岳は少し声を低めた、「——私はそば杖《づえ》をくって、三十日の謹慎*ということになった、あるいはこのまま尚功館の任を解かれ、江戸へ帰されるかもしれない、そんなことにはなるまいと思うが、暫《しば》くは会えないだろうから、今日はひとことおまえに云っておこう」

小三郎は背をまっすぐにし、両手を膝の上に置いた。

「この四年間、おまえは学問に熱中してきた、おまえは頭もいいし理解力もすぐれている」と宗岳は云った、「剣術のほうも第一級だそうではないか、——だが、ここでおまえに話したいことがあるのだ、楽にしろ」

膝をくずせと云われたが、小三郎は俯向《うつむ》いただけであった。

「江戸に一人の友達がいる」と宗岳は同じ調子で続けた、「或《あ》る大きな商家の一人息子で、町の私塾から昌平坂《*しょうへいざか》学問所へあがり、私はそこで彼と知りあった」

だがその男はすぐに学問所から去って、自分の家にこもり独学を始めた。学問所の講義などには、まどろっこしくてついてゆけない、というのである。それは思いあがりではなく、慥《たし》かに彼は稀《まれ》にみる秀才であった。

「或る日、彼は外出して、町の中で放れ馬に出会った」と宗岳は続けた、「女や子供たちさえぞうさなく道の脇《わき》へよけたが、彼にはそれができなかった、ただ茫然《ぼうぜん》と立ったままで、馬の蹄《ひづめ》にかけられてしまい、それがもとで彼は跛《びっこ》になった」

学問が大切だということはわかりきっている。放れ馬を巧みに避けるよりも、学問にすぐれた才能のあるほうがよい。けれども、じつは両者は一躰でなければならないのだ。幸い彼は跛で済んだからいいが、悪くすれば死んだかもしれない。どんなに高い才能があり学問に詳しくとも、放れ馬をよけることができず、そこで死んでしまっては、――と云って宗岳は口をへの字にし、片手をゆらりと振った。

二の四

「阿部も十二歳になったのだから、私の云うこともおよそわかるだろう」と宗岳はなお云った、「学者、武芸者になるつもりならべつだが、さもなければ、藩士としての将来に備えることを第一にすべきだと思う」

この藩の成り立ち、今日に到《いた》る歴代の事績、政治の功罪、災厄《さいやく》、豊凶の究明、――これらの詳細を知ることによって、藩士としての自分の立場もはっきりするし、将来なにをなすべきかということもわかる。

「尚功館で教えることは、おまえはもうすべてまなんだといってよい、これ以上は専門にわたることで、一藩士としては要のないものだ、わかるか」

「はい」と答えて、小三郎は眼をあげた、「ではもう、尚功館はさがったほうがいいのですか」

「そんなことはない、十五歳までは通学するがいいだろう、但《ただ》し審次吟味などは受けないことだ、それからあと二つ」宗岳は小三郎の顔をみつめながら云った、「平《へ》来《らい》師範がおまえの素質を高くかっている、剣術は続けるほうがいい、また、もし私が江戸へ追い帰されるようなことになったら、学問については小出さんに相談することだ」

「藤明塾のですか」

「そう、小出方正だ、あの人は私よりもっといい相談相手になってくれる、それをよく覚えておくがいい」

小三郎は昨夜のことが聞きたかった。自分がその眼で見た山根邸の外の出来事、徒士組の総出役、また自分の家の外でおこなわれた騒ぎ、そして谷宗岳に対する三十日の謹慎。これらがなにを物語りどんな意味をもつのかと。だが彼には質問する勇気がなかった。季節はずれに蟬が騒いだだけだ、という宗岳の口ぶりからしても、なにも聞かせてもらえないだろう、ということがわかったからであった。

「人間はたいてい自己中心に生きるものだ、けれども世間の外で生きることはできない、たとえば阿部の家で祝いの宴をしているとき、どこかでは泣いている者があり、親子心中をしようとしている家族があるかもしれない、自分の眼や耳の届くところだけで判断すると、しばしば誤った理解で頭が固まってしまう、――いまわれわれはすっかり忘れているが、井関川の水は休まずに流れているし、寺町では葬礼がおこなわれているかもしれない、わかりきったことのようだが、人間が自己中心に生きやすいものだということと、いまの話をときどき思い比べてみるがいい」

ではこれでと云って、宗岳は机のほうへ向き直った。痩《や》せて背丈の高い宗岳は、肩を張って坐《すわ》り、骨ばった横顔から濃い眉毛が突き出て見えた。小三郎は礼をしてそこから出た。数日のち、小出方正が例によって、阿部の住居へ書物の閲覧に来た。あれから徒士組は毎日の総出役で、父も昼夜交代で勤めていた。小三郎はそっと、小出教師になにごとがあったのかときいてみた。小出は頭を振り、そのことには触れないほうがいいと答えた。なにか噂を聞くかもしれないし、意外なことを見るかもしれないが、見ても見ぬふり、聞いても聞かぬふりをするがいい、うっかりするととんだ災難にあうぞ、とも云った。

慥かに、どこからともなく伝わってくる噂はあった。路上で三人の侍が斬《き》られたとか、滝沢邸の周囲は夜も日もなく警護の者が立っているとか、山根蔵人と誰それが*閉門を命ぜられた、などというたぐいのものだが、事実かどうかをつきとめようとすると、みな耳から耳へ伝わったもので、しんじつかくかくだと云うことのできる者はいないようであった。

その出来事は真相の不明なままで、半年ばかり尾を引いていた。江戸からしばしば使者が来たし、こちらから*山内国老が江戸へいったりした。だが、やがて、そういうこともなくなり、城下は以前のとおり静かになった。

谷宗岳は江戸へやられることもなく、七十日の服喪があけるころには謹慎も解かれ、尚功館で教授を続けることになったが、小三郎のようすはしだいに変り、講義を聞いてもそれまでのように筆記もしないし、質問することもなくなった。そして学友たちが気づいたとき、彼は極めて平凡な、影の薄い存在になっていた。それまでのきらきらするような秀才の俤《おもかげ》はあとかたもなく、彼がそこにいる、ということさえ周囲の者は気づかなくなった。剣術道場のほうも同じようで、これまでのするどい太刀捌《さば》きはしだいにみられなくなり、師範の平来林太郎か由布木小太夫に稽古《けいこ》をつけてもらうときのほか、学友たちとの手合せにはいつも合い打ちか、勝負なしにもってゆき、決して自分が勝ちを取ろうとはしなくなった。

こうして三年の月日が経《た》ち、彼は十五歳になった。よそ眼には小三郎は、すっかりかすんでしまったが、実際にはこのあいだ、彼は自分の将来を目標に、誰にも気づかれないところで、精神的にも肉躰的にも、休みなく自分を肥やしていたのである。宗岳の言葉にも動かされたが、「拾礫紀聞《しゅうれききぶん》」という記録に、違った角度から眼をひらかれ、納戸《なんど》にある蔵書をあさっては、歴代の事績について書いたものを、片端から入念に読み、その各事項を類別して写し取ることを始めたのだ。——谷家へはときどきたずねて話し、小出方正が来れば、自分の写し取ったものについて意見を聞いた。

「ほう、これは拾礫紀聞にはないな」小出は興ありげに、いつも彼の筆記をよくしらべた、「紀聞に入れようとして捨てたものでもなさそうだが、どうしてべつに書きとめたのかな」

「紀聞のうち七冊が欠けていますね」と或るとき小三郎はきいた、「こっちのこれらの記録が、欠けている七冊に相当するのではないでしょうか」

そのとき小出は頭を振った。

「そうではない」と小出は云った、「欠けている七冊についてはいつか話そう、尤《もっと》もそれは風聞にすぎないがね」

小出の調子にはなにやら、その問題を避けたいというけぶりが感じられ、小三郎はそのことを覚えておこうと思った。そのほかこの期間に、二つのことが彼の記憶に残った。その一はななえとの偶然の出会いであり、その二は、新らしい藩主、飛騨守昌治の初入国であった。

二の五

あの忌《いま》わしい宵節句《よいぜっく》の夜から四五日あと、裏の武高の家から葬式が出た。あるじの又兵衛が急病で頓死《とんし》したのだという、弔問客も少なかったし、葬式もごく簡単で、小三郎などは殆《ほと》んど知らなかった。ただ長男の又三郎が成年に達していないので、扶持《ふち》が削られるため、家計がいっそう苦しくなる、気のどくなことだと、父と母が話す事は聞いた。当主が死んだあと、相続した男子が十七歳にならなければ役につけない、というのが藩の規則であり、それまでは扶持を削られるのであった。――徒士組《かちぐみ》の人たちが、幾らかずつ集めて助力をすることになったそうだが、みんな貧しいなかまなので、それがどこまで続いたかはおよそ察しがつく、武高ではまもなくななえの二人の妹がいなくなり、次に伊之助がいなくなった。

小三郎はこれらのこともよくは知らなかった。彼はほかのことに頭をとられていたので、そういう話は聞くとすぐに忘れてしまった。そして十四歳になった八月の或る午後、寺町のうしろにある草原でななえに会った。その年の夏から、暇があると彼はあるきに出た。自分で綴《と》じた帳面と矢立《やたて》を持って、井関川の沿岸や、農地のある村々や、捨て野と呼ばれている広い荒地などを見てまわり、それらの地形を描いたり、覚え書きを書き入れたりするのである。——その日は寺町をしらべ、寺領の田地をしらべていたのだが、通りかかった草原で、ななえが手籠《てかご》を脇に、なにか草を摘み取っているのを見かけたのだ。彼より三つとし下だから、彼女は十一歳の筈《はず》であるが、色の褪《あ》せ継ぎのあたった着物に、古びた帯をしめた姿は、おどろくほど娘っぽくみえた。ななえは呼びかけられて振り返り、そこに小三郎がいるのを知ると、まあと眼をみはって立ちあがった。片手で衿《えり》をかき合わせながら、片手を髪へやった。これも娘らしいしなであったが、赤くはならず、眼を細めてほわりと微笑した。

「暫くでございました」と云ってななえはそっとおじぎをした、「みなさまお達者でなによりと存じます」

小三郎は戸惑った。とし下のななえにそんな挨拶をされようとは、ぜんぜん思いもよらなかったのである。

「あの晩から初めてですね」彼はおとなぶった調子で云った、「ああ、お父上が亡《な》くなられたそうですが、みまいにもゆかず失礼しました。いろいろたいへんだったでしょう」

小三郎は急に空を見あげた。なんというそらぞらしく、つまらないことを云うんだ、と感じたからであった。

「貧乏には慣れておりますから」とななえは答えた。

「妹さんたちはどうしていますか」

「はい、次の兄は養子にゆき、妹二人は」と云いかけて、初めて彼女は赤くなった、「それぞれ養女にもらわれてゆきました」

「この城下ですか」

「兄はこの在のお百姓でございます。妹の一人も城下町にいるのですが、どちらも往《ゆ》き来《き》をしないという約束で、わたくしはまだどこへもらわれていったのか存じません」ななえはしっかりした口ぶりで云った、「——もう一人の妹は遠国《おんごく》のように聞きました」

なんのためにこんなことをきいたのかと、小三郎は心の中で自分に舌打ちをし、さりげなく話をそらした。

「そこでなにを摘んでいたんですか」

ななえは恥ずかしそうに、手籠を取って中を見せた、「よめ菜でございます」

「春のものじゃないんですか」

「いまじぶんになるとまた若芽が出ますの、春のもののように香りはないんですけれど、母が好きなものですから」

それで話すことはなくなり、邪魔をしましたと云って、彼はそこを去った。

その年の暮になって、来年四月に藩主が初の国入りをする、と発表され、城中の御殿や井関川に臨んだ別邸の、改修築が始まった。年があけて十五歳になった小三郎は、尚功館を卒業し、同時に武芸道場からも脱けようとした。武芸のほうは年限に制約はないので、続けたい者はいくらでも稽古が受けられる。しかしそういう者の過半数は才能の有無よりも、暇つぶしか世間態のためにかよっている、という例のほうが多かった。それで小三郎は、学問所と同時に退学しようとしたのであるが、師範の平来林太郎と由布木小太夫にひきとめられ、もう四五年のあいだ、初級の稽古を受持ってくれるようにと頼まれた。特に由布木は熱心で、二度まで道場の裏へ彼をさそいだし、稽古着のままでくどいた。

「藤明塾の井戸さんからも聞いていた」と由布木は二度めに云った、「塾にいるじぶんから、おまえの手筋は天成のものと認めた、刀法の一派をひらくだけの素質をもっているとさえ云った、平来さんもおれもそう思う、本腰をいれてやってみないか」

小三郎は道場に残ることを承知した。

剣術にはいろいろと理屈がある、剣は人を殺すのではなく人を生かすためだとか、侍であることの本分を証明するものだとか、清澄《せいちょう》な士操をもつためだとか、そのほか多くの教訓や旗印をかかげている。だが小三郎は、その九割九分までがから念仏だということを知っていた。塾の井戸勘助、尚功館の由布木小太夫などはそのとおりかもしれないが、結局は勝負が進退を左右し、手合せに勝つ以外に昇級するみちはない。

現に、三年まえ宵節句の夜半、塾の益田喜十郎が彼の住居のそとで人を斬った。益田自身が斬ったかどうかはわからないけれども、「斬ってよし、逃がすな」と叫んだ彼の声には、剣が人を生かすものだ、という旗印とはまったく反対な、酷薄むざんなひびきがあった。どんなに言葉で美しく飾られても、つきつめたところ剣術とはそういうものだ、と小三郎は信じていた。だが、彼は道場に残ることを承知したのである。

小三郎は午前ちゅう、初級の者だけに稽古をつけた。初級は新入生とは限らず、中には十六七歳の者もいたし、そういうとしかさな者たちは、まえにも記したとおり、本気でかよってくるよりも、暇つぶしか世間の眼をごまかすために来るほうが多い。小三郎はかれらには手きびしく稽古をつけた。いうまでもなくかれらは反抗的で、平侍の伜《せがれ》がなにを、という気持をあからさまに示した。

——井戸さんがこれを見たらどう感じるだろう、と彼は思った。いや、そうではない、井戸さんはこういうことを知っていたから、念流の達者でありここへ招かれても、それを拒んで塾の道場を選んだのかも知れない。

そうだ、おそらく井戸さんはこれを知っていたのだ、と小三郎は推察し、しかしおれはやるだけのことをやるぞ、と肚《はら》をきめた。おかしなことだが、かれらの中にはまだ太田亮助がいた。いつか小三郎に喧嘩《けんか》をふっかけて以来、却《かえ》って彼に好意をもったようで、はっきりそうとはわからないが、なにかあると小三郎を庇《かば》うようにふるまった。

「あんなやつらに構うなよ、阿部」と或るとき太田は忠告した、「——どうせ本気にやるつもりはありゃあしないし、身分をかさにきていばりたいだけなんだから」

「知っています、ありがとう」

「なにかあったらおれが力になるよ」

小三郎はもういちど「ありがとう」と云《い》った。太田はもとから背の高いほうだったが、ますますのっぽになり、みかけはもうおとなだった。だが、金穀収納の元《もと》締《しまり》という親の威光と、小遣い銭の多いこととで、相変らずなかまにはばをきかせていた。そのため門人たちの反抗や侮辱するような態度も、或る程度までは抑えられたのだろう、だが小三郎はそんなことは少しも気にかけず、自分の思うままに稽古をつけた。

こうして或る日、彼の受持っている初級の道場へ滝沢荒雄があらわれた。小三郎はなにも知らなかったが、太田亮助が来てそっと囁《ささや》いた。

「あれは城代家老の滝沢さんの御子息です」と太田は気づかわしげに云った、「――平来さんの折紙つきの腕ですから、気をつけて下さい」

仁山村にて

櫟《くぬぎ》の林をまわしたほかはなんの飾りもない、裸の土をならしただけの広い庭を前に、米村青淵《よねむらせいえん》の隠居所があった。炉の間が十帖《じょう》、その隣りに八帖の居間と、うしろに水屋があるほか、南面した縁側のがっしりと広い造りが、この領内随一の豪農の隠居所、という重おもしい量感をみせていた。

＊郡奉行《こおりぶぎょう》の櫨幾《はじいく》右《え》衛門《もん》はその縁側に腰を掛け、隠居の青淵に向かって、「御物成収《ものなりしゅう》納帳《のうちょう》」を披《ひら》いていた。それは米、麦、大豆、馬草《まぐさ》その他の物産、領民に課せられた年貢《ねんぐ》が完納されたという証書、という意味のものであり、領民ぜんたいの代表といってもよい米村家が、代々その納入の責任をもっているのであった。

「この四年間、豊作が続きました」と櫨が帳面をとじて米村のほうへ押しやりながら云った、「今年もたぶん豊作に恵まれるだろうと思うのですが」

青淵はたばこを吸いつけながら、「いや」とゆっくり頭を振った。彼は痩《や》せていて背丈が高い。おそらく六尺を越すだろう、みごとな白髪であるが、肌は焦茶色《こげちゃいろ》で、笑うときみの悪いほどまっ白な大きい、よく揃《そろ》った歯があらわに見えた。「いや」と青淵は静かに云った、「このあいだ田を見まわって来たが、今年は稗《ひえ》が到《いた》るところに芽を出していた」

「稗がですか」

「稗がはびこる年は凶作だという云い伝えがあります」と青淵はきせるをはたき、すぐに火皿《ひざら》へたばこを詰めながら云った、「――云い伝えだけではなく、私が幾たびとなく現にそれを見ております」

櫨は眼を細めた、「それは防ぐことができないのですか」

「さてね」青淵はたばこに火をつけてから微笑した、「――雨の降るのを止め、風の吹くのを止める法があったら、豊凶も意のままになるでしょうがな」

櫨は眼を伏せた。あなたには関係のないことです、と隠居は云った。なん年かごとに凶作があり、そのために備荒貯蔵《びこうちょぞう》というものがある。人間、ことに農作については天候に支配されることからのがれることはできないだろう、と青淵はひとごとのように云って、たばこの煙を吐いた。櫨幾右衛門にはなにも云うことはないらしい。おまえには関係のないことだ、という言葉のとおり、郡奉行ではあっても、農耕についてはなんの関心も知識もなかったからである。

「ときに」と櫨は話を変えた、「――若殿が御入部《＊にゅうぶ》なされて、御小姓《＊こしょう》に阿部小三郎という少年があげられ、それがいま家中の物議のたねになっているようですが」

「そのようですな」

「御小姓にあげられるのはめみえ以上の子弟ということに大体きまっていたのを、

こんど徒士組《かちぐみ》の子があげられたというのは、たいへん異例なことですからな」

「あれはよくできた子です」

「ああ、こちら*はまえから阿部へ、蔵書をしらべにかよっておいででしたな」

「そんなこととは関係はないな」と青淵はきせるをはたきながら櫟林のほうを見た、「――尚功館《しょうこうかん》の教官、師範たち、藤明塾《とうめいじゅく》の教師たちぜんぶの推挙で、文句なく側《そば》小姓にあげられたということだ、噂《うわさ》だから信じてよいかどうかは知らないが、殿もたいそうお気にいられたらしい、だが、それだけになおさら、当人の小三郎にとってはつらいことだろう、一藩の物議のたねになるにしては、十五歳の神経はよわよわしすぎますからな」

櫨は咳《せき》をし、首をひねり、それから相手の心をさぐるように云った、「――若殿御入国のまえに、尚功館の道場であったことをお聞きですか」

「滝沢の御子息とのことですか」

「荒雄さまが彼に試合を挑んだことです」

青淵はきせるを膝《ひざ》の上でもてあそびながら、そっと微笑した、「阿部の子がわざと勝ちをゆずったという話ですね」

「滝沢さまの御子息はそれをみぬいて、もういちど手合せをと望まれた、けれども小三郎はとうてい自分はかなわないと云って拒《こば》みとおし、滝沢さまの御子息は怒って、いつかこの勝負のかたをつけると、道場の床板を踏み鳴らして帰られたそうですが」

「道場の床板を踏み鳴らしてな」青淵は静かに声をださずに笑った、「――素面素籠手《すめんすこて》の木剣試合だったそうだな」

「滝沢さまの御子息のお望みだったそうです」

「荒雄というお子も私は知っています」青淵はきせるをもてあそびながら云った、「学問でも武芸でもぬきんでた才能がおありだ、ただ私の卑俗な判断からすると、そのどちらも邸内に学問所を建て、尚功館の第一級の教官を招いてまなばせた、というところにゆきすぎがあるようだ、主殿《とのも》どのはきりょう人《じん》だが、子供の育てかたは誤ったというほかはない、いま申したように、荒雄というお子は学問でも武芸でも、持って生れた第一級の才能があると思います、それを世間と隔離して、邸内の学問所道場でまなばせたということは、世間知らずな、独りよがりな人間に仕立ててしまうというおそれがある、いや、これはこれは、つまらぬごたくを並べてしまいましたな、どうか聞かなかったつもりでお忘れ下さい」

櫨は会釈《えしゃく》をした。

「ときに」と青淵はにこやかに話を変えた、「あなたの櫨という姓はもと*土師《はじ》だったということをご存じですか」

「さあそれは、初耳ですが」

「先々代の殿が、土師の役を勤めないのだから、櫨と姓を改めるほうがよかろうと、仰《おお》せられたのがもとだということです」

「それはこんにち初めてうかがいました、本当のことでございますか」

「御本人のこなたが御存じないとすると、もはや伝説のようなものですかな」隠居はきせるにたばこを詰め、火をつけてふかした、「これもよけいなことのようでした、今日はどうも口が辷《すべ》るようです、お忘れ下さい」

　櫨幾右衛門はていねいに一揖《いちゆう》した。

三の一

「おまえは剣術がうまいそうだな」と昌治《まさはる》が云った、「そのうちに教えてもらおうかな」

「この荒地は約三万坪ございます」

「剣術のことはどうした」

「この三万坪の荒地を田にすれば」と小三郎は構わずに云った、「物成りの上にも大きい幅ができると思います」

「そのほうは滝沢に任せてある、おれはそういうことに興味はないんだ」

小三郎はあるきながら眼を伏せた、「今年は春の終りごろから稗が多くはびこりだしました、おそらく凶作はまぬがれまいと、百姓の古老どもは申しております」

「おまえはおれを郡奉行にでもするつもりか」

「殿は七万八千石の御領主です」と小三郎は云った、「御領内には百姓、町人、御家臣たち、合わせて四千人に近い者どもの命が、みな殿の御肩にかかり、御意《ぎょい》のいかんに心を労している、ということをお忘れなきように願いたいのです」

飛驒守《ひだのかみ》昌治は立停《たちどま》り、菅笠《すげがさ》の端をあげて小三郎の顔を見た。昌治は十八歳であるが、太りじしの軀《からだ》も顔も逞《たくま》しく、顎《あご》の張った、口の大きな、眼のするどい相貌《そうぼう》は二十四五歳の青年のようにみえた。

「百姓町人、家臣を合わせて幾人とか云ったな」

「四千人に近いと申しました」

「家臣録と人別帳《*にんべつ》をよくしらべてみろ」と昌治が云った、「五年まえの記録では三千八百七十八人とあるぞ」

「わたくしは四千人に近いと申しました」

「おまえはうるさいじじいになりそうだ」と云って昌治は微笑しながらあるきだした、「今日は井関川を見る筈《はず》だったろう」

「これがその道です」

やがて道は林にはいり、登り坂になった。五月の陽《ひ》ざしが林にさえぎられたので、昌治は笠をぬごうとし、小三郎がそれをとめた。ここにはよく山蛭《やまびる》の繁殖することがあるから、笠はかぶっているほうがよい、というのである。昌治は「山蛭」というものを知らなかったから、小三郎が説明した。

「江戸屋敷の池にもいるよ」と昌治は説明を聞いてから云った、「川の水を引いてあるので、川からはいってくるのだそうだが、木の上に蛭がいるとは知らなかった」

「牛や馬が血を吸われて死んだこともございます」

坂道はしだいに勾配《こうばい》が急になり、昌治は休もうと云った。道を川端までおり、岩の上に腰を掛けた。小三郎がその脇《わき》につくばおうとすると、昌治は岩を叩《たた》いてここへ掛けろと云った。小三郎は笠をぬいで、云われたとおりに並んで腰を掛け、昌治も笠をぬいで、額から頸筋《くびすじ》の汗をぬぐった。川はゆるいくの字なりに曲っていて、流れが早く、川の中にある幾つかの岩はもとより、岸に並んでいる岩の根もとなどで、はげしく白い泡をとばしていた。深さは七八尺あるだろうが、澄んでいるので底の石の一つ一つがあきらかに見え、その石をかすめるように、ついついと流れをさかのぼってゆく魚の姿が見えた。

「あれはなんという魚だ」

「わかりません」と小三郎が答えた、「いまはうぐいと鮎《あゆ》ののぼる季節です、やまめや岩魚《いわな》もいるかと思うのですが、わたくしは不案内でよくはわかりません」

「ああいう魚たちにも父母きょうだいの関係はあるのだろうか」と独り言のように云って、昌治はまた額の汗をぬぐい、小三郎に振り返った、「――おまえの父母は健在か」

小三郎は「はい」と頷《うなず》いた。

「母も生みの母か」

「そうだと思います」

昌治は対岸の崖《がけ》を見やった、「それは仕合せだな、大切にするがいいぞ」

小三郎はそっと昌治を見た。

「おれは妾腹《しょうふく》の子だ」と昌治は云った、「これが町人などならなんでもないだろう、よくは知らないが、——しかし大名の子となるとむずかしいことが起こる、おれに松二郎という兄のあることは知っているだろう」

「そういうお話はうかがえません」

「しかしいつかは、おまえもこの問題にぶっつからなければならないぞ」

「わたくしは徒士組頭の伜《せがれ》です」

「終生その身分が続くと思うか」

小三郎は低頭した。

「おまえはさっき、三万坪の荒地のことを申した」と昌治は流れのほうに眼をやりながら云った、「あの荒地に水を引くことができれば、年貢の幅もかなりひろがるだろう、けれども、おれにはその年貢のあがりよりもっと大切なものがある、家臣や領民たち、およそ四千に近い人間の将来がおれの肩にかかっている、とおまえは云った、だがおれにも自分の好ましい一生をおくる権利はある筈だ」

「この川上の山の森番小屋に」と小三郎が低い声で穏やかに云った、「平作と申す小屋頭がおり、その下におよそ三十余人の出小屋人夫がいて、代々、山を護《まも》り木を育ててまいりました、樹齢に達した木は伐《き》り、あとに杉《すぎ》とか檜《ひのき》の苗木を植え、下草を刈り害虫を除き、休みなしに働いて山を護ってきたのです」

「安穏で清らかな一生だったろうな」

「かれらのために洪水《こうずい》も防げましたし、年々の物成りも豊かに保ってまいりました」

「清らかな山の気を吸い、自然の生《な》り物《もの》を喰《た》べ、手足を伸ばして寝、おのれの生死について考える必要もない、これが人間の生活ではないか」

「山には毒虫もおり毒蛇《どくじゃ》もおり、とつぜん朽ち木が倒れて一命を失うこともございます」

昌治は苦笑した、「おれが云いたかったのはそういうことではない、江戸にいても川遊びの船が転覆したり、落雷や火事、そのほか人の命を奪う災厄《さいやく》は幾らでもある、だがおれの場合は違う、何人かの意志で、絶えずこの命を覘《ねら》われているのだ、夜も昼もだ」

小三郎が「殿」と云った。

「いつどこから刀がとんでくるか、矢を射かけられるかわからない、こういう生活がどんなものか、おまえに想像することができるか」

小三郎は立ちあがろうとした。

「待て、じっとしていろ」と昌治が急に前方を見たままで囁《ささや》いた、「頭を動かさずに、眼だけでそっと川下のほうを見ろ」

小三郎は云われたようにした、「わたくしにはなにも見えません」

「*二段《たん》ほど下に杉の若木がある、川岸のほうだ、そこに侍が三人隠れている」

頭上を一羽のかっこう鳥が、鳴きながら谷の奥のほうへ飛び去った。私にはなにも見えない、と小三郎は答えた。

「江戸からおれに付いて来た者たちだ、名は知らない」と昌治が云った、「表向きには*隠し目《め》付《つけ》で、おれの身辺を護るためだという、だがじつは、おれの命を覘っているのかもしれないのだ、そう考えるにはそれだけの理由がある、いつか話すときがあるだろうが、いまはよそう、そろそろでかけるかな」

「御帰城になさいますか」

「もう少し登ってみよう」

「これから坂道が急になりますが」

昌治は立ちあがった、「その森番小屋に寄って、平作とか申す老人に会ってみるとしよう」

三の二

森番小屋ではもろこし餅《もち》というのを喰べ、ひなた臭い茶を啜《すす》って帰った。もろこし餅というのは平作老人はじめ、人夫たちの常食だそうである。荒く搗《つ》いてまるくつくね、両面を焼いて醬油《しょうゆ》を刷《は》いたもので、嚙《か》んでもぼさぼさするだけで、のみこむのに骨の折れるような物だが、昌治はうまいと云って三つも喰べ、ひなた臭い茶もうまそうに啜った。平作はもちろん昌治を藩主だとは知らない、城下の商人のの息子だぐらいに思ったのだろう、こんな物をうまいと云うのは、つねづね贅沢《ぜいたく》をしている証拠だとか、山へ来て二年も修業すれば、少しは人間らしくもなり、生きていることの有難みもわかるだろう、などとずけずけ云った。

城へ帰る途中、小三郎は注意してうしろや左右に眼をくばった。けれども昌治の云う「隠し目付」と思われる者の姿は、ついに一度も見あたらなかった。

あの荒地へ水を引く法があるのかと、城へ帰ってから昌治がきいた。およそ三十年ほどまえに、その案を申請した者がおります、と小三郎は答えた。井関川の上流から特殊な方法で堰《せき》を掘ると、荒地へ水を引くことができる。その方法を図面にして申請した書類が、いまでもわが家の蔵書の中に残っている、と小三郎は熱心に付け加えた。

「いまの老臣どもはそれを知っているのか」

「わかりません」と小三郎は口ごもった、「滝沢御城代は知っておいでだと存じますが、どうやら御内福《*ないふく》と評判の藩としては、このうえ物成りを殖《ふ》やして、幕府ににらまれることをおそれているのではないか、というような評を聞いたことがあります」

「一度その図面を見よう」昌治はそう云って小三郎の眼をみつめた、「――明日は剣術の相手を申付けるぞ」

「こんなことを申上げてはお怒りを受けるかもしれませんが」小三郎はよく思案しながら云った、「あまり一人の人間をごひいきにあそばしては、家中へのしめしがつかなくなるのではございませんか」

「おまえは滝沢の伜のことを云っているのか」

「誰とは限りません、わたくしはもう三十余日も、お忍びのお供をしております、これでは家中の噂にならずにいません」

「噂になっては悪いか」

「お側小姓は五人、ほかの者にもおめをかけていただきたいのです」

「よし、聞いておこう」昌治は云った、「だがおれは、おれの好きなようにする、ということも覚えておけ」

小三郎は低頭してさがった。

昌治は四月に初入国をしてからまもなく、忍び姿で城の搦手《からめて》をぬけだし、小三郎だけを供に領内を見てまわった。それ以来三十余日、雨風《あめかぜ》にかかわらず、その見廻りは休まずに続けられた。初めのころ、小三郎は自分のしらべた領内踏査の帳面をみせた。昌治はあまり興味を唆《そそ》られたようすはなかった。小三郎だけを供にするようになったのはそのあとのことだが、踏査帳を見せろとは二度と云わなかった。

——この忍びの巡視は厳重な秘密にされていたが、藩主がこのように出あるけば噂にならずにはいない、まして供はまだ十五歳の小三郎ひとりである。口に出してこそなにも云わないが、自分を見る人たちの白い眼が、しだいに露骨になってきたことを、小三郎は敏感に気づいていた。

そして梅雨にはいった或《あ》る日、彼が勤めを終って下城して来ると、材木倉のところで十人ばかりの少年たちに取り囲まれた。としは十五六から十七八どまり、みな徒士組の子たちで、殆《ほと》んど知っている顔だった。

「ちょっと聞きたいことがある」と今原修平という少年が云った、「裏の原まで来てもらおうか」

小三郎はかれらが、みな木剣を持っていることを見てとり、なんの用かときき返しながら、いつかのときと同じだな、と思った。

「原へいってからわけは話す」と今原は怒ったような声で云った、「ここでは邪魔がはいる、あるけよ」

かれらは四方をかためた。小三郎はおとなしくあるきだした。まえには尚功館、めみえ以上の子弟だったが、こんどは父の組下の徒士の子たちだ、上からも嫌われ、下からもそねまれている。父の云ったことは事実だったんだなと、あるきながら小三郎は思った。けれどおれはへこたれもしない、力以上の無理押しもしないぞと。

――雨はやんでいたが、原の雑草は濡《ぬ》れているので、小三郎はじめかれらの袴《はかま》も、裾《すそ》のほうはずっくり濡れてしまった。

「この辺でよかろう」原のほぼ中央にある二本松のところで今原が立停り、他《ほか》の少年たちが小三郎を中心に円を描いた、「――阿部小三郎、なぜおれたちがここへ呼び出したか、おまえにも思い当ることがあるだろう」

小三郎は頷いた、「いかにも、およその察しはつく」

「おまえはこの藩を毒するやつだ」

小三郎は黙っていた。

「お側小姓にあげられたのをいいことに」と脇《わき》にいた吉川庄一郎がしゃがれ声で云った、「殿をろうらくして自分の好まない者を遠ざけ、自分ひとりで殿のお心を惑わし、やがては藩の政治まで左右するつもりだろう、そんなことぐらいわれわれには見とおしだぞ」

小三郎はぐるっとかれらを眺めまわした、「みんながそう信じていることに、私が責任をもつわけにはいかない、つづめたところどうしようというのだ」

「おれたちの手でその根性を叩き直してやる、おまえが徒士組の子であり、そんなにのさばる身分ではないということを、ここで骨身にこたえるほど思い知らせてやるんだ」

小三郎が今原に云った、「話しあいではだめなのか」

「口ではどうともごまかせるからな」

「やむを得ない」小三郎は両刀を脱して草の上に置き、その脇の濡れた草上に正坐《せいざ》した、「それだけの人数ではとうてい私に勝ちみはない、手向いはしないから存分にやってくれ」

三の三

少年たちは顔を見交わした。こうなったらこうしよう、などというこまかい計画はなかった。あいつを取っちめてやろうか、よしやってやろう、というぐらいの気持でかかったことらしい。小三郎が濡れた草の上に正坐し、両手を膝《ひざ》に置いて、「存分にしろ」と云ったとき、かれらはみなたじろいだ。そしてその一瞬、かれらの連帯感が崩れたのだ。同時に、かれらの中でそのことをすばやく認めた少年が一人いた。このままでは自分たちのほうがみじめに負けると直感したのだろう、みんなさがれと云って、彼は前へ出て来た。武高《たけだか》伊之助の兄の又三郎であった。

「みんなうしろへさがれ」と又三郎は云った、「おれがやってやる、手出しはするな、みんなよく見ておけ」

小三郎は眼をあげて彼を見た。弟の伊之助も痩《や》せていて小柄だったが、十七歳になった筈の又三郎は、もっと小柄で骨細な軀つきであるし、膚《はだ》なども蒼黒《あおぐろ》いように生気がない。ただその肉の薄い骨ばった顔にだけ、いまにもはちきれそうな憎悪《ぞうお》が脈打っていた。こいつは本気だ、と小三郎は思った。

又三郎は木剣を振り上げた。小三郎はまじろぎもせずにそれを見あげていた。又三郎が大きく叫んで、振り上げた木剣を打ちおろそうとした。そのとき横にある二本松のほうから、空を切って棒のような物が飛んで来、又三郎の木剣に当った。打ちおろす動作に移った瞬間のことで、木と木の触れ合う澄んだ高い音が聞えたと思うと、又三郎の木剣は彼の手を放れて脇のほうへとばされ、又三郎は首をちぢめながら、両手を握り合わせた。いまの衝撃で手指が痺《しび》れたらしい、他の少年たちにも、なにごとが起こったのかすぐには理解できないようで、みんな茫然《ぼうぜん》と立ったままでいた。

「このばか者ども」という喚《わめ》き声が聞えた、「みんなそこを動くな」

そして井戸勘助がこっちへあゆみ寄って来た。小三郎が塾《じゅく》にかよっているころは、たいそうひいきで、いつも念を入れて稽古《けいこ》をつけてくれた人だ。

——井戸先生だ。

声を聞いたとき小三郎はすぐにそう気づき、眼をつむって俯向《うつむ》いた。自分が悪いことをして、みつかったような気持だった。

「きさまたちは十人がかりで、たった一人の者を野詰《のづ》めにしようというのか」井戸はそうどなった、「塾の道場でおれがそんなことを教えたか、首謀者は誰だ」

少年たちは黙っていた。

「きさまか、今原」と云って井戸は少年たちを指さした、「それとも吉川か、武高か、——きさまたちには、自分が首謀者だと名のる勇気もないのか」

少年たちは肩をすぼめたり、ぐあい悪そうにうなだれたりしたが、やはりものを云う者は一人もなかった。井戸勘助は大股《おおまた》にあるいてゆき、武高又三郎の木剣と、長さ二尺ばかりの、よく磨《みが》きあげた木の小太刀のような物を拾って来、木剣を又三郎の手に渡した。

「おれも微禄《びろく》の平侍だ」と井戸は云った、「おれはそれを恥ずかしいとは思わないが、めみえ以上の者たちから平侍と卑《いや》しくみられるのは、きさまたちのこういう軽薄さが、みずから招くものなんだ、おれはこういう軽薄さを叩き直すために、今日まできさまたちに稽古をつけてきた、身分に上下の差別はあっても、人間そのものに上下の差別はないんだぞ」

めみえ以上の者に誇りがあるなら、平侍には平侍の誇りがある。めみえ以上の者だけで一藩が成り立つわけもなし、平侍だけで藩家を守《も》り立《た》てられるものでもない。たとえば車の両輪のように、両者それぞれがおのれの分をまもり、誇りをもっておのれの勤めをはたしてこそ、藩家の安泰、領民の安堵《あんど》が保たれてゆくのだ。

「おれはそういうふうに教えてきた筈《はず》だ」と井戸は続けた、「だがそれはきさまたちの役には立たなかったようだ、よし、それならそれでいい、きさまたちの卑怯《ひきょう》な思いつきをやりとおしてみろ、十人がかりでどんなふうにやれるか、おれがここで見届けてやる、さあ武高やってみろ、きさまの木剣はきさまの右手にあるぞ」

井戸先生はおれに聞かせているんだ、小三郎は眼をつむったままで思った。少年たちを叱《しか》っているのではない、おれが尚功館へあがったことで、また側小姓にあげられ、殿にめをかけられていることで怒っているのだ。平侍には平侍の誇りがあるという言葉は、おれに対する怒りなのだ。彼はそう推察し、かなしさのあまり泣きたくなった。

「なさけないやつらだ」と井戸が声をふるわせて云った、「こんなに云われても腹を立てることさえできない、そんな根性だから平侍が卑しめられるんだぞ、今日のことはみのがしてやる、帰れ」

小三郎はかれらがこの原から去ってしまうまで、眼をつむって坐《すわ》っていた。彼は自分のことを、流れの中の一つの岩のように思った。飛驒守昌治の供をして、井関川の岸で休んだことがある。そのときすぐ向うの早い流れの中に岩があって、まわりをすっかり水に取り囲まれ、絶えまなしに白いしぶきを浴びていた。ちょうどあの岩のようだ、と彼は思った。まえにはめみえ以上の者たちから疎《うと》まれ、いまでは徒士組の者たちから憎まれている。上からも下からも、そしておそらくは四方八方から、この疎みと憎しみの眼がおれに集まっているだろう。せめて井戸先生ぐらいはと思い、彼はそっと眼をあいてみたが、もう井戸勘助の姿もそこにはなかった。

「みんなは、あの毀《こわ》され取り払われた橋のことを知らないんだ」小三郎はそう呟《つぶや》きながら立ちあがった、「――ことによるとあの橋が毀され、取り払われたのを見ても、なんとも感じなかったのかもしれない」

袴はすっかり濡れていた。小三郎は両刀を取って腰に差しながら、つよく歯をくいしばった。

「だがおれはそうじゃない、おれには一生、あの事実を忘れることはできないだろう」と彼はまた呟いた、「おれにはあのことは赦《ゆる》せない、誰を赦せないかではなく、あんなことが当然のようにおこなわれ、非難する者もない、ということが赦せないのだ」

疎む者は疎め、憎む者は憎め、だがおれはそんなことでへこたれやしない。どんな障害があっても、おれは自分の選んだ道をあるいてやるぞ、と彼は心の中で云った。

三の四

数日ののちの夜、小三郎は曲町《まがり》へたずねていった。谷宗岳は彼の話を聞き終ってから、咎《とが》めるような眼で彼を見た。

「そんなことが気になるのか」と宗岳は云った、「そういう問題は初めから覚悟のうえではなかったのか」

小三郎は頭《こうべ》を垂れた。

「お側へおまえを推挙したのは、尚功館と藤明塾の教官、教師らが全員一致できめたことだ、これまでお側小姓にあがるのは、めみえ格以上の子弟という不文律があったし、それはおまえも知っていたことだろう」と宗岳は云った、「――そればかりではない、尚功館へあがりたいと、私のところへたずねて来たとき、すでにおまえの肚《はら》はきまっていた筈だ、そうではなかったのか」

小三郎はそこへ両手を突いた。眼からあふれ出る涙を、抑えることができなかった。宗岳はそのようすを黙って見ていた。そしてやがて、小三郎がふところ紙で涙を拭《ふ》きとると、机の上にある小さな鈴を鳴らして書生を呼び、茶と菓子を持って来るようにと命じた。

「ときに」と宗岳は調子をやわらげて云った、「いつか道場で滝沢の御子息と手合せをしたそうだな」

小三郎は「はい」と答えた。宗岳に反問されたことで、弱っていた気持が立ち直ったのだろう、いまは顔色も冴《さ》え、眼もすがすがしく澄んできた。

「そのときおまえが勝ちをゆずり、滝沢の御子息が怒ったということだが」

「それは少し違うのです」と小三郎ははっきり答えた、「――私は初級の受持ちですから、組み太刀ならお相手をすると申しました、滝沢さまはそれでもよいと仰《おっ》しゃいましたので、素面素籠手《すめんすこて》のまま道場へ出ましたが、くらい取りをするといきなり打ちを入れてこられ、私は吃驚《びっくり》してとびのいたのです」

「なぜ打ち返さなかった」

「初めから組み太刀の約束でしたし、道具をつけずに、木剣で試合をすることができるでしょうか」

宗岳がなにか云おうとしたとき、さっきの書生が茶と菓子を持って来た。

「遠慮なく喰べろ」宗岳は書生が去ると云った、「江戸から送って来たもので、おれの好物だ」

小三郎は会釈《えしゃく》をして茶飲み茶碗《ぢゃわん》のほうを取った。

「人間というものは」と宗岳も茶碗を取りながら云った、「自分でこれが正《まさ》しい、と思うことを固執するときには、その眼が狂い耳も聞えなくなるものだ、なぜなら、或る信念にとらわれると、その心にも偏向が生じるからだ」

小三郎は訝《いぶか》しげな眼つきをした。

「そうさな」と宗岳は茶を啜《すす》ってからゆっくりと云った、「俗な譬《たと》えだが、人間には食物にも好き嫌いがある、或る者には焼魚がもっともうまいし、他の者には魚は煮るのが本筋だと思う、また料理人は魚によって区別をし、これは焼くものこれは煮るものと、流儀によっておよそきめてかかるようだ、それが固執であり、その固執は人にかたよった考えをいだかせる、魚に限らずどんな食物でも、自分でうまいと思う料理法で喰べるのが正しいので、料理人の主張だからこうして喰べよう、と思うのはすでに心が偏向しているからだ」

小三郎には納得がいかないとみえ、眼をそらしながら首をかしげた。

「慥《たし》かに、道具なしで木剣試合をするのは危険だ」宗岳は茶を啜ってから続けた、「――けれども、相手が約束をやぶって勝負に出たとするなら、是非善悪を考えるよりも、応じて立つほうが自然だと思う、人間はいつも、正しいだけでは生きられないものだからな」

宗岳の云った言葉の意味は、小三郎にはおぼろげにしか理解することができなかった。滝沢荒雄が挑んできたとき、これを避けるよりも打ち返すほうが自然だったという。道具をつけない木剣試合では、特にあのときの荒雄のようすでは、軽くともどちらかがけがをするし、へたをすると骨を打ち折るような結果になったかもしれない。だが、その一面に禍根をのこしたことも事実だ。

——いつか必ず、この勝負の片をつけてみせる。

荒雄はそう云って去った。まるで宣言するような口ぶりであった。自分はそうするほかにないと思って、あの試合を避けたのだけれども、それで事が終ったわけではない。いつかはきっと、ぬきさしならぬことにぶっつからなければならないだろう。——美丈夫といってもいい荒雄の、際立《きわだ》って端正な顔にあらわれた表情、屈辱に燃えているようなあの表情は、いまだに忘れることができないし、思いだすたびに一種の恐怖におそわれる。

「それにしても」と曲町から帰る途中、小三郎は不吉な予感をうちけそうとでもするように、顔を振り振り呟いた、「——谷先生はずいぶん思いきったことを仰しゃるな、本当にあんなふうに考えていらっしゃるのだろうか」

相手が約束を無視して勝負を挑んできたのなら、是非の判断よりも応じて立つほうが人間らしいという。また、これが正しいという信念にとらわれると、眼も耳もそのほうへ偏向し、「正しい」という固執のため逆に、判断がかたよってしまう、とも云われた。

「よくわからないな」と彼はまた呟いた、「よくわからない、しかし谷先生がでたらめを仰しゃる筈はないからな、ゆっくり考えてみることにしよう」

組屋敷の家へ帰り、風呂舎《ふろや》で汗を拭いていると、裏の木戸があき、勝手口の障子をあける音がし、続いて「おばさま」と呼ぶ、ひそめた声が聞えた。ななえだな、と小三郎は直感し、そんなにひそめた声では母には聞えないだろうと思った。けれども母には聞えたらしく、静かな足音が勝手へはいって来た。

「どうしたの、ななえさん」

「いつもすみません、おばさま」となななえの云うのが聞えた、「母のようすがおかしいんですの、申訳ありませんがみに来ていただけないでしょうか」

「おかしいって、どんなふうなの」

「わかりません、ただ苦しがっているばかりで、いつものようではないいんです」

「ちょっと待ってね」と母が囁《ささや》いた、「すぐにゆきますから、あなた先に帰っていて」

「お願い申します」

そして、ななえは勝手口の障子を閉め、いそぎ足に出ていった。小三郎は軀《からだ》を拭き終り、着物を身につけながら、眉《まゆ》をしかめた。ななえの母が病臥《びょうが》していることは、まえからうすうす聞いていた。又三郎には好意は感じられない、このあいだのようなことがなくとも、こせこせして貧相で、いつも人を横眼で見るようなところがある。これは小三郎に対してだけかもしれない、というのは、又三郎が十七歳で家督相続をしてからも、武高の家計は少しもらくにならず、夜になってから勝手口へ来て、米とか味噌《みそ》、醤油《しょうゆ》などを借りてゆくことがしばしばあった。又三郎が相続すると、まもなく妻女が発病したので、扶持《ふち》が元にかえっても、ゆとりのできる暇はなかったに相違ない。

「単純ではないんだな」と小三郎は暗い廊下に立停って呟いた、「材木倉の原で示した又三郎の激しい憎悪は、自分たち家族が恵みを乞《こ》うているということの、屈辱感から出たものにちがいない、――これが人間と人間のつながりの、むずかしいところなんだな」

可哀《かわい》そうなのはななえだ、と彼は思った。

部屋へ戻ってみると、弟の小四郎は机に凭《もた》れかかったまま眠っていた。机の上には書物が披《ひろ》げてあるが、勉強していたようすはない。おそらくそこに坐《すわ》るとまもなく眠ってしまったのだろう。自分がひ弱な生れつきだ、ということをひけらかしでもするように、藤明塾での学問も武芸も、十三歳になる今日まで最下級のままであった。

「小四郎」彼は弟の肩をゆすりながら囁いた、「もう寝るがいい、父さまにみつかるとまた叱《しか》られるぞ」

小四郎がだるそうに身を起こすと、机の上には涎《よだれ》が溜《たま》っていた。

三の五

飛騨守昌治は大股に石段を登り、裸の土の庭を横切って、まっすぐに隠居所へいった。供の小三郎が追いつくのに汗をかくほど、いそぎ足であった。

十月の中旬、雨もよいの午後で、隠居の米村青淵は柴折戸《しおりど》のつくろいをしていた。昌治は振り向いて、小三郎に「ここで待っておれ」と云った。小三郎はそこで立停った。その日は朝から昌治はおちつかないようすで、急に城代家老を呼びよせ、一刻《とき》あまり二人だけで話したかと思うと、滝沢主殿《とのも》が退出するなり、山根蔵人《くらんど》を呼んだ。山根は老臣の中でも滝沢、山内に次ぐ家柄で、*江戸家老の津田《つだ》兵庫《ひょうご》はその弟に当る。兵庫は幼ないころ津田家へ養子にはいったもので、江戸家老になってからも七年になり、きれ者だという評は、この国許《くにもと》まで聞えていた。山根が退出すると、昌治は小三郎を呼んで、城の搦手《からめて》にあるいつもの門から、外へ出た。*常着《つねぎ》に葛布《くずふ》の袴《はかま》というみなりだが、これまで巡視にでかけるときの、町人ふうな姿とは違うから、通りかかった者はみな会釈をした。もちろん城主と知ってではなく、一般の侍に対する礼として、——だが昌治はそんなことには気がつかなかったようだ、彼は小三郎にも話しかけることなく、なにか独りで呟いたり、首を振ったりしながら、まるで誰かに追われてでもいるように、いそぎ足にあるき続けた。そして捨て野と呼ばれる、あの広い荒地のところで休み、なにかを思いついたという調子で「仁《に》山《やま》村へゆこう」と云いだしたのであった。

　昌治がそんなにおちつかない態度をみせたのは、帰国してこのかたかつてないことであった。なにか重大なことがあったんだな、と小三郎は思った。それで供をするあいだ、ずっと神経を緊張させ、前後左右の警戒を怠らなかった。ひそかに江戸からついて来たという隠し目付が、昌治の身を隠れて護《まも》る、という名目で、じつは命を覘《ねら》っているのかもしれないという。——慥かに、これまで巡視の供をしているあいだに、それらしい三人づれの、旅装の侍を小三郎も見たことがあった。かれらはいつも遠くにいたので、人相などもさだかではないし、本当に「隠し目付」かどうかもわからなかった。しかも、その日の昌治は姿を変えず、常着のままだったから、仁山村の米村家へ着くまで、小三郎の警戒心はいっときもやすむ暇がなかった。――しかしここへ来てしまえば安心だ、と小三郎は思った。この屋敷には若い男たちがたくさんいる、いざとなればみんなとびだして来るだろう。

彼はそう信じていた。昌治は柴折戸のところで、青淵と立ったまま話していた。ときどき昌治の声が高くなり、「滝沢はおれをつんぼにしている」とか、またしばしば山根蔵人の名が出た。青淵は瘦せていて背丈が高い、昌治より頭一つくらい高いようだ。よく陽にやけた焦茶色《こげちゃいろ》の顔はおっとりしていて、静かな微笑を崩さず、昌治になにか答えるとき、その口からまっ白な歯が見えた。頭のしらがよりも白いな、と小三郎はこっちにいて思った。

「おれはもう十八歳だ」という昌治の苛立《いらだ》たしげな声が聞えた、「――おれのまわりでなにが起こっているのか、おれにはそれを知る権利がもうある筈だ」

青淵はなにか答えたが、その言葉はやはり聞えなかった。話はなお小半刻《こはんとき》も続き、昌治は幾たびも高い声をあげた。そしてやがて、くるっと向き直ってこっちへあるきだした。青淵は低頭しただけで、呼びとめようともせず、見送ろうともしなかった。

「帰ろう」小三郎に近づくと、昌治はそう云った、「みんなおれを子供扱いにする、おれは木偶《でく》ではないんだ」

門をぬけ、石段をおりながら、昌治はそんなことを呟いた。小三郎に云ったのか独り言か、どちらともはっきりしなかったが、石段をおりてあるきだすとまもなく、これまでのきおい込んだような歩調が変り、疲れはてた人のように一歩、一歩と、力のない足どりになった。事の内容は見当もつかないけれど、よほどの難問に当面しているのだろう。よく聞えない独り言を繰返したり、溜息《ためいき》をついたりするのを、小三郎はいたましい思いで聞いた。

「小三郎」と昌治は呼びかけた、「そのほう巳《み》の年の騒動というのを知っているか」

小三郎はうしろから、昌治の背中を見ながら、「存じません」と答えた。

「本当に知らないのか、それとも口止めをされているのか」

「本当に存じません」

「知らぬ、知らぬ、知らぬ」昌治は放心したような口ぶりで云った、「どっちを叩《たた》いても、みな知らぬと答える壁ばかりだ、かれらはおれをその壁の中にとじ籠《こ》めて、亡《な》き父上と同じ木偶を作ろうとするんだ」

小三郎にはその意味がわからないので、答える言葉もなく、黙ってあるき続けた。

「小三郎、いっしょに江戸へ来るか」と暫《しばら》くして昌治が云った、こっちへ振り返りもしなかったし、自分の意志がとおると信じてもいないような調子だった、「――来る気があれば滝沢に申付けるぞ」

「はい」小三郎は低い声で答えた、「お許しさえあればお供をつかまつります」

仁山村をぬけて左へ曲ると寺町である。その曲った道が雑木林のあいだで細くなり、ゆるい勾配《こうばい》で丘へ登っていた。その雑木林をぬけて登りにかかろうとしたとき、右側の林の中から二人に呼びかける声がした。

「おい、そこへゆく二人」とその声はどなった、「こっちへ来い、酒を馳走《ちそう》してやるぞ」

山内安房《あわ》の長男貞二郎の声だと、小三郎にはすぐにわかった。それで「どうぞ構わず」と昌治をそのままゆかせようとしたが、昌治は立停って振り向いた。林の中から出て来たのは思ったとおり山内貞二郎で、まわりに男女の芸者とみえる者が、五六人もついていた。

「なに者だ」と昌治が小三郎にきいた。

「酔っております」と小三郎は答えた、「どうぞお見のがし下さい」

賑《にぎ》やかに騒ぎながら、道へ出て来た貞二郎は、昌治を見ると棒立ちになった。云うまでもないが、幾たびかめみえに出たことがあるし、個性の際立ってみえる昌治の風貌《ふうぼう》は、よく覚えていたに相違ない。彼は棒立ちになったまま、途方にくれたように、ぽかんと口をあけてこっちを見ていた。

昌治は振り向いてあるきだしながら、「山内の伜《せがれ》だな」と云った、「仕合せなやつだ」

小三郎は黙っていた。

その明くる年の三月、飛騨守昌治は参覲《さんきん》のため、江戸へ立った。だがその行列の中には、阿部小三郎は加わっていなかった。

山根邸にて

山根蔵人《くらんど》は着替えをしていた。妻女のやす江がその世話をし、娘のつるが側《そば》から眺めていた。

「いやなお父さま」とつるが云《い》った、「さっきからぬすみ笑いばかりしていらっしやる、そんなにもうれしいことがなにかあったんですか」

「つるさん」と母親がたしなめた、「あなたの悪い癖ですよ」

「だって本当なんですもの」

「叱《しか》らなくともいい、本当なんだ」蔵人は常着の帯をしめながら云った、「おいで鷲《わし》っ子、おまえに話がある」

そして居間のほうへゆき、つるもあとについていった。蔵人は五十四歳、娘のつるは十四歳だが、父親と同じくらいの背丈があり、そのきりょうのよさでは、城下でも指折りの評《うわさ》があった。その反面、気の強いこともひと一倍で、父親が「鷲っ子」と呼ぶように、鶴《つる》というより「鷲」というほうがそぐわしい感じをもっていた。十四歳というとしに似合わず、胸も平べったいし腰も細い、言葉つきも立ち居も、娘というより少年といったほうがふさわしくみえた。――山根家には、つるの上に靭負《ゆきえ》という長男がいる、十七歳で、もう元服しているが、生れつき病身であり、いままでも別棟《べつむね》の隠居所で寝たり起きたり、という生活をしていた。――この家では蔵人とつるの二人が主人のようなもので、妻女のやす江も靭負も常に二三歩うしろにさがっている、というふうであった。

居間にはいって坐《すわ》るなり、蔵人は「おまえの婿《むこ》をきめたぞ」と云った。琅玕色《ろうかんしょく》の千草模様に染めてはあるが、男仕立ての袴《はかま》をはいているつるは、からかうような眼で父を見た。

「それはお気のどくだこと」

「気のどく、とはなにが」

「わたくしのお婿さんになる方」

「まじめな話だぞ」

「それならなおさらのことよ」

「うん」と蔵人は唸《うな》り、それから娘の顔を見た、「――去年の冬のはじめごろかな、鶯っ子は人を助けたことがあったな」

「あら、そんなことは存じません」

「隠してもだめだ、井戸勘助から聞いたぞ」

「井戸さんって、ああ、あの方なら知っています」

「阿部小三郎が野詰めにされようとしたとき、おまえが井戸に知らせて助けてやったそうではないか」

つるは肩をすくめてくすっと笑った、「また乗馬のお小言になるんでしょ」

「乗馬のことなどが絡《から》んでいるのか」

「あの日は八重田《やえた》さまの御乗馬《じょうめ》を借りましたの」とつるは云った、「あの暴れ馬だという背黒ですわ」

「頼母《たのも》を振り落したあれか」

「足の骨を折ったんですって」つるはまたくすっと笑った、「――わたくしには猫のようにおとなしゅうございましたわ」

「笑いごとではない」

「さあ、どうでしょうか」と云って、父の顔をみるなりつるはまじめになった、「八重田さまから馬を借りて、一刻《とき》ばかりせめました、いいえ遠走りは致しません、寺町をぬけて大沼を二回まわりました」

「大沼のまわりには道はないだろう」

「はい、草原と藪《やぶ》だけです」つるはこくんと頭を動かして答えた、「でも、――背黒はみごとにそこを駆けぬけるんです、風のようにです、手綱をこうゆるめるだけで、へん」つるはまた父の顔を見てそら咳《ぜき》をし、袴の襞《ひだ》を直しながら話を変えた、「それから八重田さまへ帰ろうとしていると、お材木倉のところで、十人ばかりの子供たちが、一人の少年を取り囲んでなにか云いがかりをつけているのを見かけたんです」

「子供とか少年とか云うけれど、みんなおまえよりとし上だろう」蔵人はそこでこわい眼つきになった、「――云いがかりなどと、そういう下品な言葉は慎まなければいけない、と云ってある筈《はず》ではないか」
「では、なんと云ったらいいのでしょうか」
こんどは蔵人がそら咳をした、「――まあいい、それからどうした」
「それで、そのとき気がついたんですけれど、お材木倉のそこへ来るまえに、井戸さんがあるいているのを見たんです、それで馬を引返して、井戸さんのところまで戻って、いまこういうことが起こっているってお知らせしたんです」
「それだけではあるまい、そのあとのことを見ていたそうではないか」
「はい」つるはおとなしく頷《うなず》いた、「――でもあの人、阿部小三郎というんですか、まえから噂《うわさ》は聞いていたんですけれど、噂の半分も強くないのね、お材木倉の裏の原へつれてゆかれると、両刀を投げだして草の上に坐り、どうにでもしろというように、ふてくさってしまったんです」
「そういう乱暴な言葉を聞くのは心外だな」
「だってそのとおりだったんですもの」
「彼には、その十人の相手を叩きのめす力があった」と蔵人は云った、「それは井戸勘助がはっきり証言している、だが、彼はそうはしなかった、一人と十人、それで彼が勝てばどうなると思う」

「証言だなんて、お父さまもへんな言葉をお口になさるわ」

「話をそらすな」

「お父さまこそ」と云ってつるは片頬で微笑した、「わたくしのお婿さんのことを話していらしったんでしょ」

「いまそれを話しているんだ」

つるはきゅっと唇をひき緊《し》めた。

「おまえは勘がいいから、もう察していると思うんだがな」

つるは父の顔をじっとみつめた、「まさか――本気でそんなことを」

「私の肚《はら》はきまっている」

「阿部小三郎」とつるは云った、「あの徒士組《かちぐみ》の平侍の子をわたくしの婿にですか」

「今日なにがあったと思う」蔵人はまじめな表情で、娘を見ながら云った、「――滝沢城代が＊剃刀役《かみそり》で、小三郎は元服したんだぞ、城代家老の剃刀でだぞ」

つるの瞳《ひとみ》が一点に止まり、その瞳で静かに天床を見あげた。

「お兄さまはどうなさいますの」と暫《しばら》くしてつるがきいた、「山根家には靭負という、立派な長男がいます、お兄さまを措《お》いて妹のわたくしが家を継ぐんですか」

「理屈ならこっちに幾らでもあるぞ」

「徒士組の子」つるは独り言のように呟《つぶや》いた。

「山根も昔は*雑兵《ぞうひょう》だった」

「*太閤《たいこう》さまも*草履《ぞうり》取りだったと仰《おっ》しゃりたいんでしょ」

「おまえの婿はきまった」と蔵人は云った、「私はおまえのわがままをたいていは許してきた、こんどはおまえが私の云うことをきく番だ」

つるは案外なくらいしとやかに頭《こうべ》を垂れた。

四の一

城代家老が剃刀親になっての小三郎の元服の式は、家中《かちゅう》に二つの評《うわさ》がながれた。その一は羨望《せんぼう》であり、その二は嫉妬《しっと》と誹謗《ひぼう》であった。藩主の命令であるということが、この両者の感情をいっそう昂《たか》めたようであった。

元服のとき小三郎は名を主水正《もんどのしょう》と改め、あざ名を彦二郎とした。これも飛騨守《ひだのかみ》昌《まさ》治《はる》の意志だという。彼はこれらのこと全部を、すなおに受け止めた。家中の羨望にも誹謗にもめげず、これまでと少しも態度を変えなかった。元服と同時に、彼は郡《こおり》奉行《ぶぎょう》付きの与力《よりき》にあげられ、役料二十石を与えられた。郡奉行の櫨《はじ》幾右衛門は、そんなにも若い与力がはいったことに、なんの不自然さも感じないようで、前任者の帳簿を渡し、佐伊、又野、吉原の三郡の担当を命じた。与力である彼の下には、二人の同心が付く、一人は三十四五歳、もう一人は四十歳がらみで、どちらも下積みの生活に慣れきったもののように、腰の低い温順な人柄であった。

主水正はその三つの郡に詳しかった。捨て野と呼ばれる広い荒地は、佐伊と又野の両郡にまたがってい、井関川の水を引こうという彼の念願が、現実として自分の手に託されたように思えたのである。することは幾らでもある、と主水正は自分に云った。この藩に活を入れるんだ、この藩は農産物もゆたかだし、林業にも恵まれているため、何十年ものあいだ眠っていたようなものだ。

「だがいそいではいけない」と彼は自分をたしなめるように呟いた、「いまおれは郡奉行の与力にすぎないからな、この役目を充分に勤めるのが第一だ、足許《あしもと》をしっかりとみつめて、一歩もむだあるきはしないようにしよう」

彼は三つの郡を丹念に見廻った。二人の同心をつれてゆくときもあるが、たいていは自分ひとりで見廻り、必要と思われることがあれば、飽きることなく手帳に書きとめ、必ず自分の意見を書き加えた。——こうして梅雨のあけた或《あ》る日、吉原郡の石原という小さな村を通りかかったとき、若い百姓から呼びとめられた。

「阿部さんじゃありませんか」とその若い百姓は云って、かぶっていた菅笠《すげがさ》をぬいだ、「暫《しばら》くですね、武高《たけだか》の伊之助ですよ」

主水正は暫く相手の顔を見まもっていた。

「ああ」とやがて彼は頰笑《ほほえ》んだ、「農家へ養子にいったとは聞きましたが、こんなところにいるとは知らなかった、お達者ですか」

「ええ」と云って、伊之助は振り返り、田の草を取っている娘のほうへ手を振った、

「――あれがさいといって、私の妻になる娘です」

娘は菅笠をかぶっているし、田の草を取るのに熱中しているのだろう、それとも恥ずかしさのためか、こっちを見ようともしなかった。

「今年はひどく稗《ひえ》が多いようだが」と主水正は話を変えた、「この辺の稲はどんなぐあいですか」

「よくありません」伊之助は首を振った、「年寄りたちは凶作だと云っていますし、ごらんのとおり稲にも精がなく、虫が付きやすいので手が放せないありさまです」

「この田地は自作ですか」

「いいえ、仁山《にやま》村の旦那《だんな》から借りたものです」

「米村さんですね」と云って主水正は会釈《えしゃく》した、「また会いましょう、稼《かせ》いで下さい」

伊之助は腰を折ってじぎをした。小作人という感じが露骨にあらわれてい、主水正は胸が痛んだ。幼ないころ大沼へ魚釣りにいって、七色の大蛇《だいじゃ》が沼のぬしだと威《おど》したとき、逆上したようにとびかかって来た伊之助の姿までが、記憶の中からうかびあがってき、彼の心はいっそう痛んだ。

その数日のち、主水正は山根蔵人からの迎えで、曲町《まがり》の屋敷へいった。蔵人から婿養子の話をもちだされたとき、主水正はすぐに断わった。

「私は阿部の跡取りですから、よそへ養子にはいることはできないのです」

「まあ待て」蔵人は片手をあげた、「この山根にも長男がいる、だが私は妹の鶩っ子、いや、つるに婿を迎えて跡を継がせたいのだ」

「せっかくですが」と云って主水正はじぎをした、「私は婿にはまいりません」

「まあそういきまくことはあるまい、私はどちらかというと辛抱づよいほうだ、このつぎにまたゆっくり話しあうとしよう」

主水正は会釈をして座を立った。

四の二

七月にはいった或る午後、主水正は藤明塾《とうめいじゅく》から帰って来る小出方正《こいでかたまさ》を待っていて、話しかけた。

「ちょっと御相談にのっていただきたいことがあるので待っていました」

「暫くでしたね」と小出は静かに云った、「お役についてから初めてでしょう、ずいぶん逞《たくま》しく、それにたいそう陽にやけたな」

「ええ、よく出あるいてばかりいますから」

「このあいだ塾の休みで、三日ほどお宅へ続けてお邪魔をしたよ」そして小出はふと主水正を見た、「――ああ、相談があると云われたが、お宅へうかがいますか」

「いいえ先生にだけ聞いていただきたいんです、寺町のほうなら静かだと思うんですが」

「そうしましょう」と小出は頷き、書物の包みを抱え直した、「食事でもしながらというところだが、そういうゆとりもない身分でね」

「お手間はとらせません」

「こっちからゆこう」

小出方正は侍屋敷のあいだの横丁へ曲り、塾の裏道のほうへ戻った。すると、向うから井戸勘助がいそぎ足にやって来た。道場の稽古《けいこ》が終って帰宅するところだろう、血色のいい顔にも、衿《えり》をくつろげた毛深い胸にも、汗のふき出ているのが見えた。主水正は小出に会釈をしてそっちへ近よっていった。

「暫くでございます」と主水正は、低頭しながら云った、「あのときは有難うございました」

「あのとき」井戸はたたんだ手拭《てぬぐい》で顔をぬぐいながら、冷たい眼で主水正を見た、「――ああ、材木倉の裏のことか、あれなら礼には及ばない、あれは阿部のためではなく、塾の門弟たちのためにやったことだ、ばかなやつらだが、門弟ともなれば可愛《かわい》いんでね、世間のもの笑いになるようなことはさせたくなかったんだ」

「いずれにしても有難うございました」

「主水正と改名したそうだな」井戸はちょっと意地のわるい口ぶりで云った、「剃刀親に貰《もら》った名か」

「はい、御城代からいただきました」

「評判がいいぞ」と井戸が云った、「――海の汐《しお》は満ちるとまもなく退《ひ》くものだ、いつかまた会おう」

そして、小出方正のほうをちょっと見て、井戸は怒ったような足どりで去っていった。小出はあるきだしながら、低く喉《のど》で笑った。

「あれで井戸は阿部が好きなんだ」と小出はさりげなく云った、「彼はこのまえ、馬廻りの*番頭格《ばんがしら》にあげられようとした、だが頑固《がんこ》に辞退して受けなかった、江戸から帰って尚功館《しょうこうかん》に招かれたのを断わったように、――人間にはいろいろな型があり生きかたがある、たいていは矯正《きょうせい》してゆけるものだが、ときにはそれができず、自分で自分にひきずられてゆく者もある、そこが世の中の面白いところかもしれないがね」

井関川が大沼へそそぐちょっと上に紅葉橋《もみじばし》がある、それを渡ってゆくと寺町へはいるのだが、橋を渡った右の袂《たもと》に、白鳥神社という小さな社《やしろ》が、松林の中にあった。祭神もはっきりしないし、きまった堂守もいない。祭礼のあるときには、村の古老が宮司のような役をするらしいが、それさえ誰ともきまってはいないようであった。小出はその社を思いだしたとみえ、あそこがよかろうと、先に立って境内へはいっていった。

松林のあちらこちらで、ひぐらし蟬《ぜみ》の金属的な声が聞え、あたりの空気までが急にひんやりとするように思えた。

こうかね」

「さあ」と小出が云った、二人は小さな社殿の縁側の塵《ちり》を払って腰を掛けた、「聞
「もう御存じかと思うのですが」

小出は黙っていた。主水正は山根家とのことを語った、初めて呼ばれたあと、すでに三度も呼出しの使いがあった。御用で多忙だからと断わったら、奉行の櫨《はじ》幾右衛門を呼びつけて、屋敷へよこせと命じたそうである。阿部の家は表祐筆《おもてゆうひつ》だったのを、祖父のとき徒士組へおとされた。自分は跡取りとして、できることなら阿部の家を守立《もりた》ててゆきたい。したがって山根の婿という話は承知できないのだが、どうしたら穏便に断われるだろうか、と主水正は云った。

「それはむずかしい問題だな」小出方正は溜息《ためいき》をつき、暫く松林の向うを見まもっていい、それからもういちど低い声で云った、「――山根さんは昔から、こうと思い込んだらどこまでも押しとおす人だ、そのためいまのような閑職にもすわらされたくらいだからな」

「もしかすると」主水正は声をひそめた、「それは巳《み》の年の騒動というのに、関係したことではないんですか」

小出はゆっくりと首を左右に振った。それは違う、というようでもあり、その話

はできない、というような動作でもあった。

「この相談は私には荷が勝ちすぎる」と小出はやや暫くして云った、「――私が少年のころだが、材木奉行に永沢玄蕃《げんば》という人がいた、たいそう用心ぶかい性分で、石の落ちてきそうな崖《がけ》の下などは、決してあるかない、必ず遠廻りをして森番小屋を巡視したものだ、食事なども生ま物は口にせず、煮炊《にた》きした物以外は喰《た》べなかった、だから落石でけがをしたこともないし食中毒にかかったこともなかった、私も道でたびたび見かけたが、骨太で固太りで、小柄ではあるが精悍《せいかん》そうな、殺されても死なないような人だった、それが森へ登る道で、もっとも安全な場所だといわれる、川岸のところで足を踏み外し、流れにのまれて溺死《できし》してしまった、そのとき慥《たし》か四十歳にはなっていなかったと思うがね」

阿部の縁談とどんな関係があるか自分でもわからないが、聞いているうちにふと思いだしたから話してみた。いってみれば、もの事を避けてばかりいると、その反対のほうに思わぬ災厄《さいやく》や陥穽《かんせい》が待ち構えている、という一つの例にはなるかもしれない、と小出方正は云った。

「とにかく」小出はまた溜息をついた、「これはいちど曲町の谷さんに相談することだな、私にはどうしても荷が勝ちすぎるよ」

右手の松林の中から、一疋《ぴき》の蛍《ほたる》が飛んで来、ゆらゆらと明滅しながら、左手の松林の中へ飛び去っていった。その小さな、青い光のために、あたりがいつか濃いたそがれの色に包まれていることを、二人は初めて知った。

陽あしが短くなったな、と云って小出が立ちあがり、主水正は丁寧に礼を述べた。

「――人間にはいろいろな型といろいろな生きかたがある」紅葉橋を渡ったところで小出と別れ、徒士組屋敷のほうへ帰りながら、彼はその言葉の意味をあじわうように呟いた、「そこが世の中の面白いところかもしれない」

小出さんは羨《うらや》ましい人だ、と彼は思った。覚えてこのかた、あの人は少しも変っていない。いつも控えめで、おちついていて、話も穏やかだし、押しつけがましいようなことを云ったためしがない。六十石の書院番と、塾の教師と、そして書物あさりをするほかには、なんの欲もなくたのしみもないようだ。

「もちろん」と彼は独りで云い直した、「しんそこそういう人だという証拠はないが」

屋敷の角のところで、一人の少女とすれちがった。買物にでもゆくのだろう、少女は脇《わき》に包みのような物を抱えていたが、主水正をみつけるとぎくっとして顔を伏せ、会釈をし小走りに通りすぎていった。けれども彼のほうではそんなことにはまったく気づかなかった。

四の三

その日の夕餉《ゆうげ》のあと、主水正は父の居間へ呼ばれた。小左衛門はすっかり昂奮《こうふん》していて、今日お使いを受けて山根さまへ伺ったと、主水正の坐《すわ》るのを待ちかねたように云った。父の話は前後したり、つかえて吃《ども》ったりするというふうに、はっきりこうだと判断のできないところが多かったが、つづめたところ、娘の婿《むこ》によこせというこ とだったようである。

「お父さまは承知なすったのですか」

「おまえは断わったそうだが」と小左衛門はいそいで云った、「これは阿部の家名を興《おこ》す大きな機会だぞ、たとえ婿にいっても、おまえが阿部家から出たということに変りはない、私はいつかおまえにこういう運がめぐってくると信じていた」

尚功館をみごとに卒業したこと、殿の初の御入部《にゅうぶ》には召されて側小姓にあげられ、領内の巡視にはつねにお供をしたこと、また元服に当っては前例のない、城代家老が剃刀親になってくれたこと、そして十六歳にして郡奉行の与力、——これらのことは自分にとって、一つ一つが信じかねるほどのよろこびであったけれども、こんどの縁談ですべてが不動のものになったのだ、と父は云った。そのようすには言葉で云いあらわせないというような、しんじつのよろこびと昂奮があふれていた。

「もういちどうかがいます」と主水正は云った、「お父さまは承知なすったのですか」

「山根さまは、まずおまえを説得するのが先だと云われた、小三郎」と小左衛門は名を呼び違えながら膝《ひざ》をすすめた、「よく考えてみろ、ここまではおまえに運がついていた、おまえの努力や勉強、恵まれた才分は、おまえをここまでは押しあげてきた、しかしそれはここまでだ、これから先はおまえの才分だけではやってゆけない、なにか大きな力の背景がなければ、おまえについた運はおまえからはなれてしまうだろう、さらにもっと出世してゆくか、このままでじりじり元返りをするか、ここがいちばん大事なときなんだぞ」

「私は出世を望んではいません」と主水正は静かに云った、「尚功館へあがったのも、出世したいと思ったからではないのです」

「ではなんのためだ」

「口では云えません、ただ、力のうしろだてで出世することだけは、私にはできません」

「それは十六歳の潔癖にすぎない、私はおまえの父として云うが」

主水正は眼をつむった。これだ、と彼は思った。いつか橋が毀《こわ》されたとき、滝沢邸の小者《こもの》たちに文句を云われた父は、卑屈にあやまるだけで、侍らしい態度は少しもみせず、幼ない小三郎をせきたてながら逃げるようにあと戻りをした。いま山根へ婿にゆけとすすめている気持は、あのときの父そのままである。そう思うと彼は胸がむかついてきた。小左衛門はいつか問題からはなれ、「おまえは人間が変った」とか、すっかり高慢になって「親きょうだいをないがしろにしている」とか、またこの父をばかにしている、などというふうな泣き言になっていた。

「まことに申訳ありませんが」と主水正は遮《さえぎ》って云った、「役所のしらべものが残っていますから、お小言はまたこの次にうかがいます」

そして彼は立ちあがった。その口ぶりや動作がきっぱりしていたためだろう、小左衛門はなにも云わず、あっけにとられたように、黙ってわが子のうしろ姿を見まもっていた。

主水正の役料は、父の扶持《ふち》と同額であり、それが家族のあいだに、微妙な感情をよびおこしていた。二十石という余分の収入は、阿部の家計をゆたかにするものであった。父も母も弟の小四郎までが、自分にまわってくる取り分を胸算用していたらしい。――これまで僅《わず》かしか実らなかった柿《かき》ノ木が、今年からは倍も実るようになった。これからは自分も倍は喰べられると、柿ノ木の下に集まった猿《さる》が、舌なめずりをしているようだ、などとさえ主水正は思った。初めに彼は父と母に、私のいただく物は扶持ではなく「役料」であるから、わたくし事には一文も使えない、と云ってあった。担当する三つの郡を見廻るには、それだけの費用がかかる、それなしには役目は勤まらない、というふうな理由もほのめかした。けれどそれは事実ではなかった。彼は役料を手つかず溜《た》めるつもりなのだ、はっきりした目的はないが、しいて云えば井関川から捨て野へ水を引く工費、というような考えが頭からはなれなかった。十年間まるまる溜めても二百石、そんな大事業の役に立つわけのないことは知っている。だがどこかで、なにかの役に立つかもしれないのだ。彼はそう決心して、役料には決して手をつけなかった。

主水正は幼ないころから、自分の父母を本当の父母とは思えなかった。自分の本当の両親はどこかにいて、いつか自分を迎えに来る、という漠然《ばくぜん》としたあこがれをもっていた。長男に死なれて、彼が跡取りになったためかもしれないが、父も母も彼を大事にし、いつも気をつかってくれた。したがって不平や不満から、そんなことを考えるようになったのではない。彼自身にも根拠のわからないところで、そんなふうに思いこんでしまったのだ。

——おまえは人間が変った、と父は云った。親きょうだいをないがしろにする、父をばかにしている。

だが父はおれの心をみぬいたのではない。おれを山根へ婿に入れることで虚栄心を満足させ、あわよくばそのひきで、阿部家をも世に出そうと思った。それをおれが拒《こば》んだから、つい口に出たぐちにすぎない。父は昔と少しも変ってはいないのだと、主水正はやりきれない気持で溜息をついた。

山根蔵人がそこまで執心だとすると、容易なことでは諦《あきら》めないだろう、それならこっちも対策を立てなければならない、そう考えた主水正は、父と話した数日のち、夕食のあとで曲町の谷家へたずねていった。小出方正にそうしろと助言されたとき、彼は心の中でひそかに反対した。谷宗岳は万事を割りきってみる人だ、滝沢荒雄《あらお》に試合を挑まれたときも、相手が約束をやぶったのなら、こっちも遠慮なく打ち返すがいいと云った。こんどもおそらく、それほど望まれるなら婿にゆけばいい、家名とか跡取りだとか、そんなくだらないことにこだわるな、などとあっさり片づけられるに相違ないからである。けれども事がこんなふうになってきては、やはり宗岳の意見を聞くほかはなかった。

曲町へゆくと、谷宗岳は二人の女に酌《しゃく》をさせながら、くつろいだ姿で酒を飲んでいた。

四の四

女は十七八から二十歳がらみで、美しく髪化粧をし、胸さがりに帯をしめていた。武家の女性でないことはすぐにわかるが、どういう素姓《すじょう》の者かということは、主水正には見当もつかなかった。

「ようし坐るな」宗岳は主水正を見るなり片手をあげた、「おまえが来たのなら席を変えよう、今夜は阿部に酒を教えてやる」

「私は御相談があってうかがったのですが」

「それならいっしょに来るんだな」と云って宗岳は書生の一人を呼んだ、「駕籠《かご》を三梃《ちょう》、平野屋までといって呼んで来い」

そして「裏門へつけるんだぞ」と云った。主水正は戸惑ってしまった。宗岳がこんな女を相手に酒を飲むところなど、かつて見たこともなし噂《うわさ》に聞いたこともない。江戸には妻女と二人の子がいるという、宗岳が尚功館へ招かれて来てから、もう十年以上になるだろうが、江戸の家族と往来したようすはなかった。——初めて教えを乞《こ》いに来たころ、主水正はまだ八歳で、宗岳を*中老の人のように思ったが、いま十六歳になった眼で見るとはるかに若く、四十五六より上でないことは慥かなように思えた。

——こんな女たちに酌をさせて飲むくらいなら、江戸から御家族を呼べばいいのに。彼は心の中でそう呟《つぶや》いた。

三梃の駕籠には宗岳と女たちが乗った。平野屋というのは加地町にあり、この城下ではもっとも大きい料亭であった。主水正はそんな料亭があると聞いただけで、どこにあるかも、どんな構えかも知らなかった。もちろん興味もなかったのであるが、駕籠のあとからついていって、その店を見たときはなんだと思った。黒い笠木《かさぎ》塀《べい》をまわし、門らしい物もあったが、徒士組屋敷のそれよりも粗末であり古びていた。門をはいった左右は竹やぶが続き、右手に小さな木戸があった。入口の構えも狭く、紺地に白く屋号を染めぬいた、三尺ばかりののれんがあるだけで、城下一の料亭、などという感じはどこにもみられなかった。

宗岳がはいってゆくと、中年の、あるじ夫婦と思われる者と、三人の女中が出迎えた。挨拶《あいさつ》の口ぶりもしろうとじみてい、案内する態度も控えめで、愛嬌《あいきょう》をふりまいたり、おあいそを云ったりするようすは少しもなかった。廊下を幾たびか曲り、階段をあがって座敷へはいると、眩《まぶ》しいばかりの燭台《しょくだい》の光と、爽《さわ》やかな香の匂《にお》いとで、主水正は急にべつの世界へつれ込まれたような、つよい圧迫感におそわれた。広さは二十帖《じょう》くらいだろう、三方に廊下があり、虫のはいらないように簾戸《すだれど》が閉めてある。がっしりした本床《ほんどこ》には「石」と書いた一字の大幅《たいふく》があり、その前に翡翠《ひすい》の香炉が、うす青い煙をゆらゆらとたちのぼらせていた。

曲町へ来ていた二人の女が、宗岳と主水正に膳《ぜん》を据《す》え、他のもっと若い女中たちが、肴《さかな》と酒をはこんで来た。料亭というものは賑《にぎ》やかに鳴り物を入れ、うたったり踊ったりするところだ、というふうに聞いていたが、この家はひっそりと静かで、うたう声も聞えず、人の談笑する声も聞えなかった。

「みの公はそっちの若旦那《わかだんな》に酌をしろ」と宗岳は若い女に向かって云った、「たま公はおれの側だ、さあ、膝を崩せよ若旦那」

「私は御相談があるんです」

「飲んでからだ、みの公、酌をしないか」

「私は酒はだめなんです」主水正は顔をあげて云った、「話を聞いていただけないのなら、私はこれで帰ります」

「これから阿部に必要なのは酒と遊びだ、頭がよく才があるというだけで世間はわたれないぞ、元服もしたしとしも十六歳、そろそろおとなになる修業もしなければだめだ」

「そのことは考えてみます、しかし今夜はどうかおゆるし下さい」

宗岳は片手で膝を叩《たた》いた。麻の帷子《かたびら》の着ながしだから、じかに肌を打つような高い音がした。それは聞きわけのないやつだと、舌打ちをする代りのようにみえた。

「話がある」と宗岳は女たちに云った、「二人とも呼ぶまで座を外してくれ、ほかの者も同じだぞ」

女たちは出ていった。

「山根のことなら知っている」手酌で飲みながら宗岳が云った、「それともほかのことか」

「その」思いもよらない先手を打たれて、主水正はちょっと言葉につまった、「はい」と彼は答えた、「その縁談のことです」

「阿部は断わったそうだな」宗岳は盃《さかずき》を口へ持ってゆきながら、上眼づかいにするどく主水正をにらんだ、「――理由はなんだ」

ここで家名だとか、跡取りだなどと云えば笑いとばされる。そう思っていた主水正は、婿養子になるのがいやだから、とはっきり云った。

「身分も違いすぎますし、向うは家付きの娘です、とうていうまくやってはいけないと思います」

「正直に云え、阿部家の跡を継がなければならないからではないのか」

「理由はいま申上げたとおりです」

「うん」と頷《うなず》いて宗岳は微笑した、「女房のしりに敷かれてくらすのは、ざまのいいものではないからな」

主水正は黙っていた。

「それでは」と宗岳はまじめな口ぶりになった、「阿部の家名にこだわっているのではないんだな」

主水正は「はい」と答えた。

「そうだとすれば一案がある」宗岳はまた一つ飲んだ、「――阿部はいまおれの住んでいる屋敷に、もと誰がいたか知っているか」

「存じません」

「そうかもしれない、絶家《ぜっけ》して十五年以上にもなるそうだからな、おれもこっちへ来てから聞いたのだが、あの曲町《まがり》の屋敷には三浦相模《さがみ》という人物がいたそうだ」

最後の相模は十兵衛という人で、二十歳そこそこで結婚したが、まもなく妻の不義をみつけ、二人を斬《き》って自分も自殺した。もちろんまだ子供もなかったし、そんな死にかたをしたため跡を継ぐ者もなく、そのまま絶家になってしまった。家柄は古くから老臣格、家禄《かろく》は七百石、鉄炮《てっぽう》組を預かっていたので、その分が二百五十石だった。

「そこでだ」と宗岳は続けた、「おまえがその三浦の家名を継ぎ、山根の娘を嫁に貰うとすれば、婿養子よりはるかにましだろう」

主水正は暫《しばら》く考えてから反問した、「そんなことができるでしょうか」

「簡単にはいかぬだろうな、三浦には親族もいるし老臣*評定《ひょうじょう》という難関もある、しかし阿部にもしその気があるなら、さほどむずかしいことではないと思う」

山根蔵人は是が非でもというほどのぼせあがって、どうしても娘と主水正をいっしょにしたいとねばっている。こっちでなにか策を立てなければ、面倒なことになるかもしれない。これは威《おど》しではないのだ、と宗岳は云った。

「いまここで、とは云わないが、考えてみる気があるかどうか聞かせてくれ」

「考えてみます」と主水正は答えた、「よく考えて御返辞にあがります」

よしと頷いて宗岳は手を叩いた。二人の女はすぐにあらわれ、たま公と呼ばれる女が、仁山村の御隠居がこちらといっしょになりたいと仰《おっ》しゃっているが、どうなさるかときいた。

「いいとも、それは有難い」と宗岳は陽気に云った、「これで勘定の心配なしに飲めるぞ」

そのとき、火事を知らせる半鐘の音が聞えだした。

四の五

主水正は半鐘の音を聞いたが、宗岳は気がつかないとみえ、自分も飲みながら、若旦那にも酌をしろと女に命じ、「さあ、約束だから飲め」と主水正に云った。彼も酒を口にしたことがないわけではない、祝日に儀礼として盃を持つくらいの経験はある。だが、こういう席も初めてであり、「飲む」という意味で盃を取るのも初めてのことであった。——女に酌をされ、こわごわ一と口啜《すす》ると、彼は匂いにむせて咳《せき》こんだ。そこへ仁山村の米村青淵《よねむらせいえん》があらわれた。長身の老人は、たま公と呼ばれる女の肩へ手をまわし、ゆったりと座敷へはいって来ながら、久方ぶりですな谷先生と呼びかけた。そして、若い女中がいそいで宗岳の隣りに設けた席へ坐り、そこに主水正がいるのを見て、おどろいたように眼を細めた。

「これはこれは」と老人は云った、「あなたが御同席とは珍らしいですな」

主水正は会釈《えしゃく》して、「暫くです」と云った。宗岳と青淵が話しはじめ、三人の若い女中たちが、青淵の膳をはこんで来た。その女中の一人がたま公という女の耳になにか囁《ささや》き、たま公はその女中といっしょに、座敷から出ていった。主水正は口をつけただけの盃をみつめながら、半鐘の音がしだいに数を増し、打ちかたが激しくなるのを聞いていた。

「どうなさいました」と給仕に坐っていたみの公という女がやさしく呼びかけた、「お口に合いませんでしたら、ほかのお酒にいたしましょうか」

いやこれでいい、と主水正が云ったとき、たま公があわただしく戻って来て、火事だと云った。

「知っているよ」と宗岳が云った、「さっきから半鐘が鳴ってるじゃないか、いまごろなにを慌《あわ》ててるんだ」

「それが、火元が桶屋《おけや》町なんです」とたま公はせかせかと云った、「うちの旦那が云ってたんですけど、二十年まえの大火事のときとそっくりなんですって」

宗岳は青淵の顔を見た。

「さよう、もう二十年になりますかな」と老人はおちついて飲みながら云った、「――やはり八月のいまじぶんのことですが、桶屋町の油問屋から火が出まして、町人まちの殆《ほと》んど全部と武家屋敷など、合わせて千二百戸ほどが灰になりました」

この城下は火事が少ないので、火消しの用意などもととのっていなかったし、燃えあがるとまもなく風が吹きだし、その風がしだいに強くなったため、防ぎようがなかったのだ、と青淵は語った。

「いまは火消し道具も揃《そろ》っていますし、町には火止めの区画も出来ていますから、風さえでなければ大事にはならぬでしょう」

「わたしたち帰らしていただけないでしょうか」とたま公が云った、「鳥越《とりごえ》は桶屋町の続きですから、心配なんです」

「心配なら帰れ」と宗岳はあっさり頷いた、「大丈夫だとわかったら戻って来いよ」

たま公は礼を云い、女中たちにあとのことを頼んで、みの公といっしょに出ていった。主水正も盃を置いて、役所へ出なければならないから、これで中座をしたいと云った。役人は不自由だな、と宗岳が云った。青淵は「気をつけてゆけ」と云いたげな表情をみせたが、口ではなにも云わなかった。

外へ出ると、驚くほど近く、町の屋根の上が赤く焦《こ》げ、きらきらした火の粉が横になびいているのが見えた。往来は走りまわる人たちの呼びあい喚《わめ》きあう声でいっぱいだし、早くも家財を積んだ荷車がひしめいていた。郡奉行《こおりぶぎょう》役所は二ノ丸御門の外で、火事の起こっている方角とは反対のほうに当るが、主水正はその雑踏の中をかきわけながら、そちらへ向かって走りだした。

彼は「拾礫紀聞《しゅうれききぶん》」で、二十年まえの大火のことを知っていた。それは*丙申《へいしん》の大災といわれ、町人まちは殆んど全滅、武家屋敷のほか、飛び火で近在の農家までかなり焼亡した。そうして、火災後の処置が悪かったため、住民の三分の一に当る人数が領内から逃げだしてしまい、復興事業には高い賃銀で、他領から人を雇わなければならなかったし、すべてがひどくおくれてしまった。主水正は火事と聞いたとたんにそのことを思いだし、もしも大きくなった場合にはこれこれと、打つべき手を考えていた。もちろんそんなことにならないようにと祈ったが、役所へ着くころには風が吹きはじめ、しだいに強く吹きつのるようであった。

役所には泊り番が三人と、五人の小者たちしかいなかった。主水正は小者を櫨幾《はじ》右衛門と、与力たちのところへ走らせ、自分は番の者といっしょに、重要な書類を土蔵へ移した。ここまで延びて来るとは思わないが、大火になると風向きは二転も三転もするので、飛び火というおそれがあったからだ。——備えつけの用水桶へ水を汲《く》みたし、手桶なども揃えたところへ、奉行の櫨幾右衛門が着き、他の与力や同心、下役たちも駆けつけて来た。心配したとおり風は強くなるばかりで、町人まちのほぼ中ほどから出た火は、北へ延び、また南へも延びていた。

——これは大きくなるぞ。と小者たちの中でも年配の人たちが云いあっていた。まるで丙申の年の大火とそっくりだ。煙硝倉《えんしょうぐら》のほうは大丈夫かな。なに、あそこには定詰《じょうづめ》の火消し役がいるさ。

そんな話を聞きながら、主水正は奉行に断わって、厩《うまや》から馬を曳《ひ》き出し、どこへゆくとも告げずに役所から出ていった。彼は二軒の材木問屋をまわり、寺町へいった。そこでは慈光寺《じこうじ》、泰安寺《たいあんじ》、宗巌寺《そうがんじ》、妙光院、梅寺と呼ばれる西台寺などをたずねた。これらは建物も大きく境内も広い、宗巌寺は藩主の菩提寺《ぼだいじ》であり、八十歳を越えた住職の石済和尚《せきさいおしょう》は、傑僧として他国にまで知られていた。主水正は和尚に事情を語り、他の寺々をたずねたあと仁山村へ向かった。米村家ではまだ隠居は帰っていなかったが、当主の清左衛門に会い、米倉の開放を奉行の命令として伝えた。城下にも藩の米倉があり、備荒《びこう》用の米は充分にあるが、城代家老の許可がなければ出せないし、それではまにあわないと思ったのである。米村家には二十年以前からの貯蔵米があり、主人の意志だけですぐにも出すことができる。郡奉行の達しとあればなおさらのことで、清左衛門はこころよく承知した。——主水正はさらに馬をとばして、吉原郡の石原村へゆき、武高伊之助を呼び起こした。伊之助はいまは百姓増平の養子で、名も伊平と変えていた。主水正はここでも奉行の命令として、炊《た》き出しをするための人数を集めること、かれらをできるだけ早く、仁山村の米村家へつれてゆくこと、などを告げた。

捨て野をぬけて帰る途中、北から南へ、ほぼ矩形《くけい》に延びている町ぜんたいが、火と煙に包まれているのを主水正は見た。

佐渡屋仮宅にて

明くる年の二月、本通り町の角地にある佐渡屋儀平《さどやぎへい》の仮宅に、四人の御用商人*が集まった。太田巻兵衛《まきべえ》、牡丹屋《ぼたんや》勇助、越後屋《えちごや》藤兵衛、桑島三右衛門らである。——あるじの佐渡屋は回米*《かいまい》、太田は紙類一切、牡丹屋は諸道具と陶器、越後屋は呉服類と糸綿、桑島は金銀両替*《りょうがえ》と、それぞれが御用商の看板を許され、五人衆《ごにんしゅう》といって、領内全般に独占的な支配力をもっていた。

時刻は午後二時ころ、五人の前には酒肴《しゅこう》の膳《ぜん》が据えてあり、話しながら各自が手酌で飲んでいた。給仕がいないのは話の内容によるためだろう、儀平が酒を命じるとき以外には、誰もよりつかなかった。

「さて、かたい話はこれくらいにして」と牡丹屋が云《い》った、「そろそろ堀端へでも移りますかな」

佐渡屋は脇《わき》に置いてあった帳面を取り、四人に向かって披《ひら》いてみせながら、「これで異存はありませんね」と慥《たし》かめるように云った。四人はみな異存のないことを認めた。帳面の表には*御恩借《ごおんしゃく》嘆願書という意味の文字が記してあり、本文には五人の名で、それぞれ多少の差をつけた金額が書きつらねてあった。――かれらの中では佐渡屋儀平がもっとも年長らしく、頭もしらがだし、皮膚にも皺《しわ》やたるみがみえる、牡丹屋はいちばん若くて四十そこそこ、他の三人はおよそ五十がらみという年配にみえた。

「ではこれできまったとして」佐渡屋は帳面を片づけ、酒を一と口啜《すす》ってから云った、「じつはみなさんに聞いてもらいたいことがあるんです」

「まあまあ」と牡丹屋は遮《さえぎ》った、「話があるんなら堀端へいってからうかがいましょう、さあ、立とうじゃありませんか」

「牡丹屋さんはお若いな」と桑島が笑った、「まだ八つになったばかりですよ、あたしたちがこんな時刻に堀端なんぞへゆけますか、まあもう少しおちつきなさい」

「五人衆だってたまに息抜きぐらいはしてもいいでしょう」と牡丹屋が云い返した、「まだあんまり人に知られていない、面白いうちがあるんです」

「ちょっと静かにして下さい」佐渡屋がなだめるように云った、「これは大事なことなんですから」

牡丹屋は黙り、みんなが佐渡屋を見た。まず初めに、諄《くど》いようだがみなさんのよく知っていることから話す、諄いようだが大事なことだから、がまんして聞いて下さい、と佐渡屋は念を押した。

「八月の大火のことは、越後屋さんのほかはみなさんよく御存じだ」儀平は云った、「じつに二十年ぶりの出来事で、焼けた家数は丙申《へいしん》の大火のときより三割も多く、焼け出された人数は四割も多かった、しかもあれから半年しか経《た》たないのに、焼跡はきれいに片づき、われわれはともかく、その日稼《かせ》ぎの職人や人足、手伝いや追《＊おい》廻《まわ》しなどまで、ちゃんと仮宅にはいって、いちおう安定したくらしができるようになった」

「丙申のときは二年かかりましたな」と越後屋が云った、「去年わたくしは京へ商用にいって留守でした、帰ったのは九月中旬ですが、吃驚《びっくり》したのは大火よりも、あと始末の手配のすばやいのと要領のいいことで、あれにはまったくどぎもをぬかれました」

「それをもういちど思い返してみましょう」

佐渡屋はそう云って、指を折りながら話しだした。

大火のあとは雨になりやすい、そのときも雨が降りだしたが、ゆくあてのない被災者たちは役人の先導で、寺町の五つの寺に収容され、すぐ炊《た》き出しの食物が与えられた。同時に各寺ごとに米と麦の俵が送られて来、梅干、漬物《つけもの》の樽《たる》も運び込まれたうえ、手伝いとして百姓の男女が十人ぐらいずつ交代で詰めた。火がおさまると同時に、辻《つじ》々へ札が立ち、手に職のある者はもちろん、力仕事のできる者は*普請《ふしん》奉行の役所へ出頭するように、働きに応じて*常賃銀の倍額をその日払いに渡す、と触れだした。

「丙申のときには、焼け出された住民の半数ちかくが領外へ逃げだした」と佐渡屋は続けた、「そのために町の建直しもおくれたが、こんどはあの高札《たかふだ》のおかげで逃げだす者もなく、高賃銀のその日渡しということで、仕事はおどろくほど早く片づいていった」

一年間の*運上《うんじょう》停止という布令《ふれ》も、住民の励みになった。焼け跡にはまず、人足や職人たちの仮屋が建ち、次に衣食の店、花街というふうに建てられていった。酒と女を置く店には、代銀の制限が設けられ、不当なかねを取る者や、人に迷惑を及ぼすような酔漢や、乱暴をする者などはきびしく罰せられた。

「去年は早くから凶作とわかっていたので、住民たちがいちばん心配したのは食糧のことだった」と云って佐渡屋は酒を啜った、「ところが*普請方の小屋には、いつも米麦の俵が山と積んであるし、それぞれの職によって差はあるが、いずれも平生より安い値段で欲しいだけ買える、衣料も安いし、日常必要な物資はみな、ふだんよりずっと安く手に入れることができた」

焼けた武家屋敷はまだ半分も建たないが、町人まちのほうはほぼ仮宅が出来あがったし、本普請にかかっている商家も、すでに五棟《むね》や七棟はある。材木は御倉の貯蔵を残らず開放したし、米麦は仁山村の米村家の倉から、勘定なしに運び出されている。被災した住民が逃げないばかりか、噂《うわさ》を聞いて他領からも、職人や人足たちが入り込んで来た。

「丙申の大火のときとは大違いですな」と太田巻兵衛が云った、「御老臣がたもあのときの不手際《ふてぎわ》に、よほど懲《こ》りておいでなのでしょう」

「ことに白壁《しらかべ》町、——というのは例のいかがわしい女どものいる町だが、はめを外さない限り、お侍のほかは誰でも出入りができる、働きざかりの若者たちには、女と酒がなによりのたのしみであり励みになる、藩の面目や形式にとらわれず、そこに眼をつけたということが、こんどの建直しがうまくいった第一のお手柄、あきんどの私たちにも及ばない、巧妙なお手配だと思います」

「*町奉行、普請奉行、郡奉行《こおりぶぎょう》のお三方」と越後屋が云った、「そして、それをお許しになった御老臣方のお手柄ですな」

「それがそうではなかったのです」

「そういう話なら」と牡丹屋がじれったそうに云った、「なにもここでしなくったって、堀端へいってからでもできるじゃありませんか、ねえみなさん」

「まあ待って下さい」佐渡屋は片手で牡丹屋勇助を抑えるような身ぶりをした、「肝心なのはこれからです」と云って儀平は坐《すわ》り直した、「私どもはみな、三奉行と御老臣方のお手柄と信じてきました、丙申の大火このかた、御老臣方のあいだで練りに練り、幾十たびとなく下図を引かれた御計画だと思いこんでいたのだが、じつはそうではなかった、本当はまだはたちにもならない一人の、しかも平侍そだちの若者の思案だったのです」

「まさかそんな」と牡丹屋が云った。

「あとは桑島さんに話していただきましょう」と佐渡屋は自分の盃《さかずき》を取りながら云

った、「桑島さんは八重田頼母《やえたたのも》さまから、じかに聞いてこられたのだそうです」

「私は御金御用《＊おかねごよう》で、八重田さまとはごく近しくしていただいてきました」と桑島三右衛門が云った、「こんども御用のことで、三日とあけずおめにかかり、おめにかかれば面倒な金繰りや出納金《すいとうきん》の計算で、いつも半日くらいはかかりますが、つい一昨日のことです、談合の済んだあと夕餉《ゆうげ》のおもてなしを受けたとき、八重田さまが急に声をひそめて、城下に弘《ひろ》まっている評判は誤りだと云われました」

あの晩のことは郡奉行与力の、阿部主水正《もんどのしょう》がひとりでやったことだ。火事が大きくなるとみるなり、被災者に対する避難所と、炊き出しの手配をした。米村家の米倉を開放し、材木倉を開放し、医師に呼出しをかけた。焼け跡へ立てた高札をはじめ、仮屋を建てる順序も、賃銀や物価の規則も、すべて阿部主水正の差配《さはい》によるものであり、これらをすぐ実行させるために、三奉行の名を使った。

「いま佐渡屋さんが、あきんどの私どもにも思い及ばない知恵、というふうに仰《おっ》しゃった」と桑島は続けた、「慥かにそのとおりでしょう、しかもそれが、僅《わず》か十六歳の与力ひとりの思案から出た、となると、私どもも考えなければならないでしょう」

「どうして」と牡丹屋が反問した、「なぜわれわれが考えなければいけないんですか」

「阿部という人はことしは十七歳」と佐渡屋が云った、「殿さまのお声がかりで、去年十六歳で郡奉行の与力となり、この正月には町奉行の与力に移られた、親はお徒士《かち》の組頭だが、曲町の山根さんが婿《むこ》に欲しがっている、また、元服のときの剃刀《かみそり》親《おや》は御城代の滝沢さまだったという、――よそにもない例ではないが、こういう経歴を持っていて、そのうえこんどのような知恵がまわるとすると、今後どこまで出世をするかわからない、そうでしょう」

自分たち五人衆は、ずっと藩の財政を押えてきた。三家老、七老臣、重役たちを、金と物とで縛りあげてきた。けれども、平侍から出た人間が、もし出世して重職にでもあげられるとすると、これまでのようにうまくはいかないと思う。主水正に出世をさせないような手筈《てはず》をとるか、さもなければいまのうちに紐《ひも》を付けておくか、どっちかの手を打っておかなければなるまい、その相談をしたかったのだ、と佐渡屋は云った。

「それが本当だとすると、用心しなければなりませんな」と云って越後屋が首をかしげた、「――そういうずばぬけた人は、とかく悪人になりやすい、よくある話ですが、そういう人物は良吏《りょうり》になるよりも、冷酷であくどい奸物《かんぶつ》になりやすいものです、そのほうにこそ注意すべきだと思いますが、どうでしょうか」

「なるほど」と桑島が低い声で云った、「そういうためしは稀《まれ》ではない、――そこには気がつきませんでした」

みんな眼がさめたようにしんとなり、そわそわしていた牡丹屋勇助までが、緊張した顔になり、口をつぐんだ。

「並み外れた才能というのも困りものだ」と桑島三右衛門がむずかしい顔つきで云った、「お互いに用心するとしましょう」

五の一

二月下旬。夜の十時ちょっとまえに、主水正は一人で白壁町を見廻っていた。常《つね》着《ぎ》に黒っぽい無紋の羽折、袴《はかま》なしで腰には脇差《わきざし》だけ差し、濃い鼠色《ねずみいろ》の頭巾《ずきん》で顔を隠していた。ごく眼立たない恰好《かっこう》であり、家中の侍というより、浪人者という感じのほうがつよかった。――そこは城下の町はずれにあり、出入り口の大木戸*が一つ、まわりはざっとした木の柵《さく》で囲われている。柵の中には長屋建ての仮宅が七棟、一と棟に五戸ずつの娼家《しょうか》があって、各戸に女が二人というきまりだったが、三人いる店もあり、一人しかいない店もあった。出入り口の木戸には町役*《ちょうやく》の詰める小屋があり、昼夜交代でつねに三人が番についていた。

主水正はかれらの幾人かと顔見知りになった。侍は白壁町の柵の中へははいれない、初めは主水正も番の者に咎《とが》められ、町奉行与力だとわかってから、挨拶《あいさつ》をするようになったが、そのとき番に当っていた老人から、もしお役目で廻るのなら両刀を差していてはまずい、刀は脇差ぐらいにし、身なりも眼立たないようにするがいい、と注意されたのであった。それまでは町奉行の役人で、そこへ近よった者は稀だという。木戸口に町役が番をしているのだから、そんな必要もなかったし、そういう場所ではうっかりすると、あらぬ噂がたちやすい、という危険もあった。現にそこの娼家から袖《そで》の下を取っていると云われて、与力の一人が役目を解かれたことがあった。事実まいないを取ったのか、それとも嫌われて、無根の評《うわさ》をたてられたのか、はっきりしたことはわからなかったが、町奉行の河田源之進という人は小心で、どちらかというと神経過敏な性分だったから、詳しい詮議《せんぎ》もせずに、その与力の役を解いたのであった。

——この役目は特にむずかしい、そういう噂をたてられるだけでも、その資格がないといわなければならない。

奉行は役所の全員を集めてそう云ったそうである。それは主水正が転任してくるまえのことで、彼は二人の同僚からそれを聞いたのであるが、自分はそんなことをおそれて、危険を避けるようなことはしないだろう、と心に誓った。

主水正が町奉行与力に転任を命じられたのは、正月十日のことであった。彼は暫《しばら》くの猶予《ゆうよ》を乞《こ》い、小出方正《こいでかたまさ》をたずねて意見を聞いた。

——私にはまだ郡奉行ですることがあるのです、と彼は云った。少なくともあと二三年はいまの役所にいて、やらなければならない仕事があるのです、一年たらずで転任することは、私ばかりでなく、役所にとっても損だと思います。

小出は黙って聞いていた。谷宗岳のところへゆけば否《いや》も応もなく、受けろ受けろと云うに相違ないが、小出方正は慎重な人だから、こっちの考えをよく聞き、妥当な意見を述べてくれるだろう、そう思ってたずねたのである。小出は主水正の云うことを、黙って静かに聞いてくれた。けれども、彼が語り終ると当惑したような顔で、辞退は許されないだろうと云った。自分には確証はできないが、どうやら江戸から達しがあったらしい。そのため重臣評定までひらかれたもようだし、転任の命令が出たとすればその評定の結果だから、受けないわけにはゆかないだろう、ということであった。

——これは私だけの意見だが、とそのとき小出は付け加えて云った。阿部はもう引返すことのできない道へはいってしまった、その道は嶮《けわ》しく、苦しい辛《つら》いことが多いだろう、しかも引返したり、脇へそれたりすることはできないようだ、わかっているだろうね。

彼がまだ小三郎を名のっていたころ、二の丸の角櫓《すみやぐら》の下と、材木倉の原と、そして滝沢荒雄《あらお》に試合を挑まれたことなどのあと、谷宗岳はきびしい口ぶりで、それは初めから覚悟していたことではないか、と云われた。尚功館《しょうこうかん》へあがるとき、いつかそういうときがあるということは覚悟していた筈だと。小出が「わかっているだろうね」と念を押したのも、同じ意味を含んでいるにちがいない。彼は命じられるままに転任した。

「おれは十七歳になったが、十七歳であってはいけない」主水正はいま冷たい夜風の中をあるきながら呟《つぶや》いた、「おれには自分のとしはないんだ、八歳のときに毀《こわ》された橋を見たとき、八歳というとしではなくなったように、いまのおれも十七歳であってはならないんだ」

彼は白壁町の木戸を出て、地蔵《じぞう》町のほうへあるいていた。すると鳥越の辻のところで、なにかどなりたてている人の声を聞いた。そっちへ振り向くと、右の角に辻*番小屋があり、油障子に灯《あかり》がうつっていた。どなり声はその中から聞えてきたもので、その声といっしょに、物を叩《たた》くような荒あらしい音も聞えた。主水正は近よってゆき、番小屋の油障子をあけた。——広い土間の炉に炭火がおこってい、畳を敷いた床に小屋番が二人、土間に六尺棒を持った男が一人、それから床に腰をかけて、腕を振りながら喚《わめ》きたてている老人の姿が、行燈《あんどん》の光で片明りに見えた。

「どうした」と主水正は呼びかけた、「なにかあったのか」

小屋番の三人は主水正を知っているので、慌《あわ》てて会釈《えしゃく》をし、その場の事情を説明しようとした。しかしそれより先に、喚きたてていた老人が、「よう旦那《だんな》」と主水正に話しかけた。

「おら大造てえもんだ」と老人はばかげた高ごえで云った、「嘘《うそ》も隠しもねえ、山の森番の大造てえ者だ、それをおまえさん、おらがいい気持で飲んでいたのに、この唐変木《とうへんぼく》どもが妙な云いがかりをつけやがった」

番小屋の者がなにか云おうとしたが、主水正は手まねでそれを制止した。

「あの梅の井ってえうちは、おらの古くからの馴染《なじみ》さ」と老人は続けた、「それについては、山の小屋頭《こやがしら》の平作もよく知っていらあ、おらの腹ん中には妙ちくりんな虫がいやがって、月に一度か二た月に一度は、そいつがこんなにでっかくふくれだしあがる、それについても小屋頭はよく知ってるんだ、いまその虫のやつがおらの腹ん中で、いつもの三倍くれえふくれあがっているんだぜ、旦那」

五の二

主水正は穏やかに問い返した。

「この騒ぎもその虫のせいか」

「そうじゃねえさ」老人は頭の前でふらふらと手を振った、「腹ん中の虫はふくれるだけで、こんないざこざを起こすようなことはねえ、張本人は梅の井にいた山薯《やまいも》野郎だ、嘘じゃねえぜ、旦那」

梅の井でよくいっしょになる客があった。いつ会ってもしょんぼりした顔で、独りで陰気に飲んでいる。もう二年もまえのことだが、あんまり元気のないようすが気にかかり、なにか困ったことでもあるのか、ときいてみた。するとその男は慌てて首を振り、いや困ったことなどはない、万事うまくいっているから心配しないでくれと、済まなそうに答えた。その次に会ったとき、どうだ、万事うまくいってるかときいた。その次のときも同じことをきいたが、男は羞《はにか》み笑いをして、大丈夫うまくいってます、と答えた。それからのち梅の井で顔が合うたびに、こっちがなにも云わないときでも、ええうまくいってます、と云って羞み笑いをするのであった。

「旦那なんざあ知るめえが、森番なんて仕事は毎日おんなじことの繰返しで、骨が欠伸《あくび》をするほど退屈なもんだ」大造という老人はそう続けた、「たまに町へおりて来たときくらい、変ったものを見たり聞いたり、喰《た》べたり、——うん、飲んだりと云いてえが、酒だけはおらが山でつくるやつのほうがうめえ、だがまあいいや、この城下で売ってる酒なんざ、赤んぼの飲むようなたわいのねえもんだが、とにかく酒は酒さ、そこで、なんだっけ」老人は髭《ひげ》だらけの頬を掻《か》いた、「そうよ、それだのにあの山薯野郎、それからってものは、おらと顔が合うたんびに、羞み笑いをしながら大丈夫です、うまくやってますって、こっちがなんにもきかねえうちにそう云いやあがる、今夜もそうだ、おらが心持よく飲んでるところへやって来やがって、おらのことを見るなり、ええうまくやってます、大丈夫ですだって、そして羞み笑いをしやがった」

老人は両手で框《かまち》を叩き、足の踵《かかと》で*下見板をがたがたと蹴《け》った、「初めにつまらねえことをきいたおらも悪かったかしれねえ、けれどもよ、それから二年ちかくも経《た》ったこんにち、こっちはまるっきり忘れてるのに、番たびうまくいってます、大丈夫ですだなんて、人をばかにした話じゃねえか、おらのほうはちっともうまくいってやしねえんだから、今夜という今夜はおらもがまんできなくなった、そんならうまくいかねえってことがどんな味のもんか、教えてやろうと云ってね、二つばかり拳骨《げんこつ》をくれてやった」

番小屋の男の一人が、暴れたのは今夜が初めてです、と側《そば》から口を添えた。月に一度か二た月に一度、山からおりて来て飲み続け、酔うと云いたい放題なことを云って騒ぐけれども、喧嘩《けんか》をしたり人を殴ったりするようなことはなかった。そう云うのを聞きながら、主水正は老人を眺め、それから穏やかな声で、番小屋の男にきき返した。山の森番ぐらいで、よくそんな銭があるな。へえそれがと、番小屋の男の他の一人が答えた。この年寄りは薬草に詳しいとみえ、山からおりるときはいろいろな草や木の根などを持って来、薬種問屋へいい値で売るのだそうです。それで問屋では、薬草を持って来ないときでも、よろこんでこの年寄りに飲み代《しろ》ぐらいは貸すということです。だからときには三日も四日も呑《の》んだくれて、帰るときには焼酎《しょうちゅう》を買ってゆき、それで薬草を使って手作りの酒を拵《こしら》えるらしい。まむし酒などを作ると、城下へ持っておりて、これも高価に売るようだ、と番小屋のもう一人の男が云った。——剃刀など当てたこともないのだろう、老人は髪も髭も伸びたままだし、乞食《こじき》のようなぼろを着、穴だらけの脚絆《きゃはん》、素足に草鞋《わらじ》という恰好をしていた。

「そんなに薬草があるのなら」と主水正がきいた、「ほかにも採りにゆく者があるのではないか」

「ありません、どれが薬草かということは、しろうとにはわからないようです」

主水正はまた老人を見た、「もしこの年寄りにそういう眼があるなら、森番などにしておくのは惜しいな」

「そんなことを町で云われたのはこれが二度めだ」大造という老人は頬を掻きながら、ひとなつっこい眼つきで主水正を見あげた、「――何年かまえに、杏桂堂《きょうけいどう》のおやじがおれに薬草園をやらねえかと云った、杏桂堂の地所へ畑を作って、そこへ薬草を移そうというんだ、おらあ笑いとばしてやった」

天然しぜんに育つからこそ、薬草にはそれぞれの精分や効力がつく。人の手で作れば量こそ多く採れるだろうが、薬草としての効力はなくなってしまう。朝の露、夕べの霧、澄みきった山の気、そして朽ち木や落葉の中で育つからこそ、それぞれの薬効がそなわるのだ。

「これは嘘じゃあねえよ、旦那」と老人は云った、「――薬草ばかりじゃあねえ、人間だって町でくらせば精分がぬけちまうさ、そうしちゃあいけねえ、こうしちゃあいけねえ、それはだめだあれはだめだって、つまらねえことにがんじ搦《がら》めにされて、しょっちゅうあいそ笑いをしたり世辞やおべっかを使ったりして、ろくさま＊

＊も立たねえような腰抜けか、きょときょと眼を光らせている小猾《こずる》いくわせ者になっちまう、町に住んでるやつらはみんなそうだ、みんな鋳型《いがた》にはめられて、面白くも可笑《おか》しくもねえ人間になっちまう、おらあそんなことはまっぴらだ」

まっぴらごめんだと云って、大造は仰向けに寝ころんでしまった。大造が寝ころぶより先に、油障子をあけて、八歳ばかりにみえる少年が番小屋の中へとび込んで来た。

「助けて」と少年は番小屋の者に叫んだ、「おじさん助けて、おれ殺されちまうよう」

「またおまえか」と番小屋の男の一人が云った、「こんどはなにをしたんだ」

「なんにもしねえ」と少年は力をこめて首を振り、筒袖《つつそで》の布子《ぬのこ》の袖で口のまわりを拭《ふ》いた、「おれ腹がへってたんだ、ちい公も腹がへってたんだ、おれもちい公も昨日からなんにも喰べていねえんだ」

「ちい公はどうした、妹はどこにいるんだ」

「白壁町のほうへ逃げた」少年はちらっと、すばやく主水正を見ながら云った、「ちい公はだいじょうぶだと思うけれど、おれ追っかけられてるんだ、きっともうすぐここへ来るよ、おじさん、助けてくれるね、あいつらおれのことぶち殺すって、どなってたんだよ」

「どうしたのだ」と主水正が番小屋の男たちに問いかけた、「これはどういうことだ」

「去年の火事で親に死なれたみなし子です」と男の一人が答えた、「六つになる妹がいるんですが、気の強い子で」

そのとき番小屋の表へ、五六人のやかましい喚き声が近づいて来た。

五の三

主水正は番小屋の男二人を外へ出してやり、少年を隅のほうへつれていった。

「うっちゃっとけばいい」仰向けに寝ころがっている大造がどなった、「どうしようもねえさ、若木のまま枯れる木もあり、てんで構いつけねえでも育つ木は育つ、人間にはなんにもできやしねえ、人間のちからなんてたかのしれたもんだ、じたばたしたってどうにもなりゃあしねえさ」

「こわがらなくってもいいんだ」主水正は頭巾をとりながら少年に云った、「――おまえなにをして追われているんだ」

少年は小屋の外へ気をくばりながら、なんにもしやあしねえさ、とうわのそらで答え、それから主水正を見あげた。

「おじさんはお役人だね」

主水正は頷《うなず》いた、「そうだよ」

「ふん」少年は鼻柱へ皺《しわ》をよせた、「それじゃあなにを云ってもしようがねえな」

「どうしてだ」と主水正は静かに反問した。

「どうもしねえ、なんでもねえさ」少年はまた筒袖の先で鼻の下をこすり、外の話し声に耳をすましながら云った、「お役人なんてなんにも知っちゃあいねえからな、いいよ、黙るよ、なにを云ったってしようがねえからな」

主水正は聞きながして、火事にあうまえ、父親はなにをしていたのか、ときいた。少年はまた顔をしかめて、どの父っちゃんだ、とき返した。主水正が黙っていると、うちには幾人もの男が来て、酒を飲んで酔っぱらうと、その男たちがみんな、「おれがおめえたちの父親だぞ、孝行ということを忘れるな」という、と少年は唾《つば》でも吐きたそうな顔つきで云った。どれが本当の父親かわからない、大工、紙漉《す》き、馬子《まご》、土方《どかた》、博奕《ばくち》打ち、そのほかなにをしているかもわからない男たちが幾人もいる。世帯主として届けてあるのは大工の助二郎という男だが、これは火事のときに酔っぱらっていて、母親といっしょに焼け死んだと、少年は語った。

「では」と主水正はきいた、「まだほかにも、父親だという者がいるんだな」

少年は唇の端を歪《ゆが》めて、主水正を見た、「おじさんはどうだい、これが本当の父親だ、こっちの男は他人だってことが、わかるかい」

「おれはおまえにきいているんだ」

「ちぇっ、つまらねえ」少年は片方の肩をゆりあげた、「おとなってな、みんなおんなじだ、みんなこわがってるんだ、どれが本当のおやじだか、焼け死んだのが世帯主だからおやじなのか、本当のおやじはほかにあるのか、——そんなことは知っちゃあいねえや、おれの知ったこっちゃあねえや、おじさんはどうだい」と云って少年は白い歯をみせた、「これがじつのおふくろだ、じつのおやじだってことがわかるかい、えっ」

主水正は眼をそらした、少年は皮肉を云っているのではない、むろん諧謔《かいぎゃく》を弄《ろう》しているのでもない。思っていることをそのまま、飾らない言葉で表現しているだけであった。主水正は自分の両親が本当の両親ではなく、いつか、どこかからしんじつの父母が来てくれる、という固定観念をもっていた。その少年の場合とはまったく意味が違うけれども、そう問いかけられたとき、彼には返辞のしようがなかったし、誰にも答えることはできないだろうと思った。

「わかったよ」と主水正は云った、「それはおまえの考えだ、私にはそれがいいとも悪いとも云えない、けれどもおまえには現に妹がいるんだろう、父母のことはともかく、妹の面倒をみてやる責任はあるんじゃあないのか」

「ああいやだな」と少年は顔をしかめた、「それを云われると、どうしようもねえ、まったく、人間に生れてきたことがいやんなっちまう、ちい公さえいなければ、おらあ自分の好きなことができるんだのにな」

「どんなことをやりたいんだ」

「どんなことって」少年は手の甲で鼻をこすり、額をこすった、「どんなことって、いますぐにきかれたって云えやしねえさ」

「しかしやりたいことはあるんだろう」

「あるさ、うんとあるさ」

外へ出ていた番小屋の男たちが戻って来、主水正に頷いてみせた。少年を追って来た連中を帰らせたのであろう、その男の一人が、土間の炉の火へ炭を加え、灰を搔きならした。

「大工にもなりてえし」と少年が仔細《しさい》らしく頭をかしげながら云っていた、「飛脚《ひきゃく》にもなりてえし、それから、ええと、紙屋にもなりてえし、駕籠《かご》屋にも酒屋にもなりてえや」

　主水正は微笑しながら頷いた、「よしよし、いまはそれだけでいい、ほかの話だが、おまえは火事のあと、妹といっしょにどこかへ預けられていたんじゃあないのか」

「ああそうだよ、ねぎ町の綿屋がひきとってくれたさ」と云って少年は肩をゆりあげた、「預けられたのは慥かだけれど、一日に塩むすびが二つだ、寝るのは物置で、蚊屋《かや》もありゃあしねえ、ちい公もおれもしょっちゅう腹をすかしっきりで、ひと晩じゅう蚊にくわれて、それであれをしろこれをしろとこき使われた、人間じゃあねえ、百姓馬よりひでえめにあった、おれたちだけじゃねえ、ほかの者もたいていてえおんなじようなことらしいぜ」

　主水正は番小屋の男に振り返った。男の一人が彼の眼に答えて、屋台の煮売り屋で食い物を盗んだのだそうですと云った。

「客の食い残しだよ」と少年が云った、「食い残しを捨てる桶《おけ》があるんだ、おらその桶にあった物を取ったんだ、どうせ捨てちまうもんじゃねえか、あの煮売り屋のじじい、いつも店をしまうとき犬にやっちまうんだぜ」

「たとえ犬にやる物でも、人の物を黙って取るのはよくないことだろう」

「塩むすび二つしきゃ喰べられないでもかい」

「そのことはまた話そう」と主水正が云った、「名前はなんというんだ」

「七《しち》っていうんだ、本当は七郎か七助だかわからねえけどさ、桶屋の七って云えばみんな知ってるよ」

「妹はちい公とかいったな」

「ああ」少年は袖口で鼻の下をこすった、「本当の名前はちづっていうんだ、まだ六つだけどね、おれには大事な妹なんだ」

主水正は番小屋の男たちに、ちい公を捜して来ること、二人を明日まで、この番小屋で面倒をみるようにと命じ、少年に向かって、明日までここで温和《おとな》しくしていること、明日になったらもっといいうちへ入れてやることなど、念を押して云い聞かせた。

「わかったよ、そのとおりにするよ」と少年は大きく頷いた、「おじさんはいい人らしいからな、おれ、おじさんを信用するよ」

その夜、主水正は眠れなかった。

町奉行与力になってから、彼はずっと役所の詰所で寝起きしていた。町奉行与力は十人いて、二人ずつ十二刻《とき》*の勤めをする。もちろんなに事もなければ寝ていてもよいので、そのために寝所の用意もできているが、主水正は泊り番のときでも、着たまま横になっているし、夜半などにも思いたつと、独りで見廻りに出ていった。徒士組屋敷の家には、下着類の取替えをするときだけしか帰らず、母親はそれを不服に思っているらしいが、父の小左衛門はなにも云わなかった。弟の小四郎も同じように、もう兄は自分たちの兄ではない、と思っているようであった。

「かたちだけなんだな」主水正は役所の寝所で横になったまま、暗い天床を見あげながら呟いた、「——一日に塩むすび二つだけか、それで食いざかりの子供が生きてゆけるだろうか、あの大火で家を焼かれ、両親を失った子供たちは少なくないだろう、役所ではそれを人に預けた、人に預ければ役所の責任はそれではたせた、——役目はそれではたせた、というだけだ、かたちだけは慥かにはたせた、あとのことは知らないということか」

彼は眼をつむった。弟の小四郎の暢《のん》びりした顔つきがみえ、すぐに、七という少年の挑みかかるような顔が思いうかんだ。

「どうにかしなければならない」と主水正は呟いた、「あの子供をあのままにしてはおけない、それに、ほかの子供たちも」

彼はぎゅっと顔をしかめた。

五の四

うしろから来る馬蹄《ばてい》の音で、主水正は道の脇《わき》へよけた。仁山《にやま》村から寺町へゆく途中で、片側が小高い丘、片側が熟《う》れた稲田の狭い道だった。うしろから来た馬は、主水正の脇をすれすれに駆けぬけてゆき、ひどい土埃《つちぼこり》が彼を包んだ。乗っていたのは女であった。秋草を染めた着物に馬乗り袴《ばかま》をはいていたが、その袴は荒い横縞《よこじま》の華やかな色に染められてい、髪はひっつめに結って、残りを背に垂れていた。背に垂れたその黒髪が、疾駆してゆく風に煽《あお》られて、流れの中の藻《も》のように、うしろへなびいているのを主水正は見た。

「山根の娘だな」と彼は呟き、肩や袖にかかった土埃をはたいた、「きっと山根の娘に相違ない、乱暴な乗りかたをするものだ」

二段《たん》ばかりいったところで、娘は馬を停め、振り返って、主水正の近づいて来るのを待った。彼はそっちを見ずにあるいてゆき、馬上から娘が呼びかけた。

「わたくし鞭《むち》を落しましたの」と娘は彼を見おろして云った、「戻って捜して来て下さい、あそこの、小さい木がぼさぼさ繁《しげ》っているあたりですわ」

瘦《や》せがたで色が白く、きりょうよしではあるが眼がきつく、娘というより男顔であった。

「ご自分でいくんですね」と主水正は静かに答えた、「馬をせめるのに鞭を落すというのは聞いたこともなし、私はあなたの召使ではありませんから」

「わたくし山根蔵人の娘ですよ」

「そうですか」と彼は答えた、「御用があるので私は失礼します」

娘の白い顔が怒りのために赤くなった、「鞭を取って来てはくれないんですね」

「その返辞はもう申上げました」

「出世がしらだと思って威張っているのね」

主水正はもうあるきだしていた。山根つるは馬腹を蹴り、手綱をゆるめて追い、主水正の軀《からだ》とすれすれに追いぬいて、彼の前を馬で塞《ふさ》いだ。主水正は穏やかに見あげた。

「まだなにか用があるのですか」

「あなたは阿部主水正でしょう」

「町奉行の与力です」

「身分は平侍ね」

主水正は云った、「藩史によると、山根さんも昔は平侍でしたよ」

「それでわたくしをへこますつもりですか」

「どいて下さい、御用があるんです」

「あなたは山根へ婿《むこ》にくることを断わった」と山根つるが云った、「それだけではなく、絶家している三浦の家名を継いで、わたくしを嫁に来いと仰《おっ》しゃった、いまはっきり云っておきますけれど、つるはあなたのところへ嫁になんかゆきません」

「そうですか」と主水正は答えた、「私もむりに来てもらいたいとは思いません」

縁談はそっちからもちだしたのではないか、そう云いかけたが彼は口をつぐみ、おちついた口ぶりで、いずれにせよ自分は二十五歳になるまで結婚はしないつもりであると答え、馬の側をすりぬけてあるきだした。つるが顔をひきつらせ、憎悪《ぞうお》の眼で自分の背中を睨《にら》んでいるのが感じられた。鞭を拾ってやればよかった。相手が老臣の娘であり、こっちが平侍の子だということが、つい知らず反撥《はんぱつ》を感じたのであろう。おとなげないことをしたと彼は思った。

「二十五になるまで妻帯しない、というのもよけいなことだ」と彼は呟いた、「結婚しないならしなければいい、なにも口に出して云う必要はなかったんだ」

鞭は道の上に落ちていた。特に作らせたものだろう、ごく細い鉄に、金銀で象嵌《ぞうがん》がしてあった。主水正は拾ってやろうとしたが、思いとまってあるき続けた。

彼は仁山村の米村《よねむら》家をたずね、次に宗巌寺《そうがんじ》をたずねた。七という少年の話を聞いてから、手をつくして調べたところ、同じような少年や少女たちが三十余人もいることを知った。去年の大火で親きょうだいに死なれたあと、町奉行や町役の手で、それぞれ近在の百姓や紙漉《す》き場や、城下の商家などへ引取られた。それが半年経って調べると、五十幾人かいた孤児たちが三十八人になり、他の者はみな出奔《しゅっぽん》してしまい、残った三十八人のうち半数以上の者が、引取られた家から逃げだし、浮浪者のような生活をしていた。

「——私どもでも生活は楽じゃありません」と殆《ほと》んどの雇いぬしが云った、「うちにも子供たちがおりますし、遊んで食ってるわけじゃない、あの子たちにしても、いまのうち手に職をつけておかなければならないでしょう、それが、ちょっと仕事を教えようとすると、やれこき使うの、めしが少ないの寝るまもないのと、不平だけはいちにんまえで、あげくのはてには物を盗んでとびだしちまいました、ええもう懲《こ》り懲《ご》りです」

この土地の紙はきみのといって、遠国《おんごく》からも注文の絶えない名産であり、漉き場には古くから株を持っている旧家がある。その内の七軒にも孤児を預け、初めはあるじたちも人手が助かるとよろこんでいた。けれどもそれから半年経ってみると、みの庄という漉き屋に三人残っているだけで、あとの者はみんな出奔してしまった。
――御存じでしょうが、もっとも上質の紙は寒*の水を使います、と漉き屋の老人の一人は云った。ところがあのがきどもは、水が冷たいと云って寄りつきません、おまけに乾《ほ》しあげたばかりの紙を千切って、水洟《みずばな》をかむような小伜《こせがれ》もいる始末です、いやはや、もうあんながきどもの世話はまっぴら御免ですよ。

　主水正は米村青淵《せいえん》に相談し、孤児たちの家を建てて、いっしょにかれらをそこで育てたいと云った。火事で親きょうだいを失ったかれらは、そのことで共通の嘆きや悲しみや絶望感がある。これはおそらく、他人には理解できないことだろう、かれらがいっしょに生活すれば、互いに慰めあい劬《いたわ》りあうことができるに相違ない。かれらに精神的なよりどころを与えながら、好きな職を身につけるほうがいいのではないか、と主水正は主張した。

「私にはお役料が二十石付いています」と彼は云った、「もちろんこれでは足りないでしょうが、実際にそれが始まれば、藩*庁でも黙って見てはいないと思うんです」

「宗巌寺へいってごらん」と青淵は微笑しながら云った、「あそこは地所も広い、そういう家を建てる余地は充分にある筈《はず》だ、米のほうは私が引受けるよ」

宗巌寺の石済和尚《おしょう》は「よかろう」と云った。そして今日は、孤児の家が出来あがっている筈であった。

五の五

宗巌寺へゆくと、もう子供部屋はあらかた出来あがっていた。

この境内は七千坪あまりの広さがあり、うしろは山になっていて、その一部の崖《がけ》からは、どんな旱魃《かんばつ》にも絶えたことのない山水が、三つの筧《かけひ》からとくとくと流れ出ていた。方丈《ほうじょう》や客殿は本堂に付属しているが、べつに三重の塔があり、石済和尚を慕って来る修行僧たちの宿坊、講堂、宝蔵、食堂《じきどう》、寺男たちの長屋、物置などの建物があった。——子供部屋は山門をはいった右側の広い空地に建てられた、およそ五十坪ほどで、仮宅に似た雑な平屋であるが、部屋は女の子だけが十帖《じょう》、雑居が二十帖、十帖の勉強部屋があり、ほかに土間と炊事をする勝手と、裏に薪《まき》小屋が設けられてあった。

主水正の姿を見ると、十人ばかりの子供たちが駆けよって来た。

「阿部のおじさんだ」と一人が叫び、するとまわりにいた子供たちが、仕事を投げだしてとんで来たのだ、「あれを見てよ、おじさん、おらたちのうちが出来あがったぜ」

かれらは鉋屑《かんなくず》を集めていたらしい。主水正はかれらの一人ひとりに頷《うなず》き、近くにいる子の頭を撫《な》でてやった。

「うん、そうらしいな」と彼は云《い》った、「おまえたちのうちになるんだ、職人たちの手伝い忘れちゃあだめだぞ」

「やるさ」と一人の子が云い、自分の頭から鉋屑を払いおとした、「ただ左官の権《ごん》太《た》っていうやつが意地わるなんで」

主水正は彼を制止して云った、「人間には意地わるな者もいるし親切な者もいる、そうだろう、親切な者はみんなに好かれるが、意地わるな者は世間からも嫌われる、おまえたちの中にもそういう者が二人や三人はいるだろう、そういう性分に生れついた者は、どこでもたいてい嫌われるものだ、そういう者こそ、親切にしてやらなければいけないんじゃあないだろうか、あいつはいやなやつだ、意地わるな人間だときめてしまうのは、可哀《かわい》そうだと思うがね、——これは私の考えだ、おまえたちにはおまえたちの考えがあるだろう、一度みんなで話しあってごらん、人間の一生はそうながくはない、憎んだり嫌ったりするような時間はあまりないんだよ」

少年たちは黙って俯《うつむ》向き、権太を非難した少年は、はだしの足の親指で、地面になにか書いていた。主水正はいましがた会った山根つるの、怒りにひきつっていた顔を思いうかべながら、方丈のほうへ歩み去った。

石済和尚は方丈でごろ寝をしていた。竹で編んだ枕《まくら》に頭をのせ、片手に手拭《てぬぐい》、片手に大きな団扇《うちわ》を持って、頭はきれいに禿《は》げているが、色の黒い手足は逞《たくま》しく、とうてい八十歳を越した人のようには見えなかった。団扇を休みなしに動かしながら、片手に持った手拭でしきりに顔や頸筋《くびすじ》の汗を拭《ふ》いていた。

主水正は案内なしに、庭からまっすぐ方丈へゆく習慣だったが、和尚の寝姿を見て、あがるのをちょっとためらった。すると和尚は、反対側を向いて寝ていたのに、団扇をばたばたさせながら、あがって来いと云った。

「まだ六月にもならぬというのに」和尚は云った、「この暑いことはどうだ、百姓どもは豊年の兆《きざし》だなんぞと、いまのうちからよろこんでいるようだ、豊年で米がとれたからといってどうなる、どうせ人間の一生を賄《まかな》えるわけでもあるまい、去年のような凶作でさえ、領内から一人の餓死者も出さずに済んだ、このばかげた暑さと豊作とどっちがいいか、主水正、おまえさんならどっちを取る」

主水正は方丈へあがり、石済和尚の脇に坐《すわ》った。

「酔っていらっしゃるんですか」

「もう醒めた」と云って和尚はこちら向きに寝返ったが、起きようとはしなかった、「ちかごろは酒の質もおちたらしい、世の中がだんだん悪くなる、この分だと酒も自分で醸さなければならなくなるだろう、——今日はなんの用だ」

「子供部屋のことで伺いました」

和尚は手拭で顔の汗を拭いた、「あれはもう出来あがっている筈だぞ」

「殿さまは幕府からのお達しで、上野東照宮の修築を仰せつけられ、今年の御帰国は取止めということになりました」

「それはもう二月にわかっていたことだ」

「私は」主水正はちょっと口ごもった、「――殿が御帰国になったら、子供たちのことについて申上げ、お手許金で賄って頂こうと考えたのです」

「必要な物はみな仁山村から来る」

「それは喰べてゆくだけのものです」

「ほかにどうしようというのだ」

「読み書き算盤を覚え、手に職をつけなければなりません」と主水正はいまやためらわずに云った、「それも義務や役目でやるのではなく、本心からかれらを教え導く者でなければだめだと思うのです」

石済和尚の団扇の動きが止まった。そして銀色の、俗に長命眉《まゆ》といわれる、厚く突き出た眉毛の下で、双眼がきらりと光った。

「おまえの考えを聞こう」

「私には二十石という役料があります」と主水正は答えた、「もちろん充分ではありませんが、これを一部の役に立てていただきたいんです」

「そんなことをなぜおれに云う」

「仁山村へも云って来ました」

「青淵は承知したのか」

「老師のおぼしめししだいだと申されました」

和尚は口の中で、「こすいおいぼれだ」と呟き、主水正に向かって微笑した。

「よろしい、その二十石を貰《もら》いましょう」と和尚は云った、「物や金はあって困るものじゃない、おまえさんが呉《く》れるというのなら、よろこんで頂戴《ちょうだい》しますよ」

「心配なのは女の子たちですが、うまくいっているでしょうか」

「おまえがそんなことを気にしてなんになる」と和尚はむぞうさに答えた、「まわりでどんなに手を尽しても、うまくゆく者もありうまくゆかない者もある、帰りに庭の朝顔を見てごらん、種子《たね》も選び、同じように手をかけてやっても、逞しく伸びるやつもあれば、ひねこびてもう枯れかかっているやつもある、人間だって同じことさ、気にするな」

主水正は頬笑《ほほえ》み、紙に包んだ物をそこへ差出した、「ではお受取り下さい、よろしくお願い申します」

「おれが飲んじまうかもしれないぞ」

主水正は黙って低頭してそこを去った。

子供部屋はうまくいった。自分たちの家があり、食糧があるということで、心のよりどころができたのであろう。十二三歳になると、男の子たちは自分で捜して稼《かせ》ぎにでかけ、女の子たちは女中奉公や、紙漉き場へ働きにいった。いやになっても自分の家があるし、そこには充分な食糧と、常に世話をしてくれる者がいたからだ。三人いる寺男の女房たち、読み書きを教える師匠たち三人のほかに、進んで着る物や履き物の面倒をみにかよって来る、近在の百姓の老母や女房たちが、五人にも殖《ふ》えていった。

こうしてその年があけ、次の年もあけて三年めには、世間へ出てゆく子があり、また親たちに死なれて、親類の世話になるのを嫌い、きょうだいづれではいって来る子供たちなどもあって、部屋の人数は四十人以上になってしまった。そうして阿部主水正は、二十歳の春を迎えたが、ただの二十歳ではなかった。

森番小屋にて

「おれは見たことはない」平作はめし茶碗《ぢゃわん》の酒を啜《すす》って、さも苦そうに顔をしかめた、「まずい酒だ、いつ飲んでもきさまの酒はまずい、どうしてこんなまずい酒を作るんだ」
「それはくすり酒なんだよ、小屋頭」と大造は髭《ひげ》だらけの顔をこすった、「深山蓬《みやまよもぎ》と鳴子《なるこ》百合《ゆり》に浸したんだ、三年ものなんだよ、それは」
「きさまの云《い》うことは半分も信用できない、本当に薬なのか毒なのか」
「それは小屋頭の気持ひとつさ」と大造はにやっと笑った、「めしでもなんでもそうだ、これは身の養いになると思って喰べれば身の養いになるし、こんなに喰べては身の毒だと思いながら喰べれば、毒になる、深山蓬と鳴子百合は長寿の薬で、それはおまえさん昔から有名なものなんだがな」

「もういい、きさまの御託《ごたく》はたくさんだ」と云って平作は顔をしかめながらまた一と口啜り、もっと顔をしかめた、「――おれは自分の眼で見たことはない、だが、噂《うわさ》だけ聞いても、あいつはとんだくわせ者だぞ」

「おまえさんは本人を信じねえで、人の噂のほうを信用するのかね」

「おれはじいさまの代から森番をしている」と平作は云った、「檜《ひのき》でも杉《すぎ》でも、苗木のうちからこいつはよく育つ、こいつは途中で枯れちまうということがわかるし、その眼に狂いのあったためしは一度もなかった」

「ずいぶん昔のことだが」と大造もめし茶碗から酒を啜って、考えぶかそうに云った、「世の中のことをなんにも信用しねえ年寄りがいた」

「富公ならおれも知ってる」

「そうだ、みんなに富公といわれてたっけ」

「西の出小屋で働いていたんだ」

「おらたちの頭《かしら》でね」大造は酒を啜ってから、へらへらと笑った、「あの年寄りは人の云うことも信用しねえし、おてんとさまやお月さまが、東から出て西へ沈むってえことも信用しなかった、なにしろあっちが東だってえことさえ信用しねえ、あっちが東だってえことを誰が見た、現に誰か慥《たし》かめた者がいるのかってよ、当座のあいだはおらまでも、東西南北ってものが信じられなくなったくれえだ」

平作は酒のなくなった自分のめし茶碗を見て、ちょっと考えてから、もう少し注《つ》げと云い、大造はなみなみと注いだ。

「あいつは尚功館《しょうこうかん》の道場で、滝沢の若さまに試合を挑まれたとき、口実を作って逃げた、つまり勝てないことがわかっていたからだ」平作はまずそうに顔をしかめながら酒を啜り、厚い唇を舌で舐《な》めながら云った、「それよりもいかがわしいのは四年まえの大火のときよ」

「あのときはよくやったな」

「そのにんきだ、寺町をまわって郡奉行《こおりぶぎょう》の名をかたり、焼け出された者をすぐに引取らせた、在郷をまわって米を運ばせ、百姓の男女を使って炊《た》き出しをさせ、焼け跡にはすぐに高札を立てて、日雇賃を倍増しの日払いにすると触れ出した、おまけに宗巌寺の境内へ子供部屋とかなんとかいうものを建てて、親きょうだいに死に別れた子供たちを集め、読み書き算盤《そろばん》や、手に職をつけさせているそうだ」

「いいじゃねえか」と大造が云った、「小屋頭はそのどこが気にくわねえのかね」

「全部が全部だ」と平作は云った、「あのときあの小僧は十六だったそうだ、それだけのことのできるとしじゃあねえし、自分のしたことを隠して、みんな郡奉行、町奉行、普請《ふしん》奉行などのお手柄にしちまった、これは十六歳の子供の知恵ではない、立派なおとなの思案だ、こんなことをする人間にろくなやつはいない、僅《わず》か十六歳でこんな細工をするようなやつは、奸悪《かんあく》な野郎と昔からきまっているさ」
「小屋頭は滝沢の若旦那《わかだんな》びいきだからな」
「誰が見たって人間の位《くらい》が違わあ」
大造はにやっと笑った、「太閤《たいこう》さんの話なんか、もちだすことはなかったんだな」
「おめえは酒のほかに、なんにも眼にはいらねえ男だ、へたなことは云わねえほうがいい」
「五年ばかりまえのことだが」大造は酒を啜ってから、自分に云い聞かせるような口ぶりで、ゆっくりと話した、「――城下でこそどろが一人捉《つか》まった、としは三十を越したくれえだったが、背丈はせえぜえ四尺四五寸、痩《や》せている貧相なちびだっけ、反物《たんもの》屋の店先から女の前掛を一枚くすねたとか、くすねようとしてみつかったとかなんて、つまらねえことで番所へしょっぴかれた」
「なんでまたそんな話をするんだ」
「役人も深い考えはなかったらしい、ところがどう致しまして」と大造は構わずに続けた、「番所へいってしらべてみると、そいつの袂《たもと》やふところから出るわ出るわ、女の髪飾りから帯、反物、下駄《げた》やら傘《かさ》やら洗濯板」

「いいかげんにしろ」と平作が云った、「四尺四五寸しかない背丈の、痩せて貧相な小男の軀《からだ》から、そんなにごたごた、品物の出てくる道理があるか」

「それが出たんだな」大造は平然と云った、「集めてみたらなんでも、荷車一台分くれえあったそうだ」

「人をばかにするな」

「おまえさんはこうして、山にこもりっきりだからわかるめえが、世間へ出ていってみればわかるさ、世間にはいろいろな人間がいるし、よもやと思うような出来事があるもんだ、ほんとだぜ小屋頭」

「きさま」と平作は眼を細めて大造の顔をみつめた、「――なにか云うつもりなんだな」

「小屋頭はいま、おらのことを酒飲みで、酒のほかにはなんにも眼にはいらねえ男だ、と云いなすった」大造は唇だけで笑った、「――本当はそれほどでもねえんだよ、これで、女の前掛一枚くすねたくれえに思ってしょっぴいても、よくしらべてみれば、荷車一台分もくすねた品物の出てくることだってあるんだ」

「そうすると、おまえにも人を見る眼ぐらいはある、ということか」

「なんとも云えねえがね」大造は炉の火を見まもった、「——滝沢さまの若旦那は、生れの素姓《すじょう》がいいから立派だ、阿部主水正《もんどのしょう》は平侍の伜《せがれ》だから、成上り者のいかがわしい人間だって、小屋頭がそう思うのを間違いだというわけじゃあねえが、人間のことをあたまからそうきめちまうってことは本当じゃあねえと思う、大きな酒屋のおやじにだっていやな野郎もいるし、乞食《こじき》にだっていい人間がいるもんだ」

「だからときどき山をおりて、飲みつぶれるっていうわけか」

「人間てなあいいもんだぜ、小屋頭、本当に人間てやつはいいもんだ」そして大造は仰向けに寝ころがった、「この山の樹《き》も好きだ、杉や檜といっしょにくらすのも好きだが、おらあ人間のほうがもっと好きだな、ええ人もつまらねえやつも、人間てやつはおらあ大好きだ」云い終ると同時に、大造は鼾《いびき》をかいて眠りこんだ。

平作は舌打ちをし、「しようのない呑《の》んだくれだ」と呟《つぶや》きながら、戸納《とだな》からどてらを出して来て、大造の軀へ掛けてやった。

六の一

その屋敷は新築したものであり、各座敷の家具調度も新らしかった。木の香が匂《にお》い、畳が匂い、家具調度も匂った。部屋数はさして多くはない、十帖《じょう》の客間と内容用の八帖の客間、夫婦それぞれの居間と寝所、家士と召使たちの部屋が三つに、風《ふ》呂《ろ》舎《や》と勝手などである。場所は曲町《まがり》、以前に谷宗岳の住居のあったところだが、建物がもう古くなっていたので取り毀《こわ》し、新らしく建てたものである。主水正はなにも口だしをしなかった。もとそこに三浦家のあったこと、彼が三浦家を再興するということで、彼の意見は初めから無視されていたからだ。――谷宗岳は西小路というところの古屋敷をもらい、書生の一人は江戸へ帰したが、もう一人の書生といっしょに移っていった。尚功館の任期はすでに終っていたけれど、気が向くと講義にでかけていったし、宗岳が来たと聞くと、その講座は必ず聴講者でいっぱいになった。

主水正は二十歳になると三浦の姓を継ぎ、山根つるゝと結婚した。媒酌人《ばいしゃくにん》は滝沢主殿《とのも》とその妻女、ごく内輪ということで客は八人、祝言《しゅうげん》の式は曲町の新らしい屋敷であった。客の中には四人の重臣と谷宗岳、それに宗巌寺の石済和尚《せきさいおしょう》や仁山《にやま》村の青《せい》淵《えん》もいたが、阿部の両親や小出方正《こいでかたまさ》は招かれなかった。式そのものにも華やかさやなごやかさはなく、媒酌人である滝沢夫妻の態度も冷淡で、形式どおりの役を済ませると、お上《かみ》の急用ができたから、という口実ですぐに帰っていった。色直しには重臣の柳田夫人と、益秋夫人が当り、そのあと一刻《とき》ばかりは賑《にぎ》やかな酒宴が続いた。

誰よりも陽気に飲んだのは谷宗岳で、まるで通夜《つや》か法事のような式だったなと、面白そうに繰返していた。

「谷先生は江戸から来たお人だからわかるまいが」と宗巌寺の老師が云った、「この土地では祝言の式はあっさりやるのが昔からのしきたりでな、城代家老が媒酌人になったというだけでも、そうざらにはない派手やかなものなんだよ」

「祝言も通夜も同じことだ、と老師は云われたいんでしょう」と宗岳が皮肉な口ぶりでやり返した、「私もこっちへ来て十五年、土地のことはおよそ知っています、こういう席に招かれたことも、二度や三度はありますからね、しかし気にいらない、今夜の祝言は気にいりませんぞ」

「どこが」と青淵老人が微笑しながら云った、「どこがそんなにお気に召しませんか」

「なにもかもです」宗岳は礼服の袴《はかま》を捲《まく》り、太腿《ふともも》を出して音高く叩《たた》いた、「だいいちここの新築の屋敷、花嫁の親元が内福だからといって、まだ若い二人のためにこんな屋敷を建て、なにさまかと思うような家具調度を揃《そろ》え、御城代はじめ重臣の方がたを招くなどとは、それだけでも反吐《へど》をつきそうです、花婿《はなむこ》は土壇場《どたんば》へ据《す》えられた罪人のようだし、お美しい花嫁どのは石で作った人形のように冷たく、なんの愛《あい》嬌《きょう》もない、この祝言を心からよろこぶような者は一人としてみあたらないじゃありませんか」

「人はときによって」と宗巌寺の老師が穏やかに云った、「——いつも自分の好むようには生きられない、ときには自分の望ましくないことにも全力を尽さなければならないことがあるものだ」

「それは説法ですか」宗岳はまた裸の太腿を叩いた、「それとも老師の述懐ですか」

「さあどっちかな」和尚はやわらかく微笑した、「言葉はつまらないものだが、場合によっては口舌《こうぜつ》を弄《ろう》さなければならないこともある、まあ機嫌を直して飲みなさい、酒は嘘《うそ》はつかないものだからな」

「くそ坊主《ぼうず》」と宗岳は酒を呷《あお》りながら、呟いた、「おれはこれから堀端へゆくぞ」

こんなくそ面白くもない祝言より、堀端の美女たちと飲むほうがよっぽど人間らしい、などと云いながら立ちあがった。——それがきっかけのようなかたちで、まもなくお開きになった。寝所の式は柳田夫婦が世話をしてくれたが、これも式が済むとそうそうに帰っていった。

　新らしい木の香や畳の匂い、きらびやかな家具、金屏風《きんびょうぶ》をまわした、嬌《なま》めかしい重ね夜具、枕許《まくらもと》には丹塗《にぬ》りの盃台《はいだい》と長柄《ながえ》の銚子《ちょうし》、そのほか初夜になくてならないものとされている物はすべて揃っているし、色絹のまる行燈《あんどん》が、これらの上にやわらかく、あたたかそうな光を投げていた。にもかかわらず、新婚の二人は初めからこちこちになって、お互いに顔を見ようともしなかった。二人きりになって暫《しばら》くしてから、主水正は眼をあげて、まともにつるを見た。

「初めに云っておくことがある」

「わたくしにもございます」

「私の云うことのほうが順だ」

「高い声をなさると、召使たちに聞えます」

「かれらにも聞いておいてもらいたい」主水正は式服の袴をそっと打った、「——私は三浦家の家名を継いだが、家禄《かろく》は半知《はんち》の二百二十石だ、役目も*勘定方にまわされただけで、役料は*三十石五人扶持《ぶち》にすぎない」

「勘定方ですって」

「昨日お達しを受けたばかりだ、むろんそんなことは問題ではない、たとえ槍《やり》持ちでも鉄炮《てっぽう》足軽でも、侍にはそれぞれの役で御奉公することができる、だがそれにはおのおの分を守るということが第一だ」彼はそこで言葉を改めた、「家禄が二百二十石なら、それにふさわしい生計を賄《まかな》ってもらいたい、この屋敷もそうだが、家士三人、下男下女三人、そしてこれだけの屋敷を賄ってゆくには、よほどの決心がなくてはならないと思う」

「お役料の三十石五人扶持があってもですか」

「それには使いみちがある」

「わたくしそういう生活には慣れておりません、わたくしお米の値段さえ知らないのですから」

「では明日からでもそれを覚えるんだ、召使たちはそうして育ってきたのだ、——それからもう一つ、山根家から付いて来た侍女は返してもらう」

つるの顔は硬《こわ》ばり、眼には敵意の光さえあらわれた、「きっとこういうことになると思っていました」と彼女は云った、「こんどはわたくしにも云わせて下さい、あなたはいつか、二十五歳になるまで結婚はしないと云った筈《はず》です」

主水正はゆっくり頷《うなず》いた。

「あなたは二十歳になったばかり」とつるは冷やかな調子で続けた、「わたくしはまだ十八歳です、わたくしあなたに約束を守っていただきます」

主水正は訝《いぶか》しげな眼をした。

「おわかりにならないんですか」とつるはさらに冷やかな、むしろ冷笑するような口ぶりで云った、「あなたのお言葉どおり、あなたが二十五歳になるまで、わたくしたち本当の夫婦にならないということです、それからもう一つ、里から付いて来た侍女は決して返しません」

こうなることは初めから覚悟していたんじゃあないのか、という宗岳の言葉が、また彼の頭の中で聞えた。主水正は自分で自分の居間に夜具を延べ、独りで初夜をすごした。

六の二

自分で延べた夜具の中に寝てから、主水正は悲しげな声で呟いた。

「重いな、たいへんに重い」彼は眼をつむり、暫く来《こ》し方を思い返したのちにまた呟いた、「これをみんな背負ってゆけるだろうか、おれのこのちからで、こういうことを全部、背負ってゆくことができるだろうか」

彼は「おかあさん」と呼びたかった。こういう場合には、世の中の大多数の者が、そう呼びかけるにちがいない。だが、主水正にはそれができなかった。彼には父母はない、しんじつの両親はほかにいて、いつか彼を迎えに来る筈なのだ。現にいる阿部の両親は、小さいときから自分の親ではないと思っていた。いま二十歳になった彼には、そんな子供っぽい空想を信じることはできなかったが、阿部の両親が自分の本当の親だと考えることもできないのであった。

勘定方の役所でも、彼は同僚から敬遠されるだろう。奉行の河内庄司《しょうじ》でさえ二百石十人扶持、次席に当る助《す》け役《やく》の桃井平兵衛、渡辺金右衛門の二人は百石、その他はみな、多くて六七十石から二十五石という扶持取りであった。——武家勤めでは家禄の多寡《たか》がつねに関心の的になる、まして主水正は新任であり、名門の三浦家を継ぎ、老臣山根蔵人《くらんど》の娘を娶《めと》り、奉行職を凌《しの》ぐ家禄と、老臣なみの屋敷に住んでいる。元服のときも城代家老が剃刀親《かみそりおや》になり、祝言のときも媒酌人は城代家老であった。これらはみな藩主の内命によるものだろうが、主水正にとっては、重荷がかさなるばかりのようにしか、考えられなかった。

冷たい夜具の中にいて、彼がいま感ずることは、彼を囲んでいる壁の厚さと、動かしがたいその重たさであった。彼には多くの味方がいる、谷宗岳、米村青淵、小出方正、宗巌寺の老師、こんど義父になった山根蔵人、そして藩主の飛驒守《ひだのかみ》、——藩主は幕府から、上野東照宮の修築を命ぜられたため、初入国から参覲《さんきん》に出府したまま、江戸にとどまっている。今年は役目をはたしたので、三月には帰国する筈であるが、——これらの人びとが味方であるということさえ、家中一般の嫉視《しっし》と反感を喫《そそ》るだろう、また、いま味方だと思われるこれらの人びとが、どこまで味方であってくれるかどうかもわからない。

「重いな、重すぎる」と主水正はまた呟いた、声は呟きだが、その調子は悲鳴のようであった、「おれには背負いきれない、逃げだしてしまおうか」

彼は起きあがり、片手で胸を押えて、苦しそうに喘《あえ》いだ。部屋の中の空気までが結晶躰《けっしょうたい》となって凝固し、彼を四方から圧《お》し潰《つぶ》そうとするように感じられた。彼は両手で顔を掩《おお》った。ひそかな咽《むせ》び泣きの声が、彼の両手のあいだからもれてきた。

主水正は声を忍んで咽び泣いた。かなりながい時がたち、戸外で犬の咆《ほ》える声がした。それがすぐに聞えなくなると、そのあとの沈黙が、却《かえ》って大きな騒音のように彼を押し包んだ。ようやく主水正は泣きやみ、枕許にあったふところ紙を取って、顔を拭《ふ》いた。彼は大きく溜息《ためいき》をつき、首を左右に振った。

「いまになって、どうしてこんな弱音をあげるんだ」と主水正は自分に云った、「――おまえは毀されたあの橋のことを忘れてはいない筈だ、子供にとっては、そこにある橋は地面と同じように不動で、いつでも渡れるものと信じている、それが脇《わき》にある屋敷の都合で、勝手に毀され取り払われてしまい、それに対して不審をいだく者も非難する者も、誰ひとりとしていなかった、たとえそこが城代家老の私有地だったとしても、あった橋を毀して取り払う、などということが平然とおこなわれ、それを非難する者が一人もいない、ということは誤りだ、――そんなことが公然と黙認されないような世の中にしたい、そう思っておまえは尚功館にあがったのではないか」

「待て待て、そういそぐな」主水正はじっと壁の一点をみつめた、「よく考えてみよう、あの毀された橋のことが、おれの一生をきめたようなものだ、そしておれは、その道をあるきだしたんだ、おれは自分で選んだ道を、現に自分の足であるきだしているんだぞ、なにが重荷だ、いまになってなにが重荷だというんだ」

いや、そうではない、と主水正は心の中で呟いた。いますべてが重荷だと感じ、いっそ逃げだしたいと思ったのは、事実だ。おれにはそういう弱さと、めめしいところがある、ということを認めなければならない。本当のおれは弱くめめしい人間なのだ。決して英雄でもなければ豪傑でもない、徒士組頭《かちぐみがしら》の子に生れた平凡な人間だ。

「そうだ」彼は眼をつむって呟いた、「おれは三浦の家名を継ぎ、老臣の娘と結婚した、けれども正躰《しょうたい》は平侍の子であり、弱くてめめしい小三郎にすぎない、これが正真正銘なところだ、おれはその上に立っているんだ」

涙の乾いた彼の眼に、力のこもった光があらわれ、背筋がまっすぐに伸びた。おれには味方はない、おれは自分ひとりでこの道をあるいてゆくだけだ、と彼は思った。

飛騨守昌治《まさはる》は三月下旬に帰国した。そして帰国祝いが済むなり、主水正を呼んだ。昌治は二十三歳になった筈であるが、そのとしより五つも六つも老《ふ》けてみえた。去年、江戸で姫君が誕生したということで、この国許でも祝いがあったが、正室の松平氏が産んだのではないらしい、という噂《うわさ》がかなり広く伝わったものである。主水正はまず姫君誕生の祝いを述べた。

「そのほうはどうだ」と昌治はすぐに問い返した、「三浦の家名を継ぎ、山根蔵人の娘を嫁にしたのだろう、うまくいっているか」

「まだ時日が経《た》っておりません、うまくまいるかどうかはこれからのことでございます」

昌治はこだわらなかった、「役所のほうはどうだ」

「勘定方改め役*を勤めております」

「むずかしい役か」

「どんなお役でも、これがやさしいというお役目はないと存じます」
「おれは理屈をきいているのではない」と昌治が云った、「また当分のあいだ領内見廻りの供を命ずるが、役所の仕事がむずかしければ、役替えにしなければならぬからだ」

私はまだ役についたばかりで、仕事にも慣れておりません。せっかく仰《おお》せつけられた役目ですから、いちにんまえに仕事を覚えるまでは、このまま続けていたいと思います、と主水正は云った。そして昌治が反対しようとするのを遮《さえぎ》って、また、一人だけにめをかけるのは、家中ぜんたいを動揺させ、反目や嫉視や、寵《ちょう》の奪いあいになりかねない、今後は私ひとりではなく、ひろいお気持で能力のある者をみいだされ、公平におめをかけられるようにしていただきたい、と強い口調で云った。
「そうかもしれない」昌治は怒りもしなかったが承服したようすもなかった、「——おれは国許の人間には詳しくないから、どこに有能な人物がいるかもよくわからない、だが、およそ十二年まえ、材木奉行として国詰めになった信田《しのだ》十兵衛、また藤明塾《とうめいじゅく》、尚功館などの教官からも、定期的に報告をさせていた、これらの答書の中には、初め十余人の名があげてあり、そのほうについてはつねに褒貶相反《ほうへんあいはん》する評があった、しかも、他の十余人の名には変動があるのに、そのほうの名だけはいずれの答書からも消えたことがない、評価は褒貶相反しながら、一度もそのほうの名が答書から消されたことはなかったのだ」

それで初めての国入りのとき、自分で直接たしかめようと決心し、領内見廻りのため二人だけで日をすごした。自分の眼に狂いはないと思うが、人間はみながみな順調に成長するとは限らない、二十歳でだめになる者もあろうし、五十歳でなお伸びる才能もある。だから自分は特にそのほうだけにめをかけようとは思わない、と昌治は云った。

六の三

「けれども、今度の帰国には目的があるのだ」と昌治は続けた、「――初入部のとき、そのほうは捨て野へ井関川の水を引き、三万坪の開墾をする計画があったと申した」

「殿には興味がないと仰せられました」

「なぜ興味をもつようになったか、という理由についてはいつか話そう」と昌治は続けて云った、「とにかくおれは堰《せき》を造り、捨て野を田にしたいのだ、たとえ十年かかってもだ、そのためにそのほうのちからをかりたいのだが、家臣の中から公平に人を選べというならやってみよう、主水正に思い当る人物があるか」

「わかりません」

「それでは責任のがれになるぞ」

「井関川から水を引く堰のことは、古い文書にございます、どういう仔細《しさい》で阿部の蔵書にはいっていたかはわかりませんが、その案は当時の重臣諸家によって否決され、いまでは記憶している者さえないと存じます」

「それでもなお他の人間を選べというのか」

「お言葉を返すようですが」主水正は困惑したように云った、「当分のあいだ御領内見廻りだけでも、他の者にお供を仰せつけられとうございます」

昌治は彼のようすを暫く見まもっていたが、それではこの話は次のことにしよう、今日はもうさがってよいと云った。

——いま堰のことをもちだすわけにはいかない、と主水正は役所へ戻りながら思った。ひどい凶作に続く大火、幕府の命令による上野東照宮の修築、これらのことで藩の財政はかなり逼迫《ひっぱく》している、いま堰の工事のことなどを提案しても、重職たちに一蹴《いっしゅう》されてしまうことは明白だ。

昌治がなんのために興味をいだくようになったかは見当もつかないが、あと四五年はこの問題を延期するように、たとえ御機嫌を損じてもすすめなければならない、と彼は心にきめた。——その午後、下城して曲町の屋敷へ帰ると、内容の間で婦人たちの、賑《にぎ》やかに話したり笑ったりする声が聞えた。主水正は着替えをしながら若い家士の杉本大作に、あれはなにごとだときいた。杉本は主水正の常着《つねぎ》を揃えていたが、奥さまの歌会があったのだと、怒ったような口ぶりで答えた。

「それにしては賑やかすぎるではないか」

「お歌会のあと御酒宴になったのです」と杉本は云った、「魚菜や料理人は牡丹屋《ぼたんや》と桑島からまわされましたし、給仕たちは山根さまから助けに来ました」

「客は何人だ」

「御婦人が七人、男客は山内の御子息と中泉千冬《ちふゆ》さまでです」

中泉は尚功館で和学を*教えている。父の晩渓《ばんけい》は学頭だが、老年のためあまり講義にも出なくなり、その長男である千冬が、まるで学頭のようにふるまっている、という評はときおり聞いた。主水正はいまでも三日に一度ぐらいの割で、尚功館の道場へかよい、初級の者に稽古《けいこ》をつけていた。実際の目的は自分が由布木小太夫《ゆぶきこだゆう》に手直しをしてもらうためだが、そんなとき学問所の噂などが耳にはいるのであった。千冬はもう三十一二歳で、美人という評判の高い妻があり、夫妻とも奔放な遊び好きだといわれていた。

「茶はいらない」常着の袴《はかま》をはきながら、彼は杉本に云った、「妻を呼んでくれ」

杉本は主水正のぬいだ物を片づけてから出ていった。するとまもなく、内容の間の騒ぎがしずまり、杉本が戻って来て、――これから中泉さまの招待ででかけるから、戻ったら伺うという、つるの返辞を伝えた。主水正は頷き、食事はあとにすると云って杉本をさがらせた。独りになると、彼はふるえだした。――それが怒りであるか、妻に公然と無視された自分の、みじめさのためであるか、どちらとも判然とはしなかったが、そのふるえは暫くのあいだ止めることができなかった。

やがて主水正の喉《のど》で、くくと低く笑い声がした。可笑《おか》しさがこみあげてくるのを、喉でころしたという感じだった。それから顔をひきしめ、遠くの話し声を聞きとろうとでもするように、眼を細めて天床を見あげた。

――なにか困ったことでもあるのかね。

初めにそう云う声が聞えた。いつどこで聞いたのかわからなかったが、慥《たし》かにかつて聞いた声だし、いまそれは彼に向かって呼びかけていた。そして、それが誰の声であるかを思いだしたとき、急に可笑しくなり笑いがこみあげてきたのだ。彼が町奉行の与力をしていたとき、鳥越の辻《つじ》の番小屋で、山の森番の大造という老人に会った。――大造は馴染《なじみ》の梅の井という飲み屋で、相客の一人が浮かない顔をしていたから、気がかりになって問いかけた。

――なにか困ったことでもあるのかね。

それは気遣わしげでもあり、少しばかりからかうような調子でもあった。そして、ぼろを着た髭《ひげ》だらけの老人の顔が、自分を覗《のぞ》きこむようにさえ感じられた。

「いまおれが本当に」と彼は呟《つぶや》いた、「あの老人からそう問いかけられたら、どう返辞をするだろうか」

妻のことを訴えて、どうしたらいいかと相談するだろうか。主水正はゆっくり頭を左右に振った。彼はおちついた声で、誰かいるかと呼んだ。返辞をしたのは杉本大作であった。彼は食事を命じ、おまえの膳《ぜん》も持って来いと云った。家士は他に二人いる、別部《わけべ》辰之助と和島学《かずしままなぶ》といい、別部は二十三歳、和島は二十六歳で、杉本だけが主水正より一つとし下の、十九歳であった。――杉本は辞退するようすもなく、自分の食膳も運んで来、主水正に給仕をしながら、いっしょに喰べた。そして、主水正にきかれることは、すべてはっきりと答えた。まるでこういう機会のくるのを待っていたかのように、順序を追ってよどみなく答えた。言葉を変えて云えば、それは主水正の問いに対する答えというより、訴訟のようなひびきをもっていた。

「この藩には重臣を含めて、名門と呼ばれるものが十二家あります、もちろん、御当家の三浦氏もその中にはいりますが」と杉本は云った、「――これらは何十年もまえから、五人衆といわれる御用商人とむすびつき、かれらの贈賄《ぞうわい》によって肥え太り、政治はそっちのけにして、ただ権力や与党の奪いあい、放埒《ほうらつ》な遊興や背徳行為に耽《ふけ》っているだけです」

「そういうことを、いつも話すなかまでもあるのか」

杉本はどきっとしたような眼で、主水正を見、それから首を振った。

「私には友達もなかまもありません」と云って杉本は眼を伏せた、「こんなことを口にしたのも今日が初めてです」

「むやみな者に話さないほうがいい、ということは知っているだろうな」

杉本大作は「はい」と云った。

「いつかまたゆっくり聞こう」と主水正が云った、「膳をさげてくれ」

六の四

夕餉《ゆうげ》の膳をさげさせ、茶を啜《すす》ってから、主水正は机の脇へ行燈《あんどん》を移し、硯箱《すずりばこ》をあけて書類をひろげた。それは、彼が役所へはいって帳簿をしらべているうち、腑《ふ》におちない幾カ条かの項目を、未整理のまま書き抜いたものであるが、食事をしながら杉本大作の話を聞いているうちに、ふと頭にひらめくものを感じた。彼はそれを慥かめたかったのであるが、整理をしないままで書き抜いた書類は、いざひろげてみると雑然としていて、どこから手をつけていいかわからなかった。

「いそいでもだめだ」と彼は呟いた、「いや、いそいではだめだ、これは相当に根の深いことらしい、せかずにゆっくりとやるんだ」

そのとき妻が帰ってきた。あけたてする障子襖《ふすま》の音、侍女に話しかける妻の声などが、無遠慮にこっちまで聞えてくる。むしろわざと聞けがしな物音であり、高ごえであった。主水正は杉本を呼ぼうとした。けれども思い止《とど》まった。帰ったら伺う、と妻は云い置いていったのである。それが本当なら妻のほうから来るだろうし、もし来ないとすれば挑戦である。

「いまのつるは、四年まえの夏の火事のようなものだ」と彼は自分に囁《ささや》きかけた、「あの火勢が消すことのできないものだったように、いまのつるもまた、触ればこっちが火傷《やけど》をするだけだ、まあ、燃え尽きるのを待つんだな」

主水正は少し気持が楽になったようすで、欠伸《あくび》をした。自分では気づかなかったらしい。もしも気づいたとしたら吃驚《びっくり》したにちがいない。これまでの彼には、欠伸をするような気持のゆとりは、かつて経験したことがなかったからだ。――その夜は、妻はついに主水正の居間へは来なかった。

　勘定方改め役は、原則的には鑑査元締役《かんさもとしまり》に属していた。役部屋は勘定奉行所と同じ建物の中にあるが、両者のあいだは壁で仕切られてい、常に二名の口番《くちばん》の詰めている錠口《じょうぐち》があって、そこを出入りする者は必ず記録された。改め役は奉行所ぜんたいの帳簿の点検と照合、検算などが受持で、年々期末におこなわれる総鑑査のための、資料を揃《そろ》えるのがおもな仕事だった。――定員は支配一人に司書*三人、*筆役《ふでやく》と呼ばれる平《ひら》の者が七人、というきまりであるが、期末ちかくになると、筆役は十人まで人増しをすることになっていた。主水正が任命されたのは一月で、ちょうど総鑑査の時期だった。席は司書であったが、慣れるまでは仕事をしなくともよいと云われ、彼は筆役の手伝いをしながら、支配の許しを得て、古い書類を参考に事務の要領を覚えようとした。

　事実、彼はそのつもりで決裁済の書類をしらべたのだし、それも筆役の手伝いをしながらであったが、それまで計理のことなどは不案内で、まったくしろうとといってもいい彼にさえ、不審な記録が少なからず眼についた。単にそれだけではなく、すべての機構が名目だけで、規則どおりにおこなわれている事務は、数えるほどしかないこともわかった。年々期末にあるべき総鑑査も、ここ数年、——といっても彼のしらべた範囲でのことだが、——ほんの形式だけで済ましているようだし、役部屋の人たちの勤めぶりもだらしがなく、全員が揃っている日は殆《ほと》んどなかった。支配は小島幸之進といって五十二歳、司書は津田佐久馬《さくま》、糸井兵助と彼の三人であるが、まじめに勤めるのは五十六歳になる津田だけで、支配はたいてい八重田頼母《やえたたのも》か山根蔵人を訪問しているし、糸井は家族に病人がいるとかで、月のうち十日は欠勤するか、出て来ても半日で帰る、というありさまであった。

「なにしろ憎まれ役だからな」と津田佐久馬が苦笑いをしながら云った、「精勤な者ほど睨《にら》まれるというわけさ」

「それはどういうことですか」

「いまにわかるよ」と津田は仔細ありげに云った、「そこもともほどほどに勤めないと、からきめにあわされますぞ」

津田佐久馬は江戸家老の一族で、こっちのほうが本家なのだ、と自分では云っていた。いまの江戸家老は分家であり、当主兵庫は山根蔵人の弟が入婿《いりむこ》したものである。順序からいえばこちらの津田から取るべき養子を、血のつながりもない山根家から入れた。

「正論を立てればこれは不当です」と津田はものやわらかに云い、なにかを暗示でもするように頰笑《ほほえ》んだ、「世の中を裏から見ると、人間のやることはたいがい売買でね、巳《み》の年の騒動も、八年まえにあった亥《い》年の騒ぎも、七万八千石の小さな藩が、幕府に押しつけられた売り物を拒《こば》もうとする人間、それを買いとって儲《もう》けようとする人間、この二つがぶっつかりあっただけのことさ」

「あなたは」主水正は息をのんだ、「巳年の騒動の仔細をご存じなんですか」

そのとき津田佐久馬の皺《しわ》でたるんだ顔に狼狽《ろうばい》の色があらわれた。知らずにあるいていて、急に足許《あしもと》が断崖《だんがい》になっているのに気づいた、とでもいうような強い驚きと狼狽の色があらわれるのを、主水正ははっきり認めた。

「私は」と津田は机の上の書類を意味もなくめくりながら云った、「私はただ、江戸家老の相続権について、むだな正論を云い立てるつもりはない、ということを話しただけだ、――ときに、今日はまだ奉行所から帳簿が届かないようだな」

まだ届きません、と主水正は答えた。

奉行所とこちらの役部屋との、壁仕切りにある錠口には、二名の口番が詰めている規定だったが、それさえ二名がきちんと詰めていることは稀《まれ》だし、ときには一人もいないことさえあった。筆役の七人だけはまじめに勤めていた。これは勘定奉行から届けてくる毎日の書類を、点検し照合し、司書の検印が済むと分類して、各項目の書棚へ納めなければならない。不審なところがあれば奉行所へ戻して慥かめる、という事務があるので、怠けているわけにはいかないのであった。

津田佐久馬の話を聞いたのは四月はじめのことであった。巳年の騒動についてはは云うまでもなく、八年まえに主水正が自分の眼で見た出来事についても、おどろくほど厳重に秘密が守られていた。じつはこうだと、ときたま囁く者もあるらしいが、それらはみな臆測《おくそく》や勝手な想像で、作り話ということはすぐにわかった。藩主の飛騨守昌治が真相を知りたがったときも、誰一人それに答えることができなかった。それを勘定方改め役の一司書にすぎない津田が、知っているとはとうてい考えられない。本家である自分の家が、養子縁組から外されたということを、訴えるための傍証にしようとしたのであろう。主水正はそう考えたが、——幕府に押しつけられた売り物、という言葉だけが妙に頭にひっかかった。嘘実《きょじつ》はかりがたい噂話はたくさんあったが、「幕府」という言葉の囁かれた例はない。なにか根拠があるのか、それともやはり出まかせだろうかと、暫《しばら》くのあいだ主水正は、そのことにとらわれていた。

このあいだにも、彼は古い書類のしらべを続けていたが、やがて御用商五人衆による「御恩借嘆願書《ごおんしゃく》」の控えをみつけだした。

六の五

主水正は夕食のあと、茶を啜りながら庭の卯花《うのはな》を見ていた。それはこの家を新築するとき、奥との庭を仕切るために作った袖垣《そでがき》で、花が咲くまで卯花とは知らなかったのである。濃くなったたそがれの、青ずんだ薄暗がりの中に、その花は白く、ひっそりと咲いていた。

うしろで足音がし、襖があいた。家士の誰かが行燈へ火を入れに来たのだと思い、彼は庭のほうを見たままで、まだ灯《ひ》はいらないと云った。

「こんな暗いところでなにをしている」とすぐにうしろで声がした、「もうそんなに年寄りじみてしまったのか」

振り返ってみると谷宗岳で、その背後に杉本大作がいた。宗岳は杉本に向かって、いまの酒をつけてきてくれと命じ、主水正の脇へあぐらをかいて坐《すわ》った。宗岳の息はひどく酒の匂《にお》いがした。主水正が向き直って挨拶《あいさつ》すると、宗岳は手を振って遮った。

「無沙汰《ぶさた》を詫《わ》びるくらいなら、たまには顔を見せに来るがいい」と宗岳が云った、「久しぶりで会いたくなったから酒を持って来た、いっしょに飲もう、女房になにか肴《さかな》を作らせてくれ」

主水正は口ごもった、「先生はご存じの筈《はず》ですが」

「ああ」と宗岳はまた手を振った、「おまえの飲めないのは知っている、だがなにごとも修業だ、いつだったか、これからは酒の修業も大事だと云ったろう、特に」と云って宗岳は右手の食指で主水正を突くような手まねをした、「――特に三浦主水正は、だ」

和島学が灯を入れに来て去った。その背中に向かって宗岳が、酒をいそがせろと云った。そのようすを見ながら、先生は荒れているな、と主水正は思い、妻になにか作らせましょう、と云って立ちあがった。

「坐れ、ここにいるんだ、おれは客だぞ」と宗岳が高ごえで云った、「客を一人にしてゆくという作法があるか、用を云いつけるなら女房を呼べばいいだろう」

「私は私の流儀で致します」

「ほう」宗岳は眼をあげて彼を見た、「――なるほど、ここはおまえさんの屋敷だからな、よろしい拝見しましょう」

主水正は会釈《えしやく》してそこを去った。

妻の部屋へいってみたがいなかった。益秋家で婦人たちの集まりがあってでかけ、まだ帰らないという。彼は勝手へゆき、下女の一人になにか酒の肴が作れるかときいた。夕食のあとでなにもないが、田舎流の物でよければ、箸休《はしやす》めぐらいはなんとかすると答えた。宗岳が飲むときには、肴には殆んど箸をつけないのを知っていたから、主水正はそれを作るように命じて、元の部屋へ戻った。宗岳は杉本大作に酌《しやく》をさせて、飲みはじめていた。

「この男は口がかたいな」と宗岳は云《い》った、「いいやつだ、おれが鎌《かま》をかけてもなにも饒舌《しやべ》らない、この男は信用のできるやつだ」

私が代ろうと云って、主水正は杉本から燗徳利《かんどくり》を受取った。杉本は会釈をして出てゆき、宗岳は振り向いて主水正を見た。

「女房は留守か」と宗岳が云った、「――三浦主水正の妻は、益秋外記《げき》の屋敷で酒宴をしている、中泉千冬夫妻、柳田帯刀《たてわき》の女房、八重田頼母の娘、山内安房《あわ》の娘、そのほかに四五人、みんないつもの放埓なかまだ」

「ご存じだったのですか」

「招かれたからな」宗岳は盃《さかずき》の酒を飲みほし、主水正の酌を受けながら云った、

「新古今の講話会を催《す》すから助けに来てくれという、いってみたらもう酒になっていて、婦人たちまでがいい機嫌さ、まさかおれもすぐに逃げだすほど若くはない、注がれるままに飲んで酔った、そのうちに前へ来て坐ったのが山根の娘、すなわちおまえの女房だ」

宗岳はひところ、山根家へつるを教えにかよったことがあるという。男まさりの賢い娘で、教えることがたのしみだった。ただわがままいっぱいに育てられたためか、気分が変りやすく我意が強く、人の云うことをすなおに聞かない。教えにいってやっても気がむかないと、今日は休むなどと勝手なことを云って断わる。それで宗岳もはらをたて、二年たらずで出稽古《でげいこ》をよしてしまった、ということであった。

「お久しぶりでございます、と前に坐られたときには、おれもちょっとうれしくなった」と宗岳は云った、「祝言《しゅうげん》のときには綿帽子で見えなかったが、顔もおとなびて美しくなったようだし、もの腰もおちついて女らしくなった、人の妻になると変るものだなと思って、ひょいと気がつくと眉《まゆ》も落さず、歯も白いままだ、――結婚してからほぼ百四十日、いったいどうしたことかときいたら、わたくしは眉を剃《そ》ったり歯を染めたりするのは好かない、という仰《おお》せだった」

杉本大作が塗盆を持ってはいって来、汁椀《しるわん》と八寸と、小さな鉢《はち》とを、宗岳の膳の上に移した。勝手の者が作った田舎料理だそうである、と主水正が口を添えた。宗岳はそっちには眼もくれず、杉本に酒を命じて、主水正をにらんだ。

「なんで笑った、なにが可笑しい」

「私が笑いましたか」

「人間は当惑するか窮地に追い詰められると、いまおまえが笑ったように笑うものだ」と宗岳が意地わるそうに云った、「主水正、――いったいどうしたんだ、なにがうまくいかないんだ」

酒が冷えますと云って、彼は宗岳に酌をした。

「女房がこわいのか」と宗岳が云った、「重臣の娘だからといって、祝言をすればおまえの妻だ、云うことをきかなかったら叩《たた》いてでも云うことをきかせるがいい、妻なら妻らしくさせるのが良人《おっと》の責任だぞ」

「ずっとまえから、いちどうかがいたいと思っていたのですが」と主水正が問い返した、「先生には江戸に御家族がいらっしゃると聞きました、にもかかわらずもう二十年ちかくも、この土地で御不自由な生活をしておいでです、これはどういうわけでございますか」

「うん」と宗岳は唸《うな》り声をあげた、「おまえが医者にならなかったのは幸いだ、もし医者になっていたら、おまえは死病にとりつかれた患者に向かって平気で、死病にかかっていると云いきるだろう」

「お返辞はうかがえませんか」

「おまえは医者ではないし、おれも病人ではない」

「けれどもつるはいま病人も同様です」と主水正は静かに云った、「それも叩《しか》いたり叱ったりすれば、却《かえ》って症状を悪くするような病人です」

「ああ」と宗岳は首を振った、「そんな年寄りじみたことは聞きたくない、胸がわるくなる、おまえはまだ二十歳だぞ、おれはもうやがて五十になるが、それでも益秋家の放埒な酒席にはがまんができなかった、なろうことなら女どもの二三人を殴りとばし、膳を蹴返《けかえ》してきてやりたかった」

「その二三人の中に、つるもいたというわけですか」

「女は生れながらにして女であり、女として成長し女として死ぬものだ、育ちのよしあし、貧富の差も教育のあるなしにも関係はない、女はいつもただ女だ」宗岳は吐きだすような口ぶりで云った、「重臣名門の家に育った女でも、川端《かわばた》町の売女《ばいた》に劣るような者が少なくない、いやむしろ、貧乏人や売女たちのほうに、人間らしい女が多いといってもいいかもしれない、生きることで精いっぱいなくらしには、放埒をたのしんだり、快楽を追ったりする暇も金もないからな」

　主水正はみの公たま公という、いつかの二人の女のことを思いだした。加地町の「平野屋」は大火で焼けたが、すぐに元の場所へ家を建て、まえよりも繁昌《はんじょう》しているということである。あのときの二人の女は、うちが鳥越《とりごえ》だからと云って帰っていった。鳥越は俗に川端町ともいわれ、芸事《げいごと》指南の表看板で、男女の芸者がつねに五十人から七十人ほどいた。白壁町の女たちは売女として扱われるが、鳥越のほうは料亭に呼ばれ、ときには重臣の屋敷の宴席などにも出て、唄《うた》、三味線《しゃみせん》、踊りなどの芸で客のとりもちをする。飽くまでも「芸者」としてとおっているから、宗岳が自宅へ呼んで酒の相手をさせても、世間的に不評をかうようなことはない。けれども、主水正が教えを受けにかよっていたころは、曲町《まがり》の家でそんなことはなかった。少なくとも、彼の眼に触れるところでは、そんなようすを見せたことはなかった。いま名門の婦人たちと売女を「同じ女」だときめつけ、むしろ売女たちのほうに人間らしい者が多い、などと云う言葉の裏には、鳥越の女たちと江戸にいる家族との比較、というよりも、江戸にいる家族への嫌悪《けんお》があらわれているように感じられた。

「おまえの女房は病人じゃあない」と宗岳は続けて云った、「ただ野放しのわがまま者というだけだ、それを黙って眺めているおまえのほうがよっぽどの病人だ、二十歳で五十男より年寄りじみた病人だ、眼をさませ主水正」

主水正は黙って低頭した。杉本大作が酒を持ってはいって来た。

滝沢邸にて

滝沢主殿《とのも》は骨太のがっしりした軀《からだ》つきで、額が高く眉《まゆ》が濃く、顎《あご》がつよく張っていた。

としはもう六十にちかいが、たっぷりある髪の毛も黒いし、膚《はだ》もつやつやとしている。口のききかたは静かで重おもしいが、声に壮者のような力がこもっていた。

「私はもう荒雄《あらお》ではありません、四年まえに元服して兵部友矩《ひょうぶとものり》と名のっています、私は滝沢兵部です」

「酔っているのか」と主殿が云《い》った。

「酒は飲みましたが、酔ってはいません」

「どこで飲んだ、誰と飲んだ」

兵部は唇を屹《きっ》とひき緊《し》めた。彼も二十歳になったのだが、端麗な顔だちは少年のころと変りがない。却《かえ》って色の白さや、秀《ひい》でた眼鼻のあたりに、少年時代にはなかった力感と、みずみずしさがあらわれていた。

「誰と、どこで飲んだ」と兵部は含み声で父の口まねをし、唇を歪《ゆが》めた、「女はいたかいないか、ふしだらなことはしなかったかどうか、飲んだのはなぜか、——いつもそうだ、父上はいつもそうだった、父上には私はまだ荒雄でしかないんです、世間の眼にも私は滝沢荒雄でしかないんです」

「おまえは酔っている」主殿は不快そうに濃い眉をしかめた、「云いたいことがあるなら酔いがさめてからにしろ」

「いや、いま聞いていただきます、酔うほど飲んではいません、父上に向かってものが云える程度まで飲んできたんです」

「なにが云いたいんだ」

「私を滝沢兵部という、一人の侍にしていただきたいんです」と兵部は云った、「世間の眼がいまだに私を荒雄としかみないのは、私が一人の侍ではなくて特別な人間だからです、父上は私を特別な人間としてお育てになった、滝沢家は三代続いて城代家老を勤めてきましたが、父上はさらに私を、四代めの城代家老に据《す》えようとお考えになった、そうではありませんか」

「云いたいだけ云え」
「四人の兄や姉たちが早く死んだあとに、私だけが残った」と兵部は続けた、「幼な心にも私は大事にされると思いました、四人も死んだあとの一人っ子だから、もっとあまやかされ大事にされるだろうと思ったのです、しかしそうではなかった、大事にされるどころか、父上はまるで四人の分まで背負わせるようにきびしく、容赦なく私を躾《しつ》けられた、おまえは滝沢家のたった一人の跡取りだ、ほかの子供たちとは違うぞ、と云って」
「泣き言は聞きたくない」と低くするどい声で主殿は遮《さえぎ》った、「侍の子がきびしく育てられるのは当然すぎることだ」
「待って下さい」こんどは兵部が父の言葉を遮った、「侍の子としてですか、そうではない、四代めの城代家老としてでしょう、だからこそ、邸内に学問所を建て道場を建て、選《え》りぬきの学友をきめ、第一級の教官師範を招いて、思いどおりに私を躾けられた」
「おまえはいやだと云うこともできたんだぞ」
「そうかもしれません、けれど」と兵部は頭《こうべ》を垂れた、「けれども、おとし穴を知らない者は、落ちてからでなければ、そこにおとし穴があることには気がつかないでしょう、私は初めから父上のお考えどおりに育ち、ほかにどんな生活があるか知らなかったのです、私には否《いや》も応もなかった、学問も武芸も、遊びかたさえも父上の御思案にしたがうほかはなかった、そしていまでも、それが続いているんです」

ここにいる私は私自身ではない、父上の意志がかたちになって在るだけです。私は学問でも武芸でも、家中で誰にもひけをとらない自信があります。けれども人はそうはみません、父上のちからと躾けかたに感嘆するだけです。世間の声を聞いてごらん下さい、人が私を評するときには必ず、次の城代家老も滝沢さまだなというだけですから、と彼は云った。

「当然なことだ」と主殿は無感動に云った、「それがおまえには不服なのか」

「父上はいかがですか、父上もおじいさまから、こういう躾けかたをされましたか」兵部の眼がうるみを帯びた、「選りぬきの学友を当てがわれ、邸内に学問所や道場を建てられ、第一級の教官や師範を付けられましたか」

主殿の眼に怒りがあらわれた。だが、口ではなにも云わず、怒りのまなざしで兵部の顔をねめつけた。

「私は二十歳になるが、まだ婚約者もなく、お役にもつけないし酒も自由に飲むことができない」と兵部は喉声《のどごえ》で続けた、「――かつて学友だった者の大半は、もうお役にもつき結婚もしています、かれらに限らず、私と同じ年輩の侍たちは、川端町で自由に遊び、ときには忍び姿で白壁町へかよう者さえあります、山内の長男は妻があるのに、川端町へ女を囲っているそうではありませんか」

「もうよせ、おれはそんなけがらわしい話を聞きたくはない」主殿はそっぽを向き、すぐに、驚かされでもしたように振り向いて兵部を見た、「——川端町とか白壁町とか、おまえそんなところを知っているのか」

兵部は弱よわしく首を振った、「知りません、どこにそんな町があるかさえも知りません、人の話を聞いただけです」

「よし、忘れてしまえ」と主殿は云った、「おれはおまえの将来を思って教育した、おれのためではないおまえのためにだ、——つまらぬ役についたり、資格の揃《そろ》わぬ女を娶《めと》ったり、遊里の酒におぼれたりするのは、あってもなくてもいい人間のすることだ、おまえには責任の重い将来がある、あってもなくてもいい人間たちとはちがうのだ」

いまおまえは酔っている、酔いがさめればわかるだろう、今夜はもう寝るがいい、明日また改めて話すとしよう、と主殿はなだめるように云った。兵部はまだ云いたりなそうであった。なにか肝心なことを云い残した、とでもいうようすで、父の顔を見たり、自分の膝《ひざ》を見たりしていたが、やがて諦《あきら》めたようにおじぎをし、おやすみ下さいと云って、力なく立ちあがった。

明くる朝早く、まだ広い庭に朝靄《あさもや》がただよっているころ、兵部は独り道場で木剣を振っていた。白い肌着に稽古袴《けいこばかま》をはき、肌着の片袖《かたそで》をぬいで、喉を裂くように絶叫しては打ち込み、さっとうしろへとびのいては、また床板を踏み鳴らして打ち込んだ。それは独りで木剣を振るのではなく、まるで向うに仇敵《あだがたき》がいて、それを打ち倒そうとしてでもいるようにみえた。——木戸からそっと、主殿が道場へはいって来、隅のところに立って、じっとそのようすを眺めていた。つん裂くような掛け声や、踏み込んでゆく力強い足の下で鳴る床板の音や、正真から打ちを入れ、横に払い、返してけさがけに振りおろす木剣の、風を切る音などを聞きながら、主殿の唇にはあるかなきかの微笑がうかんだ。

主殿ははいって来たときのようにそっと、道場から出ていった。

七の一

主水正《もんどのしょう》が下城して、屋敷へ帰ろうとする途中、大手筋から冠町《かむりまち》へ曲るところで、阿部の母に呼びとめられた。梅雨もあけた六月中旬の空は、午後五時すぎだというのにまだ明るく、痩《や》せた小柄な母の姿が、その明るさのためいっそうみすぼらしく、いとし老いて哀れにみえた。主水正は反射的にあたりを見まわし、手まねで母に知らせてから、屋敷町の裏通りへ誘っていった。

「困っているんです」と母はまえおきなしに、しゃがれ声で云い、乾いた咳《せき》をした、「お父さまがすっかり弱ってしまって、隠居をしたいと云いだすし、小四郎はぐれたようになって、よくない友達と遊びあるいているし」

「小四郎はまだ元服しないんですか」

「かたちだけはしましたけれどね」

「それでまだ小四郎なんですか」

「お父さまが、跡を継がせるときに襲名させると仰《おっ》しゃるし、あれも名前なんか変えたってしようがないと云って」

右側は武家屋敷で、ずっと長い塀が続いている。左側は堀で、堀の向うは火除《ひよ》けの空地を隔てて町人まちになっていた。その裏道は狭く、三十間《けん》ほどゆくと山内邸の土塀でゆき止りになるから、殆《ほと》んど人の通ることはなかった。主水正は立停《たちどま》って、母のほうは見ずに、それでどうしろというんですか、と反問した。

「いちど小四郎に会って」と母は咳を押えながら云った、「あなたから意見をしてやってもらいたいんです」

「父さんは隠居をしたいんですって」

母は頷《うなず》いた、「軀がすっかり弱ってしまってね、組頭の役がつらそうなんです、こんど殿さまが御帰国あそばしてから、お父さまは一日も休みなし、組下の方たちは三分の一ずつ、交代で休めるけれど、組頭は休めないんです」

「父さんは慥《たし》か四十三か四でしたね」

「四十五になりました」

「働きざかりじゃありませんか」主水正は云った、「なにか病気でもあるんですか」

「病気ということもないようだけれど、なにしろお役目がきついし、ずっと働きどおしに働いていらしったんですから」

それは父に限ったことではない、役目をもって奉公すれば働くのが当然のことだし、四十五歳という壮年に過重なほど、徒士組頭《かちぐみがしら》がきつい勤めであるわけはない。主水正はそう思ったが、口に出しては云わなかった。

「小四郎がぐれたと云われますが、彼も十八歳になったのでしょう、半ばは子供、半ばおとなになるところですから、たいがいな者が一時はそんなふうになるんじゃありませんか」

「そうだといいのだけれど」母は主水正の横顔を見あげた、「このごろはお酒も飲むし、夜も帰らないことがあるし、侍はいやだから町人になるんだ、なんて云いだしたりしましてね」

「そんなことを父さんは、黙って聞いているんですか」

「お父さまの前では神妙なんです、酔って帰ったとき一度、たいそうお怒りになって、斬《き》ってしまうなどと威《おど》されましたら、その晩から高い熱が出て、三日三晩、こわいこわいとうわごとの云い続けでした」

あの狭い部屋が主水正の記憶によみがえった。ひび割れの入った壁、煤《すす》けた障子や襖《ふすま》、雨漏りで斑《まだら》になった天床、そしてあのじとじとする古畳、――小四郎がそこへ薄い蒲団《ふとん》にくるまって寝てい、父と母とがその枕許《まくらもと》に、溜息《ためいき》をつきながら坐《すわ》っている。小四郎は幼ないころからひ弱だった。躯も弱かったし気も弱かった。そのうえ両親は主水正だけを「跡取り」だからといって大事にし、小四郎はうしろへ押しやられていた。それがこんどは自分が跡取りになり、おそらく両親から大事にされるようになったのだろう。――いつも兄のうしろへ押しやられていた小四郎には、新らしい自分の位置が得意でもあり、急に責任を負わされたことが不安でもあるに相違ない。ひ弱な子として劬《いたわ》られてきた反動で、その二つの感情の処理ができなくなっているのだ、と主水正は思った。

「それからはお父さまも懲《こ》りたのでしょう、強い小言は決して仰しゃいません」と母は独り言のように続けていた、「小四郎も避けているようですし、お父さまのほうでも小四郎を避けているようです、中にはいったわたしにも、どうしていいかわからないのです」

母は細い頼りなげな太息《といき》をついた、「——あなたが出ていらしったあとは、うちの中に大きな穴でもあいたようで、お父さまもわたしも、小四郎までがぽかんとして、暫《しばら》くはみんな、なにも手につかないような日をすごしました」

「父さんは私に、婿《むこ》にゆけとさえすすめておられましたがね」

「あなたもお忙しいでしょうけれど」母は話をそらした、「いちどうちへ来て、小四郎に意見をしてやって下さいませんか」

「暇をみて伺いましょう」彼はやはり母のほうを見ずに云った、「私の意見など役には立たぬでしょうが、借りたい書物があるので、近いうちにまいります、——いま納戸《なんど》の蔵書はどうなっていますか」

「去年の秋には小出先生がいらしって、風入れをして下さいました」

「そうですか」主水正は空を見あげた、「先生はまだときどきいらっしゃるんですね」

「ええ、ときどきね」と母は答えて云った、「いらっしゃると一日じゅう納戸にこもって、熱心に筆記をなすっているようです、うちではお父さまも小四郎も、書物なんか邪魔もの扱いで、いまだに覗《のぞ》いてみようともしません、あなたは書物がお好きで大事になさるし、曲町のお屋敷も広いようだから、いっそあなたに引取っていただこうかとも思っているんです」

「そうできれば有難いですね」主水正は抱えている包みを持ち直した、「こんど伺ったとき父さんに話してみます」

「きっと厄介《やっかい》ばらいができると、およろこびになることでしょう」

ではまたおめにかかりますと、主水正は脇《わき》を見たまま会釈《えしゃく》をし、向き直ってそこを去った。お大事に、お軀に気をつけてねと、うしろから母の呼びかける声がし、それを聞いて主水正は、ひやっと肌寒さを感じた。母からそんなふうに呼びかけられるのは、少年時代から嫌いであった。いつも耳を塞《ふさ》ぎたくなるような気持だったが、いまでも同じだということを現実に感じ、やりきれない気持で、彼はいそぎ足に道を戻った。

屋敷へ帰って着替えをしていると、奥のほうから賑《にぎ》やかに話したり笑ったりする声が聞えて来た。また客かときくと、杉本大作が、御婦人がたが二人みえて、いま呉服や小道具をお求めになっているところです、と答えた。

「柳田の奥さま」と杉本は云った、「山内のお嬢さまです」

主水正は振り向いた、「求めているというのはどういうことだ」

「牡丹屋《ぼたんや》と越後屋の店の者が、品物を持参して来ているのです」

「それをここで」と主水正は杉本の顔をみつめてきいた、「この家で買うというのか」

「初めてではございません、ご存じなかったのですか」杉本は主水正のぬいだ物を片づけながら、例のむっとした口ぶりで云った、「尤《もっと》もこのお屋敷だけでなく、順繰りにそれぞれのお屋敷へ品を取り寄せ、みなさま方で御品評のうえ、お求めになるのだとうかがいました」

「この家では幾たびくらいあった」

「三回だと覚えております」

「客が帰ったら知らせてくれ」

杉本は承知したと答えた。

七の二

主水正が内容の間へはいっていくと、かなりつよい香料の残り香が、いままで女客のいたことを証明するように匂《にお》っていた。つるは侍女の芳野《よしの》に手伝わせて、そこにとりひろげた反物や小道具類を、自分の居間のほうへ運ぼうとしているところであった。主水正はわれ知らず、ちょっと待てと、荒い声をだした。座敷の中にこもった濃厚な香料の匂いや、畳の上へひろげられた華やかで豪奢《ごうしゃ》な、帯や反物類の色彩が眼についたとき、いま別れてきたばかりの母の、痩せ、やつれ、みじめにとしいた。老いた姿が連想されて、衝動的な怒りにとらわれたのである。つるは反物を巻いていた。鮭《さけ》の皮のような地色に、朱や緑や茶色で縫取りのある、いかにも高価らしい派手な柄の品であった。その巻きかけた反物を膝の上に置き、つるは冷やかな眼で主水正を見あげた。

「話すことがある」と云って、彼は侍女に眼を向けた、「おまえは座を外してくれ」

「いいのよ」とつるが侍女に云った、「いいからここにおいで」

「座を外せ」と主水正が云った。

芳野は会釈して、次の間へ去り、襖を閉めた。

「ここはわたくし用の客間です」とつるは怒るというよりも敵意のある口ぶりで云った、「挨拶《あいさつ》なしにはいっていらっしゃるのも無躾ですし、わたくしの召使を」

「ここは私の家だ」と主水正は妻の言葉を遮って云った、「この家にいる召使は私の召使でもある、これはよく覚えておくがいい」

「芳野はわたくしが山根から伴《つ》れて来た人間です」

「初めに実家へ返せと云った筈《はず》だ、それを返さなければこの家の召使だ」そう云ってから、彼は妻の脇に坐り、そこにとりひろげてある品じなへ手を振った、「——これはどうしたのだ」

「買い求めたものです」

「代銀はどれほどだ」

「存じません」とつるは答えた。

「品物を買って代銀を知らないというのか」

「返辞は申上げました」

　つるの表情に変化があらわれた。挑みかかり、冷笑するような顔つきのなかに、鼠《ねずみ》を捕えた若い雌猫《めすねこ》の、得意そうな、昂奮《こうふん》の色がひらめくようにみえた。

「私は初めに」主水正はけんめいに怒りを抑えながら云った、「家禄《かろく》が二百二十石であること、しかもこれだけの屋敷と、三浦家の格式と、少なくない家士召使を賄《まかな》ってゆくのだから、それにふさわしい生計を立ててくれるようにと云った」

「わたくしも、そういう生活には慣れていない、と申上げました」

「慣れていなかったら慣れることだ、実家でどんなに贅沢《ぜいたく》に育ったかは知らないが、三浦へ嫁《か》して来た以上、三浦の家風に慣れなければなるまい」

「それよりも、あなたが」つるはゆっくりと云った、「このわたくしに慣れて下さるほうが、早いのではありませんか」

主水正はどぎもを抜かれた。なにか云おうとして口をあいたが、すぐには言葉が出てこなかった。

「早いとは」と彼は吃《ども》った、「なにが早いというのだ」

「家計は芳野がみています、あれはきちょうめんな性分で、月づきの支払いも入銀もきちんと帳面につけているようです」つるは話をそらした、「――御不審ならその帳面をしらべて下さい、わたくしはこの家の生活に慣れないかもしれませんが、家計には一文も手をつけてはいませんから」

「ではこれらの品物の代銀は誰が払う」

「存じません」つるはわれ関せずといった口ぶりで答えた、「米の値段も知らないと、いつぞや申上げました、わたくしは小さいじぶんから、欲しい物があれば手に入れました、その代価がどれほどか、誰が支払いをするのか、などということは考えてもみませんでしたし、いままでも考えてみようとは思いません、——そして、家計にもかかわりがないのですから、あなたが心配なさることはないと思います」
「ばかなことを云う」主水正は心をしずめて、なだめるように云った、「実家にいたころはそれでもよかろうが、つるはいま三浦家の主婦だ、家計にも手をつけず、誰が代銀を払うかも知らずに、欲しいからというだけでこんな高価な品じなを買い求め、しかも心配はいらないということがあるか、もういちど云うが、つるは三浦家の主婦なんだぞ」
「わたくしの知っている限りでは、武家の家庭はどこでも、奥と表とはっきり区別がついています」とつるは云い返した、「表は主人をはじめ男子、家士たちが御奉公のため力をつくし、奥は主婦や娘たちに取締りが任されています、家の主人が奥へ来て、買物のことにまで口出しをするなどとは、聞いたこともございません」
　主水正がなにか云おうとする先手を打って、つるはなお続けた、「もしもあなたが、わたくしをこの家の主婦と認めていらっしゃるなら、どうぞ表と奥の区別も認めて下さい、三浦は名門の内にはいる家柄で、平侍の長屋ぐらしとは違うのですから」

平手でぴしっと、頰を打つような調子だった。主水正は自分の頰で、ぴしっという音と痛みを感じたようにさえ思った。

「わかった、その意見は聞いておこう」と彼は穏やかに云った、「今日はこれ以上なにも云うまい、ただ一つ、名門の三浦がなぜ絶家したか、ということを考えてみるんだな」

そして彼は立ちあがり、その座敷から出ていった。

彼は怒ってはいなかった。つるの云ったことにも一理はある。侍たる者が妻の買物に文句をつける、などということはだらしがない。妻のすることはよかれあしかれ、良人《おっと》の責任だ。良人が正《まさ》しく良人の責任をはたしていれば、妻もまた自分の責任を守るだろう。つるはいまおれに反抗している。おれにさからい、おれを怒らせようとして嘲弄《ちょうろう》している。平侍の長屋ぐらしとは違うというのは、おれが徒士組《かちぐみ》の伜《せがれ》だということを当てつけた言葉だし、おれにはもっとも痛いところだと考えたからに相違ない、と彼は思った。

「いつか寺町の近くで、馬の上からおれに鞭《むち》を拾えと云った」居間へ戻り、机の前に坐りながら、主水正は呟《つぶや》いた、「そして、身分は平侍だろうとも云った、――あのときは癪《しゃく》に障《さわ》ったが、いまはちがう、おれが徒士組の伜だったことは、紛れもない事実であり、知らない者はないだろう、つるが実家の山根を鼻にかけるのも笑止だが、平侍の伜だったと云われて、もしもおれが怒るとしたらもっとお笑い草だ、とんでもない、おれが怒るものか」

　だがよく怒らなかった、でかしたぞ小三郎。彼は心の中でそう思いながら、独りでそっと微笑した。もちろんそれで済むことではない、家計には手をつけず、あんな高価な物をどうして買うことができるのか、代銀はどのように支払われているのか、それだけははっきりさせなければならない。まず越後屋に当ってみよう、と主水正は見当をつけた。

　中三日ほどおいて、夕食のあと彼は阿部の家へいった。もう昏《くら》くなっていて、冠町の武家屋敷にはさまれた道は、往来する人も少なかった。山内邸の前を通り、滝沢邸の前を通りぬけてゆくと、向うから三人伴れの若侍が来かかり、一人が主水正を認めて、伴れの二人になにか囁《ささや》くと、急に立停った。こちらはなにも気がつかず、そのまま通りすぎようとした。すると三人の中から「高慢な面《つら》だな」と、誰かの云うのが聞えた。おれのことだな、と思ったが聞きながして、彼はそのままあるき続けた。うしろでまた「やつがれは名門三浦の婿でおじゃる」と云う声がし、三人で笑うのが聞えた。

「むなしい笑い声だな」あるきながら主水正は呟いた、「かなしい人たちだ」

七の三

阿部の家では、父母と小四郎が夕食をとっていた。主水正は挨拶をし、借りたい本があるから、構わず食事を済ませてくれと云い、手燭《てしょく》に火をつけて納戸へはいった。父も母も尋常に挨拶を返したが、小四郎は膳《ぜん》の前から、黙って兄の顔を見あげただけであった。いまだに弱よわしく、痩せて白ちゃけた顔の中で、兄を見あげた眼はけわしく、咎《とが》めるような光をたたえていた。埃《ほこり》まみれの書棚から「拾礫紀聞《しゅうれききぶん》」を取り出しながら、彼はふと手を止めて、そうかと頷いた。

「そうか、中の一人は武高《たけだか》だな」と主水正は呟いた、「あとの二人はわからないが、一人は慥かに武高だった、まんなかにいた背丈の低い、痩せた貧相な男が又三郎だ」

なんだとでもいうように肩をすくめ、主水正は「拾礫紀聞」を揃《そろ》えたうえ、ほかになにか持ってゆく本はないかと、手燭を持って*示票《しひょう》を見ていった。そこへ母がはいって来た。

「よく来て下さいました」と母は囁き声で云った、「あとでお帰りのとき、小四郎に送らせますからお願いします」

そして、このあいだ会ったことは内密にして下さい、と云って出ていった。彼は棚に並んだ本のあいだに、挟《はさ》んで垂れている書名を記した示票の字を眺めながら、そうだ、いっそ全部の書物を曲町《まがり》の屋敷へ移すとしよう、と思いついた。このまえ会ったとき、みんな引取ってくれれば厄介ばらいだと、母が云った。この家では誰にも用がない、曲町ならここより広いし、小出方正《こいでかたまさ》その他の愛書家たちにも便利だろう、と思ったのである。揃えた本を持って納戸から出た彼は、もと自分のいた部屋を覗いてみた。小四郎がいるかと思ったが、そこには誰もいず、暗くひっそりとして、物の饐《す》えたような、垢臭《あかくさ》いような匂いがこもっていた。暗くて見えないが、壁にはまだひびが入ったままだろうし、天床は雨漏りのしみで黒く斑《まだら》になっているだろう。

「おれはここで育ったのだ」と彼は口の中でそっと呟いた、「この暗くて狭い、いつもかびだらけのようなこの部屋でだ」

胸苦しくなって、彼は眼をつむり、障子を閉めた。おれはここからとび出した、と彼は自分に慥かめた。ここに温和《おとな》しくしていれば、組頭の子としてできのいい人間だと褒《ほ》められ、たぶんみんなに好かれ、ことによると尊敬もされて、安穏に生きてゆかれたかもしれない。そうだ、藤明塾《とうめいじゅく》の教師や道場の師範にもなっただろう。それは確実だと云ってもいいのに、おれはここをとびだした。むろんこの湿っぽくて暗い、みじめな部屋がいやだったのでもなし、出世をしたかったからでもない。あの毀《こわ》され取り払われた小さな無名の橋が、おれをここから押し出したのだ。そして、ここから出ていった代償として、周囲の人たちから受けるであろう敬愛や、安穏な生活はおれから奪い去られたのだ、と彼は思った。

「なにをしていらっしゃるの」うしろで母の声がした、「お茶を淹《い》れましたから、お父さまの部屋へいらっしゃい」

主水正は玄関へゆき、置いてあった風呂敷《ふろしき》で「拾礫紀聞」を包んでから、それを持って父の居間へいった。その八帖《じょう》は客間でもあり、また父の寝所でもあったが、家が古いので柱や長押《なげし》も歪《ゆが》み、床の間の壁は隅のほうがひとところ剝《は》げ落ちていた。それでも床の間には、絵柄もよくわからないほど煤《すす》けた、山水の軸が掛かっている。だがそれは、床の間だから掛けておく、というだけで、絵柄を選んだのでもないし大事に扱われているのでもない。その軸はおよそ彼がものごころのつくころから、ずっとそこに掛けられたままであり、一度も掛け替えられたことのないものであった。

父の小左衛門は釣り道具をしらべていた。小さな抽出《ひきだし》のある道具箱から、ひろげた畳紙《たとうがみ》の上へ、輪にした幾つかの釣糸や、はりすや浮子《うき》、各種の釣鉤《つりばり》や擬似《ぎじ》鉤などを並べ、釣竿《つりざお》も五六本そこに置いて、その一本を布切で磨《みが》いているところだった。

「ちらかしているが」と小左衛門は主水正を見て云った、「そこらへ坐ってもらおうかな」

主水正は包みを脇に置いて坐った、「釣りにいらっしゃるんですか」

「とんでもない」父は首を振った、「殿が御帰国なすってからは休みなしでね、もうほとほと疲れはててしまったよ、ときたまこうして道具を出して眺めるだけが、いまの私にはたった一つのたのしみでね、早く隠居することができたら、あとの生涯は釣りだけで送りたいと思っているんだよ」

ああ、ここにおまえの釣竿もあると云って、小左衛門はその一本を取りあげて見せた。主水正はこちらから見て頷いたが、手に取ろうとはしなかった。興味もないし、見覚えもないからである。彼は包みを示して、紀聞を借りてゆくと断わり、もしよろしかったら、蔵書を全部ゆずってもらえまいか、ときいた。

「私は軀《からだ》が弱ってしまった」小左衛門は手に持った釣竿を見まもりながら云った、

「——躯ばかりではない心も弱くなって、小四郎の不行跡を叱《しか》る気力もない、四十五歳は壮年だというけれども、それは人によることで、七十歳になっても衰えを知らず、若者を凌《しの》ぐような元気な者もいるし、四十になるやならずで老いこむ者もある、私はもう老人だ」

もしこれが自分の性に合った勤めなら、まだ五年や十年は御奉公ができるかもしれない。だが、いまの勤めは初めから性に合わなかったし、いちにちいちにちが苦《く》役《えき》のように思える。魚釣りを始めたのもそのためで、釣りをしているときだけが、生きているように感じられたものだ、と小左衛門は云った。

「それに比べるとおまえは運がよかった」と小左衛門はぐちっぽい調子で続けた、「——殿のおめがねにかない、御城代の剃刀《かみそり》で元服をし、そして郡奉行《こおりぶぎょう》の与力から町奉行、いまは勘定方にと次々に役目をとび、由緒《ゆいしょ》ある三浦家を継いだうえ、名門から妻を迎えた、うまくゆけば重臣の列に加えられるかもしれない、運がよかったからだ、おまえには幸運が付いているんだ」

私はおまえに期待している。姓こそ変っても阿部家の出身だということは紛れもない、おまえは阿部の家名を世にあげるだろう。そしてまた、私たち両親のこと、弟の小四郎のことも忘れないに相違ない、私はおまえが、両親や弟が平侍で、頼み少ないくらしをしているということを、いつも気にかけていてくれるものと、信じている。

「私の代ではむりかもしれないが」と云って小左衛門は溜息《ためいき》をついた、「小四郎が家督相続をしたら、しかるべきお役につけるよう、ちからになってくれるだろう、おまえだって血を分けた弟が平侍で、徒士組頭などを勤めているとあっては、外聞にもかかわるだろうからな」

主水正はさからわなかった。吐きけのこみあげてくるような、激しい不快感をけんめいに抑えながら、もしもそういうときがきたら、できるだけのことはしようと答え、蔵書をゆずってもらってもいいだろうか、とき直した。すると父の顔つきが変り、言葉つきまでが変った。

「それについてはまえまえから考えていたんだがね」と小左衛門は気取った口ぶりで云った、「このあいだ或《あ》る人が来て、これだけの蔵書はそうむやみにあるものではない、もしも手放すとしたら相当高額に売れるだろう、惜しいものだ、と云うのだ」

「お売りになるんですか」

「この家に伝わるものだからね、すぐに売るというわけにもいくまいが、なにしろ家計が苦しいし、私が隠居でもするとなれば、どうしたって金が必要になることだからね」

「その或る人というのは」と主水正が問い返した、「どのくらい高額に売れるか評価したんですか」

小左衛門は振り返って、「その」と呼び、すると待っていたように、茶の支度を持って母がはいって来た。

七の四

主水正はまた吐きたいような、むかむかした気分におそわれた。このあいだ会ったことは内密にしてくれ、と母は云った。しかし蔵書を引取るという話は、母が父に告げたに違いない。そこで父は「或る人」などをもちだしたのだ。阿部家の蔵書については、ずっと以前からひろく知られている、十年も十五年も、それらの書物を読んだり写したりするため、熱心にかよって来た人たちも少なくない。いまでも小出方正のほかに、幾人かそういう人たちがいるようだし、米村青淵《よねむらせいえん》老もごく稀《まれ》にではあるがあらわれるという。にもかかわらず、これまで「売る」などという話は、かつて一度も出たことはなかった。

——父も弟も、この蔵書に関心をもったことがない、と彼は思った。去年は小出先生が風入れをしてくれたそうだが、先生が来なければ風入れをする者もなかったであろう。

書物は読む者のためにある。この蔵書は阿部家に伝わったもので、父の私物ではない。曾祖父《そうそふ》の代から集められ、子、孫と伝えられるべきものだ。自分には用がないからといって、家計のたしに売り払う、などということが許されるわけはない。これは当然、おれが受け継ぐべきものだと思い、主水正はそう主張しようとした。けれども口には出さなかった。父は金が欲しいのだ。「或る人」などはいない。ただ思いついてそんな話を拵《こしら》え、おれの気をひいただけだ。主水正はそう推察したのである。

「もしまたその人が来て」と彼は穏やかに云った、「納戸《なんど》の本を売るという話が出ましたら、代価を聞いて私に知らせて下さい」

「私は売りたくはないんだよ」小左衛門はそう云って茶を啜《すす》り、脇《わき》にいる妻を見た、「——しかし生計は苦しいし、ここで幾らかでも金がはいれば、私もかあさんも少しは息がつけるからね」

母はあいまいに頷き、なにか用ありげに出てゆこうとした。主水正はその母に、小四郎はいますかときいた。母は振り向いて、表で待っていますと答えた。母が去ると主水正は包みを取りあげながら、とにかくその話が出たら知らせて下さい、と父に念を押して別れを告げた。玄関へ送りに出た母は、小四郎は外で待っている筈だから、よく意見をしてやってくれるように、と囁き声で云った。

小四郎はいなかった。門の外にもいないし、裏へまわってみてもいなかった。主水正は戻って母に云おうかと思ったが、さっき膳の前に坐った小四郎が、挨拶《あいさつ》も返さずにこっちを見あげていた眼の、咎めるようなけわしい光を思いうかべ、逃げだしたに相違ないと考えて、そのまま曲町へ帰った。それから数日のあいだ、彼は吐きけのような不快感に悩まされた。父は彼のひきで、いい役にありつこうとしている。いまの勤めは苦役のようにつらい、自分の性に合った勤めなら、まだ五年や十年は御奉公ができるだろう、いまの勤めで身も心も疲れはててしまった、という。そして、釣り道具のしらべにはたのしそうに熱中しているのだ。昔からそうだった。躯にちょっと故障があれば勤めは休むけれど、釣りにゆく日を休んだためしはなかった。

——つづめたところ、父は遊んでいたいのだ、と彼は思った。どんな役目を与えられても、勤めとなれば苦役のようにつらいだろう、誰にもわずらわされず、躯が楽で、暢気《のんき》に遊んでいられればいいのだ。

蔵書を売りかねないような拵え話も、出世をしたわが子から金を引出すために、思いついたことだろう。しかもそう思いついた以上、金を取らない限り蔵書は放さないに相違ない。埃にまみれ紙魚《しみ》に蝕《く》われるまま、ただ金になるときのくるのを待っているだろう。そう考えるたびに、主水正は胸がむかつき、父を哀れむより、憎《ぞう》悪《お》さえ感じるのであった。——のちになって、彼はこういう考えが誤りであることに気づくのだが、このときは阿部の古びた家や、床の間に掛けっ放しの軸までも、うとましく、思いだすごとに気がめいった。

「幼ないおれの勘は正しかった」と彼は呟いた、「やっぱりあれは本当の父母ではない、両親も本当の両親ではないし弟もおれの弟ではない、——二十歳になって、改めてそれを慥かめただけでも、収穫だったとしよう」

実の生《な》る木も時がこなければ実は生らない。苗が若木になり、やがて花が咲き、初生《はつな》りをすると、それから年ごとに生る実の数がふえてゆく。主水正にもそういう時がきたのだろう、阿部をたずねて帰ってから、彼は自分でも知らぬまに、周囲の人間やものごとに注意するようになり、これまで気づかなかったことに気づくようになった。——食事拵えをする女中はおかつといい、農家育ちでとしは二十二歳、赤毛できりょうはよくないが、芯《しん》のしっかりした働き者であった。下男の弥助《やすけ》は五十がらみで、腰の曲りかけた、よぼよぼしたような見かけに似合わず、これもよく気はしがきくし、自分の仕事のほかに庭の手入れなども巧みにやる、というふうであった。たとえばこの家を建て直すとき、先代の三浦相模《さがみ》が入れたという、趣味のよくない石と三基の石燈籠《いしどうろう》が、どうしても眼障りなので、主水正は庭から取り除き、そのあとに芒《すすき》を植えさせた。芒のうしろにはくぬぎ林をつくって、野の景色にしたいと思ったのである。むろんいまはそんな金も暇もない、ただそう考えただけなのだが、いつのまにか芒のうしろに、くぬぎの若木が三十本あまり植えられているのに、気がついた。弥助のしたことで、近在の山から自分で移したのだという。木はもちろん、労賃もなしで、五年も経《た》てばいい林になる、とそっけなく云っていた。

——達者なものです、と杉本大作が云った。あんなに老いぼれたようにみえますが、独りで臼《うす》を持ち運ぶことができるんです、米搗《つ》き、薪割《まきわ》り、水汲《く》み、掃除、片づけものなど、自分の仕事だけでもいっぱいで、茶を啜る暇もないようなんですが、ちょっと手があくと庭の世話をしているんです、たいした年寄りです。

自分の生れた家は又野郡で、かなりな百姓をやっているが、弥助は二十四五のころから家を出て、ずっと武家奉公を続けてきた。そのあいだ一度も結婚したことがなく、今日まで独身でとおしてきた、ということであった。弥助はまた主水正に喰《た》べさせるため、鶏《にわとり》を飼い、魚を釣って来、——これは季節になってからのことだが、——山へでかけて野鳥を獲《と》って来たりした。主水正がそれを知ったのは二年ほどのちのことであって、初めのうちはなにも気づかなかったから、卵や鳥肉がしばしば膳に並ぶと、こんな贅沢《ぜいたく》をしてはならぬ、と叱ったものであった。——家計をつましくと、つねづね仰《おっ》しゃっているとうかがって、金をかけずに滋養のある物を差上げようと考えたのでしょう、と杉本が説明した。毎朝いちどは必ず、下女たちに旦那《だんな》さまのごようすをきくのが、きまりになっているそうです。

繰返すようだが、これらのことはずっとのちになってからわかったのだが、初めの年に移植されたくぬぎ林を見たとき、主水正の頭に弥助の存在が刻みつけられた。その後ごく稀に庭で会うことがあり、主水正が呼びかけようとしたけれど、弥助はそれを拒《こば》んだ。主水正の眼がそっちを見るとたん、急にきびすを返してあと戻りをしたり、脇のほうへ避けていってしまう。そのようすは主水正を嫌って、口もききたくないというふうに感じられた。いつもそうであり、明らかに拒絶する態度であった。

山根から付いて来た侍女の芳野は、三十を二つばかり越しているらしい。化粧をしない顔は角張っていて、肌は浅黒く、きつい眼つきで、口かずも少なく、この屋敷のことは主水正をはじめなにもかも気にくわない、と云《い》っているようにみえた。入銀支払いはもとより、家計の実権は彼女がにぎっていて、下男や下女たちの食物にまで口を出すし、つるにはどんなわがままも許しながら、ほかの者には倹約のうえにも倹約するようにと、諄《くど》いほど云いもし、絶えず眼を光らしているようであった。家士たち三人のうち、和島学《かずしままなぶ》だけは芳野と仲がよく、二人で家事の相談などもするらしい。それは和島が二十六歳で、三人のうちではいちばん芳野にとしが近いためかもしれないし、彼の分別くさい、妙におちつきはらった態度が、気に入られているようでもあった。別部《わけべ》辰之助は二十三、杉本は十九歳で、二人とも芳野をけむたがっていた。

——おれの叔母にああいうのがいる、と別部は杉本大作に云ったそうである。けちんぼうで意地わるで、一日じゅう人のあらを捜してはがみがみ小言を云うんだ、芳野はその叔母に輪をかけたようなものだ。

別部はただ、近よらないように気をつけているらしいが、杉本は正面から芳野に対抗し、敵意を示した。——これは男のすることです、女は口を出さないで下さい。などと、芳野にどなり返しているのを、主水正も聞いたことが幾たびかあった。勝手にはおかつのほかにもう一人、およしという女中がいた。としは十六か七で、顔も軀もまるまると肥えてい、よく声をたてて笑う明るい娘だったが、芳野を見るとそれだけでちぢみあがり、いそいで物蔭《ものかげ》へ隠れる、ということであった。

——実際そのとおりなんでしょう、と杉本が苦笑いをしながら云った。おかつに話しているのを聞きましたが、あの人は送り婆《ばあ》さんだと、云い張っていました。

この土地の古い伝説に「送りばばあ」というのがある。夕暮どきに道をあるいていて、ゆだんをするとうしろに一人の老婆《ろうば》が付く、腰の曲った白髪《しらが》あたまの、瘦《や》せこけた老女で、自然木《じねんぼく》の杖《つえ》をついてい、その杖で前をあるいている人間を自由に操る。町へゆくつもりの者が山へ迷いこんだり、買物に出た者が石ころを持って帰ったりする。それはみな「送りばばあ」に付かれたからであって、いちどうしろへ付かれたら逃げようがない。だから夕暮どきに出あるきをする場合には、決してゆだんをしてはならない、というのであった。

——かげぐちはいけない、と主水正もそのとき苦笑しながら、杉本に云った。そんなことを云ってはならぬと、おまえから注意しておくがいい。

七の五

八月はじめ。残暑のきびしい或る日の午後に、主水正は藩主の昌治《まさはる》から呼ばれた。三月に帰国してまもなく会って以来、呼ばれたのはそれが初めてのことであった。——お供は公平にという、主水正の意見を承服したのか、それとも実際に必要がなかったのか、どちらかよくわからないが、領内の見廻りにも、他の侍たちに供をさせ、主水正のことは忘れたように、それまでなんの沙汰《さた》もなかったのである。——呼ばれていったのは二の丸の馬場で、昌治は床几《しょうぎ》に腰をかけ、一人の若侍が馬をせめるのを眺めていた。逞《たくま》しい栗毛《くりげ》の雄馬で、滝沢城代が自慢の「こがらし」だとすぐにわかった。木曾《きそ》産の駿馬《しゅんめ》で、滝沢主殿《とのも》その人は乗らないが、こがらしと名付けて、めったに自慢などすることのない人が、その馬だけは、話の出るたび自慢のたねにしていた。

近づいてゆく主水正を認めて、太刀持ちの小姓がそれを告げると、昌治は振り返って、こっちへ来いというように頷いた。主水正は静かに歩み寄り、二十尺ほど手前で、芝生の上へ片膝《かたひざ》を突いた。

「もっと寄れ」と昌治はこっちを見ずに云った、「遠慮はいらぬ、寄れ」

主水正は十尺ほど進んだ。

「いい馬だな」と昌治は云った、「主殿がおれに呉《く》れようと云わなければ、召しあげるところだったが、先にそう云いだされては手が出ない、惜しいことをした」

主水正は黙って聞くばかりだった。馬場では若侍が早駆けに移っていた。その朝はやく、雷鳴をともなって雨が降った。半刻《はんとき》あまり夕立のように降った。雷鳴より先にやんでしまったあと、ひときわ残暑がひどくなったのだが、その雨のために馬場が湿っているのだろう、早駆けから疾駆に変っても埃《ほこり》は立たず、大きく踏みだし蹴《け》あげる蹄《ひづめ》の下から、拳《こぶし》ほどの土くれがいさましく飛び散った。

——ああ、滝沢の兵部どのだな、と主水正は思った。みごとな手綱さばきだ。

その若侍はまさしく兵部友矩であった。乗馬服ではなく、着物も袴《はかま》も常のものだし、汗止めもせず襷《たすき》もかけていない。白い、紅潮した端正な顔に、風と激しい動作とでほつれた髪の毛が、みだれかかったり揺れなびいたりした。疾駆で馬場を三周し、四たびめにこっちへ向かって来たとき、昌治が床几にかけたまま、右手をあげて「もうよし」と叫んだ。

兵部は手綱を絞り、馬足をゆるめながら馬場を半周し、だく足にして近づいて来た。馬は首を振り、鼻を鳴らし、まるでまだ駆けたりないとでもいうように、手綱を絞られたまま、前肢《まえあし》で地面を大きく踏み叩《たた》いた。昌治はそれを見ていて、また「惜しいな」と呟《つぶや》き、つと床几から立ちあがった。それに驚いたのか、馬はするどくいいないて、突然ぱっと後足で立ちあがり、高くあげた両の前肢で空を掻《か》いた。兵部は馬から落ち、馬は柵《さく》のほうへ疾駆していった。

兵部はいそいで起き直ろうとしたが、どこか痛めたとみえ、片足を投げだし両手を地面に突いて、頭を垂れたまま喘《あえ》いでいた。

「宗兵衛」と昌治は振り向いて云った、「いってみてやれ」

太刀持ちの脇にいた小姓の一人が、すぐに兵部のほうへ走ってゆき、昌治は主水正に眼くばせをして、奥庭のほうへあるきだした。そのとき兵部友矩が、地面に手を突いたままで顔をあげ、去ってゆく主従二人のうしろ姿を、怒りのこもった眼で睨《にら》みつけたが、昌治はもちろん主水正もまったく気づかなかった。

木戸のところで、昌治は小姓の捧《ささ》げていた太刀を取り、さがって休めと云った。そして小姓の去るのには眼もくれず、*佩刀《はかせ》を主水正に持たせて奥庭へはいってゆき、築山《つきやま》の脇にある茶屋へいって、座敷へあがった。

「主水は縁側にかけろ」と昌治が云った、「ひとつ座敷にいると、密談したなどと云われかねない、おれのまわりには壁の中にまで、耳があり眼が光っているんだ」

主水正は玄関の前から庭先へまわり、沓脱《くつぬぎ》の脇へつくばった。座敷へはいって来た昌治は、縁側へかけろと云い、端のほうへ歩み寄って坐《すわ》った。主水正は縁側へ腰をかけた。

「刀をそこへ置け」と昌治がまた云った、「固くなっていては話ができない、もっとくつろぐがいい」

縁側に腰をかけるのはいいが、昌治と話すためには軀を斜交《はすか》いにしなければならない。くつろげと云われたのを幸い、主水正は片方の膝を曲げて縁側へ横さまにかけた。

「明後日、井関川へゆく」と昌治は云った、「捨て野へ水を引く堰《せき》の図面があったら持って来てくれ」

「わたくしがお供をするのですか」

「堰についてはほかに人はない」

「おくち返しをしてもよろしゅうございましょうか」

「云うことがあるのか」とき返して、昌治は手を振った、「つまらぬ念を押した、――申してみろ」

「堰のことは暫《しば》く待っていただきたいのです」

彼は藩の財政の苦しいことを述べ、御用商の五人衆が、上方《かみがた》から借りた資金を、返済するめどがつくまで待ってもらいたい。いま堰の工事について少しでも動けば、五人衆は云うまでもなく、重臣ぜんたいから反対され、揉《も》み潰《つぶ》されることは明白だから、と主水正は云った。

「そうかもしれない、だがおれにはおれの思案がある」と昌治は云った、「――四年まえの大火と、上野東照宮の修築御用、それに加えた凶作とで勝手元が逼迫《ひっぱく》したとき、老職どもはどういうわけか、幕府へ融資を願い出ることを拒んだ、江戸でも国許《くにもと》でも、一部の者を除いた老職の殆《ほと》んどぜんぶが、幕府への訴願をあたまから拒み、そして御用商五人に資金の調達を命じた」

「存じています」と主水正が云った、「御恩借嘆願書のことはしらべました」

昌治には意外だったらしい。あぶら性《しょう》の若い藩主は、ふところ紙を出して顔を拭《ふ》いた。

「どの程度までわかった」

「五名の連署による嘆願書に、殿の御判をいただき、それをもって上方の三井*、鴻*《こう》ノ池《いけ》、灘波《なんば》屋《や》の三者から金を調達いたしました」

「それだけか」

「表面はそうなっています」と主水正は答えた、「記帳を順に繰ってゆくとそのとおりになっていますが、逆に突き合わせてみますと」

「金は上方で調達したものではない」と昌治が主水正の言葉をさらうように云った、「そうではない、五人衆といわれる御用商たちが賄《まかな》ったものだ」

「はい」彼はかすかに頷《うなず》いた、「それも巧妙にたくんだしごとではなく、ちょっと注意して帳簿を突き合わせれば、すぐに発見できるほど簡単に仕組まれたものです」

「かれらは自分たちで金を調達し、その利息を自分たちで分配している、上方から調達した金は利率がはるかに高い、そのうえお手当という名目で、自分たちの分まで取っている、それも知っているか」

「存じません」

昌治は手を伸ばして、主水正の捧げていた佩刀を取り、自分の膝の横へ置いた。そんな役を勤めた経験がないので、佩刀を捧げ持つ姿勢がいかにもぎごちなく、それが昌治の眼についたようであった。

「馬場にいた宗兵衛、高森宗兵衛という者だが」と昌治は云った、「――この件について江戸屋敷のほうは彼がしらべ出した、彼は五人衆に関して相当くわしくしらべている、こんど伴《つ》れて来たのは、国許のほうも調査させるためで、明年おれが参《さん》覲《きん》出府のときも残してゆく手筈《てはず》になっている」

主水正は眼を伏せ、頭を垂れた。

「どうした」昌治が訝《いぶか》しそうにきいた、「宗兵衛を残すのは不服か」

「わかりません、わたくしにはよくわかりませんが、五人衆は重臣たちと微妙な関係をもっています、もちろん御用商のことで、当然と申せば当然のことですが、御恩借嘆願の件が、これほどむぞうさに見すごされたのは、重臣たちとの、長い年月にわたる相互関係によるものと思えます」

「そのことはもう疑う余地はない」

「疑う余地はございません」と主水正は静かに云った、「けれども、この相互関係が長い年月にわたり、根が深く、枝がどこまで延びているのかわからない、ということをお考え下さい、御恩借嘆願の始末は汚職ではなく、なが年のあいだ続いてきた慣例の一つにすぎない、とわたくしは思います」

「だから黙視しろというのか」

主水正はちょっとまをおいてから、「これはわたくしの又聞きですが」とゆっくり云った、「かつて巳《み》の年の騒動のとき、裁きに当って御城代が、――先代の滝沢主殿どのだとうかがいましたが、義であることがつねに善だとはいえない、また、正しいことだけが美しいとは限らない、と云われたそうです、そのため重罪をまぬがれた者が幾人かあり、もっと大きくなる騒動が、危ないところでくい止められたということです」

「そうしては悪かったのだ」昌治は声にちからをこめて云った、「そのときくい止めたものは生きていて、八年まえにまた動きだした、八年まえ、父上が亡《な》くなりおれが家督にきまると、幾人かが暗殺されたり監禁されたりした、もし巳の年のときにはっきり裁決していたら、八年まえの騒ぎは起こらなかっただろう」

城代の滝沢、江戸家老の津田兵庫、この二人は知謀すぐれた人物らしい。そして両者の強い結束は、それぞれ三代まえから続いてい、江戸、国許ともに、重臣の多くがひきずりまわされている。ことに滝沢の威勢は大きく根強いもので、対幕府の問題はすべて滝沢の指令によるといわれる。巳年のときも八年まえの亥《い》年の騒ぎも、滝沢と津田を中心にした重臣たちの、巧みな処置によって落着した。しかも、騒動の原因も不明であり、どのように解決したかも判然としない。少なくとも自分にはなにもわかっていないし、江戸でも国許でも、水も漏らさぬほど厳重に秘密が保たれている。これは滝沢と津田の結束がいかに堅固であり、いかに威勢の強いかを証明するものだ。

「けれども」と昌治は続けて云った、「——両者の結束が三代も続き、その威勢が不動であるということは、両者の知謀がすぐれていただけではないだろう、人物がぬきんでているというだけでは、三代も権勢を握りとおすことはできない、その背後に、両者を支えるなにかがある筈だ、そして第一は金力だ、とおれは考える」

祖父の*照誓院《しょうせいいん》さまも父上も、政治には干渉なさらなかった。重臣たちに任せたきりで、殆んど一生を隠居同様にすごされたが、おれは藩主として生きたい。耳を塞《ふさ》がれ眼隠しをされて、木偶《でく》のように操られるのはいやだ。そのためにまず、両家老を支えているものを知りたいし、その手掛りは恩借嘆願の件だと思う、と昌治は云った。主水正は暫く黙って、自分の膝をみつめていた。それは自分の考えをまとめようとしているのではなく、昌治の気持のしずまるのを待っているようであった。

「おくち返しを申すようですが」とやがて主水正が云った、「——この国許の気風は格別で、江戸勤番の者が国詰めになりますと、こぞって眼を光らせ、警戒し、決してよせつけようと致しません、もし高森なる者をお残しあそばされても、それだけでかれらは猜疑心《さいぎしん》をおこし、周囲に堅い垣をめぐらせて、手も足も出ないようにすることでしょう、そのうえ、これまでなおざりにしていたかずかずの秘事を、残らず消し去ってしまうかもしれません」

「かもしれない、だろうと思う、そのおそれがある、か、——ああ」昌治はなにかを払いのけるように、頭を振った、「もう充分だ、こちらがそう二の足ばかりふんできたため、かれらは藩内に威勢を張り、政治を勝手に支配することができたのだ、こんな状態を続けるわけにはいかない、こんな状態は潰さなければならない、そうだとしたら始めるのはいまだ、たとえ機会を待つにしても、いざ始めるとなればひといくさはまぬがれないだろう、五年待っても十年待っても、かれらとひといくさすることは避けられないと思わないか」

「おぼしめしは慥《たし》かに一理あると存じます、けれども」主水正は昌治の顔をまともにみつめながら云った、「これは石で壺《つぼ》を打ち砕くようにはまいりません、こんにちかれらの持っている権力と威勢は、殿ごいちにんのおぼしめしで動くほど、根の浅いものではないからです、合戦には夜駆けで勝つこともありましょうが、このいくさは違います、眼立たぬように、敵の出城《でじろ》を一つ一つ攻め取り、砦《とりで》をくだし堀を埋め、かれらを裸にしたうえではじめて総攻めにかかる、そのように致さなければ、このいくさに勝ち目はございません、逆にかれらから潰されることは間違いないと存じます」

「主水は考えすぎる、人間はときに、考えるより行動することのほうが大切な場合もあるぞ」

「仰《おお》せのとおり、ときにはさようなこともございましょう」主水正は屹《きっ》とした口ぶりで云った、「けれどもいまは違います、よく御思案を願えればおわかり下さると存じますが、いまは決してそのときではございません」

「おまえは六十歳の老人のようだな」と昌治は云った、「今日はこれまでにしよう」

七の六

今日はこれまでと云われたので、主水正が立とうとすると、昌治は手まねで抑え、こちらへ少し膝を寄せた。

「主水の意見は意見として、もうひとこと云っておく」と昌治は声を低くして云った、「堰の工事はできるだけ早く手を着けるつもりだ、捨て野へ水を引けば三万坪の田が出来る、その田からあがる年貢《ねんぐ》は高が知れたものにせよ、現実に一石を投ずるという効果は小さくはない、わが領地は気候にも恵まれ、地も肥えていて物成りが豊かだ、七万八千石の表高《おもてだか》より、はるかに実収は多いということで、幕府の国目*付《つけ》に睨まれている、——老職どもはそう主張して、新田《しんでん》の開拓につよく反対してきた、だが、その主張には他の理由が含まれている、国目付に睨まれているのは事実かもしれないが、決してそれだけではない、恩借嘆願の件にあらわれているように、御用商人どもの算盤《そろばん》が、うしろからかれらを縛っているのだ」

藩に対して、商人どもは常に貸方でなければならない。御用の金品が定期に皆済《かいさい》されるだけでは、それからあがる利は固定してしまう。貸方の額が多く、支払い決済が延びれば延びるほど、利率は高くなり、金品の値付けも自由に操作ができる。したがって、藩の財政が豊かになることは、商人どもにとってなにより好ましくないのだ。

「商人どもがどのように、重臣たちを背後から支えているかは、まだ不明だ」と昌治は慎重に云った、「*まいないなどの単純なこと以外に、もっと大きな理由がなにかあるように思う、そして捨て野の開拓にかかれば、かれらは動きださずにはいないだろうし、そこからなにかいとぐちがつかめるかもしれない」

照誓院と呼ばれる祖父の代から、隠居の座へ押しやられてきた藩主の席を、おれは取り戻すのだ。なにごとも穏便に、公儀から睨まれないように、すべて現状を変えないように。そういう名分の盾をめぐらせて、ぬくぬくと*熟寝《うまい》をたのしんでいるかれら。真実を蔽《おお》い隠し、いつわりの平安にしがみついて、自分大事とけんめいになっている重臣たちに、その寝床がそれほど安全でないことを悟らせるのだ。「主水がなんと云おうと、おれはできるだけ早く堰の工事にかかる」と昌治は続けた、「かれらが資金を押えるなら、おれの手で資金も集めてみせる、これだけは覚えておくがいい」

明後日は朝七時、搦手《からめて》の門だぞと云って、昌治は話の終ったことを告げるように、頷いてみせた。

——殿はあせっている、と主水正は役所へ戻りながら思った。三つ四つも老《ふ》けてみえるが、としはこの六月で二十三歳になったばかりの筈だ、八年まえに家督を相続されてから、藩の政治の歪《ゆが》みや、歪みの裏に隠されている秘密を、明らかにし正しく置き直そうと思い立たれた、そのために御自分の眼と耳と、そして足を使う労さえいとわれない、ということは、お側《そば》に心をゆるす者がいなかったからであろう。

——殿は材木奉行の信田《しのだ》十兵衛といわれた、おそらく心をゆるしてよい人物の一人と認められたのであろうが、信田はなにもできないことを、この土地へ来てから知ったに相違ない、彼は役所にいるよりも、山へはいって森の見廻りをするほうが多いと聞いた、だからこそ国許の家中からそれほど敵意ももたれず、疎外《そがい》されたり詮索《せんさく》されたりすることもないらしい、いまでは殆んどいるかいないかわからないような存在になったようだ、信田はそうなるのを待っていたのだろうか、赴任して来てから十余年になるが、そのあいだになにか殿の役に立つことをしただろうか、それともこれから、使命をはたすことのできる条件をものにしただろうか。

信田十兵衛の名を昌治の口から聞いてから、主水正はなるべく信田に近よらないようにしていた。必要があれば信田のほうから呼びかけるであろう、それまでは無縁のままでいるほうがいい、と思っていたのであった。

「殿はあせっている」と主水正は独りで呟《つぶや》いた、「あせってはだめだ、高森宗兵衛がどんな人物かは知らないが、高森を国許に残すこともよくない、必ず疑惑をまねき、警戒され、その行動は監視されるだろう、それではまったく逆効果になるだけだ」

それだけは昌治に思い止《とど》まらせよう、と主水正は思った。

明くる日、事務が終って退出しようとしていると、支配の小島幸之進に呼ばれて、非番を繰りあげて明日は休むようにと云われた。そしてその当日の朝早く、主水正は二人分の弁当を持ち、供は伴れずに家を出て、七時ちょっとまえには城の搦手の門の脇《わき》に立っていた。搦手は山に続いているから、石垣も低いし、番士のほかに人の近よることも少なかった。宿直《とのい》に当った侍たちが、夜遊びにぬけだすときには、門からはなれたところで石垣をよじ登り、塀を越えて楽に外へ出ることができる、ということであった。五年まえに、昌治が忍び姿でぬけだしたのも同じ場所で、誰の眼もそこにひきつけられるとみえ、石垣の外の地面はそのひとところだけ、土の踏み固められているのがわかった。

昌治は五年まえのように、その場所からぬけだして来た。黒っぽい筒袖《つつそで》の着物にたっつけ袴《ばかま》、萱笠《すげがさ》をかぶり草鞋《わらじ》ばきで、脇差だけの腰に小さな包みを括《くく》りつけていた。忍び姿がいかにも板に着いた感じで、主水正は思わず微笑した。

「どう見ても百姓の小旦那《こだんな》というところだろう」昌治は両の袖をひろげてみせた、「――領内の見廻りをしているあいだにくふうしたものだ、褒《ほ》めないのか」

主水正は黙って一揖《いちゆう》した。

露《ぬ》に濡れた草の蔽いかかる、山裾《やますそ》の道を二人は黙って幾曲りかしてゆき、やがて井関川の岸へおりた。大沼から十五町ほど上《かみ》のところで、そこを左へ十二三町ゆくと登りになる。左右はしだいに山が迫り、霧が濃くなってきた。流れはまだゆるやかなのだが、霧に蔽われて川は見えず、水の音だけが囁《ささや》きのように、こもったひびきで聞えていた。道が岩だらけの、あるきにくい登りにかかるところで、山側の道《みち》傍《ばた》の岩に、一人の老人が腰をかけ、太い竹筒からなにか飲んでいるのが見えた。霧はそのあたりでさらに濃くなっていたから、老人の姿は忽然《こつぜん》とそこへあらわれたように感じられ、昌治の軀《からだ》にぴりっと緊張がはしった。一瞬間のことだが、主水正の眼には、なんとも形容しがたい一種のするどい閃光《せんこう》が、昌治の軀を突き抜いたように思えた。そのまま通りすぎようとすると、老人が主水正に呼びかけた。

「おまえさん与力の旦那じゃあねえかね」

主水正は足を止めて振り返った。それは森番の大造で、相変らず髪はぼうぼう、髭《ひげ》だらけで、ぼろの腰きり半纏《ばんてん》に縄の帯、はだしに草鞋という恰好《かっこう》だった。老人が呼びかけたのは、主水正をひと眼で見わけたのであろうし、主水正もまたひと眼で大造だということがわかった。老人は昌治をまったく無視して、どこへゆくのかときき、主水正が川上のほうへ手を振ると、いっしょにいくかなと云って、大造は立ちあがった。そして岩の脇の草むらから、負い紐《ひも》の掛かった五升樽《だる》を取り出して、負い紐を肩に掛け、樽を背負いあげた。

「今日は伴れがあるんだ」と主水正はあるきだしながら云った、「またいつか会おう」

「また城下で三日酔いつぶれてよ」大造は主水正の言葉など耳にもかけず、並んであるきながら話しだした、「だからおまえさん、いつも一斗《と》買って帰る焼酎《しょうちゅう》が半分しきゃ買えなかった、としだなおまえさん、まえにあこんなこたあなかったもんだ」

大造はかなり酔っているとみえ、吐く息はもとより、軀ぜんたいから強く酒が匂《にお》った。けれども足はしっかりしたもので、五升樽を背負った肩をこごめもせず、主水正と同じ歩調でらくらくとあるいた。

「こんどの飲み友達はおかしなやつでな」と大造は話し続けた、「自分じゃあおまえさんなにひとつできねえ、としは四十がらみで、固太りのいい軀をしているんだが、梅の井の店へはいって来て、腰掛へ掛けるとそのまんま、うしろにいるやつがなにか云うのを待っている、小女《こおんな》が寄っていって注文を聞いても、すぐには返辞もしねえのさ、小女がいっちまってやや暫く経《た》って、てめえのうしろにいるやつがなにか云うと初めて、酒をくれなんて注文をする、小女が酒を持って来て、肴《さかな》はなんにするかときくが、これまたすぐには返辞をしねえ、うしろにいるやつがなにか云うまで、待ち遠しそうに酒だけちびちび舐《な》めている、そうしてやがてのことに、うしろにいるやつがなにか云うと、焼き魚とか菜のひたしとか、汁《しる》だとか煮物だとかって注文するのさ」

「うしろにいるのはなに者なんだ」

「さあてね」と大造は云った、「眼には見えねえからおらにもはっきりは云えねえが、どうもその男のもう一人のやつらしかっただな」

「もう一人の男だって」

「てめえのうしろに、もう一人のてめえが付いている、っていうような案配なのさ、三晩ともそんなふうで、初めはおまえさん、おらもちっとばかりきびが悪かった、なにしろどんなに眼を剝《む》いて見てもなんにも見えねえ、だのに、慥かにやつのうしろに誰かがいて、そら酒だ、そら肴だと、やつに教えているとしか思えないんだからな」

三晩ともそんなふうだった。二た晩めには話しかけていっしょに飲み、三日めに当るゆうべも、いっしょに向き合って飲んだが、どんな場合にも、やつはうしろにいるやつ自身と相談しなければ、飲みだした酒をやめることさえできなかった。まったくのところ、世間にはいろいろな人間がいるので吃驚《びっくり》する、と大造は云い、腰にさげてある竹筒を取って、さもうまそうに喉《のど》を鳴らして飲んだ。竹筒の口に嵌《は》めた木の栓を取ったとき、酒の香がつよく匂った。

登り道にかかって約三十町、勾配《こうばい》が急になってくると霧が薄れはじめ、流れの音が両岸にこだまして荒あらしく高まった。

「休みましょう」と主水正が先へゆく昌治に呼びかけ、それから大造に向かって云った、「ここで別れよう、私たちは休んでゆく」

「おらもちょっと休むかな」

「疲れたようにもみえないじゃないか」

「山のしきたりでね」大造は道傍に転げている大きな樹《き》の根をみつけ、背負っていた樽をその脇へおろした、「――里からはいって来た者を、途中で置きっ放しにはできねえのさ」

そしてその大きな、枯れた樹の根っこに腰をかけた。主水正は待っている昌治のほうへあゆみ寄り、ふところから畳紙《たとうがみ》を取り出してひらき、中にあった図面を昌治の手に渡した。茶色になった古い紙は、この領内で製する上質のもので、裏打をして折本にたたんであるのをひろげると、長さ六尺ほどの図面があらわれた。川の対岸は略してあるが、こちら側は山と川とを精密に描き、等間隔で土地の高低が、数字で丹念に書きこんであった。

「ここの棚瀬《たなせ》になっているところが、水の取入れ口に指定してあります」主水正は図面の上に指をすべらせながら説明した、「べつに地面の下から大樋《おおどい》をとおして水を引く、という案もあったようですが、鉄ででも作らない限り、土の中では樋が早く腐るので、やはり露天掘りの堰《せき》にするほうがよいときまったようです」

昌治は頷いた、「堰はこの線だな」

「そうです、朱で入れた点線が堰になるのです、そのように稲妻型に掘ってゆけば、土地の高い捨て野にも水が引けるというのです」

昌治は森の茂った背後の斜面や、川の上下を眺めまわし、図面に描かれた地形と見比べながら、疑問のある点を主水正にきき糺《ただ》した。主水正は記録を繰返し読んでいたから、覚えていることはみな答えた。そのうちに、「誰だ」という大造の喚《わめ》き声で、二人はそっちへ振り返った。老人は立ちあがって、森の茂みのほうを見ていた。

「そこにいるのは誰だ」と大造はまた喚いた、「隠れてもだめだ、出て来い、この山をあらすと咎《とが》になるだぞ」

霧は殆《ほと》んど消えていた。斜面に茂っている杉の樹立《こだち》は、濡れた幹を列《つら》ねて上へ上へとのびているが、坂道とのあいだに二十尺ばかり、草と灌木《かんぼく》の生えた平地があった。大造の喚きは森にこだましたが、物の動くけはいもせず、声も聞えなかった。

「誰かいるだよ」と大造は主水正に振り向いて云った、「たちの悪い百姓どもが、枝を盗み伐《ぎ》りに来たり、山薯《やまいも》を掘りに来たりするのさ、あの辺にいるだ、それも一人じゃあねえ、二人は慥かだ」

「なにも見えないな」主水正が云った、「そら耳じゃないのか」

「じゃあねえさ」と云って大造は耳のうしろを掻《か》いた、「山でくらしてると耳がきくようになるだ、山の音は季節によって変るけれども、どんな音だって聞きわけられねえような音はねえ、だから聞き馴《な》れねえ音や物のけはいがすりゃあ、すぐにぴんと耳へ」そう云いかけて、大造は二人の背後を指さしながら、「危ねえ」と絶叫した、「危ねえ、伏せろ」

その叫び声はするどく、異常なひびきを帯びていた。主水正は棒立ちのままだったが、昌治はすばやく腰をかがめ、川のほうへ跳んだ。そのとき矢が飛んで来て、昌治の笠をつらぬき、笠は昌治の頭からはなれて、脇のほうへ飛ばされた。矢の来たのが早かったか、昌治の動作のほうが早かったかわからない。主水正が風を切る矢羽根の音を聞いたとき、昌治が腰をかがめて川のほうへ跳ぶのを見た。まったく思いがけなかったし、あまりに突然のことで、彼はすぐには動くことができなかった。

「伏せろ」と大造がまた叫んだ、「こっちにもいるぞ」

その声で眼がさめたように感じ、主水正は昌治のあとを追いながら、脇差を抜いた。昌治は川の岸へおりていい、主水正は五年前に聞いた「隠し目付」という昌治の言葉を思いだした。おれの命を覘《ねら》っているやつだ、とも聞いた覚えがある。

「大丈夫ですか」主水正は川岸へとびおりて昌治を見た、「おけがはございませんか」

「大丈夫だ」昌治は台だけ残った笠の紐《ひも》を解き、それを投げ捨てて脇差を抜いた、「人数はどのくらいだ」

主水正が答えようとするより早く、下《しも》のほうの川岸へ二人の侍がとびおり、上《かみ》のほうに一人とびおりるのがみえた。主水正は昌治の脇差を見た。それは寸の詰まったもので、一尺そこそこしかないらしい。自分も脇差しか差してこないので、これは苦しいぞと思った。

「足場が味方だ」と昌治が云った、「この幅では一度に一人しか、かかれないぞ」

川岸の幅は三尺ちょっとだから、昌治の云うとおり勝負は一対一であり、刀身の長い刀は却《かえ》って使いにくいだろう。岸から坂道までの高さは六尺、草や灌木が茂っているので、道に討手がいるとしても手出しはできない、と彼は判断した。

「大造いるか」と主水正は叫んだ、「人数はこれだけか」

「それだけだ」と大造が叫び返した、「これはいってえ、なにごとだえ」

「ここにおわすのは御城主の殿だ」と主水正は上下《かみしも》の討手に眼をくばりながら云った、「御城主の飛騨守《ひだのかみ》さまだ、誰か呼びに走ってくれ」

下の二人と上の一人は、いずれも刀を抜き、用心ぶかくまをちぢめて来た。殿は上《かみ》のほうに当って下さい、下《しも》の二人は私が引受けます、と主水正が云った。——彼がそう云い終らないうちに、川下の二人のうしろへ、大造のとびおりるのが見えた。

「おらあ石打ちの名人だ」と大造がどなった、「三十尺ぐらい高い木の枝なら、とまった小鳥を石打ちで落すことができる、加勢してえがいいかね」

たのむと、主水正が叫んだ。棚瀬になっている流れの音が、両岸の樹立にこだまして高くひびき、せきれいが鳴きながら、水面すれすれに飛び去った。——三人の討手は上と下から、ゆっくりと近よって来た。主水正は昌治の顔を眼の隅で見、脇差を正眼に構えた。昌治の顔は壁のような灰色に変り、軀ぜんたいでふるえていた。

銀杏屋敷にて

仁山《にやま》村から寺町へ通ずる道の途中に、ところの者たちが「銀杏《ぎんなん》屋敷」と呼んでいる家があった。白い土塀をまわした、二町四方もありそうな構えで、表門はいつも閉めたままであり、邸内は深い樹立《こだち》に囲まれているため、外からは建物の屋根しか見えなかった。屋敷のあるじは尼僧《にそう》あがりだという噂《うわさ》であるが、誰もその姿を見た者はないし、通用口から出入りする商人たちも、通用口から厨《くりや》までの往き帰り以外には、一歩も脇《わき》へそれることはできず、庭を覗《のぞ》くことも許されなかった。――表門のすぐ内側に、銀杏《いちょう》の巨木が二本あり、寺町からもその高い枝葉が眺められた。屋敷の呼び名はその銀杏の樹《き》から出たのだろうが、中にどんな人間がいるのか、どれほどの人数がどんなくらしをしているのか、誰も知る者はなかった。

だが、ごくたまに客の集まることは、以前からよく知られていた。大身《たいしん》とみえる武家の男女や、芸人などが大勢やって来て、半日以上も鳴り物や唄《うた》で賑《にぎ》わうこともあり、またこっそりとひと眼を忍んで、男女二人が駕籠《かご》で乗りつけたり、泊りこみで二日も騒いだりすることが、さして稀《まれ》ではなかった。――邸内には建物が三つあった。その一は二階造りの母屋《おもや》、次に母屋と渡り廊下でつながっている平屋、そしてまた別棟《べつむね》のはなれ屋である。はなれの周囲は雑木林で、庭からはいるところに木戸があり、迂曲《うきょく》した細い小道が、林の中を戸口まで続いていた。距離は木戸から二百歩ほどあり、途中に枝道が幾筋か、林の中へ延びていた。――建物は座敷が三つ、寄付《よりつ》きと厨があり、裏にはつるべ井戸もあって、薪小屋《まきごや》や物置の向うは、また雑木林がひろがっていた。みかけは山家《やまが》の隠居所というふうであり、客のあるときはそこで煮炊《にた》きをすることもできた。

母屋の階下にある六帖《じょう》の内所《ないしょ》で、あるじの女を相手に、河田源之進が酒を飲んでいた。河田はもと町奉行を勤めていたが、二年まえ大目付*に転じたもので、同時にこの屋敷へは自由に出入りができるようになった。というのは、この屋敷に来る客は、家中でも身分のある人たちだったから、大目付によってひそかに保護されている、ということだったのである。――女あるじは四十二三歳、細おもての顔は美人といってもいいくらいだが、男のようなきつさと、冷淡さが眼立っていた。小菊の地紋のある白の小袖《こそで》に、濃紫《こむらさき》の無地の帯をしめ、あたまは切りさげ髪にしているため、尼僧あがりだという噂は事実のように思えた。

「その話はよしましょう」と河田が低い声で云《い》った、「あなたはむろん亥《い》の年の騒ぎを知っているだろうが、こんどのことも厳重に闇《やみ》から闇へ葬《ほうむ》ってしまう、ということになったのです」

「見た者の口はどうなさる」と女あるじが反問した、「井関川の岸の二人は誰にも気づかれなかったようだけれど、大沼の落ち口まで流されて来た死躰《したい》は、人に見られたのでしょう」

「表街道の辻《つじ》へ高札《たかふだ》を出したことを、聞きませんでしたか、身許《みもと》不明の浪人者、着衣、所持品、人相を書いて、こころ当りの者は届け出るようにと、――当分その高札は立てたままにして置く筈《はず》です」

「変死の事実をどう説明なさいます、浪人でも侍なら、自害するのに着物の上から心臓を刺す、などということはないでしょう」と女あるじは云った、「三人のうち二人まで、心臓を一と突きだったというではありませんか」

「ここを」河田は右の頸筋《くびすじ》を押えてみせた、「一人はここを斬《き》られていたが、みなひと太刀でしたな、三人とも急所をひと太刀、よほど腕の冴《さ》えた相手だったとみえます」

「死因を疑われる心配はないんですか」

河田源之進は酒を啜《すす》って、そっと首を左右に振り、それから急に、吃驚《びっくり》したように、眼をみはって女あるじを見た。

「あなたは」と彼は吃《ども》った、「――あなたはどこでその話を聞きました」

女あるじは冷たく微笑した、「めしあがれ、まだ少しもお酔いになっていないようだわ」

「誰からお聞きになったんです」

女あるじは火鉢《ひばち》にかかっている燗鍋《かんなべ》の中から、徳利《とくり》を出して燗のぐあいをみ、それを河田の膳《ぜん》の上に置いた、そして、うしろにある器物棚《きぶつだな》から徳利を取り、片口《かたくち》の酒を注いで燗鍋に入れた。このあいだ口はつぐんだままだし、動作もわざとするようにゆっくりと、おちつきはらってみえた。

「河田さんはいま」女あるじはやがて云った、「――亥の年の騒ぎを知っているだろう、と仰《おっ》しゃいましたわね、むろん知っているだろうって、――どうしてそうお思いになったんですか、あのときのことが闇に葬られたのなら、わたくしが知っている筈はないでしょう」

「なるほど、私は酔ったとみえる」河田は手に持っている盃《さかずき》を見まもった、「――私は律義者《りちぎもの》で、不審だと思うとどんなささいなことでも、聞きながしたり見のがしたりすることができない、まる十五年も町奉行が勤まったのは、この性分のおかげだと思うが、こんどのお役はそれでは勤まらないようですな、もう二年にもなるのに、へどもどすることが多いので、当惑するばかりです」

「そう気になさるな」と女あるじが感情のない声で云った、「人間はたいていなことには慣れるものです」

飲めなかった酒も、飲めるようになりましたからな、と河田は苦笑いをした、「死因を疑うような者はいないでしょう、二人は江戸屋敷の者ですが、一人は国許の人間です、それがもう二十日以上も経《た》つのに、塵《ちり》ほどの噂も立たないのですから」

「三人を仕止めた相手はどんな人ですか」

河田はまた首を振った、「ふしぎなことに、それを知っている者は誰もいないようです」

「めしあがれ」と女あるじは云った、「酒は飲むだけが能ではなく、酔いをたのしむものですわ」

襖《ふすま》の外で声をかけてから、その襖をあけて、三十歳ぐらいの女が顔を出して、あちらの客が呼んでいる、と告げた。女あるじは眉《まゆ》をひそめたが、いやだというようすはみせずに立ちあがった。

「どうぞお構いなく」と河田が云った、「私はそのあいだに帳面をみておきますから」

女あるじは用簞笥《ようだんす》の抽出《ひきだし》から、一冊の帳面を出して河田に渡し、ではちょっと会釈《えしゃく》して、女といっしょに出ていった。河田は膳の前をはなれ、小さな帳場机のところへいって坐《すわ》った。そして硯箱《すずりばこ》をあけて、女あるじから受取った帳面をひらいた。――中には年月日と、客の名が列記してある。そして終りのところに、寛政十一年*己未《つちのとひつじ》九月十日という今日の日付で、女五人、男四人の名が記《しる》してあった。女は山内の娘、柳田の妻女とその姉、益秋の妻女と女芸者で、男は山内の長男、中泉、吉谷の二男に男芸者という顔ぶれであった。みな姓だけで名もとしも書いてはなかった。――河田源之進はさげた小さな革袋の中から印形《いんぎょう》を出して、男芸者と記した行《ぎょう》の次に、署名し捺印《なついん》した。印形には大目付之判と彫ってあった。

「常連だな」と彼は呟《つぶや》いた、「こんな乱脈なみぐるしい遊びを、家族やまわりの者がよく許しておくものだな」

その帳面は六月からのものであるが、山内きょうだいと益秋の妻女、それに中泉の名のぬけている例は殆《ほと》んどなかった。彼がこの屋敷を「保護」するようになって以来、その四人の名は必ず記されてあった。

「それにしてもここの費用は」と河田は首をかしげて云った、「いったい誰が賄《まかな》っているのだろう」

八の一

八月の下旬から十月のはじめまで、三浦主水正《もんどのしょう》は役所を休み、尚功館《しょうこうかん》の稽古《けいこ》も休んだ。藩主の昌治《まさはる》から、しらべものを命じたという通告があり、ほかに二人の者が、そのしらべものに協力するため、三浦家へ毎日かよい続けた。

——その一人は岩上六郎兵衛、一人は中村木多雄《きたお》といった。岩上は江戸屋敷の者で二十二歳、中村はこの国許で作事方に勤める者の三男で、としは主水正と同じ二十歳であった。

主水正は居間にこもりきりで、かれらのいる部屋へはゆかず、岩上六郎兵衛だけが一日に一度、主水正の居間へ顔を出すのであった。「しらべもの」というのは、「拾礫紀聞《しゅうれききぶん》」の記事を類別して、その項目ごとに筆写するのであるが、それは名目だけで、じつは主水正が傷の治療をするために、日をかせいでいたのであった。傷は井関川の岸辺で三人の討手を仕止めたとき、その一人から斬りつけられたもので、左の胸の上部から、右の乳の下まで、長さ八寸とちょっとあった。受け損じた傷だったから、大きいだけで、深さはそれほどでもなく、骨にはとどいていなかったが、一部が膿《う》んだので治療が延び、二十日あまり起きることを禁じられた。

治療には横田鶴良《かくりょう》という、江戸から付いて来た昌治の侍医が当り、また初めの十日くらいは、杉本大作が一人で介抱を受持ち、ほかの者は誰も近よせなかった。半月のあいだは、食事も鶴良が供の者にはこばせた。傷が膿んだのは粗食のため、軀《からだ》の精分が不足しているからだといって、鶴良が自分で献立てをし、料理人に命じて作らせたものである。これらのことは、必要以上に用心ぶかくおこなわれたが、従来も主水正の世話は、殆んど杉本ひとりで引受けていたから、特に家人《かじん》たちも不審に思うようすはなかった。鶴良はしらべものの「参与*」であり、運ばれて来る食事も鶴良のもの、ということで、家人たちはそのまま信じていたらしい。ずっとのちになっても、この始終にふれた話をするものはなかった。

たった一度だけ、妻が顔をみせた。おそらく侍女の芳野からなにか聞きでもしたのだろう、ひるさがりのことで、鶴良は机に向かって書物を読み、なにか筆記をとっていた。主水正は枕《まくら》のほうを小屏風《こびょうぶ》で囲い、夜具の中でうとうとしていたが、人のけはいで眼をさますと、すぐそこに妻の坐っている姿を認めた。どこかぐあいでも悪いのか、とつるはきいた。ゆうべ夜明しをしたのだ、と主水正は答えた。殿から仰《おお》せつけられたしらべものがはかどらないので、今朝九時すぎまで起きていたのだと云い、鶴良とつるをひきあわせた。鶴良はつるを見て目礼し、つるも目礼を返したが、どちらも口をきかず、二度と相手を見ようとはしなかった。

「なにか薬の匂《にお》いがするようですけれど」と云ってつるは部屋の中を眺めまわした、

「——薬でも煎《せん》じていらしったんですか」

「私の持薬《じやく》だ」と鶴良が筆記をしながらぶあいそに答えた、「江戸の人間は土地が変ると、水にあたりやすいのでな、用心のためだ」

つるは冷淡に聞きながし、なにか腑《ふ》におちないことでもあるように、尖《とが》った眼つきであたりを見まわしたり、主水正の顔を詮索《せんさく》するようにみつめたりした。

「なにか用でもあるのか」と主水正がきいた。

「べつに」と云ってから、つるは急に声の調子を変えた、「わたくしがいてはお邪魔ですか」

「もう少し眠りたいんだ、今夜も夜明しになりそうだからね」

「こちらの方」とつるは鶴良のほうへ背を向けたままで反問した、「——横田さまとかうかがいましたが、こちらの方はいらしってもよくって、わたくしがいては眠れないと仰しゃるのですか」

そのとおりだ、ここはおれの居間だ。おまえはこれまで覗いてみようともせず、気にかけたことさえなかったろう。ここはおまえには無関係なところだ、出ていってくれ。主水正はそう云おうとしたが、眼をつむってじっとこらえた。

「香料の匂いがつよすぎる」と彼は低い声で云った、「——慣れていないんでね」

「それが邪魔になると仰しゃるんですか、わかりました」とつるが云い返した、「わたくしにもこのお部屋の、男臭さはたまりません、香ぐらいはお炷《た》きになるほうが、よくはございませんか」

そして顔をしかめ、いかにも臭くてたまらない、といいたげな表情をしながら、去っていった。鶴良はなにも云わなかった。

主水正は九月中旬から起きるようになったが、医者は勤めに出ることをまだ許さず、自分も連日、三浦家へかよって来た。そしてこのあいだに、主水正は思わぬひろいものをした。「拾礫紀聞」の抜き書きは、傷の治療のために昌治と打ち合わせた擬装であったが、類別した記事を読んでゆくと、それまでは気づかなかった、或《あ》る大きな事実が、巧みに隠されていることに気がついた。――国許と江戸との人事交流や移動、祝儀《しゅうぎ》不祝儀、殺傷、賞罰などの項目のうち、ながし読みにすれば無関係のものが、互いにどこかで、「巳《み》の年の騒動」という出来事にむすびつき、その実体をあかそうとしているように読みとれるのであった。けれども、それらの記事が一点を指向しているのに紛れはないが、もっとも重要な、核心に触れたところはみあたらなかった。

「失われた七巻だな」と彼は呟いた、「――紀聞は十七巻あったという、残っているのは六巻から十五巻までで、一巻から五巻と、十六、十七の二巻とがなくなっている、十七巻あったという、小出《こいで》先生の言葉を信じればのはなしだが、そうだ」

「そうだ」と主水正は独り頷《うなず》いた、「小出先生は失われた七巻について、いつか話すと云われたことがある、先生はなにか知っておられたのだ、どうして失われたか、その七巻がどうなったか、きっと知っていらっしゃるに相違ない」

　紀聞の抜き書きは自分でもこころみたことがあった。慥《たし》か十四歳ごろのことで、歴代の事績を類別に書き抜いたものだが、それをいま改めて読み返してみると、少年の判断による誤認が多く、こんど書き抜いたものとははるかに違っていた。

「亥年の騒ぎ、そしてまたこんどの出来事」と彼は呟いた、「紛れもなくこの三つの騒動は、一本の糸でつながっている、そしてその鍵《かぎ》は失われた七冊の本にあるだろう」

　焼くか破棄されたのでない限り、おれはその七冊を捜しだしてみせるぞ、と主水正は決心した。

　紀聞の仕事が終った。それは主水正の傷が全治したことでもあるが、今日で終りという日の夕餉《ゆうげ》に、三浦家でささやかな祝いをした。

八の二

膳を並べたのは岩上六郎兵衛と中村木多雄、それに主水正の三人だけで、九月下旬に治療を終った横田鶴良は、使いをやったのに姿を見せなかった。この家では珍らしい二汁《じゅう》七菜の膳に、酒がつき、給仕には杉本大作が坐った。岩上は酒好きだとみえ、独りでけいきよく飲んだ。主水正は盃に三つほどつきあっただけだし、中村も飲めないくちなのだろう、すぐに盃を伏せてしまった。中村は膳に向かったときから、なにやらぐあい悪そうにもじもじしていたが、盃を伏せるとすぐ、思いきったという顔つきで主水正を見た。

「私を覚えておいでですか」と中村は怒ったように問いかけた、「中村木多雄です」

主水正はちょっと首をかしげ、相手の顔を見返しながら、覚えはあるようだが、いまはっきりとは思いだせないようだ、と答えた。

「尚功館でいっしょでした」と中村はやはり切り口上で云った、「そのときお世話になった者です」

主水正はああと頷いた。太田亮助たちにしつこくからまれながら、蒼《あお》くなって辛抱していた少年だ。太田はもう十五歳になり、学問はまるでだめだったが、軀は大きいし腕力が強く、それに老職に準ずる家柄と、いつも小遣をたっぷり持っているために、取巻きの少年が五六人もいた。主水正と中村は入学してまがなかったし、としも十歳の最下級であったが、見ているのに耐えかね、太田亮助にくってかかった。その結果、太田たちと喧嘩《けんか》することになったのだが、中村は知らぬ顔をしていた。まるで主水正に庇《かば》われたことを、ひどい屈辱と感じたもののようにそっぽを向いていたし、その後もずっと避けとおしで、口をきいたことさえなかった。おかしなはなしだが中村とは反対に、太田亮助は逆に好意をもったようで、機会があると話しかけたり、年長者らしい忠告をしたりした。

「いまなにをしていますか」と主水正は中村に問いかけた。

「二人とも口番《くちばん》です」と中村に代って岩上が答えた、「奥へゆく御錠口《おじょうぐち》ですがね、それでときどき、殿の御用に走り廻るというわけです」

主水正はなお中村にきいた、「たしか御三男でしたね」

「そうです、三男のひやめし食いです」中村は赤くなりながら答えた、「口番にあがるまでは藤明塾《とうめいじゅく》で、講義のまねごとをしていたんですが」

「彼は江戸の聖坂《＊ひじりざか》へ遊学しようとしたんです」

「ばかなことを」中村はもっと赤くなり、眉を神経質にひきつらせた、「根もない噂《うわさ》をたねにしてすぐに人を笑いものにする、岩上の悪い癖だ」

「よかろう、まあいいさ」岩上は話題をすぐに引込めて、主水正に囁《ささや》き声で云った、「——口番は新らしい役目なんです、まえにはなかったのを、こんどあらたに設けられたんですが、なぜだか理由を知っていますか」

中村が慌《あわ》てて制止し、主水正は三人の刺客《しかく》のことを思いだした。現実に刺客が動きだし、まだ＊後詰《ごづめ》がいるかもしれないので、身辺を警護するためだろうと推察した。

「知らないとみえますね」岩上は歯をみせて微笑した、「——女のためですよ、侍女じゃありません、御寵愛《ちょうあい》の側室です、しかも小百姓の娘なんです」

主水正は黙って、岩上六郎兵衛の顔をみつめていた。岩上はその眼を無視して、七月の某日、領内見廻りの途中、吉原郡《ごおり》の或る農家で休息した。そのときその家にいた娘を、城中へ召しあげたのだ、と岩上は語った。名はひで、としは十六歳、軀だけは健康らしいが、髪は赭《あか》いし背は低いし、きりょうも十人並みの、どことってとりえのない百姓娘だ、ということであった。

「真偽のほどはわからないが、これは鶴良さんの進言だそうです」岩上はようやく酔いの出たらしい、赤く脂《あぶら》の浮いた顔で皮肉に笑ってみせた、「——江戸屋敷は姫君もお弱いし、姫君を産んだお＊部屋さまも丈夫ではない、早くお世継ぎを儲《もう》けなければならないが、それには家柄や格式などに構わず、軀の健康な女を選ぶのが第一だ、そんなふうにおすすめしたのだそうです」

「岩上は口が軽すぎる」と中村が云った、「江戸の人間はみなそうだ、まるで女のように見境《みさかい》もなく饒舌《しゃべ》るんだ」

「しかし」と主水正が問い返した、「それが事実だとして、重職がたが黙って見ていたのですか」

「娘を御殿へあげたのは重職の一人です、親どもの口を塞《ふさ》ぎ、娘には二十日あまり行儀作法を教え、*お末《すえ》という名目で城中へ伴《つ》れてあがった」と云って岩上はまた、皮肉な眼つきで中村を見た、「——中村が怒るから名は云いませんがね、この城下でそんなことのできる者といえば、およそ察しがつくでしょう」

「酒をもっとあがりますか」

「察しがつきませんか」

「飲みながらする話ではないようだ」と主水正がものやわらかに云った、「江戸の話でも聞かせて下さい」

「ふしぎな家中だ」と岩上は首を振った、「臭い物に蓋《ふた》ということは聞くが、この家中ではなにもかも蓋をする、大事なことも些細《ささい》なことも区別なしに、片端から蓋をしてしまい、誰ひとりそれを不審に思わない、たぶん領内の物成りが豊かであり気候は温暖、たまに不時の災害があっても、家臣ぜんたいが困窮するようなことはない、政治の一部に派閥はあっても、暖衣飽食を犠牲にするほどの問題もないようだ、俗に金持ち喧嘩せずというところだろう、実際には火を噴く山を抱えているんだがね」

中村木多雄が辛抱できないという表情で、自分は他に用事があるから帰ると云った。すると岩上六郎兵衛が待っていたように、それがいいだろう、おれはもう少し馳走《ちそう》になる、と平気で云った。杉本がいやな顔をし、中村は挨拶《あいさつ》をして立ちあがった。主水正が玄関まで送ってゆくと、中村木多雄は眼を伏せたまま、あの男には注意するがいいと云い、主水正が答えるのを待たず、逃げるように玄関から出ていった。

「あいつおれの悪口を云ったな」戻って来た主水正を見るとすぐに、岩上がそう云ってあぐらをかいた、「あいつは難症持ちの病人のようだ、本当のことをちょっとでもほのめかされそうになると、ふるえあがって逃げだしてしまう、尤《もっと》も彼に限らず、国許の人間にはみな同じような気風があるらしい、三浦だけは除いてな」

なぜ私だけ除くんです、と主水正がきき返したとき、杉本が酒を持ってはいって来た。岩上は手を振って、給仕は無用だと云った。杉本は主水正の顔を見てから、会釈をして出ていった。

「くつろごう、話があるんだ」岩上は膳の上の盃に酒を注いだが、手に取ろうとはせずに云った、「それにはまず言葉を改めてもらいたいな、ですかだの、ですだの、裃《かみしも》を着たなまぬるい言葉はもうたくさんだ、名前も呼びすてにするが、いいだろうな」

主水正は頷いた、「私は構いません」

「それがいけないんだ」と云って岩上はにっと微笑した、「うちあけて云うが、おれは殿のふところ刀だ、でなければ轡《くつわ》を嚙《か》まされ、手綱でひきまわされている馬だといってもいい、そして国許では、三浦がその一人だと云ったら、どう答える」

「答えようがありませんね、あなたが殿のふところ刀であるか、轡を嚙まされた馬であるか知りません」と主水正は静かに云った、「けれども私はそのどちらでもない、三浦は姓を継いだだけ、じつは徒士組《かちぐみ》あがりで、一介の勘定方にすぎないのですから」

「では三人の家臣を斬《き》ったことはどうだ」と岩上が声をひそめた、「――三人も侍を斬って罪にも問われず、巧みに事実をもみ消されたことをどう思う」

主水正はかたく口をつぐんだ。

「平侍でいて郡奉行《こおりぶぎょう》与力、町奉行与力」と岩上は続けた、「それから名門である三浦家を再興して、勘定方改め役となり山根老職の娘を娶《めと》った、――いかに学問や武芸がぬきんでているにしても、ごく僅《わず》かな年月のあいだに、自分の力でこれだけの経歴を身につけられると思うか」

主水正の顔にあらわれたかすかな表情の変化を、岩上六郎兵衛はそれと認めて、静かに、声を出さずに笑った。

「おまえも轡を嚙まされたんだ、主水」と岩上は云った、「――そこで話すことがある、あぐらをかけよ」

八の三

主水正は岩上六郎兵衛に捉《つか》まった。彼がまだ治療のため寝ていたとき、一日に一度ずつ岩上と会った。紀聞の類別やその抜き書きについて、簡単な打合せをするだけだったから、さして注意もせず人柄にも気づかなかったが、二人だけで話したあと、彼は岩上に十年の知己のような親しさを感じた。そういう不憫かな印象にとらわれてはならない、特に、家中の秘事について気軽に語る、などという人間に心をゆるしてはならない。自分で自分をそう戒めるのだが、ひきつけられる気持のほうが強く、ともすれば心が傾くのをどうしようもなかった。

　岩上家は江戸詰めの老職格で、家禄《かろく》は七百五十余石、六郎兵衛はその長男だが、放蕩《ほうとう》の咎《とが》で勘当《かんどう》のようなかたちとなり、弟の八郎右衛門が跡目に直ったという。六郎兵衛のとしは二十二歳、二十歳のとき小姓組にあげられ、岩上の姓はそのままで、べつに五十石二人扶持《ぶち》を与えられたということである。——放蕩とはどの程度のものか、主水正には知りようもないが、勘当されるほどの道楽をしたとは思えなかった。すぐに袴《はかま》をぬいだり、あぐらをかいて坐《すわ》ったり、町人のような口をきいたりするのは、江戸から来る人間に共通したもので、国許《くにもと》の侍気質を「田舎者」と見さげた虚勢らしい。だが岩上にはそんなようすはなかった。背丈も顔だちも尋常で、かくべつ人の注意をひくようなところはなかったが、ぜんたいに筋肉のひき緊《しま》った軀の動作や、平凡な顔にときたまあらわれる表情には、こちらがどきっとするような敏捷《びんしょう》さと、感性のするどさが感じられた。

　殿は慥かに非凡な人だ、と岩上六郎兵衛は云った。だが欠点も少なくはない。大名の子として育ったことで、周囲の者からあまくみられたくない、という不必要な背伸びや警戒心。およそ十歳ぐらいから、お守役や侍講は一年交代、学友は半年交代といったぐあいで、身辺に親しい人間を作らない。家督相続のあとも、側近には同じ者をながく使わず、重臣たちとのあいだにも厚い垣を設けている。——任官するまえから、藩の将来についていろいろと計画していたらしく、そのために役立つと認めた者をひそかに選びだした。それらは江戸にも国許にもいるが、その数も姓名もわからない。ちょっと形容すると鵜匠《うじょう》に似たところがある。幾十羽かの鵜に綱をつけて放ち、一羽ずつ引きよせて、獲物《えもの》を吐かせるとまた放してやる。幾十本かの綱の元は自分の手に握っているが、綱の先にいる鵜は一羽々々で、誰がなかまかも知らず、お互いの動静もわからない。以上のことが殿の欠点のおもなものであり、これらを矯《た》めなければ、どんな計画をしているにせよ、せっかく人間を選びだしても、計画を支える力にはならない、と岩上はつよい調子で云った。

主水正は用心して、彼の言葉には同意もせず反論もしなかった。飛驒守《ひだのかみ》昌治が岩上に、主水正の存在を暗示したのは事実であろう。六郎兵衛が「ふところ刀」などという古風な表現をもちいた家臣たちが、江戸と国許とにいることも想像はできる。けれども、自分が綱の先にいる一羽の鵜であること以上に出たいとも、動きたいとも思ってはいないからだ。

——これからはときどき会おう、と別れるときに岩上は云った。但《ただ》し人に見られてはまずい、会うときにはおれのほうから時と場所を知らせるよ。

十一月になり、初雪の降りだした日の夕方、谷宗岳から「平野屋」で待っている、という使いが来た。主水正は下城したばかりで、まだ着替えもしていなかったが、宗岳と会うのは久しぶりのことなので、そのまま供も伴れずにでかけていった。加地町のその料亭では、宗岳が五人の女たちに囲まれて飲んでい、主水正がはいってゆくと、自分の脇《わき》に設けてある席へ彼を坐らせた。

「この中に」と宗岳は女たちのほうへ手を振った、「主水の知っている者がいるんだ、どれだか当ててみろ」

主水正は眩《まぶ》しそうに五人を見た。鳥越の女たちであろう、きれいに髪化粧をし、華やかに着飾っている。みんな美しいし、当ててみろと云われて気取ってしまったから、どれがどれとも判別がつかなかった。彼はようやくその中の一人に、みの公と呼ばれる女をみつけ、あの人ですと宗岳に答えた。

「みの公か、いや、そうではない」

みの公は微笑しながら主水正に会釈《えしゃく》をし、徳利を持って彼の側《そば》へ来た。初めて会ったのは四年まえ、あの大火のあった晩のことであるが、彼女はそのときのままの若さで、少しもとしをとったようにはみえなかった。

「盃《さかずき》を取れ、主水」と宗岳が云った、「少し飲んでからおちついて見直すんだ、相手は主水を知っているんだぞ」

主水正は盃を持ち、みの公が酌《しゃく》をした。おそらく宗岳に云われたのだろう、他の四人の女たちはとりすまして、吟味でも受けるかのように、しゃんと姿勢をただしていた。みの公がそっと、教えてあげましょうかと囁き、宗岳が黙れと制止した。よけいなことを云うな、それより主水を酔わせろと云い、自分は手酌で飲んだ。主水正は酒を啜《すす》りながら、たま公という人はどうしていますか、とみの公にきいた。あの人は友吉という男芸者と夫婦になって、もうお座敷へは出ないんです、とみの公は答えた。

「なにをこそこそ云ってるんだ」と宗岳が咎めた、「残っているのは四人、小さいじぶんからよく知っているというんだ、思いだしてみろ主水、この四人の中にその女がいるんだぞ」

四人の女たちのうち、三人がくすくす笑いだし、一人が袂《たもと》で顔を掩《おお》いながら立って、その座敷から出てゆこうとした。しかし宗岳がだめだと云い、逃げるなと制止されて、その女は顔を袂で掩ったまま坐った。

――ななえだ、と主水正は思った。

袂で顔を掩うしぐさや、立って出てゆこうとした動作に、幼ない武高《たけだか》なな、え、の印象が思いうかんだのである。けれどもそれが事実とは考えられなかった。武高は子だくさんで貧しく、阿部の家へひそかに米や塩、味噌《みそ》などから小銭まで借りに来たし、亥《い》の年の騒ぎのあと、あるじの又兵衛が急死してから、二男の伊之助は百姓へ養子にやり、幼ない娘二人もどこかへやられた。あとには長男の又三郎となな、え、だけが残り、やはり貧しい生活に追われていたようだ。それにしても、徒士組の微禄な身分ながら侍は侍だから、娘を芸妓《げいぎ》にするようなことはないだろう、おれの勘ちがいだ、と彼は思った。

「わかりません」彼は盃を膳の上へ置きながら云った、「私には誰も見覚えがありません」

「盃を取れ、酒ぐらい飲めなければだめだと、幾たびも云った筈《はず》だ」と宗岳が云った、「――おまえは薄情なやつだ、じつに薄情な人間だぞ、が、まあいい、盃を重ねろ、ここで絵解きをしてもつまらない、しぜんに思いだすまで待つほうがよかろう、みんな楽にしろ」

それからみの、公、いって客をつれて来い、と宗岳が酒を飲みながら云い、みの、公が立っていった。主水正はおちつかなかった。四人の中に自分を知っている者が一人いる、それも「小さいじぶんから」という宗岳の言葉が、つよく耳に残ってはなれないからであった。――みの公が戻って来、いっしょに岩上六郎兵衛があらわれた。岩上はもう酔っているらしく、主水正の脇へずかずかと来て坐り、持ってきた盃をいきなり主水正に差した。

「まさか驚きゃあしないだろうな」岩上はそう云って、主水正の膳から盃を取り、みの公に酌をさせて、たて続けに二杯飲んだ、「――おれは江戸で、谷先生から素読をならった、谷先生とは古いんだ、そうでしょう先生」

「主水は飲まず、岩六《いわろく》は淫《いん》すか」と宗岳が云った、「世の中はうまくいかないものだな」

「そんなことを仰《おっ》しゃるようでは、先生もおとしを召されましたな」と云って岩上は汁椀《しるわん》の蓋を取り、つゆを払ってみの公に酌をさせ、屹《きっ》と主水正を見た、「おい主水、――これがおれたちの会うからくりだ、先生の名を借りれば安全だからな、覚えていてくれよ」

　主水正はあいまいに頷《うなず》きながら、さっき顔を掩って逃げようとした女の一人を、さりげなく眼の隅で見まもった。

八の四

谷宗岳は亥の年の騒ぎに関係があった。主水正は二人の書生のいなかった内玄関の、がらんとした暗い、あのうつろな空間を思いだし、また、騒ぎのあと宗岳が三十日の謹慎を命ぜられたことを思いだした。

——おれは側杖《そばづえ》をくった、と宗岳はそのとき云った。なに心配するな、季節ちがいに蟬《せみ》が騒いだだけだ、忘れてしまえ。

岩上六郎兵衛は自分で「殿のふところ刀」だと云い、江戸で宗岳になんだというう。そしていま、宗岳の名を使って会う機会を作った。これは危険だ、と主水正は思った。こんな会いかたが人に知れずに済む筈はない、現に女たちが五人もいるし、この料亭の者たちの眼もある。谷先生ともある人が、こんなごまかしに手を貸す、などということがあっていいだろうか、と彼は思った。——そんなふうに考えながら、主水正はひそかにさっきの女を見ていた。化粧が濃く、派手な衣装を着ているので、初めはみな同じように見えた。その女にもこれという特徴はなく、ほかの者より温和《おとな》しげで、しろうと娘のような感じがする、というだけで眼についたけれど、どこかで会ったような記憶はまったくなかった。

「おい三浦、聞いているのか」と岩上が云った、「しっかりしてくれよ、これは大事な話なんだぞ」

「こういう場所ではよそう」と主水正は答えた、「ここではなにも聞きたくない」

「よせよせ、二人ともおかしいぞ」と宗岳が笑った、「岩六の話もさして大事なことじゃあないし、こんな場所ではなにも聞きたくないなどと、主水が云うのもぎょうぎょうしい、今夜は三人で飲もうというだけのことだ、おれにとってはどっちも教え子だし、どっちもこんなに大きく、たのもしい人間になった、おまえたち二人といっしょに、こうやって酒を飲む日がこようとは思わなかった、おれはうれしい、ただそれだけのことだ」

　岩上六郎兵衛は顔をしかめた。主水正もちょっとおどろいた。宗岳は殆《ほと》んど泣きだしそうになっている、まだ五十歳にはなっていない筈だが、色の浅黒いおも長な顔や手には老人性のしみができ、皮膚は乾いて艶《つや》がなく、口許にもしまりがなくなったようにみえた。まえにもいちど自分のことを「五十男」などと云ったように覚えているが、いま改めて見るとたいそう老《ふ》けて、まさに五十男という感じであった。

「宗巌寺《そうがんじ》の子供部屋へはゆくか」と宗岳は主水正に問いかけた。

「月に一度ぐらいです」

「なにも噂《うわさ》を聞かないが、ようすはどうだ、うまくいってるか」

「初めはいろいろ問題もありましたが、だいたいうまくいっているようです」

「なんですかその子供部屋というのは」と岩上がきいた。

宗岳が主水正に話してやれと云い、彼はごく簡単に説明した。実際にはいまでも面倒なことが少なくないらしい。主水正が月に一度ずつたずねてゆくと、石済和尚《せきさいおしょう》はいつも暢気《のんき》に構えて、なにも心配するな、みんなうまくいっている、と繰返すだけであるが、現に子供たちの世話をしている寺男やその女房、また、読み書きを教える師匠や、手に職をつけてやるために、殆んど無報酬でかよって来る職人たちなどは、しばしば不平をこぼすし、他の者をよこして自分はやめてしまう、という例が稀《まれ》ではなかった。大火で孤児になった者のほかに、両親を失い、親類に構ってもらえないような者があとからはいったりして、四十人を越す数がいっしょにくらしている。中にはもう日雇いに出たり、住込みで奉公にいったりする者もあるけれど、稼《かせ》ぎが辛《つら》いとか、奉公さきが気にいらないなどという理由で、子供部屋へ帰って来る者が少なくなかった。――帰りに庭の朝顔を見てみろ、と老師はいつか云った。同じ種子を蒔《ま》き同じように育てても、みごとに花を咲かせるものもあれば、すでに枯れかかっているやつもある、人間だって同じことさ、心配するな。それは和尚の達観ではなく、経験を積んだ者の、現実に則した意見のようであり、その言葉を証明するような実例が幾らもあった。だが人間は朝顔ではない、と主水正は心の中で主張した。朝顔でもないし犬や猫でもない、ことに孤児という恵まれない境遇にある子供たちだから、その扱いかたによって、よくなる者と悪くなる者との率も、一般の恵まれた環境にある子供たちよりは振幅が大きいであろう。これは単純なことではない、心からかれらの味方になり、かれらの悲しみや苦しみや、愛に飢えたかれらと同化して接することができなければ、決して効果のあがらない仕事だ。けれども、はたしてそういう人間がいるだろうか、という段になると、主水正はいつもゆき詰まるのであった。

——おれならできるだろうか。

彼はしばしば自分に問いかけたものだが、できるという自信はもてなかった。おれにはほかにしなければならないことがある、もっと重大な、一生を賭《か》けた仕事があると。そして、そう思うたびに、人はみな同じように考えているのだと気づき、誰を責めることもできないし、やはり子供部屋の世話をするのは困難なことだ、と思い当るのであった。

「そのために二十石つぎ込んでいるのか」と岩上は酔っている眼をみはった、

「──ばかげている、それは個人のすることじゃない、藩の政事《まつりごと》として計画的に、組織的にやらなければならないことだろう、人間を粘土をこねあげるような気持でやると、とんでもないことになるぞ」

主水正は両手を固く握りしめた。岩上六郎兵衛がしんけんにそう考えて云ったかどうかはわからないが、人間を粘土のようにこねあげる、という言葉は、彼の心をふかく揺り動かし、自分のしてきたことが正《まさ》しかったかどうか、という根本的な点を疑いたくなるように思った。

「そんな話はやめにしろ」と宗岳はみの公の酌で飲みながら、主水正に向かって云った、「──それより主水、ここにいる女どもの中に、見覚えのある者はないか」

「わかりません」と主水正は吃《ども》りながら答えた、「素顔ならわかるかもしれませんが、このままではみんな同じように見えて」

「おまえは薄情なやつだ、相手は主水の幼な馴染《なじみ》だといっているぞ」そう云って宗岳はみの公に頷いた、「もういいだろう、桑島のじじいを呼んでこい」

みの公が立ってゆき、まもなく、五十七八とみえるしらが頭の町人を案内して来た。老人は尋常に下座でかしこまり、自分は本町に店を持つ桑島三右衛門という者で、藩の御金御用《おかねごよう》を勤めていると名のった。

「今夜の勘定も桑島もちさ」と宗岳がふらっと片手を振った、「だから二人とも安心して飲め、よければもっと芸者を呼んでもいいんだぞ」

「お粗末なことで恥入ります」と桑島がまた両手をおろして云った、「——こちらが三浦さまでございますか」

主水正は目礼し、岩上六郎兵衛が肩をいからせて、三浦がおめあてだったのか、とからんだことを云いだした。老人は丁寧に会釈をし、宗岳に向かって、「いかがでしたか」と謎《なぞ》のようなことを云った。

「だめだ」と宗岳が首を振った、「まったく覚えがないらしい、おまえの骨折りもいまは役立たぬようだぞ」

「こんなことになるとは知らなかった」と岩上が云った、「谷先生、いったいこれはどういうことなんですか」

「飲めよ岩六」と宗岳は微笑しながら云った、「おまえそのつもりで来たんだろう」

「私は三浦と本気で話したいことがあったんです、それは先生も御存じの筈じゃあなかったんですか」

「つまらない」宗岳は酒を啜ってから云った、「みんなつまらない、おまえの話は聞いたよ、主水とその相談をするということもな、しかしつまらない、まったくつまらないことだ、まあ飲め二人とも、ときには我を失うほど酔うことも人間の特権だぞ」

八の五

岩上六郎兵衛の話というのは、「拾礫紀聞《しゅうれききぶん》」の欠本七冊のことであった。けれども宗岳が芸者のことをもちだしたり、途中で桑島三右衛門があらわれたりして、結局その話はうやむやになってしまった。つまらないことだ、と宗岳は云《い》った。おまえの話は聞いたがつまらないことだ、とも云ったようだ。宗岳はかつて亥の年の騒ぎのあったとき、「季節ちがいに蟬が騒ぎだしたようなものだ」と云ったが、それが巳《み》の年の騒動とかかわりのあることは、もはや疑いのないところであろう。とすれば、「みんなつまらない」という宗岳の言葉はどういう意味なのか、二度の殺傷騒ぎに加えて、現に藩主の暗殺まで計られた。これがつまらないことだろうか。そのうえ御金御用商人の桑島という老人まであらわれ、宗岳は遊びの金を老人に払わせているらしい。——これらがみな「紀聞」の欠本につながりをもっているのだろうか、それとも各個がみなべつべつで、お互いにはなんのかかわりもないのだろうか。主水正にはどう思案しても、その判別がつかなかった。

彼が曲町《まがり》の家へ帰り、風呂《ふろ》からあがって居間へはいると、杉本と入れ替りに、妻のつるがあらわれた。珍らしく自分ひとりで、襖《ふすま》をすっとあけ、横向きにその襖を閉め、白い足袋のめだつあるきぶりで来て、主水正の脇に坐った。彼はまだ汗が出るので、手拭《てぬぐい》を使ってい、つるはきびしい眼で彼を睨《にら》んだ。

「あなたにお話があります」とつるが云った、「どうぞお坐りになって下さい」

主水正は坐った。つるは正坐《せいざ》し、膝《ひざ》の上で両手を力いっぱい握りしめ、白っぽくなった唇を二度、三度と舐《な》めた。

「わたくしに御不満なところがあったら、どうしてじかに仰しゃって下さらないのですか」とつるはうわずった声で云った、「いったいなにがお気に入らないのですか」

主水正は手拭をたたみながら、つるの顔をじっとみつめた。妻の云うことは謎のようで、彼にはまったく理解ができなかったからだ。

「あなたはいつもなにも仰しゃらない、それは卑怯《ひきょう》です」つるの顔は硬《こわ》ばり、握り合わせた手がふるふるとふるえた、「お気に入らないことがあったら、はっきりそう仰しゃって下さればいいでしょう、なにがお気に召さないんですか」

「ちょっと待て」と主水正が制止した、「私にはおまえの云うことはなにもわからないが、私が卑怯だというのはどういうことだ」

「あなたは人を使って、わたくしのあとを跟《つ》けさせているでしょう」

主水正は眼をみはった、「私がおまえのあとを跟けさせるって」

「わたくしがこう申しても、あなたは知らぬ顔をなさるんですか」

「ちょっと待て」とまた主水正が云った、「私にはおまえの云うことはまったくわからない。いや、本当のことだ、いったい私が人を使っておまえのあとを跟ける、などということがどうしてあるんだ」

「銀杏《ぎんなん》屋敷のことはどうですか」

主水正は口をあいた。銀杏屋敷という言葉さえ、彼には初めて耳にするものであるし、それがどういうことを意味するのか、ぜんぜん見当もつかなかったからだ。

「あなたは御存じないでしょうけれど」とつるが横を向き、鼻をそらして云った、「わたくしたちにはわたくしたちのつきあいというものがあります、御自分にそういう習慣がないからといって、卑《いや》しい想像はなさらないで下さい」

「私にはなにもわからない」主水正は高い声で云った、「おまえがなにを云っているのか、私になにを云おうとしているのか、まったくわからない、おまえはいったいなにが云いたいのだ」

「あなたは銀杏屋敷のことをおしらべになったでしょう」

「さっきも聞いたが、銀杏屋敷というのはなんのことだ」

「あなたはわたくしをばかになさるんですか」

「ちょっと待て」と云って主水正は坐り直した、「ちょっと待て」と彼はきびしい眼つきでつるを睨んだ、「――さっきから云うとおり、おまえの云うことは私にはなんにもわからない、もちろんおまえをばかにする気持などは少しもないし、銀杏屋敷などとは聞くのが今日が初めてだ、いったいそれはどういうことなんだ」

　つるは眉《まゆ》をあげ、吃驚《びっくり》させられた人のように、主水正の眼をみつめていてから、急に顔を赤くした。紅を溶かして刷《は》きでもしたように、鮮やかに、頬から眼のまわりが赤くなり、全身の硬ばるのがまざまざと感じられた。

「繰返すようだが私はおまえのあとを跟けさせたことなどはない」と彼は自分を抑えた声で云った、「おまえが私の知らないところでなにをしているか、なにを考えているか、私は想像したこともないし、まして人を使ってしらべるなどということは思ってみたこともない、本当のことを聞こう、おまえはなにを云いにきたんだ」

　つるは下唇を噛《か》み、膝の上で握り合わせている手をみつめながら、肩をふるわせた。はいって来たときのいきごんだ姿勢は消え、まるで裸にでもされたように身をちぢめるのがわかった。

「云うことはないのか」主水正は声をやわらげて云った、「私はおまえを困らせるつもりはない、おまえのほうで文句をつけに来たんだ、云うことがなければ帰ってもいいんだぞ」

つるは俯向《うつむ》いていて、けんめいに自分をたて直そうとするようすだったが、その努力が役に立たないということを認めたのだろう、顔をそむけ、あるかなきかの会釈をすると、黙って立って出ていった。

——可哀《かわい》そうに、と主水正はつるのうしろ姿を見やりながら思った。なにを怒っていたのだろう、銀杏屋敷とはいったいなんのことだろう。

およそ百余日ぶりで、主水正は尚功館の道場へ稽古《けいこ》をつけるために出た。初級の少年たちに組み太刀を教えるのだから、さして軀《からだ》を使うことはなかったが、木剣を振るとやはり胸の傷が痛んだ。平来《へらい》師範が見ていたのだろう、近よって来て、もうよかろうと云われたとき、彼は傷のことを勘づかれたかと思って、どきっとした。そのとき、太田亮助が道場へはいって来て、隅のほうから主水正に眼くばせをした。主水正は少年たちに稽古の終ったことを告げ、平来師範に会釈して、太田亮助のほうへあゆみ寄った。

「気をつけて下さい」と太田は荒い呼吸をしながら云った、「――滝沢さんがあんたを待っています、少し酔っているし、はたし合いをするつもりらしいですから用心して下さい」

「それはどういうことですか」

「わからない、いや私にはわけがわからないけれど」と云って太田は唇を舐めた、「とにかく道に人を配って、どうしてもあんたを捉《つか》まえるつもりらしい、それでちょっと知らせに来たんですが」

「わかりました」主水正は頷いた、「私にもわけはわからないが、待っているなら会いましょう、どこにいるんですか」

「さっきは大手先《おおてさき》にいました、いまはどこにいるか知りませんが」と云って太田は不安そうに主水正を見た、「――帰りの時刻を外したらどうですか」

「どうも有難う」主水正は会釈をして、あるきだしながら云った、「とにかく会ってみることにしましょう」

八の六

主水正は大手筋を曲町のほうへ折れようとするところで、滝沢兵部の手に捉まった。すでに昏《くら》くなりかけた武家屋敷の蔭《かげ》から、二人の若侍がとびだして来、すばやく左右から彼の脇を塞《ふさ》いだ。一人は由良《ゆら》なにがし、他の一人の名は知らないが顔には見覚えがあった。

「そこまで来てもらおう」と名を知らない一人が云った、「滝沢さんが待っているんだ」

「騒ぐなよ」と由良が云った、「道はみんな塞がれている、温和しくついて来るほうがいいぞ」

主水正は二人の顔を交互にみつめた。黄昏《たそがれ》の光の中で、緊張したかれらの顔は白く硬ばり、唇にも生きた色はなかった。

「さあ」と主水正はかれらに云った、「――なにを待ってるんだ」

二人には彼の言葉がわからないようであった。

「案内をするんだろう」と彼は云った、「どこへゆけばいいんだ」

虚を突かれたのか、二人はちょっとためらいをみせ、だがすぐに由良という若侍が、知らせにゆけ、と他の一人に云ってから、「こっちだ」と主水正の先に立ってあるきだした。走ってゆく若侍の姿は鐙《あぶみ》町のほうへ消え、二人ともそのあとを追った。――そちらは小屋敷で、平侍の家や徒士組《かちぐみ》や鉄炮足軽《てっぽう》の長屋などが多く、また大馬場や鉄炮的場《まとば》などもある、主水正が伴《つ》れてゆかれたのは、その大馬場であった。三年に一度、そこで武者押《むしゃおし》がおこなわれるほか、槍《やり》組、鉄炮組、騎馬隊などの調練場に使われるため、広い草原のところどころに、灌木《かんぼく》の茂みや松林などがあり、右手に遠く、鉄炮的場の土堤《どて》が見えた。

　滝沢兵部は馬場の入口で待っていた。黒っぽい着物に袴《はかま》をつけ、羽折はなしで、右手をふところに入れていた。高貴な感じさえするおも長な白い顔の、頬のところがかすかに赤く、眼には怒りと憎悪《ぞうお》がこもっていた。――水際《みずぎわ》立った姿だな、と主水正は思った。兵部の左右には彼を護《まも》るかのように、由良という男をまじえて四人の若侍が立っていた。風はないが昏《く》れがたの空気は冷えて、肌にしみとおるようだし、みんなの息が白く冰《こお》った。

「もっと奥へゆこう」と兵部が云った。

「用を聞きましょう」と主水正が云った。

「覚えがある筈《はず》だ」と兵部は踵《きびす》を返してあるきだしながら云った、「邪魔がはいってはいけない、向うへゆこう」

　四人の若侍は主水正を取り囲み、主水正はあるきだした。彼は自分がおちついているのを感じた。自分は人間として生きていて、枯草を踏んでゆく一歩、一歩に、自分が現に生きていることを感じ、これからなにごとが起こるにせよ、それは自分にとって生きた経験であり、こんなふうにならなければ経験することのできないものを、経験することができるのだと思った。滝沢兵部は二段《たん》ほどいったところで立停《ど》まり、こっちへ向き直った。主水正も十二三尺のまをおいて立《たち》停り、用を聞きましょう、と静かに云った。

「云うまでもない、はたし合いだ」

「理由はなんです」

「とぼけるな」と兵部が云った、「きさまはこの夏、殿の御前《ごぜん》でおれを笑ったぞ」

主水正は考えてみたが、そんな記憶はまったくなかった。

「それはなにかの間違いでしょう、私にはそんな覚えはありません」

「ごまかしてもだめだ」と兵部は低い声で叫んだ、「きさまは忘れたかもしれないが、御前で笑われたおれは片ときも忘れはしなかった、おれはながいこと、この日のくるのを待ちかねていたんだぞ」

「私闘が禁じられていることは御存じでしょうね」

「侍が人まえで笑われるのは最上の侮辱だ」と兵部は云い返した、「たとえ私闘が禁制であっても、侍としていちぶんの立たぬ場合にまで禁じられているわけではない、きさまがなんと云おうと、おれは今日ここで勝負をつけるぞ」

主水正はじっと兵部の顔を見ていて、それから左右にいる若侍のほうへ、頭《こうべ》を振った。

「ここにいる者は助太刀《すけだち》ですか」

「勝負はむろん一人と一人、かれらは介添人として立会うだけだ」

「どうやらあなたの決心は変えられぬらしい、やむを得ませんお相手をしましょう」主水正は肩衣《かたぎぬ》をはねて前腰にはさみ、袴の股立《ももだち》を絞り履物をぬぎながら云った、「――だがいちごん申上げることがあります」

聞くことはないと云いながら、兵部もはだしになり、刀の柄《つか》に手をかけた。

「あなたは学問にも武芸にも抜群な人だ」と主水正は構わずに続けた、「――けれどもそれは、あなたが名門に生れ、生れながらの才能があり、さらにその才能を選《え》りぬきの教官師範によってみがきあげられたのだ、けれども私は違う」と彼は声の調子を変えた、「私は平侍の子に生れ、貧しく育った、生れながらの才能もなく、庇護《ひご》されたこともない、いま私の身についた学問や武芸は、一つ一つ自分のちからで会得《えとく》したものだ、あなたに感じられないもの、見えないものを、私は見ることができるし感じ取ることができる、その違いがどれほどのものか、あなたにはわかっていない、だがこの勝負で、それがあなたにもはっきりするだろう、――いざ」

主水正はいざと声をかけながら抜いた。その動作にさそい込まれるように、兵部も抜いた。空にはまだかすかな残照があったけれど、大馬場はすっかり暗くなり、もっとも近い松林でさえ、黒い影のようにしか見えなかった。抜き合わせた二人も動かず、四人の若侍たちも動かなかった。それは極度の緊張というよりも、すべてのものが時間の経過の中にのみこまれてしまった、という感じであった。

やがて黙ったままで、主水正がそろっと一歩、前へ出た。兵部の刀がごく僅《わず》かに揺れ、刀身がきらっと光った。だがその軀は微動もせず、白く冰る呼気の、しだいに早くなってゆくのが認められた。そこへ太田亮助が走って来たのだ。どこかでこの場のようすを見ていて、いまだと思って駆けつけたのかもしれない。人が来るぞ、と叫びながら彼は走って来、まっすぐに兵部のほうへいった。

「人がやって来ます、滝沢さん」と太田は喘《あえ》ぎながら云った、「この場を見られてからではおそい、早く立退《たちの》いて下さい」

早くとせきたてられ、兵部は刀をおろしながら、主水正を見た。

「あなたは城代家老の御子息だ」と云って主水正も刀をおろした、「あなたの立場は自分だけのものではない、早くいって下さい、私はあとに残ります」

四人の若侍と太田に介抱されて、不決断に滝沢兵部は去っていった。主水正は刀によくぬぐいをかけて鞘《さや》におさめ、肩衣を直してから、汚れた足袋をぬいで、履物をはいた。けれども人の来るようすはなく、暮れてしまったその大馬場は、ひっそりとしずまっていた。

「そうか、太田亮助」と呟《つぶや》いて、彼はそっと微笑した、「おまえには過ぎた知恵だ」

明くる年の二月、参覲《さんきん》のため出府する藩主の供をして、三浦主水正は江戸へ立った。昌治からその内命を受けたとき、主水正はつよく辞退した。自分は郡奉行《こおりぶぎょう》でも町奉行でも、また勘定方でも満足に勤めたことがない。どの役所にも、まなびたいこと知りたいことが数えきれないほどあった。とくに勘定方ではいま、大切な問題をみつけだしたところであるし、自分のほかにその仕事を託せる者はない。これまで二度の勤めが中途半端《はんぱ》に終ったのは、やむを得ないとしても、こんどの調査だけは完全にしておきたい。彼はそう主張し、懇願した。だが昌治はとりあわなかった。なぜそうする必要があるのか、という説明さえもしなかった。

彼は自分の供に和島学《かずしままなぶ》を選んだ。杉本大作がぜひ私をと云ったが、杉本はとしも若いし一徹なところがあるので、留守をよくみるように命じた。和島はとしも二十七歳になり、分別くさいほどおちついた性分だから、江戸屋敷の者と争いを起こしたり、つまらない失敗をするようなことはないだろうと思ったのだ。――昌治は高森の代りに、岩上六郎兵衛を国詰めにした。主水正はもう岩上と親しくなったが、高森とはまだ話しあったこともない。それで、この機会に二人を近づけよう、という考えのようであった。岩上はそのことをほのめかしたうえ、江戸へいったらすべて高森に相談し、高森の云うとおりにするがいい。国許《くにもと》と違って、江戸屋敷には複雑な人間関係があるから、独り合点《がてん》で動くとひどいめにあうぞ、と諄《くど》いほど忠告をした。

出立するまえ、主水正は滝沢城代はじめ、山根、八重田、柳田、益秋ら老臣たちの屋敷へ挨拶《あいさつ》にまわり、また、仁山村の青淵、宗巌寺の和尚や子供部屋をたずね、西小路の谷宗岳にも別れを告げにいった。そして、もし江戸の御家族にことづけがあったら、伝えましょうと云ったが、宗岳はただ「よけいな世話をやくな」と答えただけであった。――阿部の家へはゆかなかったし、妻とも別れの言葉は交わさなかった。出立の前夜、たずねて来た岩上と家士たちとで、簡単な別宴を設けたが、つるは外出していて顔をみせず、明くる朝も、ゆうべがおそくて疲れているから、と侍女の芳野にことづけてきただけであった。

こうして主水正は、江戸へ立っていった。

梅の井にて

「どうしたんだ」と大造があたりを眺めまわした、「客がいねえじゃねえか、みんな帰っちまったのか」

飯台《はんだい》の向うに腰かけている男は、なにか云《い》おうとするようすだったが、言葉が出てこないのだろう、ぐあい悪そうに自分の盃《さかずき》を取り、のろのろした動作で酒を啜《すす》った。

「もう酔ったのね、おじさん」と云いながら、酒を持って女がこっちへ来た、「こんな雨の晩に宵《よい》のうちから来る客はないよ」

「宵でなくっていつ来るんだ」

「はい、お酌《しゃく》」女は大造の横に掛けて、彼に酌をしてやった、「それは云うまでもないじゃないの、こんな晩は白壁町へ泊りにゆく人しきゃこやしないわ、知ってるくせに」
「おめえなんて名だっけ」
「幾たびきくのよ、あたしはお、と、み」
「ふーん、珍らしい名めえだ」と大造が云った、「お孝はどうした」
「あっちで泣いてるわよ、知ってるくせに」
「それじゃあ六つだな」
「六つ半すぎよ」女は勝手に自分で盃を取り、手酌で二つ、きれいに飲んだ、
「——どうしてあたしの名が珍らしいのさ」
「ときにいまの話だが」と大造は差向いにいる男に云った、「おめえ石打ちってえことを知ってるか」

男は考えてみて、それから暢《のん》びりと頭を左右に振った。男は四十がらみで、古《ふる》袷《あわせ》に女物のような衿《えり》付きの半纏《はんてん》をはおり、素足にちびた草履をはいている。まる顔で、まばらに無精髭《ぶしょうひげ》が伸び、口をあくと黄色っぽい丈夫そうな歯が見える。しかしめったに口をきくことがないので、その丈夫そうな歯も人の眼につくことは稀《まれ》であった。大造は幾たびか見たことがあるし、そのたびにつよく好奇心を唆《そそ》られた。その歯の丈夫そうなことと、黄色っぽい色がどうにも不自然であり、ぶきみにさえ感

じられるからであった。「おめえ角《かく》さんてったっけな」と大造は男にきいた。

「うー」と唸《うな》って、男は考えてから答えた、「角次郎っていうんだ」

女がまた手酌で飲みながら云った、「このおじさんは人の名前をすぐに忘れるんだよ」

「石打ちっていうのはな、角さん」と大造は話を戻した、「手ごろな小石を投げて、木の枝にとまっている鳥を落すことなんだ」

「ばかばかしい」と女が云った、「そんなこと子供の遊びじゃないさ」

「四十尺ぐらいの高さなら、おらあどんな小鳥だって落してみせる」と大造は酒を啜ってから、自分に頷《うなず》いた、「――山じゃあこのおれにかなう者はねえんだ」

客が一人はいって来、女は立っていった。大造はその女のうしろへ、酒を忘れるなと云い、眉《まゆ》をしかめて舌打ちをした。

「いやな女だ、きっと白壁町にでもいたんだろう」と彼は云った、「あの女に比べれば、お孝なんか大店《おおだな》のごしんぞといってもいいくらいだぜ、いまは奥で泣いてるがな、――おめえお孝が毎日、いまじぶんになるとどうして泣くか知ってるか」

男は考えてみて、それから頭を振った。

「お孝に惚《ほ》れて、毎日かよって来る客があった」と大造は云った、「お孝のほうでも惚れてたそうだ、相手は瓦《かわら》を焼く職人で、もちろん独り身だった、男っぷりはよくなかったが、——まあそんなことはいいさ、ともかく毎日きまって、六つごろになるとこの店へ来て、お孝の酌で半刻《はんとき》ばかり飲んでゆくんだ、それがおめえ半年ばかりまえからばったり姿をみせなくなった」

「石打ちの話のことだが」と男がおずおず口をはさんだ。

「それも話すが、まあ聞け」大造はからになった盃を持った手で、男を制止するような手ぶりをした、「——お孝は待った、辛抱づよく待ったが男は来ねえ、たまりかねてたずねていってみると、男はとっくに死んでいたんだ、どうしてだかわからねえ、瓦を焼くかまの中で死んでたっていう、軀《からだ》には傷ひとつねえし、病気があるわけでもねえ、或《あ》る日ただ瓦がまの中で、軀をくの字なりにして死んでたってわけだ、どうして死んだのか、詮索《せんさく》する者もなかったんだろう、いまでは同じ職人なかまでもみんな忘れちまってるだろうが、お孝には忘れられねえんだな、——それからってものは毎日、夕方のいまじぶんになると、奥へへえって独りで泣くんだ、ほんの半刻くれえのもんだが、そのあいだは誰も近よせずに、独りでそっと泣いているんだ、そうだ、おらあ見たわけじゃあねえがね」

さっき来た客がなにかしたのだろう、向うでおとみという女が嬌声《きょうせい》をあげた。角次郎と名のる男は唇を舐《な》め、いかにも待ちどおしげな眼で、大造の顔をじっとみつめた。——犬か猫が喰《た》べ物《もの》を見るときの眼つきだな、と大造は思った。尻《し》っぽがあったら、きっと力いっぱい振ることだろう、とも思った。

「そこでだ、おらあ声っかぎりどなった、おらあ石打ちの名人だ、ってよ」

「そこまでは聞いた」

「話の腰を折るな」と云って大造は手酌で一つ飲んだ、「そうしておらあ川端へとびおりた、そこは幅が三尺ちょっとくれえしかねえ、片方は早瀬の深い流れだし、片方は六七尺高い堤よ、見るとおめえ、いま話した二人の人を中に、こっちから二人、川上のほうから一人、みんな刀を抜いて詰め寄ってるじゃねえか、挟《はさ》まれた人はどっちも脇差《わきざし》だった」

　おれは石を打って助太刀をするつもりだったが、刀の光を見たとたんに足が竦《すく》んで、身動きもできなくなった。おれの知ってる若い旦那《だんな》が、大造うしろを詰めろと喚《わめ》いた。その声は聞えたが軀がいうことをきかねえ、森番の中ではこれでも仇名《あだな》のついた暴れ者で、四人や五人を相手に喧嘩《けんか》をしても負けねえ男だ、もっと若いころには、山刀を抜いた相手を叩《たた》き伏せたこともあった。けれども侍が差してる刀を抜いたのは見たことはねえ。侍の刀があんなにおっかねえもんだとは思わなかった。

「それだけじゃあねえ」と大造は続けた、「おらあ眼が吊《つ》ったようになって、こまかいところはてんでわからねえが、おらの知ってる若い旦那はすげえ使い手でよ、脇差の刃《やいば》がきらっきらっと光ったと思うと、一人また一人と、胸のここんところを突き刺されて、流れの中へまっさかさまよ、きらっ、きらっと、こんなふうにな」彼はそんなふうな手まねをした、「相手の三人は長い刀だ、いま云ったように足場が狭いから、長い刀じゃあうまく使えやしねえ、若い旦那はそこをうまく捌《さば》いたんだな、自分も一と刀《たち》やられたが、あっというまに三人とも片づけちまった」

「石打ちはなしか」

「石打ちはなしさ」と大造が云った、「あの若い旦那には、初めっからそんな必要はなかったようだ」

　向うでおとみと飲んでいた客が、静かに立ってこちらにあゆみ寄り、「おい、面白そうな話だな」と大造に呼びかけた。

「じつに面白そうだ」と江戸訛《なま》りで云って、その男は大造の前へ腰をかけた、「ひとつ詳しく聞かせてもらおうかね」

九の一

二月に享和《*きょうわ》と改元された翌々年の十月中旬、三浦主水正《もんどのしょう》は一人でひそかに帰国した。途中の宿でも江戸の紙商人と記したとおり、すっかり町人姿になり、城下へ帰るとその足で仁山《にやま》村をたずね、青淵《せいえん》の隠居所に草鞋《わらじ》をぬいだ。手紙で知らせてあったので、来ることはわかっていたが、主水正の変った姿を見て、青淵は面白そうに顔を崩した。

「よく似あいますな」と老人は云った、「その町人髷《まげ》も板についている、大商人の手代《てだい》という見当ですかな」

「今日から米村《よねむら》家の庭子《*にわこ》です」

「その用意もしてあるが、長屋では不自由だろうから、小屋の出来るまでこの隠居所にいてもらいましょう」

「それでは怪しまれはしませんか」

青淵は首を振った、「同じ屋敷内では隠すほうがむりです、伜《せがれ》の清左衛門にもよく云い含めましたし、男どもにも事実を告げました、ここに奉公している男どものことは御存じでしょう、口外を禁じられれば、たとえ牢問《*ろうど》いにかけられても、口を割るようなことは決してありません」

それは安心してよい、と青淵がことをなげに云い、主水正もそれは信じていいと思った。夕餉《ゆうげ》には当主の清左衛門も隠居所へ来たし、給仕には清左衛門の妻が坐《すわ》った。小枝《さえ》というその妻女はもう三人の母であるし、としも三十歳より下ではない筈《はず》だが、ふっくらとした、柔らかくあたたかそうな軀つきも、頰のまるいにこやかな顔つきにも、健康と満足感と、そして娘のような、みずみずしさがあふれていた。

食事は一汁《じゅう》二菜の簡素なものだったが、終ったあと、青淵の居間へ移って酒になると、珍らしい肴《さかな》がいろいろと並んだ。――くるみといっしょに叩いたうずらの蒸し物、焙《あぶ》ったつぐみ、干した落ち鮎《あゆ》の煮浸しに、この土地でひめたけと呼んでいる茸《きのこ》と菜の汁《しる》、そして嘗《な》め味噌《みそ》、などである。鶉《うずら》も鶫《つぐみ》も清左衛門が捕ったものだし、胡桃《くるみ》も茸も自分の山のものだそうであった。盃がひとまわりすると、清左衛門と妻女は母屋《おもや》のほうへ去った。

「うずらはこうして喰べるのがいちばんうまい」と老人は云った、「つぐみも焙り焼きに限る、もちろん知っているだろうがね」

「初めてです」主水正は鶫をもてあました。

「手で持って齧《かじ》りなさい」青淵は自分でやってみせた、「敷いてある生紙《きがみ》で足をこう持って、こういうふうに齧りつくんです」

山家《やまが》の物は不行儀に喰べるのが行儀で、鮎なども頭からかぶりつかなくてはうまくないのだ、と青淵は孫にでも教えるような口ぶりで云った。

「酒はまだ相変らずのようですな」

「江戸ではずいぶん飲まされましたが、生れつきなのでしょう、少しも手があがりません」

「私は強くなるばかりでしてな」と云って老人は苦笑いをした、「――宗巌寺の和尚《おしょう》などと顔が会えば二人で二升は軽くあけます、伜《せがれ》や嫁がしきりに意見をするんですが、なに、もうとしもとしですから、いくら養生《ようじょう》をしたってあと五十年生きられるものでもなし、飲みたいだけ飲めるのを、果報だと思っているようなわけです」

「失礼ですが」と主水正がまじめに云った、「私がお相手をしていなければいけないのでしょうか」

「そんなことはない」老人は指の長い大きな手を振った、「あなたはなが旅でお疲れだろう、いつでも退散して寝て下さい、だが、そのまえにうかがっておきたいことがある、――いったい殿さまは、なにを考えていらっしゃるのか、ふた岐《また》に野見《のみ》小屋を建て、おまえさまを忍び姿で帰国させ、あとからも人が来るという、これはいったいどういうことですか」

「あなたは」と云って主水正は眼をみはり、青淵の顔を訝《いぶか》しげに見まもった、「——あなたはそれを御存じないんですか」

「知らないかって、——この私が、なにか知っているとでもいうんですか」

主水正の顔に当惑の色があらわれた。青淵はすべてのことを知って、自分のために便宜を計ってくれるものと思っていた。事前にことがもれたら、重臣たちから猛烈な反対が起こり、計画が潰《つぶ》されることは明らかだったからだ。しかし青淵の了解なしには、これからのことはなにもできないし、それこそ手も足も出ないという結果になるだろう。殿はどうしろと仰《おっ》しゃるのか、自分の一存でやっていいのだろうか、と主水正は迷った。

「なにを考えておいでだ」と青淵は酒を飲んでから云った、「この年寄りのきいたことは、そんなにむずかしいことですかな」

「私は」と主水正は舌が重くなったような調子で云った、「あなたが仔細《しさい》を知っていらっしゃるとばかり思っていたものですから」

「私の知っているのは、ふた岐に野見小屋を建てること」老人は一つ一つ指を折るように云った、「おまえさまが忍び姿で来ること、あとから幾人か人が来ること、これらを城下の者に知れないように注意すること、――それだけです」

むろん藩主の命令だから、そのとおりにするつもりであるし、小屋も殆《ほと》んど出来かかっている。殿さまに命ぜられたからした、と云えば済むことかもしれない。だが、巳《み》の年の騒動このかた、この藩には納得のいかない出来事が続き、なにがどうなっているのか、これからどのようになるのか、いまのところまったく判断がつかない。断わっておくが、仁山村の米村家は七百余年の伝統があり、いま藩内の紛争に巻き込まれて、危険な綱渡りをするわけにはいかない。大名には移封ということもあるが、百姓がうっかり巻き込まれると、七百余年にわたる伝統が断絶するだけだからだ、と青淵は云った。

「この事情はわかっていただけるでしょう」と老人は細めた眼で主水正を見た、「――いったい殿さまはなにをなさろうというんですか」

主水正は汗をかいた、「いま答えなければいけませんか」

「人間はいつ死ぬかわからないものです」青淵はにっと歯をみせた、「あしたの朝、起きてみて、生きていれば生きていることだし、眠ったまま、二度と起きないこともあるでしょうからな」

老人は本気なのだろうか、と主水正は自分の眼や耳を疑った。少年時代から知っている米村青淵は、もっと枯淡で、およそものにとらわれることのない、温厚な人であった。それがいまはまったく違う、七百余年の伝統、米村家の安否などということをもちだし、危険なことは避けたいという意志を、あからさまに主張している。――阿部の家の蔵書の中には、米村家の記事もあり、それには土着してから三百余年ということが、年貢帳《ねんぐちょう》によってはっきり記録されている。青淵もむろん読んだことだろうし、読んだことを忘れるほどもうろくしたわけでもないだろう。とすれば、事の仔細を知って、すでに反対する立場を取っているのかもしれない。いずれにしても隠しておけることではない、と主水正は決心した。

「わかりました、もう結構」主水正が話しだすとすぐに、青淵はそう云って制止し、持っている盃をみつめながら呟《つぶや》いた、「――ではおまえさまは、とうとう殿さまを説き伏せなすったのですな」

「ずっと以前に申上げたことがあります」

「この私も聞いた覚えがある、――もちろん少年の夢物語だと思って聞いたまでだが」

「いまでも夢物語だとお考えですか」

「殿さまはどうです」と云って老人は、非難するようにそっと首を振った、「さっきも申したように、御家中には複雑な問題が重なりあって、いつまたどんな騒ぎがもちあがるかわからない、捨て野を開拓するために堰《せき》を造るということは、その事業のよしあしだけでなく、御政治の他の面に大きな動揺を呼び起こすと思わなければならない、現に何十年かまえにもそういう案の出たことがあって、すぐに潰されたことは知っているでしょう、これらの事情もよく計算したうえのことですかな、どうです」

九の二

主水正もまた飛驒守《ひだのかみ》に反対したのだ。いまはまだその時期ではない、藩の経済事情だけを考えてみても、いまその事業にかかることは無理であり、内外から強い反対が起こるだろう。堰のことはもう少し延期してもらいたい、とくどいた。だが江戸へいって三年くらすうちに、それまで知らずにいた多くのことを知り、彼自身も成長した。家中の人事葛藤《かっとう》、政治の力の動きかた、煩瑣《はんさ》を極めた派閥の争いなど。そしてそれらすべての事が、世間につながり時勢に影響されざるを得ない、ということもみえるようになった。

藩の財政は豊かで、領民の生活も安定しているという。凶作と大火と、公賦《こうふ》の出費とで相当な負債ができたけれども、返済に困難するというわけではない。慥《たし》かに、正式の図表はそのとおりであろう、この領地の恵まれた気候と、林業、盛んな農産業を考えれば、悲観するような材料は殆《ほと》んどないと云っていい。しかし主水正はその図表の裏にあるもの、またはその図表を支えているものがなにか、ということを理解しはじめたのである。しかも、彼の眼をそちらへ向けたのは、飛騨守昌治《まさはる》であった。江戸へ着いてからまもない或る夜、伽《とぎ》に当った主水正に、昌治は一枚の紙を渡して、読んでみろと云った。主水正が読んでみると、左のような長歌が達筆に書いてあった。

　*風雑《まじ》え　雨降る夜《よ》の　雨雑《まじ》え　雪降る夜は　術《すべ》もなく　寒くしあれば　堅塩《かたしお》を
取りつづしろい　糟湯酒《かすゆざけ》　うち啜《すす》ろいて　咳《しわぶ》かい　鼻びしびしに　しかとあら
ぬ　鬚《ひげ》かき撫《な》でて　我を除《お》きて　人は在らじと　誇ろえど　寒くしあれば　麻《あさ》
衾《ぶすま》　引き被《かがふ》り　布肩衣《ぬのかたぎぬ》　有りのことごと　服襲《きそ》えども　寒き夜すらを　我より
も　貧しき人の　父母は　飢え寒《こご》ゆらむ　妻子《めこ》どもは　吟《によ》び泣くらむ　此《こ》の時
は　如何《いか》にしつつか　汝《な》が世は渡る　天地《あめつち》は　広しといえど　吾《あ》が為《ため》は　狭《さ》く
やなりぬる　日月《ひつき》は　明《あか》しといえど　吾が為は　照りや給《たま》わぬ　人皆《みな》か　吾《あれ》の

みや然《しか》る　わくらばに　人とはあるを　人並に　吾《あれ》も作るを　綿も無き　布肩《ぬのかた》衣《ぎぬ》の　海松《みる》の如《ごと》　わわけさがれる　襤褸《かかう》のみ　肩にうち懸け　伏廬《ふせいお》の　曲廬《まげいお》の内に　直土《ひたつち》に　藁《わらと》解き敷きて　父母は　枕《まくら》の方《かた》に　妻子《めこ》どもは　足《あと》の方に　囲《かく》み居て　憂《うれ》え吟《さまよ》い　竈《かまど》には　火気《ほけ》ふき立てず　甑《こしき》には　蜘蛛《くも》の巣懸《か》きて　飯炊《いいかし》く　事も忘れて　鵼鳥《ぬえどり》の　呻吟《のどよ》い居るに　いとのきて　短き物を　端截《はしき》ると云えるが如《ごと》く　楚取《しもとと》る　里長《さとおさ》が声は　寝屋戸《ねやど》まで　来立ち呼ばいぬ　斯《か》くばかり　術《すべ》なきものか　世間《よのなか》の道

そして終りに「*世間《よのなか》を憂《う》しとやさしと思えども飛び立ちかねつ鳥にしあらねば」という短歌が記してあった。*山上憶良《やまのうえのおくら》の「貧窮問答《ひんきゅうもんどう》」という歌だ、と昌治は云い、うたわれていることの意味を詳しく解読してくれた。主水正は初めて読んだので、それが千年以上も昔の人の作だとは、ちょっと信じかねたくらいであった。

——これは憶良が自分のことをうたった歌ではない、と昌治は云った。このとき憶良は筑前守《ちくぜんのかみ》に任ぜられていて、大宰府《だざいふ》の帥《そち》だった*大伴旅人《おおとものたびと》らと、歌会を催したり、酒宴をひらいたりしたらしい、*国司にふさわしい生活をしながら、彼は住民の貧しさをつぶさに見、自分のことのように感じたのだ。

おれは同じことを自分の領内で見た。ひそかに見廻りを繰返したのはそのためで、平安無事と信じられている領内の、到《いた》るところに、貧困と病苦と悲惨な生活があるのを知った。二度めの国入りには主水に供をさせなかったから、たぶん実際のことは知らないだろう。だが百姓でも町人でも、*大多分はぎりぎりいっぱいのくらしをしているし、病気にかかっても医者はおろか、売薬さえ買えない者が少なくないのだ。

――俗に*東照公は、百姓は死なぬ程度に生かしておけ、と云われたそうだ、と昌治はさらに云った。もちろん根拠のない俗説だろうが、家康公の言葉の真偽には関係なく、死なぬ程度に生きている者たちがいかに多いかということを、自分で見廻ってみて初めて知った、どうしてそんなことがあり得るのか、農民は郡奉行《こおりぶぎょう》、町民は町奉行によって、それぞれ保護をされ看視されている筈だ、にもかかわらず、こういう生活がみすごしにされるのはなぜか。

原因は単純ではないだろう。だが、まずあげなければならないのは、現在の状態によって利得をする者が、その状態を存続させようとするところにある、ということだ。農、産、商業の根もとを握っている大地主、五人衆といわれる大商人、そして、これらに支えられている藩の重臣たち。かれらには現在の状態を保つことが、おのれの安泰を保つ唯一《ゆいいつ》のみちなのだ。その均衡《きんこう》をやぶらなければ、なに一つ改善することはできないのだ。

――その均衡をやぶる方法の第一が「堰」を造ることだ、と昌治は云った。三万坪の新田《しんでん》を拓《ひら》いても、たいした役には立たないかもしれない。だが幾組かの百姓が、自分の田を持つことのできるのは事実だ、これまで貧しい小作人だった百姓のうち、幾組かは自分の田を持つことができる、これは不動だとみえる大地主たちのあいだに楔《くさび》を打ち込むことであり、僅《わず》かではあるが、かれらの力の均衡にひびを入れることになるだろう。

重臣たちや大地主、五人衆たちの結束は固い。なにか新らしい事態が起るとみれば、派閥を越えて協力し、現状を守るために立ちあがるだろう。一例をあげれば、かれらは兄上を廃しておれを藩主に直した。理由はわからないが、かれらにはそうする必要があった。必要ありとなれば、かれらは藩主の座をも動かすことができるのだ。

――井関川の水を引いて、新田を拓くことがおれの第一の仕事だ、と昌治は云った。工事の備えができて、初めの鍬《くわ》を入れるまでは極秘でやれ、かれらに気づかれたら潰されてしまうぞ。

昌治の計画を知っている者は、主水正を入れて五人だけであった。小野田猛夫《たけお》、佐佐《さっさ》義兵衛、猪狩《いがり》又五郎、栗山主税《ちから》である。もちろん江戸屋敷における側近の若侍たちで、佐佐だけは二十五歳の妻帯者だが、他の三人は、二十三か四の、それも二三男という身軽な独身者であった。——佐佐は算法、栗山は農耕地造成、小野田は堤防工事、主水正は測量、猪狩は連絡と記録、というふうに分担をきめ、それぞれ専門家について勉強した。主水正がまなんだ高橋和黄《わこう》は、東両国に住む地理学者で、名だかい*伊能忠敬《ただたか》や、幕府の*天文方の*高橋至時《よしとき》らとも親しく、オランダ流の測量法で知られていた。——苦心したのは家中《かちゅう》の人たちに気づかれないようにすることで、勉強そのものはさしてむずかしくはなかった。中でも主水正の分担である測量法は、理論をぬきにし、器具をもちいて実地に計量することを主にしたから、二年でその修業を終り、小野田の分担である堤防工事の授業にも加わった。高橋和黄には「堰」の試案として、書き残された古文書を見せたが、僅かな誤差があるほか、殆んどそのままでよかろう、という判断を得たし、もっとも大事なのは堤防工事だと云われたからであった。

　ふた岐《また》と呼ばれる山裾《やますそ》の一部に、野見《のみ》小屋を建て、そこを工事のための本拠にすること、人夫の三分の二は上方《かみがた》で集めること、雪のあるうちに測量を終り、春三月には鍬入れをすることなど、入念に計画を検討したうえ、主水正はひそかに帰国したのであった。――そして仁山村へゆけ、と云ったのは昌治であるし、主水正もそこがいちばん慥かだと思った。しかし着いてみると、青淵はなにも知っていないようだし、堰を造ることには反対の態度を示した。主水正の知っていた青淵とは人が違ったように、保守的で頑固《がんこ》で、用心ぶかく、引込み思案な老人になっていたのである。――けれども、仁山村の助力なしには手も足も出ないので、主水正は事の始終を詳細に語り、藩主の苦心をも説明して了解を求めたのだ。着いた夜はもちろん、二日めにも三日めにも、老人をつかまえてはなさなかった。

「おまえさまには負けた」と三日めの夜、青淵は隠居所で酒を飲みながら、ついにこう云って溜息《ためいき》をついた、「――私はもうとしなので、軀《からだ》もなまってきたし気の張りも衰えた、利欲のからんだいざこざや、分際《ぶんざい》の躰面《たいめん》のというばか騒ぎにはかかわりたくない、誰にもわずらわされることなく、静かに余生を送りたいと思っている、だから直接お役に立つようなことはごめん蒙《こうむ》るが、かげにいてできることならおちからになりましょう、いよいよ困ったときには宗巌寺をひきだすがいい、この程度で私は勘弁していただきます」

主水正は低頭して礼を述べた。

九の三

　主水正は大沼のかたわらに佇《たたず》んでいた。

　仁山村に草鞋《わらじ》をぬいでから七日め、測量の器材や佐佐たち四人が来るまでは、なにもすることがないため、毎日いちど弁当持ちで、井関川から捨て野へかけてある き廻った。ふた岐はほぼその中間にあり、野見小屋はもう建具を入れていた。「野見」とは農耕地の監視という意味で、年貢に納める農産物の、数量を偽ったりごまかしたりするのを、防止するのが目的であった。それは百姓ばかりでなく、地主たちの反感もかったので、何十年かまえに廃止された制度だったから、また復活するのかと、疑いの眼で見られるだろうことは察しがつくけれど、工事が始まればわかることであり、あえて弁明はしないことにしていた。

　彼は筒袖《つつそで》の布子《ぬのこ》半纏《ばんてん》に、綿入りの股引《ももひき》をはき、素足に草鞋、筍笠《たけのこがさ》をかぶり、腰には弁当の包みを括《くく》りつけていた。二日まえに小雪が降ったので、日蔭《ひかげ》には白いものが残ってい、吹きわたる風はごく弱かったが、肌に触れると凍えるほど冷たかった。

「おまえいまどうしている、武高《たけだか》」主水正は沼の水面《みなも》を見まもりながら呟いた、「——もう百姓仕事にも慣れたか、それともまだ慣れないで、まごついて笑われたりからかわれたりしているか」

　小さいころ、武高伊之助とよく釣りに来たものだ。もっと南へ寄った沼べりで、ひとところ芦《あし》の茂みがあいてい、棒杭《ぼうぐい》が二三本あった。そこは深くて水藻《みずも》も少なく、釣鉤《つりばり》のひっかかることもないし、魚のよく集まる場所であった。伊之助は好きなくせに釣るのがへたで、帰りにはよく分けてやったものだ。そうだ、あの辺だったなと、主水正は枯れた芦の向うへ眼をやった。広いはがね色の水面に、ときどき風のわたる小波《さざなみ》の条《すじ》が走った。

「七色《なないろ》の大蛇《だいじゃ》がいると云って威《おど》したことがあった」と彼は呟いた、「――この大沼のぬしは七色の鱗《うろこ》を持った大蛇で、悪い子供を見ると出て来て呑《の》んでしまう」

　そう云われて怯《おび》えあがった武高は、いきなりとびかかっておれを捻《ね》じ伏せた。気の弱い、臆病《おくびょう》な子だった。それを知っていてからかったのだ。おれはいやなやつだったんだな、と思って彼は眉《まゆ》をしかめた。立っている足が痺《しび》れたようになったので、彼は沼べりをはなれてあるきだした。その沼にかかわりのあることで、なにか思い出があるような気がし、記憶をよびさまそうとしたが、なにも思いだせなかった。父のことではない。父の小左衛門とはいちばん多く釣りに来たものだ。その後も父は暇さえあると釣りばかりしているという。いつか阿部の家へたずねていったら、躯が弱って勤めが重荷になった、早く隠居をして、暢気《のんき》に釣りでもしてくらしたい、と云っていた。五十にもならないとしで、隠居をしたい、などと云うのを聞いたとき、あまりになさけなくって、返辞をする気にもならなかった。

「小出《こいで》先生はどうしているだろう」あるき続けながら彼は呟いた、「――井戸先生は相変らず、怒ったような顔で、稽古《けいこ》をつけているだろうか」

尚功館《しょうこうかん》の平来《へらい》林太郎や由布木小太夫《ゆぶきこだゆう》、そして谷宗岳など、会いたい人の顔が次つぎに思いうかび、やがて、そんな思い出に耽《ふけ》っている自分に気づいて、強く頭を左右に振った。

「なんということだ」と主水正は呟いた、「いまはそんな古いことを思いだしているときではないじゃないか、しっかりしろ」

沼尻《ぬまじり》のところで橋を渡り、町人まちはよけて、大廻りに仁山村へ帰った。日は昏《く》れてしまい、隠居所には灯《ひ》がともっていた。主水正が、井戸端で足を洗っていると、水を汲《く》みに来た若い娘が、手桶《ておけ》を持ったまま彼を見て、「あ」と小さなおどろきの声をあげた。すぐ向うに、下男や雇い人たちの住む長屋があるけれども、娘の着ている物や髪かたちで、母屋《おもや》の召使だということはすぐにわかった。

「あの、失礼ですが」と娘はそっと呼びかけた、「組屋敷の阿部さままではございませんか」

足を拭《ふ》き終った主水正は、ぬいだ草鞋を持って立ちあがり、振り返って娘を見た。

「いいえ、私は阿部ではありません」

「ああそうでした、御養子にいらしったんですわね」と娘は頰笑《ほほえ》みかけた、「わたくし同じ組屋敷にいた、吉川のつやですの、暫《しばら》くでございました」

「吉川と仰《おっ》しゃると」

「庄一郎の妹ですの」娘はおじぎをした、「あなたは御存じなかったかもしれませんけれど、わたくしのほうではよく覚えておりますわ」

まずいことになった、と主水正は思った。自分が帰国したことは内密で、誰に知られてもならない。といって、この娘ははっきり自分のことを覚えているらしい。人違いだなどと云えば却《かえ》って、疑いをいだかせるおそれがある。そう思って彼は、できるだけさし障《さわ》りのない話をした。娘は自分が二年まえからここへ奉公に来ていること、兄の庄一郎が結婚して、もう二人も子があること、誰それはどうしたとか、誰それはこうしたなどと、殆《ほと》んど独りで饒舌《しゃべ》った。

「そうそう」と娘は急に思いだしたというふうに、せきこんだ口ぶりで云った、「あなたのお住いの裏に、武高さまというおうちがございましたわね」

彼は頷《うなず》いた、「あったようですね」

「あのおうちもお気の毒ですわ、亥《い》の年の騒ぎのとき御主人が亡《な》くなられ、それから不幸つづきで、御二男はお百姓のところへ婿《むこ》にゆくし、まもなくななえさんもよそへやられてしまいました、鳥越あたりの踊りの師匠のうちへ貰《もら》われていった、という話ですけれど、噂《うわさ》によると客座敷へ呼ばれて、芸者のようなことをしているのだということですわ」

「そうですか」主水正はさげていた草鞋を持ち替えた、「僅かなあいだに、人の身の上はいろいろ変るものですね」

そして彼は、まだ話しかけようとする娘を残して、井戸端からはなれた。

「ななえ」隠居所のほうへあるいてゆきながら、主水正は首をかしげた、「ああ、あの娘だったのか、大沼に近い草原でよめ菜を摘んでいたっけ、春のものだが秋にも新芽が出る、香りはないけれど母の好物だからと、恥ずかしそうに云っていた」

さっき沼べりで、なにか思いだすことがあるような気がしたのは、そのことだったようだ。そしていま、ななえは踊り子になっているという。

「鳥越の、――」彼はふと立停《たちど》まって、空を見あげた、「客座敷へ出るって」

九の四

踊りの師匠に貰われ、いまでは芸者のようなことをしている、吉川つやという娘はそう告げた。鳥越は川端町とも呼ばれて、唄《うた》、三味線《しゃみせん》や踊りなど、芸事の師匠の住居が多く、それらは教えるだけではなくて、客に呼ばれれば座敷へも出て芸をする。初めて谷宗岳に伴《つ》れてゆかれた加地町の料亭「平野屋」で、みの公とかたま公とか呼ばれた女たち、二度めに岩上六郎兵衛も同座したときは、みの公のほかに四人、名もわからない女たちがいた。みな濃い化粧をし、華やかに着飾って、座敷ぜんたいに、嬌《なまめ》かしいふぜいをただよわせていたが、彼女たちも鳥越から呼ばれて来るのだと聞いた。

「するとあの夜」主水正は暗い空を見あげたまま呟いた、「――この中に見覚えのある者はいないかと、谷先生に云われたが、ことによるとあの中にななえがいたのではないか」

厚く雲のかさなった、星ひとつ見えない空は、冬のきびしい威厳を無辺際《むへんさい》に大きく、重おもしく示しているように感じられ、地上にあるすべてのものは、その下で身をちぢめ息をひそめているように思えた。

「いや、あの四人の中にはいなかった」彼はあるきだしながら首を振った、「ななえがいたとすれば、姿は変っても見分けのつかない筈《はず》はない、あの中にいなかったことは慥《たし》かだ」

それから五日ほど経《た》って降ったのが、根雪になり、まもなく江戸から荷物と、三人のなかまが到着した。荷といっしょに来たのは、小野田猛夫、佐佐義兵衛、栗山主税で、猪狩又五郎は人夫の手配をするため、上方《かみがた》へまわったということであった。

——野見小屋の一棟《ひとむね》には八帖の畳《じょう》敷きが三部屋に、炉を切った広い板の間があり、細長い土間に釜《かまど》戸が五基と、流し付きの調理場、漬物桶《つけものおけ》、食器棚などが並んでいた。他の一棟は長屋造りで、八帖の部屋が六つ、あいだを襖《ふすま》で仕切ってあり、どの部屋にも簡単な戸納《とだな》と押入れが付いていた。そこには人夫の差配《さはい》や小頭《こがしら》たちがはいる筈で、工事が始まれば、べつに三カ所に人夫長屋を建てることになっていた。

米、麦、魚菜は米村家が調達し、炊事や雑用のためにも、米村から人が廻されることになった。寝具その他の日用品は、二百人分と見積もり、表街道の幾つかの町で買い求め、少しずつ小屋へ運ばせたが、幸い城下の者たちには気づかれずに済んだ。事前の準備でなにより苦労したのは、人に気づかれずにやる、ということであった。そのためにずいぶんむだな労力と時間をついやしたのだが、じつはまもなく、新らしい事態が起こって、そんな苦労は不必要になり、自分たちのむだな努力に、みんなで苦笑したものであった。

三人が着いた明くる日から、主水正はかれらを、現場へ案内して廻った。すでに江戸屋敷で図面の検討はできていた。全体を八区画に分け、等高線を引いて、測量する位置もきめてあった。その図を持って実地に照合するわけだが、第一日は途中で吹雪になり、遠望がきかなくなったので中止した。こんな山ぐにで雪が続くとしたら、仕事はできないのではないか、と佐佐が心配した。いや、そんなことはない、雪は多いけれども厚くは積もらないし、よその土地の梅雨に似ていて、降るかと思うとまもなくやんで、陽《ひ》が照りだすという土地柄なのだ、と主水正が説明した。

炊事には米村家からよこされた、倉造《くらぞう》とその妻のおつじとが当った。第二夜には猪《いのしし》の肉を鍋《なべ》にしたのが菜《さい》で、漬物に麦飯という膳《ぜん》であった。

「猪狩がいると共食いだな」と佐佐が笑いながら云った、「おれは初めてなんだ、ちょっときみが悪いな」

「私も初めてです」と主水正が云った、「この土地では誰でもよろこんで喰《た》べるんですが」

「栗山はいかもの食いでね」と小野田が云った、「深川にそんな店があって、冬になると毎年その店へかよっていくんだ、表向きはしゃもを食わせることになっているが、鹿《しか》だの猪だの、ときには熊《くま》の肉もあるのさ」
「人をいかもの食いだなんて、自分もうまがって喰べたくせに」と栗山が云った、「だいたいがいかもの食いということはないんだよ、人間は何千年かまえには、なんでも喰べていたんだろう、狩猟や耕作の発達していない時代には、食物の選《え》り好みなんかしちゃあいられない、蜘蛛《くも》でもなめくじでも、蛇《へび》でも蛙《かえる》でも」
「よせよ、きみの悪い」と佐佐が眉をしかめて遮《さえぎ》った、「栗山はなにか喰べる段になると、きまってそういうことを云いだす」
「常識の誤りを正《ただ》すためさ、世間ではよく、初めてなまこを喰べた人間は、よっぽど勇気があるかいかもの食いなやつだ、って云うのだろ、そうじゃない、そう思うのはまったくの誤りで、ずっと大昔にはなんでも喰べたんだ、そのうちに漁、猟や耕作法が進歩するにつれて、見た眼によくない物や、味のよくない物が省かれていった、こう考えるのが自然じゃあないか」
「するとさしずめ」と佐佐がやり返した、「栗山主税は何千年も昔の人間、ということになるな」
「温故知新《おんこちしん》さ」と栗山が云った、「おれは遠い先祖の習慣をおろそかにしたくないんだ」

とんだ温故知新だと佐佐が云い、みんなで笑いだした。佐佐は豆腐と野菜だけにしか箸《はし》をつけず、主水正も二片《きれ》ほど肉を喰べただけだが、そのあと三日ぐらい、息が臭いように感じられて困った。

実地の踏査に七日かかり、それから基礎的な測量をはじめた。道具を運ぶのと、雑用をする男は五人、やはり米村からまわされて来た男たちで、留次《とめじ》、幾三、銀太、安、友造といい、二十歳から二十四五歳までの、独身の働き者であった。留次はぶすっとした、口数の少ない若者だったが、こちらの云うことをよくのみこんだし、ときどき吃驚《びっくり》するような冗談を云っては、みんなを笑わせる、という才能をもっていた。

「ああ、あの太市《たいち》か」と或《あ》る日の弁当のときに留次はなかまに云った、「あのくらいあいそのいい、人のきげんをとるのにいっしょけんめいな人間もいないもんだ、あいつは自分がいま死ぬというときでも、側《そば》に誰かいればきっとおあいそを云ったり、機嫌をとったりするだろうよ」

自分が死にかかっているときでもな、と云って留次は悲しげに微笑した。その言葉がどんな性格をあらわすか、判然としたわけではないが、これは役に立つ男だ、と主水正は思った。――測量用の器具は五種類あった。象限儀《しょうげんぎ》、十字、分度《ぶんど》、四六合曲尺《ごうかねじゃく》、梵天竹《ぼんてんだけ》というもので、ほかに間竿《けんざお》、尺杖《しゃくづえ》、規《き》、矩《く》、定木《じょうぎ》、水縄《みずなわ》、細見竹《さいみだけ》などの用器が付属している。象限儀は土地の傾斜を計り、四六合曲尺（四方六面様合曲尺）は広狭、遠近、高低を計る。規はぶんまわしであり、矩はものさしに当る。――これらの使い方はさして困難ではないが、測定した図表の正否を慥かめたり、計算して正しい数値を出したりする佐佐の役は、もっとも大切でありむずかしい仕事であった。

工事の基本は、井関川の水を棚瀬《たなせ》のところで堰止《せきと》め、水位をあげて分流を作り、右岸の山腹へみちびいて堰堤《えんてい》へ入れる。あとはその堰堤を捨て野まで延長すればいいのだが、実際に当ってみると、水を棚瀬で堰止め、分流を作る、というところが非常な難工事だとわかった。

「冬でもあれだけの水量があるとすると」佐佐がまず云った、「豊水期には倍になるとみなければならない、その水を堰止めるということは尋常な仕事ではないな」

佐佐の計算から出た数字は理解できないが、自分の眼で見ただけでも、それがなまやさしい工事でないことは主水正にもわかった。

「戌山《いぬやま》へいって来ます」と主水正が云った、「戌山藩で同じような堰を造ったということを、高橋和黄先生から聞きました、入香沼《いるかぬま》といって、灌漑《かんがい》用のために河を堰止めた大きな工事だそうです、なにか参考になると思いますがね」

「もちろん参考になる」と佐佐がすぐに云った、「それはぜひ見ておかなければならない、私もいっしょにいこう」

二人は躊躇《ちゅうちょ》なく草鞋をはいた。

九の五

入香沼の工事は殆んど参考にならなかった。そこは尾《お》割《わり》富士と呼ばれる山が西北にあり、その西に延びている低い山なみと、東南を囲っている丘陵にはさまれていて、周囲は殆んど平野にちかく、ゆるやかな流れを堰止めた、という程度のものにすぎなかった。

「これは単純な用水の堰だな」と佐佐は云った、「国許《くにもと》の大沼尻《おおぬまじり》を塞《ふさ》いだくらいのものだ、こんな工事なら見に来ることはなかった」

失望したためばかりではないかもしれないが、佐佐は宿へ帰ると、酒を命じてしたたかに酔い、女がいたら呼べと云《い》った。佐佐義兵衛は二十五歳というとしより老《ふ》けてみえる、角張った顔だが肉の薄い美男がたで、ぬきんでた額が美しく、よく澄んだ眼には一種のすごみがあった。呼ばれて来た女は二人、二十一二歳と十七八歳で、あくどい化粧をし、あくどい色模様の着付けに、胸の悪くなるような香油の匂《にお》いをふりまいていた。ぜんたいがいま畑からあがって来た百姓女という感じで、手足はくろく日やけがしているし、きりょうも悪く、しゃがれ声の言葉もげびていた。それが二人とも佐佐には寄りつかず、主水正を左右からはさんで坐《すわ》り、佐佐に負けないくらい、酒をぐいぐいと飲んだ。加地町の平野屋しか知らない主水正には、こういう女たちは見るだけでおぞけのふるう感じだった。とし上のほうがおちよ、とし下のほうがおわきという名だそうで、両方から主水正にしなだれかかったり、つねったり、背中を叩《たた》いたり、むりやりに手指を絡《から》んだりし、彼が酒に弱いことを知ると、面白がって飲ませようとした。

「おわきはこっちへ来い」と佐佐が云った、「おちよはそこにいて、その若旦那《わかだんな》を躾《しつ》けるんだ、その若旦那は江戸の新吉原《なか》でも、帯紐《おびひも》を解いたことのない堅物《かたぶつ》だからな、おまえがものにできたら小粒を一つ褒美《ほうび》にやるぞ」

それならあたしの役だ、とおわきが云い、おちよが両手で、いきなり主水正の頸《くび》に抱きついた。おわきはこっちだと、佐佐が声をあらげて云うと、おわきはあなたはこわいからいやだと首を振り、おちよが立って、あなたはあたしのものよ、というようなことを云って、佐佐の脇《わき》へ坐り直した。

「消えてなくなれ」と佐佐は手を振った、「おれは田螺《たにし》は嫌いだ」

田螺だってと云って、おちよが佐佐にむしゃぶりつき、おわきが主水正に抱きついた。そして着ている物の裾《すそ》をかきわけて手を入れようとし、主水正は立ちあがった。

「そのとおりだ」と佐佐が指さして云った、「まだ手入らずだということがわかったろう、褒美は*銀一分《ぶ》だぞ」

主水正は手洗いだと云って、その座敷から逃げだした。おわきがついて来、すぐあとから佐佐義兵衛も来て、おわきを追い返した。そして済んでから廊下で、佐佐は主水正の袖《そで》をつかんでひきとめた。

「江戸にいたときから云いたかったんだが」と佐佐は云った、「——三浦はもう少し気持をほぐさないといけない、そんなにいつも緊張し続けているとくたびれる、人間の一生はながいし、雨、風、雪、霜、いろいろな障害に耐えてゆかなければならない、まっ白い清絹《すずし》のままで生きてはゆけないんだ」

泥だらけになり、傷だらけになって、そこから立ちあがるのでなければ、人間の本当に人間らしい仕事はできないだろう、と佐佐義兵衛は云った。主水正は黙って頷いた。あんな女たちとつきあうことが、泥だらけ傷だらけになることですか、と反問したかった。私は徒士組《かちぐみ》の子に生れ、卑《いや》しめられ貧しく育つあいだに、気持のうえで泥だらけ傷だらけになった。それだけで充分ではないか、と彼は思ったが、口には出さなかった。佐佐は江戸屋敷で百二十石の*書院番、相伝《そうでん》の家格で、藩では中流の上位に属する。世間を見る眼や、自分の生きかたについても、家柄だけのゆとりと幅をもつことができるだろう。だがおれはそうではない、おれは尚功館へあがったときから、勾配《こうばい》の急な坂道へ足を踏み入れたのだ。この坂は嶮《けわ》しく、そして長い。ああいう女たちと遊んで気分を転換したり、そこから改めて立ち直ったりする余裕はないのだ、と主水正は思った。

「三浦は今夜おちよと寝るんだ」と佐佐は手を拭きながら云った、「田舎の下等な売女《ばいた》の肌にも、こっちがその気になれば、上臈《じょうろう》にも劣らない味があるものだ、下等であればあるほどね」

それが泥まみれになることですか、とまたきき返したかったが、主水正はやはり口には出さなかった。

佐佐の主張で、主水正はその夜おちよという女と寝た。女は彼に手足を絡《から》んだり、寝衣を剝《は》いで肌と肌を合わせようとしたり、唇や腹まで吸おうとしたりした。彼は唇をよけ、女の手を払いのけ、押しやった。女は息をきらし、固く絡みつきながら、あなたは女を知らないのねと云い、病気がこわいんでしょうと云い、あたしは病気なんかもっていないのよと云い、彼を押し伏せようとした。荒れた肌と、あくどい香油の匂いに加えて、女の息は臭く、彼は胸がむかむかしたが、同時に女が哀れに思えた。そんなにしても客の機嫌をとらなければならない、おそらく好きな男の一人や二人はいるだろうのに、客に呼ばれたとなれば、いやでも勤めなければならないのだろう。そう考えると胸が痛くなった。

「さあ、もういいから寝ろよ」と主水正は女を抱いてやった、「私が子守唄《こもりうた》をうたってやろう」

そして、彼は、女の背中をやさしく叩きながら、子守唄をうたった。だが女は軀《からだ》を捻《ひね》って彼の手からはなれ、ふざけるんじゃないよと云い、好かないよこの人と云い、荒あらしく立って出ていった。やさしくあやされることに慣れていないのだ、ということが主水正にはよくわかった。どなられたり叩かれたり、乱暴に扱われる習慣はついているが、大事にされたり、劬《いたわ》られたりすることには慣れていないのだ。

「ふざけるんじゃないよ」と主水正は眼をつむり、女の言葉をまねて呟《つぶや》いた、「――好かないよ、この人」

主水正はそっと眼を拭いた。

明くる朝、食事をするとすぐに、二人は国許へ向かって出立した。佐佐義兵衛はゆうべのことはなにも云わなかった。昨夜の能弁も、くだけたようすもきれいに消え、人が違ったようにさっぱりと、すがすがしい顔つきになっていた。——そして二人がふた岐《また》の小屋へ帰ると、幕府からの命令で、全国各藩の領土を測量するように、という触れの出たこと、したがって工事を進めるのに、これまでのように人の眼を忍ばなくともよくなった、ということがわかった。

「しかしそれは測量のことだけだ」と主水正は用心ぶかく云った、「堰堤の工事はべつだから、その注意だけはおこたってはならない」

「肝心なことは」と佐佐が補足するように云った、「工事にかかるときだ、猪狩が人夫を伴《つ》れて来て、初めの鍬《くわ》を入れるまで秘密が保てるかどうか、ということだ」

そして佐佐は主水正に振り返った、「——入香沼が参考にならないとすると、棚瀬の堰止めをどうするか、ということが大きな難点になるな」

「やってみるよりしようがありません」と主水正は答えた、「失敗するかもしれないが、失敗することをかさねれば、そこからいい手段がうまれると思います」

佐佐義兵衛はまた算法と取り組んだ。

銀杏屋敷にて

百匁掛《めが》けの蠟燭《ろうそく》のともった燭台《しょくだい》が十二、二双《そう》の金屏風《きんびょうぶ》に眩《まぶ》しいほど反射していた。二十帖《じょう》ほどのその広間には、四人の男と五人の女の客がい、また男芸者が一人、女の芸者が四人で、唄《うた》をうたったり、三味線《しゃみせん》太鼓を鳴らしたり、踊ったりして興を添えていた。

「あの娘は誰だ」と滝沢兵部《ひょうぶ》がきいた、「あの桔梗《ききょう》の模様の帯をしめている娘だ」

「あれですか、あれは娘じゃあありません」と山内貞二郎が答えた、「あれはいま評判の、三浦主水正《もんどのしょう》の女房です」

「主水の妻だって」兵部の酔った眼がきらっと光った、「それは本当か」

「その向うが柳田帯刀《たてわき》の妻女」と山内は続けた、「こちらが中泉千冬、これは御存じでしょう、その隣りにいるのが私の妹の雪江、それから吉谷弥三郎、次が中泉の妻女のこいく、そしてあの年増《としま》が益秋の妻女のみゆきです」

「誰をさそってもいいんだな」

「三浦の女房のほかはね」と云《い》って山内は一種の眼くばせをした、「あの女はいけませんね、あれは誰にも手がつけられない、中泉は相当な腕をもっていますが、あの女にだけは手を焼いたそうです」

「しかも、ここへは来るんだな」

「たいてい欠かさずにね」

「来る以上は覚悟をしているんだろう」

「ためしてみますか」と云って山内は唆《そそのか》すように微笑した、「聞いていらっしゃるだろうが山根蔵人《くらんど》の娘です、気位も高いし男まさりで、これまで側《そば》へ寄った者さえないくらいです、ああいう女ほど、誰か糸道をつける者がいればぐたぐたになるんですがね」

　女芸者が踊りながら、着ている物を一枚ずつぬぎ、肌襦袢《はだじゅばん》と腰の物だけになり、女客たちは昂奮《こうふん》して、嗾《け》しかけたり手を叩《たた》いて囃《はや》したりした。滝沢兵部は盃《さかずき》を持って立ちあがり、少しよろめきながら、三浦つるの脇《わき》へいって坐《すわ》った。中泉千冬が躯《からだ》をずらせ、兵部に呼びかけたが、兵部は見向きもしなかった。

「お近づきになりましょう」と兵部はつるに盃を差出しながら云った、「私は滝沢兵部という者です、一つ受けて下さい」

「頂戴《ちょうだい》いたします」つるは盃を受取り、女芸者が酌《しゃく》をした、「おめにかかるのは初めてでございますわね」

「楽にやりましょう」と兵部が云った、「あっちへゆきませんか」

「待って下さい」つるは盃を返しながら云った、「あの女芸者がもうすぐ裸になるんです、面白うございますよ」

囃しが急になり、踊っている女芸者が、肌襦袢をぬいだ。浅黒い肌の逞《たくま》しい胸に、双《もろ》の乳房が重おもしく揺れ、男の客たちは奇声をあげた。犬、と誰かがどなり、女芸者は四つ這《ば》いになった。どなったのを見ると中泉千冬で、痩《や》せた長い顔が蒼白《あおじろ》く、唇だけがきみの悪いほど赤くて、その唇を片方へ曲げ、眉《まゆ》をあげて眼を異様に光らせていた。

「くだらない」兵部は酒を呷《あお》った、「あなたにはあんなものが面白いのか」

「あなたはいかがですか、面白いのはこれからですし、あれはとの方のごらんになるものでしょう」

「くだらないみせものだ」兵部は唾《つば》をのんで云った、「どうせ裸になるのなら、もっと肌のきれいな女にすればいい、あんなに黒い、うすぎたない肌で裸になったって、面白くも可笑《おか》しくもないじゃないか」

そうでしょうかと云って、つるは横眼でそっと兵部を見た。女芸者は腰の物をぬぎ、仰向きになって両肱《ひじ》をつき、両の足をひらいて腰を浮かすと、囃しに合わせてその腰を振り始めた。後家には長き秋の夜の眠りがたさに、——というような、あけすけな唄につれて、男芸者が人形《ひとがた》を取り出して女芸者に渡した。唄や囃しがさらにやかましくなり、女芸者は肱をおろして、その人形を使い始めた。女客たちは顔を赤くし、隣りの男客にしなだれかかったり、乾いた声で笑ったり、あらあらしく酒を呷ったりしながら、ぎらぎらするような眼で、女芸者のすることを見まもっていた。

「けがらわしい」滝沢兵部がどなった、「くだらないうえにけがらわしい、やめろ、女が可哀《かわい》そうじゃないか」

山内の妹の雪江が立って来て、つるを押しのけ、兵部にぴったり寄り添って坐った。

「なにを怒っていらっしゃるの」雪江は兵部の手から盃を取って云った、「お酒をちょうだい、あたし山内の娘です」

「おれは帰る」と云って兵部は立とうとした。

「いけません」雪江は兵部の腕をつかんでひき止めた、「あなたは初めてだから、けがらわしいなんてお思いになるのでしょうけれど、馴《な》れればこれでも面白くなるんですのよ、それでもこの芸がおいやだと仰《おっ》しゃるなら、わたくしがお相手になって面白いことを教えて差上げますわ」

「そうだ、それがいい」と山内貞二郎が脇から云った、「滝沢さんはまだ女の肌を知らない、いちど味を覚えれば堅いことは云わなくなるだろう、みちをあけてやれ」

「さあ」と云って雪江は兵部に盃を差出した、「お酒をちょうだい、それから、ほらごらんなさいな、中泉のこいくさんが、吉谷さんといっしょに立っていらっしゃるわ」

　中泉千冬の妻が吉谷弥三郎の手を取り、もつれあいながら座敷を出ていった。女芸者のしぐさは急調子になり、唄や囃しが止まって、女芸者が異様な声をだし始めた。座敷ぜんたいに猥雑《わいざつ》などくどくしい気分が、強烈な匂《にお》いのように充満しひろがるようであった。すると中泉千冬が柳田の妻女と出てゆき、山内貞二郎がお先にごめんと云って、益秋の妻女みゆきのほうへよろめいてゆき、女の手を取って出ていった。

「ねえ、あのとおりよ」と雪江が兵部の肩にすがりついた、「たのしみは生きているうちのこと、わたくしとあちらへゆきましょう」

「生きているうちか、悲しいな」兵部は俯向《うつむ》いて手を振った、「あの女芸者にやめろと云ってくれ、もうたくさんだ」

「眼をそらさないで」雪江はすがりついた兵部の肩を引きよせ、乱暴に口を吸おうとした、「これから男がかかるのよ、あの男芸者が女にかかって、いろいろな型をやってみせるの、これからが本番よ」

兵部は俯向いたまま眼をあげなかった。

「もう許しておあげなさいな」と三浦のつるが雪江に云った、「滝沢さまは初めてですもの、あんまり困らせてはお気の毒でしょ」

「それならあなたが介抱してあげればいい」と雪江が酒を呷りながら云った、「お堅いどうしでちょうどいいでしょ、あたしはあたしで勝手にやるわ」

そして雪江はふらふらと立ってゆき、男芸者に抱きついた。四十歳ちかいとみえる男芸者は、ちょうど裸になったところで、その恰好《かっこう》のまま雪江と出てゆき、女芸者は舌打ちをして起きあがり、裸の肌に着物をかき寄せながら、口の中でなにか悪態をついた。

「おれは帰る」と云って兵部はつるの顔を見た、「あなたはどうなさいますか」

「わたくしは残ります」とつるは眼をそむけて云った、「わたくし益秋の奥さまとお伴《つ》れですから」

「ここへはいつも来るんですか」

「はい、いいえときたま」とつるは口を濁した、「まだ二度か三度ですの」

「面白いと思いますか」

「芸者たちが困っていますわ」とつるは話をそらした、「なにかうたわせるか、踊らせるかしてあげなければ」

「面白いと思いますか」と兵部はくいさがった、「こんなみだらな遊びが、あなたには興味があるんですか」

つるは振り向いて兵部を見た、「あなたはいかがですの、こういう遊びを御承知でいらしったのではないんですか」

「飲みましょう」と云って兵部は女芸者の一人を招いた、「酌をしろ、今夜は三浦夫人と飲み明かすぞ」

十の一

家扶《かふ》の岡野吾兵衛が来たとき、兵部は寝そべってうとうとしていた。春二月、外はいい天気で、庇《ひさし》から雨落《あまおち》へ絶えまなしに音を立てて、雪解《ゆきげ》のあまだれの落ちるのが聞えていた。

「*御前《ごぜん》がお召しです」はいって来た岡野は、暫《しばら》く兵部の寝そべった姿を見ていてから、云った、「茶室にいらっしゃいますからおいで下さい」

兵部はもの憂《う》そうに寝返ったまま、返辞をしなかった。

「あなたは人が違ったようにお変りになった」と岡野は固くなって云った、「いったいどうなすったのです、こんなにお人が変るようなことが、なにかあったのですか」

「人間はいつも同じでいるわけにはいかない、二十歳のときのおれといま二十四歳のおれが、変らなければ変らないほうがふしぎだろう」

「あなたは二十五歳になられたのでしょう」

「二十四であろうと五であろうとおれには関係のないことだ」兵部は片方の肱で顔を隠し、足を大きく踏み延ばした、「父上にはおれが外出したと云ってくれ」

「いらっしゃることは御存じです」

「おまえが告げ口をしたんだろう」

「御前が御自身でごらんになったのです」

兵部は黙っていて、やがて云った、「寝ても起きても監視付きか」

「若さま」と岡野が咎《とが》めるように云った、「あなたはそんなふうに仰しゃっていいのですか、奥さまがお亡《な》くなりになってからもう五年、後添えもお迎えなさらず、御前はただ若さまおひとりを大事に、今日までずっと」

「よせ、よしてくれ」荒あらしく遮《さえぎ》ってから、兵部は自分で自分をなだめるように、声をひそめた、「——父上には藩のことしかない、父上は名家老だ、三代続いた名城代家老、この藩の安泰を守ること以外に、人間らしい興味も感情も持ってはいない、いまの父上には、おれを四代めにしよう、おれを四代めの城代らしい人間にしよう、という考えしかないんだ、人間にはな、岡野、城代家老になって供に槍《やり》を立てさせるより、煮売り屋になって一生を気楽にくらしたい者もいるんだぞ」

岡野吾兵衛は固く口をつぐんだ。

「おれの二十五年をよく思い出してみろ」と兵部は低い声で続けた、「名家老の子に生れ、秀才だと云われて育った、選《え》りぬきの学友をあてがわれ、選りぬきの、第一流の教官や師範をあてがわれて、寝起きから言葉づかい、箸《はし》のあげおろしまで、なに一つ自分の好きなようにはできなかった、——おれは人間じゃあない、父上の思うままにこねあげられた泥人形のようなものだ」

これが喰《た》べたいと思っても喰べることは許されなかった。好きな友達や女の子がいても、話したり遊んだりすることはできなかった。おまえはそれを見ていた筈《はず》だ。よく考えてみろ、岡野、これが人間の生活か、と兵部は云った。

「私は親の代から滝沢家の家扶を勤めており、それを誇りに思っています」と岡野は静かに云った、「人間にはそれぞれ分《ぶん》というものがあり、分にしたがって生きるのが道理ではないでしょうか、一生を煮売り屋ですごす者が、それで気楽だと満足しているとは限りませんし、隠居するとしになっても稼《かせ》がずにはいられない者もあると思います」

「隣りの庭の花は赤く見えるということか、そんな説教はたくさんだ」

「ではなにが聞きたい」と廊下で声がし、滝沢主殿《とのも》がはいって来た、「そういう説教ではなく、女の唄でも聞きたいというのか」

兵部は動かなかった。主殿に眼くばせをされて、岡野吾兵衛はそっと出てゆき、主殿は兵部からはなれて坐った。

「起きなくともいい、そのままでいろ、おれを父と思わずに、云いたいことがあったらなんでも云ってみろ」主殿の声は冷たく、おちついていた、「父と子ではなく男と男、友達どうしだと思って話すがいい、云いたいことはなんでも聞くぞ」

「云いたいことなんかありません」兵部は起き直り、着物の乱れた衿《えり》や裾前《すそまえ》をかき合わせて坐った、「ただ一つのお願いは、私を自由にさせていただきたいことです」
「いまは自由でないというのか」
「それは父上がよく御存じの筈です」
「おまえが岡野に云っていたことはあらまし聞いた」と主殿が云った、「めめしいぐちと泣き言だった、私はそんなふうに育てた覚えはない、げす下郎でもあんなみれんがましい不平は口にしないだろう、滝沢家に生れ二十五歳にもなりながら、おまえはあんなぐちや泣き言しか云えないのか」
「少なくとも、げす下郎には自由があります、そう望めば出世もできるし、いやなら侍をやめて町人にも百姓にもなれるでしょう」兵部はかしこまって坐った膝《ひざ》がしらを、両手で力いっぱい摑《つか》みながら、俯向いたままで云った、「しかし私は身動きもできない、滝沢家に生れて城代家老の四代めに坐る、この道を歩む以外にはどう生きることも許されない、この道を一歩踏み外すことさえできないのです、それがどんなに息苦しく重荷であるか、父上にはお考えになれるでしょうか」
「だが、誰かが城代家老を勤めなければならないだろう、上《かみ》に御領主があり、家老職、重臣がいて、家中をたばね領民の安泰を守る、一つの藩を固めてゆくには、それぞれが自分の職分をはたさねばならない、みんなが自分の役目を嫌ったり、責任からのがれようとしたりすればどうなると思う、一軒の家から柱一本を抜いても、その家は安全ではなくなるだろう、慥《たし》かに」と云って主殿は息を深く吸い、静かにその息を吐き出してから続けた、「――慥かに滝沢の家名や、城代家老という職分は重く、息苦しいように感じられるかもしれない、しかしかさねて云うが、おまえでなければ誰かが、その職をになわなければならないのだぞ、自分の好ましくないことを他人に肩替りさせて、それでおまえは気楽になれると思うのか」

父にはかなわない、と兵部は思った。父は賢いし生きる力に満ちている、強い性格と生活力を持っていながら、それを抑制して外へあらわさない自制心もある。だがおれにそんな能力はない、父はおれを買いかぶっている、おれは藩政のたばねをするより、ひそかに女を囲い、銀杏《ぎんなん》屋敷の放埒《ほうらつ》な遊びに耽《ふけ》るほうが性に合っている。おれは意見をされるよりも、廃嫡《はいちゃく》されるほうがましなんだ、そう思ったがむろん口には出さなかった。

「来月の下旬には殿が帰国なさる」主殿は声をやわらげて云った、「そのとき私は跡継ぎのことを申上げるつもりだ、私も六十二歳だからな」

兵部はなにも云わなかった。

「おまえが女を囲っていることも、鳥越や加地町あたりで遊びほうけていることも知っている、だがそんなことは問題ではない、そういう類《たぐい》のことならなにをしても私は構わない、滝沢家の相続者であり、将来この藩のたばねをする身の上だということさえ、忘れなければだ」

「わかりました父上」と暫くして兵部が顔をあげずに答えた、「仰しゃるようにやってみます」

「それが嘘《うそ》でないことを、私にみせてもらいたいな」

主殿は立ちあがり、うなだれている兵部を見おろしていたが、そのまま静かに出ていった。

「父は立派だ」主殿のしっかりした、静かな足音が聞えなくなってから、兵部は顔をあげて呟《つぶや》いた、「——七万八千石の家老には惜しい人物だ、という評《うわさ》に誤りはない、じつに立派な名家老だ、しかし人間ではない、人間らしさもなし父親でもない、人の父親らしさはどこにもない」

十の二

およそ二十歳くらいまでは、おれもこんなではなかったと、高下駄《たかげた》で雪解の道をあるいてゆきながら、兵部は思った。およそ四五年まえまでは父についてゆけた。それがいつからか道をそれ、滝沢の家名も、おれを待っている城代家老の席もいやになり、ほかにも人間らしいくらしのあることを知った。

「どうしてだろう」と彼は声に出して自分に問いかけた、「どういうきっかけで、いつ、おれはこんなになったのだろう」

答えはすぐ頭にうかんでくる。あなたは学問にも武芸にもぬきんでた人だ、とその男は云った。けれどもそれは名門に生れ、生れながらの才能があり、第一級の教官師範によってみがきあげられたものだ。しかし、私はそうではない、私は徒士組《かちぐみ》の子に生れ、貧しく育ち、生れついた才能もなかった。いま私の身についた武芸や学問は、一つ一つ自分の力で会得《えとく》したものだ、この差がどんなに大きいか、あなたにはわかっていない。――その言葉はいつも、兵部の頭の中で叫び続けているし、刀を抜き合わせたとき、それが誇張でなく事実だと直感したことも忘れられなかった。兵部はそれを思いだしたくない、相手が誰だったかということも、相手の刀の前に竦《すく》みあがったのが自分だ、ということも思いだしたくなかった。

「なんにもきっかけや原因などはないさ」兵部はあるきながら、記憶をふり払うように強く頭を振った、「おたまじゃくしが蛙《かえる》になったというだけだ、いいじゃないか、おれは一匹の蛙なんだ、それで誰にも文句はないじゃないか、へ、城代家老、まっぴらごめんだ」

陽《ひ》が照っているのに、粉雪が舞いだした。兵部はそれにも気づかなかったのであろう、西小路というところにある女の家へつくころには、頭から肩まで雪まみれになっていた。出て来た女はばあやといっしょに、その雪を払いながら、お客さまがみえています、と告げた。

「客とは誰だ」

「谷慶次郎さまと仰しゃいました」と女が答えた、「ここから二軒おいた隣りにいると仰しゃってましたわ」

「よけいな者は入れるなと云ってあるだろう」

「御自分でずんずんはいっていらしったんです」とばあやが云った、「そして酒だ肴《さかな》だと仰しゃって」

「谷慶次郎、ああ」兵部は自分の部屋へゆきながら唇を曲げた、「宗岳だな、谷宗岳、いやなやつだ」

女は黙って兵部に着替えをさせた。

女は十九歳、名をはるという。細おもてで眉《まゆ》のはっきりした、唇の小さい、いつも伏眼がちにしている陰気なこではあるが、加地町の座敷で初めて会ったとき好きになり、兵部は多額な金を出してこの家へ囲った。日雇い人足の子に生れ、七人きょうだいの三女だという。兄二人と弟二人は街道で稼いでい、姉の一人は大坂、次の姉は街道の宿へと、それぞれ売られたり下女奉公にやられている。はるは芸ごとが好きで、同じ町内にいるよろず屋と呼ばれる師匠のところで、五つ六つから三味《しゃみ》線《せん》、長唄《ながうた》、踊りなどをならった。よろず屋とはなんでも教えるという意味であり、師匠は六十歳を越した老婆《ろうば》だったが、はるに芸ごとの才のあるのを認め、鳥越で踊りを教えている杉間《すぎま》勘藤《かんふじ》という女師匠に紹介し、勘藤から親許《おやもと》へ金を払い、養女として育てられたものであった。それが十三歳のときで、十五の春から客座敷へ出るようになり、一晩も休んだことのないほどの売れっ妓《こ》でとおった。

兵部友矩《とものり》は初めて会ったときからはるに心を奪われ、高額な身《み》の代金《しろきん》を払い、西小路に家を買って囲い者にした。けれども、彼にはいまだにはるが馴染《なじ》めなかった。決していやな顔もしないし、むりなことを云ってもさからわず、はい、はいと温和《おとな》しくしたがっているが、心の中になにを考えているか、本当に兵部を好いているかどうか、まったくわからないのである。

——はるだけではない、と兵部はいつも思ってきた。女というものは誰も彼もわからない、山内の貞二郎などは妻子があるのに女を囲い、銀杏屋敷ではあのように自由に女と遊んでいる、妻女のことは知らないが、見た限りではどの女も彼に馴染み、彼を愛しているようだ。あんなつまらない無能な、くだらないやつでも、女はみな好きになり愛されようとするのに、どうしておれだけはそうではないんだ。

着替えた帯を直しながら彼は坐《すわ》った。そこは六帖の居間であり、箪笥《たんす》、茶箪笥、長火鉢《ながひばち》、飾り棚、衣桁《いこう》、小屛風《こびょうぶ》など、すべてがきちんと揃《そろ》っている、武家とはまったく違って、それらの持ついろどりや配置には、云いあらわしがたい嬌《なまめ》かしさと、あたたかさが感じられるし、焚《た》きしめてある香も、やはり武家にはない享楽《きょうらく》的な、いろめいた匂《にお》いがこもっている。そこは男の気持をほぐし、やわらげ、他のことをいっさい忘れて安息できる部屋である。こまかにそうくふうされ、案配されているのだ。にもかかわらず、兵部はおちつかず、心のなごむことがない。

「酒だ」と兵部が尖《とが》った声で云った、「酒をつけてくれ、肴はいらない」

「はい」はるは兵部のぬいだ物を片づけながら答えた、「お客さまをどう致しましょう」

「放っておけ、おれが招いたわけではない」

はるは「はい」と答えた。兵部は長火鉢の猫板《ねこいた》に両肱《ひじ》を突き、両手で顔を掩《おお》った。

「人の一生か、くだらない」と彼は低い声で云った、「城代家老であろうと、足軽人足であろうと、人の一生に変りはありゃあしない、ばかげたことだ」

おれは父の思うとおりにこねあげられた泥人形だ、と彼は心の中で呟いた。いちど雨にでもあえば、この形はぐずぐずに崩れて、元の泥に返ってしまう。なんのこともありゃあしない。どうせ泥に返るものなら、いまこの場からでもいいじゃないか。おれはこれだけの人間だ。初めからわかっていたことだ。

「四代めの城代家老か」と兵部は声に出して云った、「そんなものはごみ溜《た》めへでも捨てちまえばいいんだ」

「お支度ができました」女が云った。

兵部は手を伸ばし、女を引きよせて、仰向けに転んだ。女は少しも拒まず、兵部の上へかさなりながら、乱れた裾を直した。兵部は女の衿から手を入れて胸乳をさぐり、唇をつよく吸った。それでも女は拒まず、温和しくされるままになっていたし、顔にも呼吸にも、ほんのかすかな変化さえ感じられなかった。

「冷たいな、石のようだ」と兵部は溜息《ためいき》といっしょに云った、「おまえはそれでも女なのか、それでも軀《からだ》に血がかよっているのか」

「あたし」とはるが吃《ども》りながら含み声で答えた、「なんにも、わからないんです」

「十九になってもか、本当はおれが嫌いなんじゃないのか」

「若さまは好きです」とやはり含み声で、恥ずかしそうに女は云った、「――でもあたしのような者にはけだかすぎて、こわいんです」

「けだかいもくそもあるか」兵部はまた尖った声で云った、「人間と人間、ただの男と女じゃあないか、そうは思えないのか」

「御身分が違いますもの」

「身分が違うって」彼は女を押しのけ、起き直りさま、女の頬を平手で打った、「きさまそれでも人間か」

はるは打たれた頬を手でそっと押えながら俯向《うつむ》いた。ほっそりした顔に悲しげな表情がうかんだけれど、ただそれだけで、ほかには塵《ちり》ほどの感情もあらわさなかった。

――おれは初めて人を殴った、と兵部は唇を嚙《か》みながら思った。この女はおれに金で縛られている、殴られても殴り返すことはできない、それをおれは殴った、なんというやつだ。

彼は立ちあがり、酒肴《しゅこう》の支度のできている膳《ぜん》を蹴返《けかえ》すと、振り向きもせずに、谷宗岳の待っている客間のほうへ出ていった。

十の三

「おまえさんは美男すぎる」宗岳は大きな盃《さかずき》で飲みながら云った、「美男子は女に惚《ほ》れられるというが、それも程度による、おまえさんは美男すぎるし、おまけに凄《すご》みがあって城代家老の嫡男《ちゃくなん》だ、そんな男に惚れるような女はいないよ、この碩学《せきがく》宗岳が保証する、おまえさんは一生、女にしんそこ惚れられることはないだろうな」

加地町の料亭の奥座敷であった。西小路の家を出てここへ来てから、すでにも う半刻《はんとき》以上になるが、酒は二本、摘《つま》み物《もの》が二た皿、互いの膳についただけで、給仕の女中も姿を見せないし、酒肴の注文も受けつけられなかった。これがあてがい扶《ぶ》持《ち》というものだな、と兵部友矩は思った。しかしどうして、酒もこず肴もこないのか、おれたちは客ではないのかと思い、兵部は手荒く盃を置いた。

「出ましょう、谷先生」と兵部が云った、「ここはまったく面白くない」

「勘定が溜《たま》ってるんだ」

「勘定がどうしたんですって」

「面目ないが勘定が溜っているんだ」と云って宗岳は頭《こうべ》を垂れた、「*黄白《こうはく》には富みたいものだということが、こんなにきびしいものとは知らなかった」

「出ましょう」兵部は立ちあがった、「もう少しましなところがあるんじゃあないんですか」

「うん」と宗岳はまたうなだれ、それから急に顔をあげた、「今夜の」と宗岳は吃った、「ここの勘定を払ってくれるか」

その顔は老いて白っぽく乾き、眼袋《めぶくろ》ができ、ぜんたいが皺《しわ》たるんで、その細い首や手は、いまにも折れてしまいそうにみえた。江戸から招かれた尚功館《しょうこうかん》の教官として、学生たちを叱咤《しった》し、鞭《むち》を鳴らしたころの、颯爽《さっそう》とした精気や意力は残らず消えて、いまはただ*陋巷《ろうこう》に飢えている一老人、というふうにしか感じられなかった。

「白壁町へゆこう」その店を出るとすぐに宗岳が云った、「あそこなら知っているうちがある、加地町のとりすました料亭や、鳥越のきどった、青っ臭さなんかこれっぽかりもない、いいだろうな」

「私はなにも知りません、金だけは少し持っています」

「金だと」宗岳は振り向き、ぎらぎらするような眼で兵部を睨《にら》んだ、「きさまおれをばかにするのか」

「人が立ちます、あるきましょう先生」

「手を出すな」支えようとした兵部の手を払いのけて宗岳は云った、「――老いぼれても谷宗岳、人に助けられるほどもうろくはしておらんぞ」

「ここは桶屋《おけや》町です、ここを曲るんじゃないんですか」

「心配するな、人の一生は曲り角だらけだ、おれも二十五歳まではまっすぐな道をあるいた」と宗岳は云った、「二十五歳まで、——それがおれの花道だった、妻を娶《めと》り、昌平坂学問所の教官になった、よく聞け、おれは昌平黌《しょうへいこう》の教官だったんだぞ」

「そこで曲り角に出会ったのですか」

「おれは妻を娶り昌平黌に講座を持った、妻はいつも笑顔を忘れず、あたたかくよく仕えてくれた、あの笑顔はいまでもはっきり眼に残っている、ふっくらとしたあたたかい笑顔だった、笑うとここに」と云って宗岳は自分の左の頰の一部を指で押えた、「——ここにぽつっとえくぼができるんだ、きよらかで温和しく、云いさからったりふきげんなようすをみせたことは一度もなかった、ところが、じつは妻は密通していた、しかもおれはこの眼で、密通している現場を見たんだ、相手はうちの書生、まっ黒な顔の、田舎から出て来た百姓の伜《せがれ》だ、あさましい話だが、おれは三度までその現場を見てたしかめた」

「手討ちというところですね」

宗岳はだるそうに首をふった、「私にはできなかった、おそらく、あんたにもできないだろう、どっちが先に手を出したかは知らないが、妻はそうしたかったのだろうし、そうすることをよろこんでいた」

「それが先生にどうしてわかるんです」

「女が精いっぱいの力でしがみつき、ああいう声で叫ぶのを見れば、誰にだってわかるだろう」と云って宗岳は道傍《みちばた》へしゃがみこんだ、「私とのときには妻は人形のようだった、しがみつきもしなければ、声も出さなかった、終ったあとにはいつも三つ指をついて、有難うございましたと云う、――有難うございましたとな」

はるはそれさえも云ったことがない、と兵部は思った。

「立って下さい先生、人が見ますよ」

宗岳は尻《しり》もちをつき、兵部が助け起こした。雪解の水の溜っている道なので、宗岳の着物のうしろ腰はぐっしょり濡《ぬ》れ、両手は泥だらけになっていた。

「これじゃあどうしようもない、いちどお宅へ帰ることにしましょう」

「うるさい、おれに触るな」宗岳は手を振りながらどなった、「白壁町へゆくのがどうして悪い、なぜうちへ帰らなければいけないんだ」

「お好きなようにしましょう、この道をいっていいんですか」

「どの道をいっても、こんな狭い城下町なら望みのところへゆけるさ」

まいりましょうと兵部が云った。

「まっ暗だ」と兵部が呟いた、「どっちを見ても暗い、なんにも見えない、まっ暗な壁にとり囲まれたようだ」

「もっとこっちへお寄りなさいな」と云って女が両腕で抱きついた、「ねえ、あそびましょうよ、あそぶためにいらしったんでしょ」

「暑い、もう少しそっちへ寄ってくれ」

「てれてるのね、あなたこういうところは初めてでしょ」

「ここは白壁町だろう」

「このうちはお染《そめ》、あたしの名は小奴《こやっこ》、忘れないでね」

「むだなことだ」兵部は枕《まくら》の上で顔をそむけた、「十年も経《た》てばこのうちもなくなるだろうし、おまえの身の上も変るだろう、覚えているほうでも十年とはもつまいな」と兵部が太息《といき》をつきながら云った、「人間どうしは逢《あ》ったときが正月だ、明日の風がどっちから吹くか、誰にもわかりゃあしないからな」

女はまた手足で絡《から》みついた、「本当のことを聞かせて、あなたは御大身《たいしん》の若さまでしょ」

「おれは足軽だ」と云って彼は寝返り、夜具の外へ出て頸筋《くびすじ》や額の汗を拭《ふ》いた、「足軽でもいちばん下っ端《ぱ》の、くだらない人間だ」

「嘘《うそ》、嘘、あたしにはわかるわ」女は起きあがり、両手でまた彼に抱きついた、「お酒の飲みかたでも、口のききかたでも、立ち居ふるまいでも、見れば育ちのよしあしはわかるものです、こういうくらしをしていればね」

兵部は片手を女の背にまわし、そっと額に唇を当てた。女はぶるっと身ぶるいをし、彼を夜具のほうへ引いてゆこうとした。

「私の伴《つ》れはどうした」

「あの人はだめなんですって」と云って、女はくすっと、肩を竦《すく》めながら笑った、「ですから誰もお相手に出るのをいやがるんです、今夜は梅奴ねえさんが出ているんだけれど、もうすぐ逃げだして来るでしょ」

なにがだめなのかと、きこうとして口をつぐみ、兵部は改めて女の顔を見た。安《やす》白粉《おしろい》を塗っているため、却《かえ》って肌の黒さが眼だった。肥えた軀《からだ》、抱えきれないほどの大きな腰、そしてかさかさに荒れた手足、兵部は顔をそむけて「酒をくれ」と云った。こういうところでは酒は出さないきまりだ、と女が答えた。どうしてだ。どうしてだか知らないけれど、お奉行所からのお達しだそうよ。ばかげている、遊びに酒は付きものだろう。あんたはそんなに酔っているんだもの、お酒なんかよして遊びましょう、よう、こっちへ来てよ、そう云って女は兵部に頬ずりをし、耳たぶをそっと噛んだ。

「——主水の女房」と兵部は眼をつむって呟いた、「名はつるといったな」

十の四

女が力をこめてしがみつき、異様な声で呻《うめ》いたり叫んだりする。宗岳はそう云った。兵部にはよくわからなかったが、小奴という女はその夜、宗岳の話が実際だということを兵部に悟らせた。軀が太っていて大きいから、動作も荒っぽく、彼にいろいろ注文をつけたり、彼が戸惑っていると、自分のほうから積極的に動いたり、子供の手を取って教えるようなことをし、そして絶えまなしに声をあげ、びっくりするほど大きな声で呻き叫び、啜《すす》り泣いたりした。兵部はそのあいだ、三浦主水正の妻のことを考えていた。

——おまえもこんなふうにするのか、と彼は幾たびも心の中で呼びかけた。つる、おまえも主水とこんなふうになるのか。

男の気持がほかに向いていると勘づいたのだろうか、女はけんめいになって、抱き緊《し》めたり顔じゅうに吸いついたりした。

「あたしを忘れないでね」と小奴は繰返し囁《ささや》いた、「これっきりじゃいやよ、あんたのためならどんなことでもするからね、これからずっとお馴染になってね、いいわね」

　兵部は頷《うなず》いた。

「あんたはもう二十三か四でしょ」とも小奴は囁いた、「それなのになんにも知らない、あたしのにらんだとおり、きっと御大身のお生れよ、職人衆かあぶれ者なら、十七八でも知っていることなんだのに」

「おまえはこの土地の生れか」

「又野郡の比野《ひの》村というところ、貧乏百姓の娘よ、でも嫌わないで」

「馴染になるよ」

「お名前は聞かせていただけないの」

「名前がなんになる」

　小奴はまた抱きついた、「あたしうかがいたいの、これっきりお逢いできなくなっても、一生の思い出になるわ」

「熱いような腕だな」兵部は抱きついている女の、剛《こわ》い生毛《うぶげ》でざらざらする二の腕を撫《な》でた、「おまえの好きな名前をつけてくれ、おれには名はないんだ」

襖《ふすま》の外から「小奴さん」と呼ぶ声がした。ちょっと待っててねと云い、女は着物だけひっかけて、乱暴に出ていった。

「こんな世界があるんだな」と独りになってから兵部は呟《つぶや》いた、「おれには似あいじゃないか、こうして寝ているおれが、本当のおれ自身じゃあないのか、——どっちを向いてもまっ暗だ、おれはまっ暗な壁にとり囲まれている、だがここでは息がつける、ここだけはおれに人間らしさを味あわせてくれる、おれは生れるところを間違えたのだ」

兵部は知らぬまに眠った。女がいつ戻って来たかも気づかなかった。この町では雨戸が禁じられているため、障子へさしかける陽の光と、雪解の雨だれのやかましい音で、兵部友矩は眼をさまし、女が手と足で自分に抱きついたまま眠っているのを見た。白粉の斑《まだら》に剝《は》げた顔は醜かった。赤っぽい髪はたっぷりあるが、頰骨が出て鼻が大きく、白ちゃけて荒れた厚い唇が半ばあけ放しになり、よごれた大きな歯が覗《のぞ》き、口の端から涎《よだれ》が枕にまで糸をひいていた。掛け夜具から投げ出された足も、片方の腕も毛が生えていて逞《たくま》しく、余るほど肉がもりあがっていた。

「これが人間だ」と彼は自分をいためつけるように呟いた、「はるは芸も達者だし礼儀も知っている、しかし人間ではなく躾《しつ》けられた人形だ、つくりあげられ、人の機嫌をとるようにできあがった人形だ、それに反してこの女は生れたままの人間だ、化粧もへただし礼儀も満足には知らない、だが男に逢えば人間の女というものを隠さず、あらわに表現することができる、これが人間の人間らしさだ」

彼は女を抱きよせた。すると女は彼を突きのけ、うるさいねこの人、と云ったまま、いびきをかいて寝返った。すると女の逞しい臀部《でんぶ》が剝《む》きだしになり、彼は眼をそむけながら、それを掛け夜具で掩《おお》ってやった。これも彼には初めての経験であった。囲っているはるとは二年ちかくもひとつ寝をしてきたが、いつも行儀ただしく、軀の一部さえ、あからさまに見せたことはなかった。

「——可哀そうに」と兵部は口の中で囁き、女の背中をやさしく撫でた、「お眠り、よくお眠り、私がみていていてあげるよ」

女は身をもがき、なにやらわけのわからないことを呟いた。兵部は云いようのない感動におそわれ、ぎごちなく女の背を撫でながら、眼をぬぐった。そのとき襖をあけて、一人の女が顔を出した。髪が乱れて額にかかり、白粉や口紅が剝げて、皺だらけの醜い女であった。

「あらいやだ」と女はひどくしゃがれた声で云った、「ごめんなさい、もうお帰りになったかと思ったのよ」

小奴さんしっぽりね、というようなことを云って、女は歯を見せて襖を閉めた。おそらく笑ったのであろうが、兵部には骸骨《がいこつ》のように感じられて、ぞっとした。

「起きてくれ」彼は女の肩をゆすった、「おれの伴れのいる部屋はどこだ」

「少しは寝かしてくれたらどう」女はじゃけんに身をずらした、「しつっこいよあんた」

それが寝言だということはよくわかった。客といっしょに寝ると、いつもそう云うのが癖になっているのだろう。いざない遊ぶときにはあれほど積極的で、殆《ほと》んど狂乱にちかい動作や要求をするのに、いまは相手が誰かということも知らず、無意識に自分の軀を護《まも》ろうとし、自分の眠りを奪われまいとする。尋常でない勤めをしながら、心のこもった愛情で劬《いたわ》られたことがないのだ。

「おれ自身がそうじゃないか」と彼はそっと呟いた、「おれは父の思うように躾けられたが、子として愛され劬られたことは一度もなかった。この女があのように勤めたのは、雇いぬしか誰かに躾けられたからであろう、その限りでは客の気にいるだろうが、一人の女として愛され劬られたことはないのだ」

おれとそっくりだ、と思いながら、兵部はそっと寝床からぬけだし、掛け夜具で女の軀をよく包んでやってから、注意ぶかくその部屋を出た。そっちは北向きになるのだろう、障子に陽のさしかけていた部屋とは違う家のように、狭い廊下は暗く、ひっそりとしていた。兵部は手洗いにゆき、戻りに五つある部屋の外から、声をひそめて「谷先生」と呼んであるいた。三つめの部屋から、すぐに返辞が聞えた。おれはここだ、はいれという。襖をあけると宗岳は夜具の上に寝衣のまま坐《すわ》り、さっきの骸骨のような顔の女と酒を飲んでいた。女がなにかみだらなような言葉で兵部をからかい、宗岳はここへ坐れと枕許の畳を指さした。

「こう夜が明けてしまっては帰れやしない」と宗岳は盃をさしながら云った、「まず一杯、今日は日の昏《く》れるまで飲もう、おまえさん軍資金はあるんだろうな」

「私にはよくわかりませんが、たりなくなったら取り寄せます」

「酒がもうないぞ」と宗岳が女に云った、「どしどしあとを持って来い、肴《さかな》はいらない、味噌《みそ》と鰻《うなぎ》だ」

「しようがないよこの酔っぱらいは」と女は宗岳の肩を殴った、「ここではね、酒を出すのさえ御法度《ごはっと》なんだよ、あんまりせがむからあたしのはたらきで、二本だけないしょで都合したんじゃないか、ふざけるんじゃないよ」

「やしないがたきけだものだ、よその倍も値段を取ってはたらきもくそもあるか、金は唸《うな》るほどあるんだぞ、持って来いと云ったら持って来い」

女はねむたげな腫《は》れぼったい眼で兵部を見た、「どうしましょうあなた、ここでは本当に酒は出せないことになってるのよ」

「あっちの部屋に私の財布がある」と兵部は云った、「済まないが飲ませてあげてくれ」

女は微笑した。あさましいほど醜い顔がいっそう醜くなり、みせかけのしなを作って、女は出ていった。

十の五

四月になり、山や野には緑の色が、日ましに濃くなった。城下町は新らしい「堰《せき》の工事」の評判でわき立っていた。滝沢兵部は耳を塞《ふさ》ぎ眼を掩った。幕府から全国各藩に出された、領内の地理測量の命令は、かれら一味に好便《こうびん》であった。かれら、——兵部は決して三浦主水正の名を意識に入れない、——かれらは公認の領内測量を名目にして、実際には「堰」の造成の測量をしていた。十日ほどまえ、飛騨守《ひだのかみ》昌《まさ》治《はる》が帰国し、彼は帰国祝いの席に出た。父が相続のことを云《い》うかと思ったが、まったくそのことには触れなかったし、昌治もひとこと話しかけただけで、そのあとは兵部に眼もくれなかった。——これが世間というものだ、と彼は自分に云った。役に立つときは砂一と粒でも大切にされるが、役に立たないとなれば大木も見向きはされやしない。おれはおれの好きなように生きるだけだ。

兵部は女遊びに溺《おぼ》れた。冠《かむり》町の屋敷にいるときでも、西小路の家にいても、雨が降ったり、陽が昏《くら》くなり始めるとおちつかなくなり、どうしても外へ出ずにはいられなくなるのであった。着古した着物にやまのいった帯、刀は脇差《わきざし》だけで髪も乱れたまま、まるでおちぶれた浪人者という姿になって、白壁町の安い飲屋で酔い、下等な娼家《しょうか》へはいって酔いつぶれるのであった。三度のうち二度は小奴と寝るが、他の夜はゆき当りばったり、もっともぶきりょうで下品な女と寝た。

「それは通俗だ」谷宗岳が或《あ》る夜そう云った、「身分の高い者や金持や、やけになったような人間は必ずそんな遊びかたをするものさ」

「ここを教えたのは先生ですよ」

「私にはここが柄相応《がらそうおう》だ、しかしおまえさんは違う」と宗岳は云った、「一度は経験だと思って案内したが、人間は自分の柄に合った遊びをするのがいい、どんなに恰好《かっこう》を俏《やつ》しても、城代家老の令息という身に付いたものは消えやしない、おまえさんのしていることは俗の俗なるものだ」

「私は城代家老の子でもなし、先生の考えているような人間じゃあない」と兵部はそのとき答えた、「もっとも卑《いや》しい売女《ばいた》にも劣った、この世になんの用もない人間だ、私のことに構わないで下さい」

「そういう言葉は信じない、おまえさんは自分にあまえているだけだ」

「先生にはそうみえる、ということでしょう、人間は淋《さび》しいものだ、あなたは学に長《た》け、才知も衆にぬきんでているかもしれない、しかし他人の心の中まではいることはできないし、年代も経験もまるで違う」と兵部は云い返した、「先生の観察や理解や、それを総合した結論は、先生の身についた知力と経験から出たもので、私のそれとはまったく無関係だと思います」

　宗岳は頭を垂れ、慥《たし》かに人間は淋しいものだと呟き、悲しそうに、垂れた頭をゆらゆらと振った。

「私も若いころには」宗岳が告白するように云った、「教師や教頭を古くさい、時勢おくれの石頭と思ったものだ、私の先輩もそうだったろう、ずっと昔から、若い世代の者は代々そう思ってきたに相違ない、そして年月が重なりとし老いて、自分も頑固《がんこ》になり石頭になってしまうのだ」

「では人間はなんのために生きているんですか」

「なんのためだろう」宗岳はだらしなく片手を振った、「同じことの繰返しなのに、どうして四書五経をまなび、武芸で汗みずくになるのだろう、私は古い人間で石頭かもしれない、だがこれだけはききたいんだ、いったい人間はどうしてこんな徒労を重ねているんだ」

「いまにそこから、なにか意義のあるものが生れてくるかもしれませんね」兵部は皮肉にそう云って話をそらした、「さあ飲みましょう、私たちは酔っているのがいちばんよさそうですからね」

宗岳はよろめきながら立ちあがり、「白壁町へゆこう」と云った。

「どうしよう」と兵部が云った、「これからおれはどうしたらいいんだ」

「お苦しいんですか」とすぐ脇で女の声がした、「水を持ってまいりましょうか」

「ここはどこだ」

「西小路のお宅ですわ」

「先生はどうした、谷先生だ」兵部はびっくりしたように起き直った、「ここは西小路だって」

「若さまを駕籠《かご》で送っていらしって、それからお帰りになりました」

「水をくれ」

枕許には水の用意ができていた。はるが水差から湯呑《ゆのみ》に水を注ぐあいだ、兵部は自分の軀を見、部屋の中を眺めまわした。枕屏風《まくらびょうぶ》を立て、香を炷《た》き、華やかな夜具の中に、着たまま寝ていたのである。磨《みが》きぬかれた柱、ごみひとつない天床や壁、高価な寝間用の調度、爽《さわ》やかな香料の匂《にお》う、色華やかな、清潔な夜具。兵部はそれらを一つ一つ見て、眉《まゆ》をしかめ、頭を振った。

「おひやでございます」と云ってはるが湯呑を差出した、「召し上って下さい」

「もういい、捨ててしまえ」

そう云って兵部は眼をぎらぎらさせ、はるが湯呑を置くなり、乱暴に肩を摑《つか》んで引寄せた。はるはまったくさからわなかった。常着《つねぎ》のままで帯もしめていたし、もちろん髪を解こうともせず、柔軟に軀をひらいて兵部のするままになっていた。

「きさまは人形だ」額に汗の粒を浮かせながら彼は云った、「人間じゃあない、念入りにこねあげられた白い泥人形だ、おれはきさまを人間らしくしてみせるぞ」

兵部の背にまわしたはるの手には、少しも力が加わらず、自分からは身動きもせず、僅《わず》かに呼吸が乱れるだけで、声もあげなかった。兵部は自分の動作が、酬《むく》われることのない徒労だと感じ、白壁町の女たちならこんなことはない、どうしてだろう、躾がよければよいほど、女が人間らしくなくなるというのはどういうわけだろう、そんなことを思いながら、いつとはなく眠ってしまった。

兵部はかしこまって坐り、神妙にうなだれてはいたが、父の云うことには頑固に首を振り続けた。

「八重田頼母《やえたたのも》はいかにも凡人だ、たよりない人間だ」と滝沢主殿は云っていた、「だが知っているとおり八重田は重臣だ、柳田や益秋より家格は上だし、娘のこのみもとしこそ二十一で老《ふ》けているが、きりょうも悪くはないし、琴では人に稽古《けいこ》をするほどの腕がある」

銀杏《ぎんなん》屋敷でその人の名を聞いたことがある、と兵部は思っていた。おれはまだ一度しかいったことはないが、このみという娘は、男芸者とだけしか寝ないし、男芸者たちのあいだでは「好き者」というもっぱらな評判だと聞いた。父はそれを知らない、父には家格や名声しか問題ではないんだ。八重田のこのみと白壁町の娼婦の差も、父には少しも問題ではないいんだ、と彼は思った。

「これは好き嫌いに関することではない」と主殿は続けていた、「おまえには自分の立場と、負わされた責任がある、これは辛《つら》いことだろう、しかしその責任をはたす義務がおまえにはあるのだ、私も同じようだった、私にも自分の好ましい生きかたがあった、だが人間みんながそうしていたら、この世の中はめちゃめちゃになってしまう、私が辛抱したように、おまえにも辛抱してもらわなければならない、わかってくれるな」

兵部はくしゃみが出そうになり、それをがまんするのに、いっしょけんめいであった。

「返辞はまた聞くとしよう」主殿はそう云いながら立ちあがった、「――自分の立場を忘れないでくれ」

兵部は低頭した。

平野屋にて

「あの工事は本物ですな」と牡丹屋《ぼたんや》勇助が云《い》った、「あれは思いつきじゃあない、測量のほうはべつとして、鋤《すき》、鍬《くわ》、唐鍬《とうぐわ》、鶴嘴《つるはし》、雁爪《がんづめ》、鋤簾《じょれん》、鎌《かま》、鉈《なた》、畚籠《もっこ》など、みんな本式の道具を揃《そろ》えているし、石、打ち杭《くい》、土積みなどもすっかり計算されたものです」

「いまさら驚くことはない、まあおちつきなさい」と桑島三右衛門が云った、「鴉《からす》が飛び立てば木の枝は揺れる、肝心なのは揺れている木の枝ではなく、鴉がどっちへ飛んでゆくかでしょう」

佐渡屋儀平がさぐるように云った、「三浦主水正《もんどのしょう》ですね」

「あの人は石ぼとけだ」と牡丹屋がすぐに云った、「あれは梃子《てこ》でも動かせませんよ」

「その相談です」と桑島が云った、「どんなに堅い人間でも、必ず一点だけは弱いところがあるものだ」

「女ですな」と越後屋《えちごや》藤兵衛が云った。

桑島は頷《うなず》いて、太田巻兵衛に頰笑《ほほえ》みかけ、「それも妻にする相手ではなくな」

「なぜ私の顔を見るんですか」

「気になさるな」と桑島が云った、「私を除いて、ここにいる四人はみな同罪です」

同罪とはひどい、私になにがあるんですか、桑島さん御本人はどうなんですか、などとみんなが騒ぎだし、桑島三右衛門が手をあげて制止した。

「まあ、まあ」と桑島が云った、「そう脇《わき》へ話がそれては困る、肝心なことを申しましょう、牡丹屋さんちょっと、その盃《さかずき》を置いて下さい」

「怒られるのはいつも私だ」

「聞いて下さい」と構わずに桑島は続けた、「もちろん皆さんは武高なななえという娘のことは御存じだ」

佐渡屋が自分の顔の前で手を振った、「あれはてんで失敗だったんでしょう」

「あの失敗から思いついたんですよ、三浦さんが気づかなかったのは、あの娘を芸者として出したからです、谷先生に云われて一人ずつよく見ていたが、とうとう気がつかなかった、御徒士《かち》の娘と芸者、しかも濃い化粧をし衣装も変っているのだから、これはわからないのが当然でしょう」

「とすると、こんどはどうします」太田がきき返した、「女を変えるわけですか」

「いや、いやそうではない」桑島は少し声を低くした、「あの娘は芸者には向かない、温和《おとな》しいし好みもじみで、人の女房になり、家事をたのしむという性質です、また三浦さんも派手なことは嫌い、こつこつとじみにやるという性分のようです」

「しかしあの人には」と牡丹屋は盃を取ろうとしたが、桑島の眼に気づき、その手を引込めながら云った、「三浦さんにはもう奥さんがあるでしょう」

「牡丹屋さんはどうです」と越後屋が口をはさんだ、「ごしんぞもあり、お子たちが三人もいるのに」

「慥《たし》かに奥さまがいます」桑島は二人のやりとりを遮《さえぎ》って云った、「御存じのとおり山根さまから輿入《こしい》れをなすった、しかしお二人はいまでも他人なんです、お寝間はべつだし食事もいっしょにはなさらない、祝言《しゅうげん》をなすってからあしかけ五年以上にもなるのにです」

聞くところによると、山根の娘のほうで寄せつけないらしい。主水正の身のまわりは、杉本大作という家士が世話をしている。主水正も今年は二十五歳、あたたかい家庭や、しんみに世話をしてくれる女が欲しいころであろう。仕事ひと筋にうちこんでいるようだが、そういう者こそ、手足を伸ばして休息のできる、あたたかい家庭が欲しいものだ。そうではないだろうか、と桑島三右衛門が云った。

「するとあの娘に」

「そうです」牡丹屋に頷いて越後屋が答えた、「五つ間ぐらいの家で、小さな庭のある、あたりの騒がしくないところに別宅を設け、あのななえという娘を女房に据《す》えるのです」

「相当な入費ですな」

「しかし料亭へ招待することに比べれば却《かえ》って安くつきます、これを見て下さい」と云って桑島は、こまかい数字を書き並べた一枚の紙をそこへひろげた、「お茶屋へ招けば女芸者が少なくとも五人、男芸者は一人としても、酒肴《しゅこう》で泊りまで入れるとこれだけになる」

牡丹屋が眼をみはった、「へえ、一度にこれだけの代銀ですか、われわれがずっと、こんな代銀を払ってきたんですかね」

「いまさら吃驚《びっくり》したようなことを云いなさる」と太田が云った、「牡丹屋さんなんぞはその十倍も二十倍も儲《もう》けているんだから」

「さあさあ」とまた桑島が話を元へ戻した、「それからこっちを見て下さい、これは別宅を賄《まかな》う経費ですが、こちらの勘定に比べると三割がた安い、うまくゆけば半額になります」

「そう計算どおりにいきますか」

「肝心なのは二人でしょう」と太田が云った、「あの娘にしても、三浦さんにしても人間ですからね、こっちでお膳立《ぜんだ》てをしても、どちらかが不承知と云ったらものにはならない」

「あてもないのにこんなことは考えません」と桑島が初めて微笑した、「娘のほうはもう承知しました」

越後屋藤兵衛がすぐに云った、「たとえ下女端下《はした》でもいい、あの方のお世話ができるのなら、仰《おっ》しゃるとおりに致します、ってね」

「それじゃあ半分は手に入れたわけだ」

「さっき私が云ったでしょう」と桑島が牡丹屋に答えた、「祝言して五年にもなるのに、ひとつ寝もせず妻らしい世話もしてもらえない男が、なにを求めているか」

「あたたかい家庭」と牡丹屋が云った、「心のこもった劬《いたわ》りと安らぎ、ああ、そんなものがあったらあたしのほうがよっぽど欲しい」

「これはまじめな相談です」桑島が笑いだしたみんなを制止した、「三浦という人はきけ者です、頭もいいが、あの眼は節穴ではない、そのうえ徒士組からあがったので、私たちと縁のつながりもない、これまでの御重職がたのように思っていると、とんだことになる、そこをよくよく考えて下さい」

四人の商人たちはしんとなった。

「こんどの堰《せき》が無事に出来あがったら」と桑島は続けた、「おそらくそうなると思うが、三浦さんは重い役につくでしょう、殿さまをはじめ、尚功館《しょうこうかん》でも仁山《にやま》村の米《よね》村《むら》老、宗巌寺《そうがんじ》の和尚《おしょう》から、城下一般のにんきはみな三浦さんに集まっている、もしもあの人が重職になりでもしたらどうなるか」

「まさか」と云って牡丹屋は盃を取ろうとし、その手をまた慌《あわ》てて引込めた、「御家中にも人がいます、あの成上り者を重職だなんて、なにより滝沢さまが承知なさらないでしょう」

「もしも、と云うことです」桑島は静かに云った、「この世は一寸先が闇《やみ》だという、滝沢さまは慥かに名家老だが、三代も続くと垢《あか》が付くし人にも飽きられる、滝沢さまのお口添えで、ずっと私どもが山内さまにまわしてきた金も、みんなそろそろいやけがさしてきたんじゃあありませんか」

一つのことが習慣になると、それが変化するのを嫌うのは、人間の普遍的な本能だが、その反面、無意識にその習慣を変えようとするのも、本能の中には慥かにある。われわれが五人衆の権益を守ってゆくには、これまでどおり、現在の重職の庇《ひ》護《ご》に頼っていることはできない。こんどの殿さまはばかではないし、特に三浦さんは強力な敵になりそうだ、と桑島は云った。

「それはずっとまえからわかっていたことですが」と佐渡屋が云った、「もしこっちのものにするなら、あの堰の工事が終るまえのことですな」

「そこでもう一つ相談がある」

そう云って桑島三右衛門は膝《ひざ》を進めた。

十一の一

「おじさん」と背の高い少年が呼びかけた、「おいらだよ、忘れたのかい」

役羽折《やくばおり》にたっつけ袴《ばかま》、手甲脚絆《てっこうきゃはん》に草鞋《わらじ》ばきの主水正は、右手に竹の鞭《むち》を持って振り返った。背の高い少年は半纏《はんてん》に股引《ももひき》、やはり草鞋ばきで鍬を担《かつ》ぎ、茶色によごれた鉢巻《はちまき》をしていた。

「忘れるものか」と主水正が云った、「おまえは七郎だろう」

「覚えていてくれたのかい、そいつはうれしいな」と少年は云った、「けれども七郎はよけいだ、おらあ七でとおってる、昔から七としか呼ばれたことはねえんだよ」

「いまでも子供部屋にいるのか」

少年は頭を振った、「この工事が始まってからずっと、二の谷の作事小屋で寝起きをしているよ」

「妹はどうした」

「ちい公か」と云って七は顔をしかめた、「あいつは町へ奉公に出ているけどね、勤めが辛《つら》いって、よく泣き言を云いに来る、おらあいつも叱《しか》って帰らせるけどさ、ちい公の云うことが本当なら、世の中には情け知らずな人がいるもんだと思うよ」

「もう妹も十四五になるんだな」

「あっしが十六、ちい公は十四です」

主水正は築きあげている堰堤《えんてい》のほうへ眼をやったが、その眼をゆっくりと七へ戻した、「もしもそんなふうだとすると、妹のことを考えてやらなければなるまいな」

「それよりもね、旦那《だんな》」七はあたりに注意しながら声をひそめた、「この工事には悪いやつが入り込んでますぜ」

主水正は眼を細めた。

「おらあ何度も見てるんだ、ほんとだぜ」と七は続けた、「土台に杭《くい》を打ち込んで、そこへ石を積むでしょう、それが夜中のうちに、誰か杭を抜いて石を崩しちゃうんだ、旦那だって一度や二度ぐらいは気がついたでしょう」

「その現場を見たのか」

七は首を振った、「見てたらただじゃおきゃあしねえさ」

「うん」主水正は頷き、ちょっと考えてから云った、「もう少しその話を聞こう、私の小屋を知っているか」

「知ってます、ふた岐《また》のところでしょう」

「今夜そこへ来てくれ」と主水正は云った、「いまの話はほかの者にはないしょだぞ」

七は頷きながら唇を舐《な》めた。

やっぱりそうだったのかと、あるきだしながら主水正は思った。藩主の帰国が三月下旬、同時に「堰」の工事を始めた。それからほぼ半年、いまは十月であるが、精密な測量のうえに、念入りな工事を進めてきた。一本の杭、積み石の一つ一つ、土入れの疎密《そみつ》など、早仕事でなく、丹念に丹念にと注意を怠らなかった。――井関川の棚瀬《たなせ》の堰止めと、分流を導入する取入れ口も、予想以上に難工事だった。計上した全工事の予算の、およそ三分の一が消えてしまった。飛驒守昌治《ひだのかみまさはる》はそんなことを心配するなと云った。これは五年や十年の仕事ではない、五十年も百年も、できるなら永久に役立つことが目的だ。資金の調達はおれがするから、必要なだけ引出すがいい、と昌治は念を押すように云った。昌治は詳しいことは語らないが、山の杉《すぎ》、檜《ひのき》を向う何年間か提供することで、幕府からの借款《しゃっかん》を得たらしく、すでに二回まで、材木奉行に合計一千石ほどの杉、檜を伐《き》り出させていた。

この材木の伐り出しには、滝沢城代はじめ全重臣の反対があった。その幾度めかの御前評定の席には、主水正も出た。そして吃驚《びっくり》し、圧倒された。飛騨守昌治はかれらに云わせるだけ云わせたうえ最後に、おれは人形ではない、諸公の意見はよくわかったが、おれは領主として為《な》すべきことをする、これからはおれのすることに口出しはならん、そう云うなり立ちあがって、評定の席から出ていった。滝沢主殿《とのも》の顔が赤黒く怒張し、眼がつりあがるようにみえた。暫《しばら》くお待ち下さいと、二度、叱りつけるように云ったけれど、昌治は見向きもしなかった。ふた岐の小屋へ戻ってその話をしたときの、四人の感動は大きかった。佐佐は喜怒をあらわさないほうだが、小野田猛夫、猪狩又五郎、栗山主税《ちから》たちは、いまにも抱き合いたいようなよろこびかたであった。――もちろんみんな昌治を信じていた。相当な決意のうえだ、ということはわかっていたが、さて工事にかかってから、国許《くにもと》重臣たちに詰め寄られ、潰《つぶ》されそうになったとき、はたしてその決意を変えるようなことはないかどうかについては、主水正も他の四人も、口には出さないが、それぞれ不安をもっていたのだ。これできまったなと、佐佐義兵衛が年長者らしく、静かな口ぶりで云った。あとはわれわれの努力ひとつだ、しっかりやろうぞ。

取入れ口の難工事が終り、一里十二町に及ぶ堰堤工事にかかった。一方では吉原郡にある三つの沼を、引いた水の貯溜場《ちょりゅう》にするため、掘り拡《ひろ》げ底を浚《さら》って深くする、という仕事もあり、これは石原村の伊平に小頭の役を頼んだ。差配《さはい》は大坂から来た土工の親方に任せ、そちらのほうは順調にはこんでいた。だが堰堤の工事にはしばしば障害が起こり、積み石が崩れたり、杭がゆるんで土固めがだめになったり、築きあげた堤の一部がそっくり崩潰《ほうかい》したりした。

初めての大工事なので、計算の違いもあろうし、事故なしにやれるとは考えていなかった。それにしても不審だ、と思われる事が二度、三度とあったので、ひそかに見廻りをきびしくし始めたとき、たまたま七から、妨害者のいることを告げられたのであった。

「その七という少年は信用できるのか」

「できると思います」主水正は佐佐の問いに答えた、「少年のことはあとで説明しますが、妨害者が入り込んでいるとすれば、これまでの事故の原因の何割かは、納得できるんじゃないでしょうか」

「それは慥《たし》かだ」と小野田が云った、「証拠は残さないが、人の手が加わっていたと考えられる例が三回はあった」

「とすると誰だろう」猪狩が声をひそめた、「国許重臣たちの手だろうか」

「それを云うな」と佐佐が制した、「その詮索《せんさく》をすると事が大きくなる、それだけは絶対にいけない」

「では捨てておくのか」

「出る枝を摘むんだ」佐佐は答えた、「根へ手をつけるとどんな物がでてくるかわからない、だが実際に妨害する枝のほうは、こっちの用心しだいで摘み取ることができる」

　みんな佐佐義兵衛の意見にひきつけられた。一人をみつけたらその一人を捕え、できるだけ他の者には気づかれないように始末する。やむを得なければ傷ぐらい負わせてもいいが、決して殺してはならないし、さらに重大なのは他の者に気づかれないことだ。

「少しむずかしいかもしれない、いや」と云って佐佐は額に皺《しわ》をよせた、「――いや、むりな仕事かもしれない、しかしこれがうまくゆけば効果は必ずあると思う、出先の者が一人ずつ姿を消すとなれば、かれらも考えるだろうからな」

　小屋の引戸があいて、少年の七がはいって来、主水正が手招きをした。七を炉端に呼び、そこで半刻《はんとき》あまりみんなと話しあった。七は複雑な事情をよく聞き、事が極めて微妙であることも、よく理解したようであった。陽《ひ》にやけて黒い、おも長な顔は頰骨が高く、眼に険はあるがはしっこそうな、芯《しん》の強さをあらわしていた。

「三浦さんの旦那」と七はやがて決心したように云った、「この仕事をおいらに任してくれるかい」

主水正は佐佐義兵衛の顔を見た。

十一の二

「その旦那は」とすぐに七は佐佐を見やって云った、「おいらのことをよく思っちゃいねえ、おいらのことを子供扱いにしている眼だ」

「ばかなことを云うな」と主水正がたしなめた、「おまえを子供扱いにしているなら、いまのような大事なことを話すと思うか」

「おらあ、あの旦那は嫌《きれ》えだ」

「よし、それでよし」と佐佐が云った、「おまえがそう思うならそれでいい、私は口出しをしないから、考えたことを三浦によく話してみろ」

七は小野田、栗山、猪狩と、三人の顔を見てから、主水正に向かって話した。要約すると、見廻りの者や侍たちより、自分のように同じ仕事なかまのほうが眼につかないだろう、というのである。子供部屋から稼《かせ》ぎに来ている中で、自分と同年であり、大丈夫たのみがいのある者が三人いる。みんなすばしっこいし力も強いから、相手を一人ずつやるなら打ってつけだ。ぜひ自分たちにやらせてくれ、と眼を光らせながら云った。

「ひとつだけ聞かせてくれ」と佐佐が七の眼をみつめて云った、「これは危険な仕事だ、本当に妨害するつもりで来た以上、相手にもそれだけの覚悟があるだろう、ことによるとおまえたちのほうがやられるかも知れないぞ」

「そんなこたあやってみなけりゃあわからねえさ」七は主水正のほうを見たままで、むっとしたように云い返した、「こんどの堤だって、出来あがってみなけりゃあ、水が勝つか堤が勝つかわかりゃあしねえからな」

おれたちは三浦の旦那に救われたんだ、と七は云いたかったのだ。大火のとき親きょうだいを失った者から、そのあとで親に捨てられ、身寄りをなくした者たちは、子供部屋によって飢えもせず寒暑を凌《しの》ぎ、ともかく人並みに育つことができたのである。宗巌寺の子供部屋は、三浦の旦那が建ててくれた。おれたちは三浦の旦那のためならどんなことでもするぜ、そう云いたがっていることが、力んだ少年の顔によくあらわれていた。

晩めしをいっしょに喰《た》べてゆけとすすめたが、なかまが待っているからと、七はまもなく立ちあがり、主水正が戸口まで送ってやった。

「ねえ、旦那」と七は戸口のところで振り返った、「ちい公のことだけど、もしかここで煮炊《にた》きや雑用にでも、使ってくれるわけにはいかねえかしら」

主水正はちょっと考えてから答えた、「町の奉公先が辛いそうだが、しかしねえ七、妹はもう十四だ、ここはあらくれ男の集まりだし、いくら辛くとも、町にいれば嫁にゆく相手もみつかるだろう」

「ちぇっ、あんなねんねえにかい」

「きょうだいだからそうみえるかもしれないが、十四になれば立派な娘だ、人によっては嫁のはなしがあってもふしぎじゃあないさ」と云ってから主水正は声をやわらげた、「どうしてもいまの奉公が辛すぎるというのなら、私にも心当りがあるからべつの奉公先を捜してみよう、だがどこへいっても、楽な奉公というものはないものだよ」

七は頷《うなず》いて去った。

その翌日、前触れなしに飛驒守昌治が来た。供は高森宗兵衛と岩上六郎兵衛の二人、遠乗り姿で来て、小屋の外に馬を繫《つな》いだ。小野田と栗山、猪狩の三人はもう現場へでかけたあとで、主水正と佐佐が出迎えた。今日は工事場をぜんぶ見る、と昌治は云い、すぐに支度をしろとせきたてた。昌治の軀《からだ》は骨太の筋肉質で、肩幅の広く厚いのと、軀に比較して大きすぎる頭部の、眼鼻や口の大きく力感に満ちているのが、尋常な人でないという強い印象を人に与えた。

「御乗馬がよろしゅうございましょう」と佐佐が云った、「私どもも馬でお供を致します」

「徒歩《かち》だ」と昌治は云った、「見物ではない、詳しく見たいのだ」

そして書類も持参しろと命じた。

あるきだすまえに、主水正は岩上と佐佐と、そして高森の眼を見た。工事場には多くの土工や人夫、職人たちが入り込んでいる。上方《かみがた》から集めて来た者のほかに、この城下の者もいるし、特にゆうべは、工事妨害という事実が、ほぼ誤りなしとわかった。——かつて昌治が「隠し目付《めつけ》」と呼んだ刺客《しかく》が、それらの中にいないとは断言できない。今日の供は四人であるが、もしも相手が多人数で、不意に襲いかかられたら危険は大きい、お互いにゆだんすまいぞ、という呼びかけだった。三人にそれが通じたかどうか、判然したわけではないが、主水正が腰の刀の柄《つか》を叩《たた》いてみせると、かれらもまたそれぞれ、自分たちの刀の柄を握ってみせた。

一行はまず棚瀬まで登り、堰止めから分流の取入れ口を見た。昌治は「洗堰《あらいぜき》だな」と頷き、豊水期の水量のみつもりをきいて、これでは弱い、堰の下をもっと石で固めるべきだ、と云った。さらにまた「石を砕くのにどんな方法をもちいたか」とききき、佐佐が「石矢、石鑿《いしのみ》、鉄槌《てっつい》のほか、火砕《かさい》の法も使った」ことを答えた。巨石を引くための轆轤《ろくろ》、川中の作業に使う浮櫓《うきやぐら》、などの用具をしらべ、それから堰堤に添って下った。あるきづめ、立ちづめで二刻ちかくにもなる。少し休むようにとすすめたが、一言ではねつけられた。

「これはおれの一生をきめる仕事だ」と昌治は云った、「こんどまたいつ城を出られるかわからないし、この機会に自分の眼で、工事のぐあいをよく見ておきたいんだ」

自分でも文献だけはよく調べていたとみえ、造堤の専門的な用語を使って、こまかい部分まで質問をし、説明を求め、自分の意見も述べた。たとえば、堰堤の脚部で水流の強く当るところが、五重の乱杭になっているのを、「横乱杭にするほうがよい」と指摘し、馬踏《ばふみ》をもっと広くとって蛇籠《じゃかご》を伏せたらどうか、などと注意した。たとえば「粗朶《そだ》小口に築《つ》く」のと「芝小口に築く」のと、どちらがどの場所に適しているかなど問いかけ、また堤腰《ていよう》に植えるのは柳か竹か、柳は水をひきやすく、竹は根張りが強いけれど、積み石に隙《すき》を作って水漏れを起こしやすい、なども云った。

昌治の相手にはもっぱら佐佐義兵衛が当り、主水正は聞き役にまわって、話の要点を帳面に書きとめていた。一行は堰堤の上の「馬踏」という通路をあるいてい、堤の下には土工や柵結《さくゆ》いの職人や、物を運ぶ人夫たちなどが、やかましくどなりあったり、荒あらしい掛け声をあげたりして働いていた。岩上と高森とは警戒役にまわったかたちで、絶えず四方に眼をはしらせていたが、昌治が立停《たちどま》って佐佐に図面をひらかせ、曲流部について論じあうのを見ると、ほっとしたように、二人とも笠《かさ》をぬいで、額の汗をぬぐった。

「たいへんな精力だな」と岩上が高森に囁《ささや》いた、「おれの足は棒杭になったようだ」

「お互いさまだ」と高森が囁き返した、「しかし無事に済みそうでやれやれだな」

岩上はしんから同感だというように、「まったくやれやれだ」と云って頷いた。

それから現場の尖端部《せんたんぶ》で、小野田猛夫、猪狩又五郎の二人が合流し、かれらの説明を聞いてから、昌治とその一行は小屋へ戻った。でかけたのが午前九時、戻り着いたのは午後四時にちかいころであった。

「ちょっと疲れたかな」と小屋の表で昌治が四人を見た、「惰眠をむさぼっていると軀がなまる、これでは笑われてもしようがないな」

四人には返す言葉がなかった。

「休みたいところだが時刻がない」昌治は続けて云った、「このまま帰城するが、主水正はもうここの役をはなれてもいいだろう」

突然なので、これまた誰にも答えられなかった。

「領内測量のほうがはかどらない」と昌治が云った、「ぜひ主水にそっちへまわってもらいたいのだ、みんなと合議のうえ残務の片をつけ、一日も早く城下へ帰ってくれ」

申しつけたぞと云うと、岩上、高森の二人をせきたて、馬を駆って昌治は去った。

「殿は変られたな」と佐佐が云った、「まえにはもっとおちついておられたのに、いったいなにをいそいでいらっしゃるのだろう」

主水正はなにも云わなかった。

十一の三

それから三日めの夜、ふた岐《また》の小屋ではささやかな別宴が催された。主水正が去ることにはみんな反対した。彼の役は測量だから、いちおうその任務は終ったともいえるが、堰堤を延ばすにつれて、実地に工事を進めてゆくと、誤差のあることが発見され、測量し直さなければならないことがしばしばあった。猪狩はその点にしつこくこだわったし、栗山主税も農地造成はまだ区分の見取りをしただけであり、地割りや用水路、排水溝《はいすいこう》などのこまかい測量はこれからである。ここで三浦を取られては手も足も出ない、と云い張った。

——まあそういきりたつな、と佐佐がなだめた。三人ともその場にいなかったからわかるまいが、殿のごようすでは、ここへ来るまえに心をきめておられたらしい、異議を申上げる隙などまったくなかった、おそらくもう、新らしい役布令《やくぶれ》が出ているのではないかと思う。

——殿には、ひよこをつれて闊歩《かっぽ》するめんどりのように傲慢《ごうまん》なところがある、と猪狩又五郎がこぼした。殿のこういう独断をみるたびに、おれは自分を哀れなひよこのように感じるよ。

殿はいま向背《こうはい》に大事を背負っている、と佐佐義兵衛が云った。堰の工事という困難な事業と、工事に反対する重臣たちとの対立。藩内の勢力を更新するためには、旧来のちからを借りるわけにはいかない。自分で矢おもてに立って、煩雑《はんざつ》な政務をも捌《さば》きながら、両面のたたかいに当らなければならないのだ。

——われわれは殿の重荷になってはいけない、と佐佐は云った。殿に足踏みをさせるな。

測量なら自分たちにもできないことはない。どうしてもだめなときは、臨時に来てもらえばいいだろう。ここは殿の御意志が第一だ、ということに相談がおちついた。別宴といってもかたちばかりで、干し鮎《あゆ》の煮浸しに、焙《あぶ》ったつぐみ、青菜のひたしと卵汁《たまごじる》で、それに酒が付いたというだけであった。現場に酒を入れることは禁じられていたから、酒好きの猪狩と小野田は声をあげてよろこんだ。

「これはこれは」と猪狩が両手をこすって膳《ぜん》の上を覗《のぞ》いた、「まるで親のかたきにめぐりあったような心持だ」

「留次に礼を云うんだな」と佐佐が側で云った、「その酒は留次がないしょで、三浦のために都合してくれたものだ、われわれは相伴《しょうばん》にあずかるだけだぞ」

「なに、三浦は飲みゃあしないさ」と云って小野田は自分の膳の上の徳利を取った、「しかも二合半《こなから》の徳利とは有難い、まずお先に」

切炉《きりろ》には火がよく燃えていて、その火は行燈《あんどん》の光より明るく、五人の影を板壁の上にゆらゆらとうつしていた。

「さて、暫くの別れだな」みんなが盃《さかずき》を持ったところで、佐佐が静かに云った、「江戸でいっしょに組んでから、今日までほぼ五年になる、ここで三浦がはなれるのは痛手だが、そんなことを惜しんでいるいとまはない、さあ、元気に別盃《べっぱい》だ」
「三浦、――」と小野田が云った、「別れになにかひとこと云えよ」
主水正は四人の顔をすばやく見て、「いろいろ世話になった」と目礼し、それから屹《きっ》とした口ぶりで云った、「妨害者のことを頼む」
「それだけか」と小野田が酒を啜《すす》ってから云った、「江戸では堤防工事の勉強にもいっしょにかよい、面白いところへもずいぶん案内した、尤《もっと》も三浦には少しも面白くなかったらしいがね」
「こいつ」と猪狩が云った、「飲まない先にもう酔ったのか」
「おれたちは氷の上に立っているようなものだ」と小野田が云った、「藩ぜんたいの反対を押し切ってこれだけの事業を始めたが、頼みにするのは殿お一人だ、いまは殿も御健在であり、御決心にもゆるぎはないだろうが、もしこの状態に一寸でも狂いができれば、おれたちの身がどうなるかはまったくわからない、そういうことがいつ起こるかもしれないし、起こればこのまま、お互いに二度と会えなくなるかもしれない」
「そんなことは初めから覚悟のうえだったんじゃないのか」と佐佐が云った、「おれたちには自分の役目を充分にはたすという以外に、考えたり思い惑ったりすることはなにもない筈《はず》だ、いま別れて再び会えないとしても、それはわれわれの場合に限ったことじゃあないだろう、飲めよ猛夫、酒はたっぷりあるぞ」

注《つ》ごうと云って、主水正が自分の酒を小野田の盃に注いでやった。

「われわれは四人だが」と酒を啜って小野田が主水正を見まもった、「三浦は一人で敵の中へ突込むようなものだ、困るようなことがあったら助《す》けにゆくぞ」

「私は大丈夫だ」と主水正は微笑しながら、もういちど酌《しゃく》をしてやった、「心配することはなにもない、こんな狭い土地なんだ、またいつでも会えるよ」

「そう小野田にばかり注ぐなよ、三浦」と猪狩が云った、「ここにもその徳利をあてにしている者が控えてるんだぜ」

明くる朝はやく、城下から杉本大作と下男の弥助《やすけ》が迎えに来た。ながい留守だったから、さぞ荷物が多かろうと思ったらしい。だが、旅嚢《りょのう》と手提げの挟箱《はさみばこ》のほかにはなにもなかった。その挟箱は主水正がくふうしたものだ。芯《しん》に薄い杉《すぎ》の板を入れた、四角い皮袋のような物で、簡単な着替えや小道具を入れ、手で提げることができる。のちに家中の者がまねて作り、一般にも弘まって「三浦袋」といわれ、訛《なま》って「みの袋」となり、他国でもその土地の名を冠して「三河《みかわ》袋」とか「信玄《しんげん》袋」など呼んでさかんに用いられたが、これらはみな厚地の布で作られるようになり、主水正の皮袋とは形も製法も変っていった。

弥助がその挟箱を担《かつ》ぎ、旅嚢は主水正が自分で持った。杉本はてもちぶさたで、ほかになにもないのかと念を押した。

「恥ずかしい話だが」と主水正は答えた、「必要な物のほかは、衣類もみな着捨てにした、御用が繁多で、洗ったり仕立て直したりする暇がなかったんだ」

不要な物は身のまわりに置かない、というのが主水正の信条のようになっている。杉本は黙った。小屋のまわりにある柵《さく》の、木戸を出たところに七が立っていて、おじさん、と呼びかけた。仕事着に膝《ひざ》までの股引《ももひき》、はだし草鞋《わらじ》で、寒そうに腕組みをしていた。主水正は杉本と弥助に、先へゆけと眼くばせをし、七のほうへあゆみ寄った。

「おじさん」と少年が云った、「いっちまうんだってな」

「ほかに御用ができたんだ」

「聞いたよ、聞いたから来たんだ」と七は怒ったような顔つきで云った、「あとの人たちはみんな江戸から来たんだろう、この土地のことをよく知らねえのに、おじさんがいっちまってもいいのかい」

「工事の邪魔をするやつのことか」

七はあたりまえさというふうに頷いた。

「おまえがいるじゃないか」と主水正は低い声で云った、「おまえはもう十六だ、そのうえ工事の妨害をする者がいるのをみつけたのも、おまえだろう、残る四人も江戸の者だが、いざというときにうろたえるほど未熟な人間じゃあない、手筈はこのまえ相談したとおりだ」

「そりゃあわかってる、わかってるがそれだけじゃねえんだ」

七はすばやくあたりを見まわして口ごもった、「——おら、見たんだよ」

十一の四

「見たって、——なにを」とき返してから、主水正は急に頭を振った、「人間には見まちがいや思いちがいがある、いまも云ったがおまえはもう十六だ、独り合点《がてん》でうかつなことを口にしてはいけないぞ」

「それを云われると困るんだ、おじさんでなきゃこんなことは云やあしないんだ、おじさんだけに云っておきたいと思ったんだよ」

三浦の旦那《だんな》と云っていた彼と、いま「おじさん」と呼びかける彼とでは、身ごなしや表情や、言葉つきまで違ってみえた。いまの七は十六歳の少年ではなく、鳥越の辻番《つじばん》小屋で初めて会ったとき、役人なんぞはなにも知ってはいないと、肩をそびやかしたときの彼そのままに感じられた。怯《おび》えながら反抗し、反抗することで自分を支えようとしていた七、――いま主水正になにかうちあけようとする彼の顔にも、あのときを思いださせるような一種の怯えがあらわれていた。主水正は周囲を眺めまわし、聞く者のいないのを慥《たし》かめてから、頷いてみせた。寒そうに腕を組んだり解いたりしていた七は、紫色になった唇を舐《な》めた。

「おとといの夜だったが」と七は思いつめたような口ぶりで云った、「堤の柵のところで、小屋の旦那の一人が、怪しいやつ――っていうのは、工事の邪魔をしたやつのことだけど、そいつと二人でないしょ話をしていたんだ、あの粗朶の積んであるところでだよ」

「小屋の旦那とは、私たちの小屋の一人か」

七は大きく頷いた、「おら、それを見たんだ、ほんとだぜ、おじさん」

「誰だかわかったのか」

七は首を振った、「まっ暗だったたし、近よっちゃいけねえと思ってじっとしてたから、顔は見えなかった、おら、粗朶の蔭《かげ》に隠れてたんだ」

「それで小屋の役人だとどうしてわかった」

「だってその人は小屋へ帰っていったもの、旦那たちのいるほうの引戸をあけて、中へはいってゆくのが見えたもの」

「留次や友造だって用があればはいるぞ」

「あんなに夜おそくでもかい」七はまた腕組みをし、肩をちぢめた、「あの男衆《おとこし》かお侍かぐらい、おらにだって見分けはつくぜ、おじさん」

主水正は眼をそらした。木戸の外はいちめんの荒地で、霜が溶けはじめたのか、地面の上には乳色の靄《もや》が、ひろく綿をのばしたようにながれていて、五段《たん》ばかり向うにある杉の樹立《こだち》も、幹の半分から下はかすんで見えなかった。

「おじさん」と七がさぐるように云った、「おらのこと信用できねえと思うかい」

「そうは思わない、そうは思わないが、本当だとすれば大変なことだ、それはわかるだろう」

「だからおじさんにゆかれちゃあ困るんだ」七は哀願するような眼で主水正を見た、「おらあきっと尻《し》っぽを捉《つか》まえてみせるが、そのときおじさんがいなけりゃあ、どんなことになるかしれねえもの」

「そんなことをしてはいけない、その男を捉まえるなどということは絶対にだめ

だ」と主水正は考えをまとめながら云った、

「──その男のからだ恰好《かっこう》で見当はつかないか」

七は首を振った、「暗かったし遠かったし、こっちものぼせちゃってたからね」

「私はほかの役を仰《おお》せつけられたので、どうしてもここを出てゆかなければならない」と主水正は思案をきめたように云った、「だからあとはおまえに頼むよりほかはないが、七は引受けてくれるか」

少年は強く頷いた。

「工事の妨害をする者は手筈どおり、一人ずつ気づかれないように捉まえる、それはわかっているな」

「だって四人の中に糸を引いている旦那があるとすれば」

「まあ聞け」と主水正は遮《さえぎ》った、「もし四人の中にそんな者がいれば、捉まえた妨害者をそのままにしてはおかないだろう、ひそかに逃がすか、ことによれば片づけてしまうかもしれないだろう」

「片づけるって、──殺すのかい」

「ことによればという話だ、そして、もしもそんなことがあるなら、捕えた妨害者を見張っていれば、その男が誰かということがわかるだろう」

そしてまた、妨害者と密会するところを発見することができるかもしれないが、どちらの場合も手出しをしたり騒いだりしてはならない。はっきりその男だと慥かめたら、曲町《まがり》の私の家へ知らせに来るのだ。

「おまえのなかまの力も借りなければならない、だからおまえが責任をもって、よく覚えておいてくれ」主水正はひそめた声で念を押すように云った、「——たとえその男が誰であろうと、決して他人に知らせてはいけない、当人に気づかれてはならないのは云うまでもないが、私のところへ知らせに来るほか、他人には話さないということを忘れないでくれ、わかったか」

七は二度頷いた、「寝言にでも云わねえ限り、舌を抜かれたって云やあしねえよ」

主水正は黙って七の肩へ手を置いた。七の骨張った肩は小きざみにふるえていた。少年に別れ、待っていた二人の供といっしょに、城下へ帰る途中ずっと、主水正は非常に重い荷物でも背負ったように、足のはこびも一歩、一歩と拾うような感じだったし、頭の中に鉛でも詰められたようで、なにも考えることができず、なにを考えるのもおっくうであり、不愉快であった。

——そんなことがあるだろうか、七の思い違いではなかろうか。

同じ言葉がからまわりをし、気がつくと溜息《ためいき》をついていた。曲町の家へ帰り着いたが、ふさがれた気持は少しも軽くはならなかった。この家には慰めもなければ安らぎもない。あるものは感情の対立と、警戒と、そして誇張していえば敵意のようなわだかまりだけである。洗足《すすぎ》をし、居間へはいっても、なつかしいとか、久しぶりだというような気持はわかなかった。建ててから五年のあいだに、柱や長押《なげし》や、天床などに幾らか月日の色がつき、新築の家のけばけばしさはなくなっていた。

「なにも変りはなかったか」着替えをしながら主水正は杉本にきいた、「――和島《かずしま》が結婚したことは江戸で聞いた」

「ほかに変ったことはございません」と杉本はあとを片づけながら答えた、「御邸内に長屋を建てたことはお知らせしたと思いますが」

「和島はそっちへ移ったのだな」

「別部《わけべ》も移りました、和島には子が生れましたので」と云いかけて、杉本には珍らしく含み笑いをした、「長屋がまにあわなかったら、ひどいことになるところでした」

　そのときつるの侍女の芳野がはいって来、おどろくほど丁寧に挨拶《あいさつ》をした。もう三十六七になるのだろうが、老《ふ》けたようにみえないばかりか、顔も軀もよくひき緊《しま》って、むしろどこやら艶《つや》っぽさささえ加わったようであった。

「お帰りになったばかりでお疲れでしょうけれど」と芳野が云《い》った、「召使たちが御挨拶を申上げたいと願っております」

杉本大作が云った、「これから風呂《ふろ》をめされるんです」

「いや、いい」と主水正は杉本を制止して、芳野に云った、「挨拶などと堅苦しいことでなく、みんなに会うとしよう、ここへ呼んでくれ」

「有難うございます」さぞみんなよろこぶことでございましょうと云ってから、芳野は俯向《うつむ》いて両手を突いた、「まことに折あしゅうございますが、奥さまは八重田さまから急のお使いで、なんですか御内室のおかげんが悪いとか申されまして、ついいましがた」

主水正は「みんなに来いと云え」と遮って縁側へ出て行った。

十一の五

庭のようすはずいぶん変った。木が多くなり、芝生ができ、向うのくぬぎ林のほうへ、野道のような細い小みちが作られた。卯花《うのはな》の袖垣《そでがき》だけはまえと同じである。高さも幅も変らないのは、絶えず剪定《せんてい》されているからであろうが、他の樹木は高さも伸び枝も伸びていた。彼の好きなくぬぎ林も、いまは落葉して裸になっているが、それを植えた弥助が、五年も経《た》てばいい林になる、と云ったとおり、三十本あまりの木がよく育って、若葉のころにはさぞみごとだろうと思われた。

和島と別部が挨拶に来た。主水正は居間へ戻って二人に会い、和島には子の生れたことを祝ってやった。主水正より六歳ほどとしうえの彼は、恐縮したように礼を述べ、いくらか自慢そうに、丈夫な男児であると云った。別部もそろそろ嫁をもらうころだな、と主水正が云うと、別部辰之助はしらけた顔で、あいまいに「はあ」と云っただけであった。

二人が去るとまもなく、男一人と女三人の召使が芳野にともなわれて来、廊下に並んで坐《すわ》った。男は重吉といって新参の庭男、女はかつ、よし、せきという。せきは奥の小間使で新参の十五歳、かつとよしの顔には覚えがあった。赤毛できりょうのよくないかつは、すっかり肥えて、肩や胸も厚く、坐った膝は盛りあがるように肉付いていた。

「かつもよしもまだいたのか」と主水正はかれらの挨拶を聞いてから問いかけた、「よしはいまでも笑い上戸か」

よしはまっ赤になってかぶりを振り、「いいえ、もうそんなに笑いません」と云った。すると庭男の重吉が、ではちっとしか笑わないわけだと注を入れ、よしは袂《たもと》で顔を押えて笑いだした。重吉は主水正によしを指さしてみせ、あのくらいでございますと云った。よしは軀《からだ》を左右に振り、笑いながらきいーというような悲鳴をあげた。

「まあ、たしなみのない失礼な」芳野は自分も苦笑しながらよしを叱《しか》った、「笑いだしたら止まらないのだから、もうあなたはお下りなさい」

「笑ってもいい、構うな」と主水正がなごやかな口ぶりで云った、「この家で笑うのはよし一人だったから覚えていたんだ、笑い声がするとそれだけで、家の中が明るくなる、私は子供のころから、笑い声というものを聞かずに育ってきたような気がするよ」

芳野は俯向き、よしは笑いやんだ。主水正は自分の云ったことが恥ずかしくなり、気を変えるようにかつのほうを見た。

「どうした、かつ」と彼はやわらかに問いかけた、「おまえまだ嫁にいかないのか」

かつも赤くなった。彼女の髪は赤毛であるが、首から上がびっくりするほど赤くなり、殆《ほと》んど髪の毛と同じような色になった。

「はい」とかつは軀に似あわず細いあまやかな声で答えた、「わたしはぶきりょうですから、貰《もら》い手がないのでございます」

「縁談は幾つもあったのです」

「あれっ」とかつが声をあげた、「芳野さまそんなこと仰《おっ》しゃらねえで」

「幾たびも縁談がございましたけれど」と芳野は構わずに云った、「旦那さまの御無事なお姿を拝見するまではいやだと申しまして、みんな断わってしまったのでございます」

「あんなことを」とかつが怨《うら》めしそうに呟《つぶや》いた、「芳野さまがあんなことを仰しゃって、ほんとのことでもねえのに」

かつの眼から涙がこぼれ落ちた。

「泣くことはない」と主水正がなだめた、「芳野はからかっただけだ、私もまに受けて聞きはしない、気にするな」

「からかいではないです」かつはつり込まれるようにむきになった、「わたしそう云ったことはほんとに云ったです、でもそれはないしょにするっていう約束でしたし、ほかにも事情があったんです、それをただあんなふうに云われては、旦那さまに申訳のねえことになりますから」

「泣くことはない」と主水正はまた云った、「どっちにしても泣くほどのことではない、それよりも頼みがある、今夜はかたちばかりだが祝いの膳《ぜん》にしよう、おまえの腕でなにかうまい物を作ってくれ、いいな」

かつは眼を拭《ふ》きながら「はい」と頷《うなず》き、べそをかくように笑ってみせた。芳野はこれで済んだという身振りをし、みんなを伴《つ》れて去っていった。

「よしが笑い上戸だなんて」とあとで杉本が訝《いぶか》しげにきいた、「本当に知っていらしったんですか」

「ああ本当だ」主水正は庭のほうへ眼をやった、「この家で笑い声を聞かせてくれるのは、あのよし一人だったからな」

「風呂をみて来ます」杉本は立っていった。

主水正は火《ひ》桶《おけ》に手をかざした。ようやく火がおこり、そのあたたかさが手指をあやすように感じられた。

「おかしいな」と彼は呟いた、「この気持はどういうことだろう」

主水正は天床を見あげ、襖《ふすま》や壁や、柱や長押や、床の間の掛軸などを眺めまわした。ここへはいって来て、着替えするときとは、感じがまったく変っていた。冷たい敵意の中へ戻ったと思ったのに、いまはふしぎになごめられ、あたたかく包まれるような気持になっていた。

「わが家だ」と彼は安らぎの太息《といき》をつきながら呟いた、「おれの家だ」

いったいなにが変ったのだろう。主水正のあたまにうかんだのは芳野の態度であった。彼女は山根家から付いて来たつるの侍女であり、つるを守る盾のような存在だった。つるが重臣の娘であるのに、主水正は平侍の子でしかない。つるも忘れはしないだろうが、芳野はそれ以上に、両者の身分の差を忘れることができなかった。それは彼女のちょっとした身ごなしや、横眼で見るまなざしや、丁寧ではあるが切り口上の言葉つきなどに、隠そうともせずそれをあらわし、それによって主水正の心に思い知らせようという、かたくなでいこじな、女の固執心がよくあらわれていた。

――だが今日はまるで違う。

初めに、つるが八重田へ呼ばれていった、と告げたときから、芳野の態度には氷《こお》ったものが溶けて、柔軟にほぐれだしたような、情緒的な気分が感じられた。召使たちを挨拶につれて来てからも、なごやかにうちとけた空気をつくるように努めていた。

「なにか思うところがあってのことか、それとも自然にこうなったのか、――これをこのまま信じていいのだろうか」

杉本が風呂の用意のできたことを知らせに来た。

妻が八重田に呼ばれていった、というのは口実である。彼が帰宅すると聞いて、避けるためにでかけたことは明らかだ。主水正が二十五歳になるまでは夫婦にはならない、と祝言《しゅうげん》の夜につるは云った。彼はいま二十五歳になって帰った。二十五になるまでは、と云ったのも言葉であって、しんじつその気持だったわけではない。米の値段も知らずに育った、と云う程度の、底の浅い気取りと自負心をみせつけたにすぎない。また、彼と結婚することで、彼が拾わなかった鞭《むち》を拾わせてやる、というう気持もあったかもしれないが、自分から云いだした二十五歳という、そのとしになった彼が帰るとなれば、面《おもて》をぬぐって迎えることはできなかったであろう。

「あの気性ではそれはできない」主水正は湯ぶねにつかりながらそっと呟いた、「――つるは逃げたのだ、拒否ではなく逃げだした、それが芳野にはわかったのだろう」

つるが昂然《こうぜん》としていたとき、芳野もまたそれにならった。芳野の姿勢が変ったのは、つるの虚勢が崩れたからだ。

「心配するな」と彼は微笑しながら呟いた、「おれのほうからは決して手出しはしないから」

森番小屋にて

「大造、おめえどうかしたか」小屋頭の平作が云《い》った、「ずいぶん長えこと山にこもりっきりで、とんと城下へはゆかねえそうじゃねえか、どうかしたのか」
「どうもしねえさ」大造はめし茶碗《ぢゃわん》の酒をぐっと飲んだ、「——おらあ定飛脚《じょうびきゃく》じゃあねえからな、ゆきたくなければ城下だろうとどこだろうと、三年だって五年だってゆきゃあしねえさ」
「酒はどうしてるんだ」
「小屋頭がいま飲んでるのはなんだね」
「おめえの作ったいまいましいくすり酒よ」平作もめし茶碗の酒を啜《すす》り、さもまずそうに顔をしかめた、「いいか、こんなものは酒じゃあねえ、いめえましいただの苦《にが》っ汁《じる》だ、おれがきいてるのは酒をどうしてるっかってことだ、この苦っ汁だって、幾らか酒がなけりゃあ作れめえが」
「酒なもんか、焼酎《しょうちゅう》だ、西の小屋の源《げん》の野郎が城下づいてやがるから、源に背負って来させてるんだ、いけねえか」

大きな炉で燃えている火が、隙間風《すきまかぜ》で炎を伏せ、濃い煙を横になびかせた。平作がその煙に噎《む》せて咳《せき》こみ、水洟《みずばな》を手でこすりながら大きなくしゃみをして、こんちくしょうと云った。引戸の横から板壁の上部に窓が切ってあり、煤《すす》けた油障子に夕方のさむざむとした、めいるような光がさしていた。

「どうもげせねえ」と大造は平作の答えを待たずに云った、「昔っから小屋頭のひいきだった、滝沢の若さまは身を持ち崩し」

「あの人のことは云うな」

「おらが云わなくったって、世間じゃ知らねえ者はねえらしい」

「山にこもりっきりでなにがわかる」

「噂《うわさ》は風がはこぶってな」大造はにやっと笑った、「おらだってまるっきり城下へいかねえわけじゃねえが、源の野郎がよく聞いてくるんだ、なにしろ御城代の一人息子で、小せえころからずばぬけて評判のいい人だったからな、そいつがつまずけば、人の百倍も悪く云われるのはやむを得ねえこった、それにまた、滝沢の若さまと反対な人がのしてきたから、噂が大きくなるのもあたりめえだろうよ」

「あの成上り者か」

「元は阿部、ずっとめえから三浦主水正《もんどのしょう》と変ったが、おらあ初めて辻《つじ》番所で会ったとき、こりゃあたいした人だと思ったもんだ」

「その話は聞き飽きた」

「まだ話さねえこともあるさ」大造は酔いにさそわれたように云いだした、「もう何年もめえのこったが、あの人は頭がいいばかりじゃなく、剣術も名人だってことを、おらこの眼で見たんだ、三人の侍を相手に小せえ刀で、きらっ、きらっとその刀が光ったと思うと、それでもうおしめえよ」

「なんのこった」と平作が頭を振った、「おめえ酔っちまったな」

「酔わずにゃあいられねえさ」大造は忿然《ふんぜん》と眼を剝《む》いた、「——あの岩上六郎べ、とかなんとかいう野郎が出しゃばって来て、おい、面白そうな話じゃねえか、詳しく聞こうじゃねえかってよ」

「この、くすり酒のせえだな、おめえうわ言を云ってるんだろう」

「町人みてえな恰好《かっこう》をしているから」と大造は自分の話に自分で昂奮《こうふん》した、「おら、あらいざらい話してやった、六郎べって野郎はぺてんにかけやがったんだ、野郎はおらが話しだすと、ちょっと表へ出ろと云って、おらのことを外へ伴《つ》れだしやがって、——いまの話は夢だと思って忘れろ、このさき人に話したりすると首をぶち落すぞって二度と城下町へ出て来るなって、へ、岩上六郎べ、——尤《もっと》もおらも悪かった、このことは決して人に饒舌《しゃべ》るなって、主水の旦那《だんな》にきつく口止めをされてたんだ、そいつを酔った勢いでべらべら饒舌っちまったんだからな」

「こりゃあくすり酒じゃあねえ、毒酒だ、おめえは毒に中《あた》ったんだ」と平作が憐《あわ》れむように首を振った、「云うことがてんでわけがわからねえ、おい大造、眼をさませ」

「おまえさんも聞きわけのねえ人だ、これは深山蓬《みやまよもぎ》と鳴子百合《なるこゆり》の根を浸した酒で、しかも五年ものだぜ小屋頭、毒どころか、長命すること請合いってえ酒だぜ」

「それが本当なら」と平作が云った、「おめえの主水さまとかって旦那に飲ませるんだな、あの人にはだいぶ敵が多いらしいぜ」

「出る杭《くい》は打たれるってえからな」

「しかもとんでもねえ成上り者とあっちゃあな」

「太閤《たいこう》さまだって」と云いかけて、大造はふらっと片手を振った、「――成上り者か、小屋頭は知らねえんだ、おまえさんは親の代からこの山の世話人をしていたって」

「世話人だと」

「自分でそう云ってるじゃねえか」

「世話人だってか」
「そうか、小屋頭は祭のとき、羽折袴《はおりはかま》を着る者のことを考えたんだな」大造はにやりとし、その逞《たくま》しい肩をゆすった、「けれどもな、祭の世話人だって、笑いごとじゃあねえ、銭をばら撒《ま》いてもなりたがるやつがずいぶんいるもんだ、ことにふだん人から軽く扱われ、ばかにされてるような人間ほど、みんなのめえで羽折袴を着て、いばったようなまねをしたがるものさ、――成上り者ってなあ、そういう人間のことを云うんだ、貧乏人から長者になり、草履取りから大名になったのを云うんじゃねえ、てめえが長者になると急にそり返って、貧乏人を見くだすような野郎のことをいうんだ」
「学のあるようなことを云うじゃねえか、その勘定でいくと、おめえがいま世話人だと云ったこのおれも」
大造は顔の前で手を振った、「そうじゃねえそうじゃねえ、おらが云ったのは、おめえさんが親の代からこの山の総小屋頭で、世間のことをよく知らねえと云いたかったんだ」
大火のときの働き、子供部屋、そしてこんどの「堰《せき》」、主水正のすることは、自分の欲得や出世のためではなく、実際に役立つもので、誰かがしなければならないことをやっているだけだ。そういう人間が一部からそねまれ、憎まれることは慥《たし》かであるし、主水正にも敵はあるようだ。けれども世間一般の評《うわさ》は彼の味方であり、彼に信頼をよせているほうが多い。武家なかまのことはわからないが、城下町のにんきは主水正に集まっている。このおれが自分の眼と耳で、現に見たり聞いたりしてきたのだから慥かなことだ、と大造は云った。

「実地に役立つって」平作は肩をすくめて云った、「誰かがやらなければならないことだって、ふん、――子供みてえなことを云うんじゃねえ、青っ臭えことをよ、そうさ、子供部屋はまあいいとして、堰のことが実地の役に立つってえのか、冗談じゃねえ、この御領内は物成りが豊かで、なんの不足もありゃあしねえ、わざわざたいまいな金を使って、僅《わず》かばかりな田を作ったって、それでいったいどうなる、ただよけえな金を使い人騒がせをするだけじゃねえか、ばかばかしい」

「そのとおりだ、そのとおりだよ」と大造がべそをかくような顔で云った、「樹《き》を伐《き》ったあとに苗木を植える、こんなちっぽけなやつをな」彼は両手でその大きさを計ってみせた、「――このっくれえの苗木だ」と彼は云った、「こんなものがなんになるって、人は云うだろ、こんなものがなんの役に立つってな、こいつが役に立つまでにゃあおらあ死んじまうってさ、けれども、小屋頭はせっせと苗木を植えてるじゃねえか」
「それとこれとは話が違わあ」
「実際の役に立つ、誰かがしなければならねえこと」と大造は独り言のように云った、「——こう云うと青っ臭え、子供じみたことのように聞えるかもしれねえが、おらあこの世は、それでもってるんだと思うぜ」
引戸を乱暴にあけて、一人の男がとび込んで来、「熊《くま》だ」とかなきり声で叫んだ、「西の谷へ熊が出たぞ」

十二の一

「どうするんです」と主水正が呼び止めた、「どうかなすったんですか」
「どうするって」山内時四郎は振り返って手をひろげた、「この雪で仕事ができるか、今日はこれで終りだ」
時四郎は山内安房《あわ》の二男で、貞二郎の弟に当り、とし
も三十歳を越している。まだ独身であるし、山内一家には珍らしく、酒も飲まず放蕩《ほうとう》もしないが、病弱な生れつきということで、学問や武芸も嫌いだし、なに一つとりえのない「のらくら者」だという噂だった。——その噂を証明するかのように、五尺三寸ほどの軀《からだ》も痩《や》せて

いるし、顔も細おもてでなま白く、いまひろげてみせた手も、女のように白く、しなやかによわよわしくみえた、——朱塗笠《しゅぬりがさ》をかぶり合羽《かっぱ》をはおり、毛沓《けぐつ》の上から草鞋《わらじ》をはいている。毛沓は古い物で、くるぶしの上二寸くらいまでしかないが、ふだん見慣れない物だから、誰の眼にも異様にみえるのだろう、竿《さお》係りの徒士《かち》たちが蔭《かげ》で、「毛脛《けずね》どの」と云っているのを、主水正は幾たびか耳にした。

「この雪はすぐにやみます」と主水正はなだめるように云った、「それはいつものことで、あなたも御存じの筈《はず》ではありませんか」

「よければおまえがやれ、こんな雪をかぶっていられるほど私の軀は丈夫じゃあないんだ。標《しるし》の鞭《むち》を預けるぞ」

朱の塗笠とその鞭は総支配役の標であった。堰の工事でも支配は鞭を持つのが規則であるが、それは細い寒竹《かんちく》で、ここの鞭は短い鉄に、把手《にぎり》のところに朱色の平紐《ひらひも》が巻いてあり、同じ色の房が付いていた。山内時四郎はそれを主水正に渡すと、振り向きもせずにさっさと去っていった。

——どうして殿は、あんな男に総支配を任されたのであろう。

城下へ帰ってから登城したとき、飛騨守昌治は、島田助左衛門を助けてやれ、と云っただけで、山内の名はまったく出さなかった。測量役は山内の下に支配二人とその助《す》け役《やく》二人、道具を運び雑用をする小者《こもの》五人。竿役と縄役は徒士組から選ばれたもので、竿が十人、縄が五人、合わせて二十人という組になっていた。支配の一人は島田助左衛門、その助け役は亘理《わたり》清兵衛。他の一人の支配は竹内要《かなめ》、その助け役は北山又之助といった。

主水正は総支配の補佐として、もう三十日ちかく測地の現場にかよい、合尺台も覗《のぞ》くし、図引きや計数の査定にも立会った。島田は江戸屋敷から来た者でとしは三十五歳、やはり高橋和黄《わこう》に測量法をまなんだのだという。篤実《とくじつ》で温厚な人柄だし、仕事もよくできるが、念には念を入れるというやりかたで、主水正たちが堰堤《えんてい》の測量をしたときなら一日で充分なところを、確実に倍か三倍の時間をかけるというふうであった。

測地は四月から始め、領内の東北部から手をつけたのに、半年以上も経《た》ったいま、矢生《やのう》郡が終り、金尾郡の半ばまでしか進んでいなかった。島田助左衛門が慎重すぎるうえに、総支配の山内がまったく仕事に無関心で、小雨が降りだしても中止するし、風が強いといってはやめ、暑すぎるといってはやめるというぐあいだから、はかどらないのは当然のことであった。図引きを担当する支配の竹内要は三十歳、八十石あまりの書院番。頭はいいが少し切れすぎるほうで、島田のすること、山内のだらしのなさに絶えず苛立《いらだ》ち、癇癪《かんしゃく》ばかり起こしていたようだ。

——あなたが頼みの綱ですよ、三浦さん、と主水正と初めて顔を合わせたときに、竹内要は云った。遠慮はいりません、あなたの云うとおりにしますから、あの二人には構わず、やりたいようにどしどしやって下さい。

竹内は背丈も中ぐらい、卵形の顔で眉《まゆ》が濃く、小さくて鮮やかに赤い唇と、尖《とが》った顎《あご》が眼立っていた。動作も敏捷《びんしょう》だし、早くちで、せきこむと吃《ども》った。毛の薄いたちとみえ、髭《ひげ》が伸びてもまばらで、鼻の下や顎などにぶしょう髭が伸びると、ごみでも付いているようにみえた。

——もう少しこの毛が濃いとね、と竹内は親しくなってから、鼻の下をつまみながら主水正に云った。私はもっと出世してみせるんですがね、ええ、これにはいつもうんざりです。

髭がもっと濃ければ出世してみせる。主水正には納得のいかない言葉だったが、問い返すほどのことでもないので黙っていた。

いまも山内時四郎が去ってゆくのを認めたらしく、粉雪の中を走って来て、また逃亡ですか、と大声で云った。

「この雪はすぐにやむじゃありませんか、ばかばかしい」と云って竹内は咎《とが》めるような眼で主水正を見た、「あんなずぼらなことを続けさせていると、ほかの者まで気がゆるんでしまいます、なんとかできないんですか」

「これではちょっとむりですね」主水正は雪の降るようすを見て云った、「向うの竿がよく見えない、少し休むとしましょう、みんなにそう伝えて下さい」

あの丘のふところに百姓屋がある、私は先にいっているから、みんなを伴《つ》れて来るように、そう云って主水正は合尺台の側《そば》からあゆみ去った。――北へ二段ゆくと、松や雑木林の丘があり、その丘に囲まれた窪地《くぼち》に、一軒の農家が建っていた。久しいこと手入れをしないとみえて、屋根の萱《かや》も腐ってでこぼこになり、軒が右へ傾いている。厩《うまや》はあるが馬はいず、倉も土蔵《どぞう》ではなく板張りであった。いまそれらは雪に蔽《おお》われているため、外からはみじめさが隠されているが、これまで通りがかりに見るたび、主水正はその荒廃したありさまに胸が痛んだ。――畦道《あぜみち》から狭い前庭へはいってゆきながら、そこには井戸さえみあたらないことに気づき、屋根には煙出しもないのに気がついた。

土色になった紙の、やぶれ放題にやぶれた障子は、力いっぱいやったがあくけしきもなく、声をかけながら叩《たた》くと、返辞が聞え、内側からがたびしと引きあけられた。

「城の者だが」と主水正は云った、「雪のやむまで休ませてもらえまいか」

障子をあけたのは白髪《しらが》の老婆《ろうば》だった。黒の塗笠に武者合羽、柄袋《つかぶくろ》を掛けた両刀と、手に持った鞭の朱房を見るなり、老婆はふるえだし、敷居に額のつくほど頭をさげた。そして口の中で、聞きとりにくいことをなにかぶつぶつ云っていると、そのうしろへ、これまた白髪の老人が近よって来、主水正のいることに気づくと、慌《あわ》てて土下座をした。

「そんな必要はない、立ってくれ」主水正は片手を振りながら云った、「こっちに頼みがあって来たんだ、ほんの暫《しばら》くでいい、休ませてもらえまいか」

老人は平伏したままでどうぞと云った。こんな乞食《こじき》小屋同然のところで、なんのもてなしもできないが、それでよかったらはいってくれてもよい、などということを、おろおろとふるえ声で云った。

十二の二

老人とみえたのはその家のあるじで、名は捨吉《すてきち》、としは五十歳、老婆だと思ったのは彼の妻女で、名はおとら、としは四十二歳ということであった。息子夫妻があったが、三年まえに二人の子供を置いて出奔し、捨吉夫妻の幼ない子供三人と、置いてゆかれた孫二人、合わせて七人の家族が、僅《わず》かばかりの田と畑にしがみついている。自分の土地は一反歩《たんぶ》たらずの畑で、田は借りたものであり、ほかにも借金が溜《たま》っているから、田で作った米はみな地主に納めなければならない。畑で作る麦でさえ、自分たちの口にはいるのはほんの一部で、ふだんはもろこしか稗《ひえ》が常食である。甘藷《かんしょ》や南瓜《かぼちゃ》ができればいいのだが、土地に合わないのか、いくら作っても満足なものができない、稗やもろこしが主食、畑の野菜も売るだけ採れることは稀《まれ》なくらいで、野草や木の芽で凌《しの》ぐよりほかはない。子供や孫たちはいつも腫物《はれもの》に悩まされているし、自分たち夫妻も軀が弱るばかり、慣れた百姓仕事にもだんだん精が出なくなってきた。腰の曲るほど働きどおしに働いて、僅かな収穫を得ても、地主に払い、年貢《ねんぐ》を納めるとなにも残らない。これではまことに生きているかいもない。――そういう意味のことを、まるで七十の老人のように力のない口ぶりで、じれったいほどたどたどしく捨吉は語った。

島田や竹内や、その他の者があらわれないので気がつくと、雪はあがり、陽の光がさしていた。主水正が前庭へ出ていって向うを見ると、明るい日光でぎらぎらする雪の田地のかなたで、かれらがまた測地を始めているのが見えた。主水正は元のところへ戻って、板の間の端に腰をおろした。――立派な侍のはいって来たことに怯《おび》えたものか、五人の子供たちは隅のほうに身を寄せあい、息をころしてこっちを見ていた。板の間の次は十帖《じょう》と六帖だが、襖障子《ふすま》もなく畳もなく、床の上には荒蓆《あらむしろ》が敷いてあった。

「お茶も差上げられねえで」と妻女がかぼそいふるえ声で云った、「申訳がごぜえません、勘弁しておくんなせえ」

「いま年貢と云ったようだが」と主水正は捨吉にきいた、「こんなくらしをしているのに、年貢を払っているのか」

「そこがよくわからねえのですが、地主さまの仰《おっ》しゃるには、御領内に住み、田畑で物を作っていれば、年貢を納めるのは当然のことだって」

「しかし地主には成り物を払っているのだろう」

「けれどもそれは小作料、御領主さまに納める年貢はべつのはなしだ、と仰しゃりましてな、考えてみるとそれに間違えはねえのですから」

主水正は眉間《みけん》に皺《しわ》をよせ、暫く黙っていてから問い返した。

「それで、年貢は払えるのか」

捨吉は白髪頭をもの憂《う》げにゆらゆらと振った、「払えねえもんだから、去年は牢《ろう》に入れられ、堰を造るのに三つき、石はこびを勤めたです」

「そのあいだ田や畑はどうした」

「女房と子供たちでやってたですよ」と捨吉は答えた、「それだもんで米はおろか、菜っ葉もろくさま出来やしなかったです」

「では今年はどうする」

「また牢へはいることになるようです、堰の工事には手がたりねえですからね」

主水正は立ちあがって外へ出た。陽はまたかげったが、雪の降りだすようすはなく、この家を左右から囲っている丘の、松や雑木林が雪をかぶってひっそりと、いかにも寒そうに身をちぢめ、この辛《つら》い季節のすぎ去るのを待つため、互いにはげましあっているように感じられた。

「――*綿もなき布肩衣《かたぎぬ》の、海松《みる》のごとわわけさがれる」と主水正は囁《ささや》くように口ずさんだ、「襤褸《かかう》のみ、肩にうち懸け、伏盧《ふせいお》の、曲盧《まげいお》の内に、直土《ひたつち》に藁《わらと》解き敷きて、父母は枕《まくら》の方《かた》に、妻子《めこ》どもは足《あと》の方に、囲《かく》みいて憂《うれ》え吟《さまよ》い、かまどには火気《ほけ》ふき立てず」

彼はそこで口をつぐみ、足許《あしもと》から這《は》いあがる寒さのためか、かすかに身ぶるいをした。

「まったく同じようじゃないか」と主水正は呟《つぶや》いた、「千年も昔に山上憶良《やまのうえのおくら》がうたったという、貧窮問答の歌そのままじゃないか、殿の云われたことは誇張ではなかった、殿はこれを御自分の眼でごらんになったのだ」

*楚取《しもとと》る　里長《さとおさ》が声は　寝屋戸《ねやど》まで　来立ち呼ばいぬ。それも作りごとではなかった。どん底にゆき詰まったようなこの家にも、年貢を取りに役人が来、払えない年貢が溜ると、曳《ひ》いてゆかれて牢ばたらきをさせられるという。千年もまえの悲惨な生活が、そのままいままでも存在するのだ。千年もの長いあいだ、政治はなにをしていたのだろう。現在までこんな悲惨が続いているのに、政治はなにをしているのか。政治ではどうしようもないことなのか、と主水正は心の中で云った。

　主水正が立っていったので、捨吉夫妻はどきっとしたらしい。つい口がすべって泣き言を並べてしまったが、いまになって、相手が城の侍だということに気がついたのだ。夫妻は炉端から立ちあがって、戸の毀《こわ》れた戸納《とだな》から湯呑茶碗《ゆのみぢゃわん》を出し、炉に掛けてある湯釜《ゆがま》から湯を注いで、お口を湿して下さい、と呼びかけた。主水正は戻ってまた腰をおろした。

「ただの湯でございます」と捨吉は怯えたような眼つきで茶碗をすすめた、「——いま申上げたことはただのぐちでございますから、お耳障《ざわ》りなところはどうかお忘れになって下さい、頭がぼけてしまって、自分でもわけのわからねえことを云うような癖があるのです」

「心配することはない、わかっている」と主水正は穏やかに頷《うなず》いた、「堰の工事に出る気はないか、これから春までは畑仕事も多くはあるまい、工事に出て働く気があれば、その日勘定で銭の取れるように計らってやる」

捨吉は頭を左右に振った、「そう願えれば有難いのです、けれども軀がこんなざまなので、いちどいってみたのですがはねられました」

「現場へいったのか」

「はい」捨吉は自分をあざけるように笑ってみせた、「わし共と同じように困っている者どうしが、十三人そろって相談のうえめえりました」

だが現場ではかれらの軀を見て、「おまえたちにはむりだ、ここにはおまえたちにできる仕事はない、と云われまして」

「やる気はあるんだな」と云って、捨吉が頷くのを主水正は見た、「それなら私が手紙を書いてやろう、腕力のいる仕事だけでなく、ほかにも働くことがある、おまえ吉原郡の石原という村を知っているか」

捨吉は知らないと答えた。主水正はふところ紙と矢立を取り出し、伊平に宛《あ》てて手紙を書いた。そして伊平の住居と仕事の帳場のあるところを詳しく教え、手紙を渡して、いってみるようにと云った。捨吉はさしてよろこんだようすをみせなかった。失望することに慣れているためか、すでにもう諦《あきら》めているような、気乗りのしない態度がうかがえた。

「その男も百姓だ」と主水正は力をつけようと声を強めた、「手紙にもあらまし書いたが、会って事情を話せば、ほかの者にも仕事がみつかるだろうと思う、いってみないか」

「へえ」捨吉は鼻の孔《あな》へ横に指を当てて、奇妙な音をたてた、「いってみますべえ、有難うごぜえました」

　主水正はそこを去りながら、捨吉の言葉づかいが、ときに卑屈なくらい丁寧になり、また急に投げたような、乱暴な調子に変ったのを思い返してみた。

「*天地《あめつち》は広しといえど」とあるきながら彼は口ずさんだ、「――*吾《あ》がためは狭《さ》くやなりぬる、日月《ひつき》は明《あか》しといえど、吾がためは照りやたまわぬ、人みなか吾《あれ》のみや然《しか》る、わくらばに、人とはあるを、人並に吾《あれ》も作るを」

　五十歳だというのに、七十の老人かとみえる老いやつれた姿。白髪頭を垂れて、急に投げやりな調子になる口ぶりには、怒りと悲しみからくる反抗が、ひそんでいたのかもしれない。わくらばに――たまたま人間と生れ、自分も耕作しているのに、世間も狭く陽も照らない。憶良の歌った嘆きと溜息《ためいき》が、自分の胸の中を風のように吹きぬけるのを、主水正は感じた。

「隠そうとしても隠せない、自分で気づかないうちに、つい言葉のはし、眼の色に出てしまう」と主水正は呟いた、「――さぞ声かぎり叫び、訴えたいだろうのに、それが彼にはできない、逆立ちをしてもできない、もしもそんなことを訴えたり叫びだしたりすれば」

あとは云うまでもない。捨吉は捕えられてまた牢ばたらきをさせられ、妻と子や孫たちは飢えるのだ。

「伊平のところへいってくれ」と主水正は訴えるように云った、「頼む、もう一度がまんして、伊平のところへいってくれ」

十二の三

測地の現場へゆくと、図引きをしていた竹内要が振り向いて、意味ありげに微笑した。

「捉《つか》まりましたね、あの夫婦に」と竹内は云った、「銭は幾ら取られましたか」

主水正は竹内の眼を凝視した、「それはどういう意味だ」

「怒っては困ります」竹内は慌《あわ》てて云った、「あの夫婦は怠け者の、悪賢いことで評判なやつです、私共も幾たびか休むために寄りましたが、鬼でも泣かずにはいられないような、哀れな話をして聞かせ、こっちがつい幾らか銭を置かずにはいられないように、もちかけるのです」

「それで、――」と主水正はきき返した、「それがみんな作り言だというんですか」

「みんな嘘《うそ》だとは云いませんが、誇張していることに間違いはありません」

矢生郡にも貧農はいた。この郡にはいってからも、似たような貧困農家は相当あったが、捨吉夫婦のように困窮を売りものにし、人の同情をかきたてる人間はいなかった。この村の名主《なぬし》は万右衛門というが、その名主にきいてみたところ、あの一家は揃《そろ》った怠け者で、出奔した伜《せがれ》夫婦は賭博《とばく》きちがいだし、捨吉夫婦は満足にのら仕事をしない。土に肥料もやらず、種子を蒔《ま》くだけは蒔くが、稲も麦もあとの世話をしない。麦踏みはしないし田の草取りもしない。しぜん土は痩せるばかりで、収穫らしい収穫は殆《ほと》んどなく、薪《たきぎ》や柴《しば》を城下へ売りにいって、その日その日を凌いでいるだけである。土が荒れるので、地主も幾たびか田地を返すようにと迫った。すると夫婦は「子や孫を殺して自分たちも死ぬ、自分たちが死んだら取り上げてくれ」と云い、息子夫婦が帰ったら礼をするだろう、などと威《おど》すようなことを云うため、地主もいまでは諦めているそうだ。

「ほかの百姓たちにきいてごらんなさい」と竹内は云った、「——あの夫婦はだめです、村づきあいからも外されているんですよ」

主水正はそうかと頷いた。

そうかもしれない、と彼は思った。しかし、生れつきそうだったのだろうか、それともなにかそうなる原因があったのではなかろうか。たとえば息子が賭博ぐるいで、しまいには家出をしてしまったという。そのために落胆して、なんにもする気にならなくなった、とは考えられないだろうか。息子夫婦が二人の子を置いて出奔した、というのはかたちにあらわれたことだが、そのほかにも人の眼に見えず気もつかないところに、あの夫婦の生きる意欲を底から挫《くじ》くような、ひどい出来事があったのではないだろうか。——人間には働きたいという本能がある。職業には関係なく、つねになにかせずにはいられない。他人にはばからしくみえても、当人は精根をうちこまずにはいられないような仕事もある。見た眼に怠け者のようだからといって、しんじつ怠け者であるかどうか、誤りのない判断が誰にできるだろう。あらわれたかたちに眼を昏《くら》まされてはいけない、人の評にひきずられてはならない、おれは捨吉一家の生活をこの眼で見た。あの無残な生活を見たことだけは事実だ。

それだけは決して忘れてはならない、と主水正は思った。

十一月いっぱいで測量は中止し、二月に続行することになった。十二月から一月の末までは、主水正と島田助左衛門と竹内要、それに二人の助け役とで、それまでに測定した図引きの整理をするため、城中の役部屋へ詰めることになった。総支配である山内時四郎も、責任者として出席しなければならないのだが、病気という届けを出して、ついに一度も姿をみせなかった。

十二月になってまもなく、主水正が下城してくると、途中で谷宗岳につかまった。宗岳はまえよりも頰がこけ、艶《つや》のない渋紙色の顔に、眼だけがぎらぎら光ってみえた。

「曲《まがり》町で馳走《ちそう》になってきたところだ」宗岳は酒臭い息でおくびをしながら云った、「これから飲みにいくんだ、久しぶりでつきあうだろうな」

主水正が返辞をするまえに、宗岳は主水正のうしろにいる杉本大作に向かって手を振った。

「おまえは帰れ」と宗岳は杉本に云った、「帰ってあの女代官に云え、旦那《だんな》はおれが借りてゆくからって、——だが気をつけろ、うっかりすると嚙《か》みつかれるかもしれないからな、側へ寄るんじゃないぞ」

主水正は観念して、書類の包みを杉本大作に渡し、「よし」と頷いて、宗岳といっしょに道を戻った。おまえは薄情なやつだ、とあるきながら宗岳は云った。五年ぶりで帰国したのに会いにも来ず、消息を問う使いさえよこさなかった。おれのことなど忘れてしまったんだろう、などと云い続けた。いや、なにも云うな、帰国が内密だったことは知っていたんだ。だからおれも仁山村へはゆかなかった。けれどもいくら内密だからといって、十二刻《とき》寸暇もなかったわけではないだろう。だが気にするな、そんなことより女房をどうする。おまえの女房はちっとも変らない。ちっともだ、いまではまるで女の悪代官みたようになってしまった。いったいどうするつもりだ。

「女房を押えることもできないなら」と宗岳は云った、「とうてい人を押え、世間を押えることなどはできない、どうするつもりだ主水」

「人が聞きます」主水正は宗岳の肱《ひじ》に手をかけた、「どこへいらっしゃるんですか」

平野屋だと、宗岳は温和《おとな》しく云った。主水正は宗岳の肱を引いて、右の横町へ曲っていった。まえに通じてあったのか、平野屋の者は二人を見ると、待ちかねていたように座敷へ案内した。そしてすぐに女芸者が三人、嬌声《きょうせい》をあげながらはいって来た。

主水正の心はそこにはなかった。立て並べた燭台《しょくだい》の光で眩《まぶ》しいほど明るい広間、きらびやかに着飾り、香料と香油の匂《にお》いをふりまきながら、高ごえで笑い、宗岳に凭《もた》れかかったり、休みなしに軽口をもてあそびながら、主水正にも盃《さかずき》を置かせず、酌《しゃく》をした。

――捨吉の家はいまどんなだろう、と主水正は思った。燈油《とうゆ》もなく、炉の火かがりをたよりに、稗かもろこしを喰《た》べているのに違いない。床に荒蓆《あらむしろ》を敷いただけの部屋、煤《すす》だらけの天床《てんじょう》や柱、なんの匂いともわからない、むせっぽい悪臭のこもっている暗い屋内で、老いた父母と小さな子や孫たちが、ただ空腹を満たすために、粥《かゆ》のようなものを掻《か》きこんでいる姿が、まざまざと眼にうかび、主水正は息が詰まりそうに感じた。

急にあたりがざわつきだしたので、眼をあげてみると客が二人はいって来、谷宗岳に挨拶《あいさつ》をしていた。一人の老人には覚えがある。やはりこの家でいちど会って、慥《たし》か桑島三右衛門という御金御用商だと云った筈《はず》だ。他の一人も会うのは初めてだが、回米《かいまい》御用商の佐渡屋儀平だということは、誰から聞いたともなく知っていた。

――御用商人が二人、と主水正は唇をひきしめた。いやな匂いがするな。

そこへ桑島が、佐渡屋を伴《つ》れて挨拶に来た。推察したとおり回米御用の佐渡屋儀平で、お盃をいただきたいと、とりいるような笑顔をみせて云った。

「私は谷先生をここまで送って来ただけです」と云って主水正は持っていた盃を膳《ぜん》の上へ伏せた、「失礼かもしれないが、あなた方とのおつきあいはまたのことにしましょう」

そして宗岳に会釈《えしゃく》をして彼は立ち、その座敷から出ていった。

「待て、主水ちょっと待て」と呼びながら宗岳は廊下まで追って来た、「おまえに話すことがある、大事な話だ、ちょっとこの部屋を借りよう」

宗岳は主水正の袂《たもと》をつかんで、すぐ右手にある小座敷へ押し入れ、大きな声で「灯《ひ》を持って来い」とどなった。

十二の四

「いや、なにもいらない」と宗岳ははいって来た女中に云った、「その行燈《あんどん》があればいい、元の座敷へ戻るんだ、酒もいらない、水を一杯くれ」

「やっぱりね」と女中が云った、「なんにも欲しくないいなんて、おひやが欲しいんじゃありませんか」

「裏の井戸のだぞ」と宗岳が云った、「――水瓶《みずがめ》のはだめだ、わかってるだろうな」

「ほかになにか御注文は」

「おまえが消えてなくなることだ、それからあっちの座敷に、待っていてくれと云うんだ、水を忘れるなよ」

女中は去った。

「主水、おまえなぜ逃げる」と宗岳はあぐらをかいた膝《ひざ》をつかみながら云った、「どうしてかれらとつきあわないんだ」

「私が飲めないことは御存じでしょう」

宗岳は頭をゆっくりと左右に振った、「へたな言い訳だ、酒が飲める飲めないじゃあない、おまえは逃げだしたんだ」

「いや」と宗岳は片手をあげて、なにも云おうとしない主水正を制止した、「言い訳はよせ、聞くまでもなくわかってる、おまえはよごれることを避けたんだ」

いまからあしかけ六年まえ、おまえは桑島に会った。今日は二度めで、佐渡屋もいっしょだ、二人とも御用商人であり、五人衆といわれてこの藩の財政経済を牛耳《ぎゅうじ》っている。殿がそこに眼をつけ、藩の財政をかれらの手から回復しようと思いたたれ、そのため御身辺に新らしい人材を選ばれたことは聡明《そうめい》だ。しかし武家勘定と商人勘定とは根本的に違う。侍が頭《ず》を高くし、商人が腰を低くしている限り、攻防の一線をやぶることはできない。商人どもは腰を踞め額を土にすりつけても、「利得」という砦《とりで》は決して放さないだろう、しかもかれらは相互に力を合わせ、その合わせた力を自在に活用させるから、領主の威光や武家の権力などでは、とうてい太刀打ちはできない、と宗岳は云った。

「泥だらけの手で握っているものを取り上げるには、こちらの手も泥でよごさなければならない」と宗岳は続けた、「かれらを外側から叩《たた》くより、内部にはいるほうが、砦の脆《もろ》いところがわかるだろう、よごれることを避けている限り、よごれた手で握っているものを奪い返すことはできないぞ」

殿は選びだした人材の中で、おまえにもっとも望みをかけているようだ。郡奉《こおりぶ》行《ぎょう》、町奉行、勘定方では監査と、次々に役を替えたのも、経験をひろめるためというより、部署の変化によって動揺しない性格かどうかをためされたのだと思う。

「殿はどこまで主水をとりたてるおつもりかわからない、だがおれのにらんだところに誤りがなければ、——」宗岳はそこで意味ありげにちょっと言葉を止め、黄色くなった歯を見せて微笑した、「らくではないな、主水、おまえの将来はらくではない、しかしずっと以前にも云ったと思うが、これはおまえ自身で選んだ道だぞ」

そこで宗岳は主水正の鼻先へ指をつきつけて云った、「おまえは卵を孵《かえ》した、ところが孵ったのは鷲《わし》だったというようなものさ、にわとりかあひるだと思ったら鷲だった、苦労をするぞ」
「飼いならせないということですか」
「あっちの座敷へ戻ろう」と云って、宗岳は立ちあがった、「御用商人は鷲より、飼いならしやすいんじゃないか、むろん、こっちの肝《きも》の据《す》えかたによるだろうがな」

主水正は宗岳の忠告を受け入れた。
十二月から正月にかけて、牡丹屋《ぼたんや》勇助、越後屋藤兵衛、太田巻兵衛らもあらわれた。座敷は「平野屋」であり、そのたびに男女の芸者が四五人はあらわれて賑《にぎ》やかにとりもちをした。五人衆が揃うときもあるし、二人か三人のときもあるが、桑島三右衛門だけは欠かさず座敷に出た。佐渡屋はもう七十歳にちかいだろう、*疝痛《せんつう》の持病があり咳《せき》にも悩まされていた。牡丹屋は四十七八、誰よりも遊び上手で、口も達者だし酒も強かった。ほかの四人がいつもじみな恰好《かっこう》をしているのに、牡丹屋だけは高価な着物を着、印籠《いんろう》だの莨入《たばこいれ》だの印伝革《いんでんがわ》の紙入だの、つねに高価で贅沢《ぜいたく》な品をつけていた。

「なに、これもしょうばいの内でしてな」と牡丹屋はしばしば云った、「こうして持ちあるいていると、けっこう客の注文が取れるんです、まあ自分でひろめ屋をやっているようなものですかな」

彼は女の髪飾りや小間物諸道具、化粧品から陶器類まで扱っていた。

「あの人は悪性者《あくしょうもの》よ」と年増《としま》の女芸者が、或《あ》るとき主水正に囁《ささや》いた、「おかみさんも三人取り替えたし、ほかに二人も囲い者がいるんです、子供が欲しいからだ、なんて云ってらっしゃるけれど、それはお道楽の口実でしょ、いままではしろうと衆だけでしたけれど、こんどはあそこにいるひなちゃんに眼をつけて、臆面《おくめん》もなくくどきにかかっているんです、あんな人もないもんだと思いますわ」

その年増芸者は水木満寿弥《ますや》という名で踊りの師匠をしてい、としは三十、内弟子が三人あった。幾たびも記したとおり、満寿弥自身も三人の内弟子も、客座敷で稼《かせ》ぐのがしょうばいであり、他の土地の芸妓《げいぎ》と違うところはなかったが、客といっしょに泊らないという原則だけは、かなりきびしく守られているようであった。

五人の御用商は、ほぼ七日おきぐらいに主水正を招待したが、用談めいた話は決してしなかった。藩の要職にある方たちと親しくなり、自分たちの商法を知ってもらいたい。御用商人として奉公するには、お互いに相手をよく知り、善悪ともに隔意なく話し合えるようにやってまいりたい。そんなことをさりげなく云うだけで、あとは接待におちどのないように、こまかく気を配るだけであった。

十二月の下旬になった或る夜、弟の阿部小四郎がたずねて来て、金をねだった。小四郎は勝手口からおとずれ、玄関からはいれと伝えさせたが拒み、門の外で待っているからと、主水正を呼び出した。昼のうちに降りやんだ雪が、もう冰《こお》っていて、穿物《はきもの》の下でばりばり音がし、敷石のところはうっかりすると滑った。小四郎は寒さよけの頭巾《ずきん》もかぶらず、袴《はかま》の裾《すそ》がひきずるようなだらしのない恰好で、月代《さかやき》も伸び、ぶしょう髭《ひげ》も伸び、暗がりの雪あかりでよくはわからないが、おどろくほど痩《や》せてみえたし、息は酒の匂いがした。

「そうですか、やっぱりそうですか」と小四郎は主水正の返辞を聞いてから云った、「たぶんそうだろうと思っていました、けれども母が病気で寝ているし、父が隠居すると私は組頭から平の徒士《かち》におろされて、扶持《ふち》も三分の一削られました、私はあなたと違って無能だし、まいないを呉《く》れるようなうしろ盾もいませんしね、この節*季をどう越したらいいか途方にくれているありさまで、母にそう云われたから来てみたんです、こんなことを云っても、あなたには痛くも痒《かゆ》くもないでしょうがね」

「よけいなことかもしれないが」と主水正は静かに云った、「人間にいちばん大切なのは逆境に立ったときだ、借銭などでいちじを凌《しの》ぐ癖がついたら、とうてい逆境からぬけ出ることはできない、どんなに苦しくとも、自分の力できりぬけてこそ立直れるものだ」

「礼でも云いましょうか」小四郎はひきつるように笑った、「いまの阿部家には百の説法より、十文《もん》の鐚銭《びたせん》のほうがよっぽど有難いんです、説法じゃあ腹はくちくなりませんからね」

酒は飲めてもか、と云いたかったが、主水正は口には出さなかった。

「親子きょうだいといってもはかないもんですな」小四郎はそう云って咳こんだ、「もう二度と迷惑はかけません、母上にもしものことがあっても知らせには来ませんから、まあ安心して、まいないでたのしくやって下さい、わが世の春でしょうからね」

主水正はきびすを返して、門の中へ大股《おおまた》に戻った。

十二の五

主水正にとっては事の多い冬であった。酒臭い息をして、小四郎が金をねだりに来たあと、石原村の伊平があらわれて、捨吉の苦情を並べた。——実家の阿部が平の徒士におとされたことは、人を使ってひそかにしらべた。母がめっきり弱くなり、寝たり起きたりしていることも事実だし、扶持を削られて家計の苦しくなったことも嘘《うそ》ではなかった。しかし五十歳そこそこで隠居をした父の小左衛門は、魚釣りに熱中しているし、小四郎は勤めも怠けがちで、口実を設けては酒びたりになってい、そのためいまだに縁談もないということであった。

——無情かもしれないがやむを得ない、と主水正は思った。借りに来た金は小四郎の飲み代《しろ》になるだけだろう、金を貸せばますます悪くするだけだ。

そう割切れるのは、少年時代から親子きょうだいという、実感がもてなかったためであろう。五十歳になるやならずに隠居をし、ただ魚釣りをたのしんでいるという父も父だし、酒びたりの小四郎も小四郎、気の毒なのは母だけであるが、阿部の家風がそうなった責任の一半は母にもある。

「蟹《かに》は横に這《は》う」と彼は呟《つぶや》いた、「まっすぐにあるけと云《い》うほうがむりだろうな」

主水正は七の報告を待っていたが、七からはなんの知らせもなく、その代りに石原村の伊平が来た。雪の降る日で、庭先へまわって来た彼は、笠《かさ》をぬぎ蓑《みの》をぬぐと、たちまち頭からまっ白くなった。百姓の捨吉は伊平をたずねて事情を話し、仕事をくれるようにと頼んだ。話した事情は誇張したものらしく、特に主水正の口添えと聞いて、伊平は人繰りをして彼に仕事を与えた。

「だがあの男はだめです」と伊平は首を振りながら云った、「帳つけは間違いだらけ、力仕事はだめ、見張りに立てれば居眠りをする、あれはしんからの怠け者です」

「日雇賃はそのたびに払っているんだろうな」

伊平は肩をすくめた、「怠けないのはその一つだけです」

「ことづけを聞いたろうが、あの一家は乞食《こじき》よりひどい生活をしているんだ」

それはあの一家だけですかと、伊平は反問したそうに眼を光らせた。しかし彼はそう云わずに、主水正の眼を黙ってみつめた。

「では使えないというのか」と云ってから、主水正はふときき咎《とが》めた、「いま見張りに立てると云ったようだが、見張りとはどういうことだ」

「堰《せき》から水を三つ沼へ引く、用水堀の工事は御存じですね」と伊平が云った、「両側に杭《くい》を打って土止《どどめ》の板を張るんですが」

「あれはあとで石組みに替える予定だ」

「それがいつごろからか、打ち込んだ杭を抜く者がいるんです」

またかと、主水正は唇を嚙《か》んだ。

「そのため差配《さはい》の粂五郎《くめごろう》と相談して、三ところに番小屋を建てました、先月のことですが、それから毎晩一人ずつ、交代で寝ず番をさせているというわけです」

「誰の仕業か見当はつかないのか」

「足跡も残さないんです、尤《もっと》もこの季節ですから、雪が降れば消えてしまうでしょうが」

「粂五郎というのは、大坂から来た人足の頭《かしら》だったたな」

「仕事はこびの上手な、いい年寄りです」

主水正はちょっと考えてから、きき直した、「捨吉はどうしても使えないのか」

「見張りひとつ満足にできませんし、ほかの者のしめしもつきませんから、――あなたのお口添えですが、どうも」

主水正は太息《といき》をついた、「おまえが小頭だ、私に構わずいいようにしてくれ」

伊平はほっとしたように、雪の中を帰っていった。

年賀に登城したとき、飛騨守の巧みなはからいで、高森宗兵衛、岩上六郎兵衛、佐佐義兵衛、小野田猛夫、猪狩又五郎、栗山主税《ちから》、そして三浦主水正らが、城中の休息の間に集まった。昌治は小姓も伴《つ》れず、独りであらわれて半刻《はんとき》ほど話した。昌治の話の中心は江戸屋敷の動静で、昌治を廃して、兄に当る松二郎を擁立しようとする動きがつよくなったこと、それが国許《くにもと》の重臣たちにまで影響し始めているらしい、などということであった。それから堰堤《えんてい》工事のことになり、早く完成することは望ましいが、そのために手をぬくようなことなく、後世までゆるがぬ堅固なものにする、という原則を忘れるなと昌治は念を押した。

「それからもうひとつ」と昌治は声を低くして云った、「工事の妨害をする者がいるように聞いたが、それは事実か」

七人は言句に詰まった。絶対に他言はしない約束だったし、昌治の耳に入ろうなどとは想像もしなかったからだ。

「おそれながら」と主水正が云った、「それは私どもで処理いたします、御懸念《けねん》には及びません、そういう評《うわさ》はぜひお聞きながしを願います」

「おれのちからは不必要か」

「ただお聞きながしを願うだけです」

「佐佐はどう思う」と昌治は云った、「そのほうどもだけで防げると思うか」

「私から申上げます」と主水正はその問いを横から奪い取るように答えた、「いま殿が些《いささ》かでもお動きになれば、事はたちまち表沙汰《おもてざた》となり、小事が大事になりかねません、なにとぞここはお聞きながしを願います」

昌治は微笑した。帰国してからまた肥えたようで、微笑すると頬肉が固そうにもりあがった。それでよければそうしよう、と昌治は頷《うなず》いた。

「念のために云っておくが」と昌治は七人の顔を順に眺めた、「山内に気を許すな、滝沢には懸念はない、山根や八重田、益秋、柳田なども大丈夫だが、山内には江戸から糸がのびているようだ、かの一族には注意を怠るな」

休息の間を出るときも、下城するときにも七人はべつべつだった。「堰」にかかっている四人さえ、下城はいっしょではなかった。

——工事に妨害者のあることを、誰が告げたのであろう、と主水正は考えた。現場の四人とは固い約束をした、かれらの中にそんな者がいる筈がない、いや待て、七はその中の一人が妨害者と通じているのを見た、ことによるとその一人かもしれない。

——だがそれもおかしい、と彼は思い直した。妨害に共謀している者が、その事実をどうして密告するんだ、妨害の目的は工事を遅延させ、うまくゆけば中止か、ついには放棄させたいのだろう、とすれば密告は逆効果をまねくことになる、そうだ、彼らの中にはいない。

三浦家では年賀はしなかった。芳野がしきりにすすめたが、奥だけで祝えと云い、年賀の客を避けるために、御用と称して「堰」の現場へゆき、七日のあいだふた岐《また》の小屋にこもった。堰堤はこれから二カ所の難工事にかからなければならない。待《まち》日山《ひやま》の支脈が、平地へおちるところに谷をなしていて、その一は長さ二十間、その二は十五間の間隔があり、そこへ水を通す堤を築き立てるのだが、堤がいいか、大《おお》樋《どい》を架けるかで議論が一致しない。大樋は桁脚《けたあし》の上に幅十三尺、深さ六尺の板樋を固定する法で、これは費用も少なく日数もかからない。しかし木樋だから水漏れもしようし風化の害もあって、或る期間がくれば修理や改造に追われるだろう。堤にすれば土石や枠《わく》組《ぐ》みの用材に、多額な費用と日時のかかることは明白である。どっちをとるかという点で、なかなか意見が纏《まと》まらないのであった。主水正はそれらの議論のあいだをぬすんで、七にも会い、現場を見てまわった。

「あれからなんにもないよ」或る夜のこと、小野田が他の四人を眺めながら云った、「――もう諦《あきら》めたんじゃないかな」

「どうだかな」と佐佐が用心ぶかく云って、「いまは雪が積もっているから、足跡のつくのを恐れているとも考えられる」

「雪は絶えず降ったりやんだりする、足跡ぐらいすぐに消えてしまうだろう」

それはそうだと、猪狩が云った。主水正は石原村の伊平から聞いた、用水堀の話をしようとしたが、思い返してなにも云わなかった。飛驒守に妨害者のあることを、密告した者がこの四人の中にいるとすれば、用水堀のこともすぐに密告されるだろうし、そうなれば騒ぎがさらに大きくなるだろうからだ。彼は心の中でふかい溜息《ためいき》をついた。

孤独の部屋

「わたくしは由緒《ゆいしょ》ある山根家の女《むすめ》です」とつるは云《い》った、「父の命令だから三浦へ嫁《か》して来たけれど、あの人とめおとになるという約束はしていません」

「そんな理屈がとおらないことは御自分がよく御存じでしょう」と侍女の芳野が云った、「わたくしも初めのうちは旦那《だんな》さまに馴染《なじ》めませんでした、平侍から成りあがった、出世欲のかたまりだというふうにみえたからです」

「いまでもあの人は出世欲のかたまりです、立身出世をしたいというほかに、人間らしいところはなんにも持ってはいない、わたくしを嫁に欲しがったのは、山根の家格が欲しかっただけです、そうでしょう芳野」

芳野はかすかにかぶりを振った、「わたくしもそう思っていました、けれどもよくお考え下さい、この縁組は旦那さまのほうからではなく、山根の大旦那さまのほうからもちだされたものですし、あなたも不承知ならお断わりになれたのです、殿さまからお声がかかったようにもうかがいましたけれど、あなたの御気性なら、いやだと仰《おっ》しゃればそれで済んだことではないでしょうか」

「おまえの知らないこともあるのよ」とつるは眼をそむけた、「芳野にも父上にも云えないことがあるの、つるはそのためにあの人と祝言《しゅうげん》する気になったのよ」

「女は心の狭いものだと申します、いいえ、お嬢さまのことを申すのではございません」と芳野は述懐するようにゆっくりと云った、「なにか一つ思い詰めると、それが一生の大事のように、頭についてはなれない、その一つのことのために一生をだいなしにする場合もあるようです、芳野はあしかけ六年もお仕えしてみて、旦那さまがただ、出世欲だけで生きていらっしゃる方ではない、ということがわかりました」

もしもそういう性分の男なら、祝言をし同じ家に起居している以上、あなたと寝間を共にしない筈《はず》はない。それなのに、あなたに拒まれて以来、あなたの部屋へも近づかないし、それが不満だというそぶりさえみせない。ちかごろは御用商の五人衆に招かれて、しばしば酒宴の席へも出るようだ、云うまでもなくそこには女芸者なども呼ばれて来、こちらで望めば浮気《うわき》ぐらい簡単にできるであろう。しかし旦那さまはそれらに眼もくれず、一人として狎《な》れ親しむような女はいないそうである。男が二十六歳になれば、浮気をしたり隠し妻を囲ったりするのは常識とも云えるであろう。自分の聞いただけでも、滝沢城代の御子息、山内さまの御長男、そのほかにも女を囲っている人が二人や三人ではない。よくはわからないけれど、旦那さまはあなたを大事にし、あなたに操《みさお》を立てているのだと思う。もうあなたのほうでも強情を張るのをやめて、妻らしくなってもいいときではないだろうか、と芳野は云った。

「もうたくさん、その話はやめておくれ」とつるは顔をそむけたままで云った、「わたくしにはわたくしの考えがあります、あの人に鞭《むち》を拾わせるまで、つるはあの人を許すことはできません」

「鞭を拾わせる、それはどういうことですか」

「芳野の知らないことよ」とつるは云った、「父上も知らない、誰も知らないことよ、さあ、つるを独りにしてちょうだい」

芳野は出てゆき、つるは独りになった。

彼女は火鉢《ひばち》に手をかざし、ぼんやりと居間の中を眺めまわした。火鉢は桐《きり》材で、かなり大きな四角形であり、周囲に猫板《ねこいた》が付いているし、湯沸しの五徳には、酒の燗《かん》をつける銅壺《どうこ》も付属していた。総桐の衣装箪笥《だんす》が二棹《ふたさお》、桑材の茶棚、朱塗りの衣《い》桁《こう》。半間の床の間には尺三《しゃくさん》の水墨山水の軸が掛けてあり、その下で小さな香炉が薄青い煙をゆらめかしていた。小物や道具、紐《ひも》、しごきや帯止を入れる小箪笥の上には、古い黄瀬戸《きせと》の壺《つぼ》に梅が活《い》けてあった。少女のころから愛玩《あいがん》した人形や玩具《がんぐ》の類《たぐい》を並べた飾り棚、華やかな色の襖紙《ふすまがみ》や、貼《は》り交ぜの小屏風《こびょうぶ》など、すべてが品のいい、女の居間らしい気分と、あたたかいおちつきをみせていた。「これを全部めちゃめちゃにしてやろうか」とつるは呟《つぶや》いた、「——誰が見に来るでもなし、誰の眼をたのしませることもない、あたしは六年ものあいだ独りで、愛されもせず慰められもしなかった、この部屋も、この家具たちも、ずっとあたし独りを眺めてきたのだ、淋《さび》しさに耐えかねてわけもなく泣いたり、召使に当りちらしたり、飲めない酒に酔って、ばかなようにはしゃいだり笑ったりし、夜なかに眼ざめて眠れなくなり、自分で自分の軀《からだ》に恥ずかしいいたずらをしたことなども、この部屋とこの家具たちは黙って見ていたのだ」

つるは立って鏡架けの前へゆき、鏡蓋《ぶた》を取って鏡の面を見、両手で自分の頬を撫《な》でた。

「あたしではない」と彼女は呟いた、「これは昔のつるではない、眉《まゆ》も剃《そ》らず歯も染めてはいないのに、それでもこれはあたしの顔ではない、二十四歳の、見知らない、いやらしい女の顔だ」

つるは鏡に蓋をし、蒼《あお》ざめた顔で血の滲《にじ》むほど強く唇を噛《か》んだ。彼女の眼から涙がこぼれ落ち、つるは両手で眼を押えて、こみあげてくる咽《むせ》び泣きをけんめいにこらえた。

「憎い人だ、あの人が憎い」つるはふるえ声で云った、「どうしてこんなことになったのだろう、どうしてあんな人のところへ嫁に来たのだろう」

つるは顔から手をおろし、放心したように庭のほうを見やった。庇《ひさし》から雨落《あまおち》へたれる雪解《ゆきげ》のあまだれが、日光で明るい障子に条《しま》をなして映ってい、樹立《こだち》のあたりでなにかの小鳥のささ鳴きが聞えた。つるは急に立ちあがって芳野を呼び、琴を持ってくるように命じた。そして琴がくると、庭に面した障子をあけさせ、蔽《おお》いを取って調子を合わせてから、指に琴爪《ことづめ》をはめた。

「うかがわせていただいてもようございますか」と云って芳野が坐《すわ》ろうとした。

「いやよ」とつるはかぶりを振った、「あちらへいっていておくれ」

芳野は会釈《えしゃく》をして去った。

つるは暫《しばら》く絃《げん》を見ていてから、おもむろに千鳥の曲を弾きはじめた。樹立のほうでささ鳴きをしていた小鳥の声はやんだが、雨落の石を叩《たた》く雪解の水音は絶えず、それが琴の音をあざ笑うように聞え、つるは弾くのをやめてしまった。

「琴もあたしから去ってしまった」とつるは天床を見あげて呟いた、「——あたしにはなにもない、山根つるの持っていたものは、みんなどこかへいってしまった、あたしはたった一人だ、あたしを支えてくれるものはなに一つない、つるは独りぼっちだ」

彼女は琴の絃を千切ろうとしたが、いたずらに騒音が出るだけで、絃は一本も切れなかった。つるはその琴の上に上半身を投げかけて、がまんのきれたように泣きだした。

十三の一

「このように御懇意に願ってまいったのですから」と桑島三右衛門が云った、「こんな料理茶屋でなく、もっとおちついてお話のできる家をつくりたいと思うのですが、いかがでしょうか」

「私にはそんな銀子《ぎんす》はない」と主水正《もんどのしょう》は答えた、「私は高《たか》が」

桑島老人がおがむような手まねをして遮《さえぎ》った、「その話はよしましょう、私共は藩の御用達《ごようたし》をうけたまわっておりますし、そのため身代《しんだい》を保つことができているのです、御恩返しの一部として、三浦さまに控え家を設けるくらいのことは、させていただきたいと相談が纏《まと》まっているのですから」

主水正は黙っていた。牡丹屋や佐渡屋、越後屋も太田巻兵衛も、口をそろえて桑島の話に同調し、話を煽《あお》った。

「私は軽輩で、あなた方の役に立つようなことはできないが」と主水正は云った、「ときに会ってお互いに話しあうことは無益ではないと思う、いいでしょう、そうしてもらいます」

かれらがどんな企《たくら》みをもっているかわからないが、主水正はかれらに手綱を任せようと思った。

「じつは三浦さまに御相談をせずに」と桑島老人が手を揉《も》みながら云った、「花木町にもう家を拵《こしら》えてあるんです」

「これからどうですか」と牡丹屋が酒を呷《あお》りながら云った、「ここからは二町とはなれてはいないし、酒肴《しゅこう》の用意もできている筈ですから」

ではそこを見せてもらうとしようか、と主水正は云った。その返辞を期待していたかのように、五人の御用商人は立ちあがった。――またもや御意《ぎょい》の変らぬうちに、というようすがあからさまにみえ、主水正は心の中で苦笑した。駕籠《かご》の必要もないと云ったとおり、加地町からほんのひと跨《また》ぎの、花木町というところにその家はあった。江戸ふうの荒い格子戸《こうしど》をはいると、一間《けん》四方の三和土《たたき》の土間に、飾りの穿物《はきもの》箱《ばこ》があり、その上の白磁の水盤に若葉の栗《くり》と麦が活《い》けてあった。

みんながはいってゆくと、待っていたように若い女が出迎えた。そのとき主水正は、ななえだなと思った。町人の女房らしく髷《まげ》を結い、じみな着つけも化粧も、町人の女房らしくつくっているが、静かな眼や、ふっくらとした、あたたかそうな軀《からだ》つきで、武高のななえだということがすぐにわかった。

――どういうことだ。

主水正はたじろいだが、顔色には出さなかった。桑島が主人役のように、八帖《じょう》の客間に案内し、十四五歳の少女とななえとで、つつましい酒肴の膳《ぜん》が据《す》えられた。そして盃《さかずき》がひとめぐりすると、五人の御用商たちは巧みな口実を使って去り、あとに主水正とななえの二人が残った。

「暫くでした」二人っきりになると、ななえは尋常に両手を突いて云った、「――

お丈夫で御出世をなすって、おめでとう存じます」

めでたいだろうか、主水正はそう反問したかったが、有難うと会釈をし、これはあなたの家ですか、ときいた。

「はい、いいえ」とななえは赤くなって眼を伏せた、「わたくしの家でもあり、あなたの御休息所でもあり、桑島さまたちのお寄合い所でもあるようでございます」

「それであなたに、不満はないのですか」

ななえは俯《うつむ》向いたまま、かすかに「はい」と答えた。

「かれらは私を懐柔するために、あなたを利用しているのです、それを知っていますか」

「はい、そうだと思います」

「あなたは辛《つら》い立場になりますよ」

「存じております」ななえは聞き取りにくい囁《ささや》き声で云った、「――でもわたくし、半年でも三十日でも、あなたのお世話ができるなら、あとはどのようになろうと、それで本望でございます」

言葉つきや声にあふれた、思いつめたような調子が、主水正には意外でもあり、胸に刺さるようにも感じられた。

「そういう云いかたはよしましょう」と云ってから彼はふと思いだしてきいた、「失礼かもしれないが、あなたは加地町の平野屋へいったことはありませんか」

「はい、一度だけございました」

「私がいたときですね」

ななえは黙って頷《うなず》いたが、やはり顔はあげなかった。

「そうでしたか」と彼も頷いた、「この中に知っている者がいる筈だと云われましたが、あんまり姿かたちが変っているのでわからなかった、さぞ不人情なやつだと思ったでしょう」

ななえは眼をあげて主水正を見、匂《にお》やかに微笑しながら、そっとかぶりを振った。

「わかっていただけなかったほうが、うれしゅうございました、あのお座敷でもしわたくしだとお気づきになられたら、わたくし恥ずかしくって、たぶん逃げだしてしまったろうと存じます」

主水正はちょっと黙っていてから、ごく自然な調子できいた、「私にはよくわからないのだが、この家は本当のところどういうことになっているのですか」

ななえはもっと赤くなり、必要もないのに坐っている着物の裾前《すそまえ》を直した。

「あなたのお家です」と彼女は答え、いそいでかぶりを振った、「いいえ、お家と申してはいけませんわね、さきほど控え家と申しましたけれど、それよりもここで、ゆっくりくつろいでいただけるように、わたくしできるだけのことをするつもりでおりますの、わたくしの考えているのはただ、あなたのお側《そば》にいてお世話ができる、ということが生き甲斐《がい》だ、というだけでございます」

そういう表現はよしましょう、ともういちど云いかけて主水正は口をつぐんだ。ななえの言葉がその場かぎりでもお世辞でもなく、すなおに本心から出ていることが感じられたからである。彼はななえの家族のことをきいた。そして初めて、彼女たちの父が病死したのではなく、亥《い》の年の騒ぎのとき警護に出ていて、斬死《ざんし》したのだということを知った。

「それはまったく知らなかった」主水正は片手で膝《ひざ》を摑《つか》み、頭《こうべ》を垂れた、「病気で急死なすったと聞いて、それをそのまま信じていました、——さぞ苦労をなすったことでしょう」

「はい、御承知のとおりきょうだいもちりぢりになりましたし」

「石原村へゆかれた伊之助、いや、伊平さんとはときどき会います、石原村へ婿《むこ》にゆかれてよかったと思います」

「お酒が冷えましたようですけれど、あとを、つけさせましょうか」

「これで充分です、私は酒の飲めないたちですから」

「わたくしいただけますの」ななえは片方の袂《たもと》で口許《くちもと》を隠しながら囁くように云った、「あなたがもしもお嫌いなら、やめますけれど」

みえもなくてらいもしないその云いかたが、主水正にはあたたかい湯にひたされるような、心のやすらぎを感じた。

「やめることはない」彼は盃を彼女に差して云った、「お相手ぐらいはできるでしょう、ゆっくりやりましょう」

十三の二

主水正は「世間」というもの、そこに生きている「人間」たちを知るようになった。彼は、江戸屋敷にいるあいだに、多くの人と接し、その生活をみてきた。人世は単純ではないし、人の生きかたも単純ではない。善悪の評価でさえも正当であるよりも、そうでない場合のほうが多いし、それを是正することが殆《ほと》んど不可能であることも知った。

江戸から帰って来たとき、主水正は自分がおとなになったと思った。けれども、帰藩してこのかた、仁山《にやま》村の青淵《せいえん》老の変りかたにおどろかされたことから始まり、人事関係の変動におどろくことが次々に起こった。曲町《まがり》の家の空気の変ったこと、「堰堤《えんてい》工事」で江戸から来た四人、――かれらは領主に信任されている数少ない人間なのに、その中に工事妨害者と通じている者があるということ。谷宗岳が尚功館《しょうこうかん》を辞してから、五人衆の補助で生活していることはわかっていたし、飲酒と遊興におぼれていることもわかった。

――あの颯爽《さっそう》とした、額の高く清らかな谷先生が。

主水正は心が痛んだ。ほかの人ではない、谷宗岳だからいっそう悲しかったのであるが、五人衆を逃げるな、かれらの内ふところにはいれと忠告されたときには、ずいぶん久しぶりで宗岳その人の面目に接したように思い、やっぱり谷先生は芯《しん》までむしばまれてはいなかったのだと、息をつく思いをした。

「そしてななえだ」と彼は呟いた、「家の貧しさのために、鳥越の女芸者の養女として売られ、いまはおれの囲い者になろうとしている」主水正はそこで頭を垂れ、悲しげに力なくその頭を左右に振った、「――半年でも三十日でもと云ったな、側にいて世話をすることができれば」

あとはどうなっても本望だ、という言葉は口には出さなかった。つるは一生の妻であり、ななえもそれは知っているだろう。つるは一生の妻でありながら、まだ寝《ね》屋《や》を共にしたこともない。それに反してななえは、自分が御用商人たちに利用され、囲い者になることにも抵抗を示さない。もしもこっちで手を出せば、あの柔軟な、あたたかそうな軀は、そのままこっちの胸に崩れてくるに違いない。

「わからない」彼は眉間《みけん》に皺《しわ》をよらせて呟いた、「谷先生は、これはおれの選んだ道だと仰《おっ》しゃった、そうかもしれない、しかしようやく道の端に足を踏み入れただけだ、まだおとなになどなってはいない、おれは嘴《くちばし》の黄色いひよっこにすぎないんだ」

辛くなるぞ、という宗岳の声が聞えるように感じられた、おまえの将来は辛いことになるぞと。主水正は小机《こづくえ》に凭《もた》れ、両手で顔を掩《おお》って啜《すす》り泣いた。

「だがおれは負けないぞ」両手で顔を掩い、啜り泣きをしながら彼は呟いた、「負けないぞ、おれは決して負けやしないぞ」

深夜の居間にいて、火桶《ひおけ》の炭火も消え、全身にしみとおる余寒《よかん》を感じながら、一寸先にどんな陥穽《かんせい》があるかわからないこと。そしてそれを乗り越えてゆくには、自分の力以外に頼るものも支えてくれるものもないことを思い知るのであった。眼を掩った両手の裏に、やがて、みずみずしい栗の若葉と、麦の穂があざやかにうかんで来、主水正は啜り泣きをやめて、その鮮明な印象にひきいれられた。

「あまったれているな」と彼はそのままの恰好《かっこう》で呟《つぶや》いた、「そんなに深刻がるなよ、主水正、殿をみろ、殿は若くして七万八千石の領主となり、陣頭に馬を進めてたたかっておいでになる、しかも命を覘《ねら》われながら」

主水正は坐り直し、懐紙を出して顔を拭《ふ》きながら、またゆっくりと大きく、頭を左右に振った。

「よごれた手からその握っているものを取りあげようとするなら、こっちの手をきれいなままにしていては不可能だ、――谷先生はそう云われた」と彼は呟いた、「いいとも、おれは花木町の家を使ってやる、手もよごそう、泥まみれにもなってやろう、だがおれの心まで汚《けが》すことはできない、おれの手をよごし顔に泥を塗ることはできるだろう、しかし、そのときおれはきさまたちの握っているものを取りあげてみせる、きっとだ」

主水正は右手をひらき、それでなにかを摑み取るかのように、しっかりと五本の指を握《し》り緊めた。五本の指の節が白くなるほど強く、しっかりと。

「まだお眼ざめでございますか」と襖《ふすま》の外で芳野の、そっと呼びかける声がした、「火を持ってまいりましたが、はいってもよろしゅうございましょうか」

おはいり、と主水正は答えた。音を忍ぶように襖をあけて、赤くおこった火をのせた十能《じゅうのう》と、炭取を持って芳野ははいって来た。彼女は、まあすっかり消えてしまって、と云いながら、火桶に火を移し、炭取から炭をつぎたした。それから小机の脇《わき》にある茶道具をしらべ、あちらに湯が沸いているから茶を淹《い》れ替えようかと云った。

「有難う、茶は欲しくない」と云って主水正は芳野に振り返った、「おまえまだ起きていたのか」

芳野は火桶の炭のぐあいを直しながら、旦那《だんな》さまより先に寝るなどということはございません、と抗議をするように云った。

「それは悪かった」と主水正は顔をそむけた、「私には御用があるから夜更《よふか》しもする、おまえたちには昼の仕事が多いのだから、そんな心配は無用だ、私は平侍の家に育って、自分のことは自分でするように躾《しつ》けられた、これから私のことには構わないでくれ」

芳野はなにも答えず、ややながいこと黙っていて、それから哀願するように云った。

「奥さまのことを、もう許してあげて下さいませんでしょうか」

「私が、か」と彼は障子のほうを見たまま低い声で反問した、「私がつゝ、るを許せというのか」

「わたくしは、お嬢さまのお小さいときから御面倒をみてまいりました」と芳野も囁くような声で云った、「——お嬢さまの御気性もよく存じているつもりでございます」

「それでおまえも、おれに鞭《むち》を拾えと云うのか」

鞭と聞いて芳野は訝《いぶか》しげに眼をあげた、「このままお嬢さまからもうかがいましたけれど、鞭というのはなんのことでございましょうか」

「なんでもない」主水正は片手を振った、「私とつるだけの話だ、忘れてくれ」

芳野はまた暫く黙っていてから、そっと眼をあげた。

「もういちどうかがいますけれど、どうしてもお嬢さまを許してあげてはいただけないのでしょうか」

「それは私より芳野のほうがよく知っている筈《はず》だ」と彼は答えた、「許すとか許さないとかいう問題になれば、その鍵《かぎ》を握っているのは私ではなくつるのほうだ」

そうではないか、と云う言葉は問罪《もんざい》のようではなく、問いかけのような調子であった。芳野は黙って平伏した。

「ああ」と主水正は顔を掩って呻《うめ》いた、「——ああ、こんなことがいつまで続くんだ」

　庭の樹立《こだち》のあたりで、夜鷹《よたか》の鳴く声がし、火桶の中でおき火の崩れるのが、音のないけはいで聞えた。

「さあ、帰っておやすみ」と主水正はやわらかに云った、「私ももう寝るとしよう」

「お寝間の支度はしてございます」

「真綿に包まれても」

　そう云いかけて、そこで彼は急に口をつぐみ、思いだしたように振り向き、芳野に頰笑《ほほえ》みかけた。

「よければ、酒を少し飲もうか」

　芳野は眼をみはった、「お酒でございますか」

「いけないかな」

「そんなことがございますか、本当に召し上るのならすぐにお支度を致します」

「ちょっと待て、酒はよしにしよう」と主水正は手で唇を撫《な》でた、「私はいまどうかしているらしい、私にはしなければならない大事な御用があるんだ、いいから帰ってやすんでくれ」

「ほかに御用はございませんか」

つるはどうしているんだ、おまえがこんな夜更けまで起きているのに、妻であるつるはいったいなにをしているんだ。そうききたかったけれども、彼は黙って、「もうなにもない」というふうな手まねをした。芳野は火桶に炭をつぎたしてから、会釈《えしゃく》をして出ていった。

「これがおれ自身の選んだ道か、どうなるのだろう」と主水正は独り呟いた、「いったい、どうなってゆくのだろう」

十三の三

「ようやくわかったよ」と岩上六郎兵衛が囁《ささや》いた、「拾礫紀聞《しゅうれききぶん》の欠本だ」

主水正は黙って答えない。

「おまえ信用しないのか、三浦」

「信ずるか信じないかの問題ではない、その欠本がどこにあって、実際に七冊の欠本であるかどうかということが大切だろう」

「七冊の欠本は滝沢邸にあり、それが偽りの物でないことは確実らしい」

「確実らしい」主水正は眼を伏せて云った、「——岩上の気に障《さわ》るかもしれないが、私はこれまでに、らしいといわれたことで、本物であったためしを知らないがね」

「おれはこの役をはたすために江戸から来たんだぞ」
「昔この土地に麩《ふ》を作る名人といわれた夫婦がいた」主水正はゆっくりと穏やかな口ぶりで云った、「その夫婦のことは私は知らないが、その子か孫に当る夫婦がいまでも麩を作っている」
「なにを云いたいんだ」
「いまの夫婦の作る麩も、父祖伝来の秘法があって、名人芸らしい腕を受け継いでいるといわれている、——だが、実際に喰《た》べてみれば、宗巌寺の寺男の作る麩のほうが、本筋でありはるかにうまいんだ」
「滝沢邸に秘蔵されている七冊の欠本と、そのくだらない麩の話となんの関係がある」
「私は事実を求めたい、らしい、ではなくそれが紀聞の本当の欠本であるかどうか、どうして滝沢邸に秘蔵されていたかを知りたい、それだけだ」
「それで麩の話か」岩上は肩をゆりあげた、そこで笑いたかったらしいが、笑いにはならなかった、「やっぱりここは田舎だな、そんなに持って廻らなくとも、云いたいことがあるならずばりと云えばいいじゃないか」
「聞いたことは忘れないよ」主水正はあやすように微笑した、「もう出仕《しゅっし》の時刻だ、話がなければ失礼しよう」

「滝沢邸のほうはどうする」

「むりなことはいけない、滝沢さんがどうしてその七冊を秘蔵されるようになったか、その七冊を故障なく手に入れることができるかどうか、その二つの条件をしらべあげるのが先決問題だろう」

「おまえはひとを突きあげたり、頭を撫でるようなことを云うのがうますぎる」と云って岩上六郎兵衛は唇を舐《な》めた、「――しかも一杯の酒もなしでか」

「しかし江戸育ちの口には、こんな田舎の地酒はすすめられないからな」

「わかったよ、出仕の時刻なんだろう」と云って岩上は立ちあがった、「おれにも友達はかなりあったが、三浦くらい隙《すき》をみせない悪がしこい人間は初めてだぞ」

主水正は片手で一揖《いちゆう》し、やわらかに微笑した、「江戸には人が少ないらしいな」

「そら出た」立ったまま岩上六郎兵衛は片手の食指をつきだした、「――らしい、それは信用しないほうがいいぞ」

主水正は泥だらけになっていた。

「お風呂《ふろ》の支度ができております」と出迎えたななえが云った、「そのままどうぞ、

――わたくしでよろしければおながし致します」

「私は独りでするのに慣れている、裏へまわるとしよう」

「ここはあなたのお家でございます、どんなによごれてもすぐに掃除を致しますから、どうぞそのままで」

「測量が始まったのだが、雪溶《ゆきどけ》でね」主水正は上《あが》り框《がまち》に腰を掛けて、雪泥にまみれた草鞋《わらじ》をぬぎ、脚絆《きゃはん》をぬいだ、「――今日は鶯《うぐいす》がよく鳴いていたよ」

「ここの庭でも鳴きますわ、まだかた言ですけれど」

「鳥にもかた言があるのか」

「はい」と云ってななえは袖《そで》を唇に当て、そのかた言の鳴きまねをしたいようだったが、できないというふうに喉《のど》で笑った、「――お泊りになれば、朝がたお聞きになれますわ」

「泊ってゆこう」主水正は立ちあがりながら云った、「ななえがいやでなければね」

ななえは俯向《うつむ》いて脇へ向き、わかっていらっしゃるくせに、という意味のことを、聞きとりにくい囁き声で云った。

――人間の一生とはどういうことだろう。主水正はあたたかい夜具の中で、熱いほどのななえの躰温《たいおん》に包まれながら思った。死ぬまで生きる、というだけなのか、それともなにか意義のあることをしなければならないのだろうか。

――もしも後者だとして、意義のあるというのはどんなことだ、と彼は続けて思った。殿は五人衆の握っている利権を奪回しようとなすっている、堰《せき》を設けて三万坪の新田を拓《ひら》くのは第一着手だ、けれども堰は永遠に殿の御意志を支えるものではない、殿はいまでもお首を覘われているし、長寿を保たれても百年のちはもうこの世には在られない、多額な資金と人間の労力を注ぎ込んだあの堰も、いつかは崩壊し、べつの堰堤が造られ、もっと合理的に灌漑《かんがい》ができるようになるだろう、それは三歳の童児にも想像のできることだし、いまおれたちが、泥まみれになってやっている仕事も、ばかげた徒労ではないだろうか。

隣りに寝ているななえが身動きをし、かすかにではあるが、あの陶酔のときのような呻き声をもらした。主水正がそっと抱き寄せると、柔軟な彼女の軀は、ごく自然に彼のほうへすり寄り、頸《くび》も胸も、腹部も脚も、彼の中に溶けこみでもするように、じんわりと寄り添った。

「おまえは幸福だ、ななえ」と主水正はそっと囁いた、「おまえは自分が女であることを認め、女の受けるべきよろこびと力を知っている、そしてそれを誇りにも思わず、みせかけようともしない、それが女のもっとも女らしいところだ、おやすみ、いい夢をみるんだよ」

十三の四

ななえに呼び起こされるまで、主水正はなにも知らずに熟睡した。それは彼が覚えてから初めてのことであった。これまで寝すごしたこともなかったし、人に起こされたこともなかった。作法として命じられたわけでもなく、そのように躾けられたからでもない。生家の阿部では母が誰よりも早く起きるが、彼はその母より先に起きたものだ。長男が夭折《ようせつ》したため、二男の彼は跡取りとして、必要以上に劬《いたわ》られ、大切にされた。冬の凍《い》てる朝など、あとから起きだした母が、寒いからもっと寝ているようにと、番たび云うのがきまりのようになっていた。――曲《まがり》町の屋敷へ移ってもその習慣は変らず、いつも暗いうちに起きて寝所を片づけ、火桶の残り火を搔《か》き出して炭をつぎ、雨、雪にかかわらず、井戸端へ出ていって洗面し、木剣を五百回から千回くらいまで振るのが、変らない日課であった。それがきりっとして侍らしい、というのでもなく、むろん自己鍛錬などという意味でもない。幼ないころからしぜんと身に付いた習慣にすぎないのであった。

けれどもその朝、ななえに呼び起こされたとき、彼はあたたかい夜具の中で、熟睡したあとのこころよいけだるさ、全身を揉《も》みほぐされ、軀じゅうの疲れが残りなくぬぐい去られて、新らしい血がとくとくと脈うって流れるような、爽《さわ》やかな力感に包まれている自分を感じて、うっとりといっときをすごした。

「こんな世界もあったんだな」と彼は眼をつむったままで呟いた、「――これこそ生きた人間らしい眼ざめじゃあないか、昨日のおれはぬけ変った、ここにいるのは、新らしいいのちをふきこまれた、今日のおれだ」

昨日と今日とのけじめを、こんなにはっきり感じたことはなかった。主水正はそう思い、その眼ざめのたのしさに自分をゆだねた。ななえが風呂を知らせに来、彼は勢いよく起きあがった。風呂からあがると洗面の湯が用意してあり、剃刀《かみそり》の支度もできていた。そのあいだななえは付きっきりで世話をしたが、手順が極めて自然であり、つぎつぎとなめらかにおこなわれるため、主水正は世話をされているということを少しも感じなかった。

ななえの好みはじみであった。部屋の調度も強い色彩の物はないし、衣類や髪飾りも派手な品は使わず、髪には黄楊《つげ》の櫛《くし》と小粒の翡翠《ひすい》の根掛《ねがけ》に、琅玕《ろうかん》の五分玉の釵《かんざし》、というのがきまりのようになっていた。口紅や白粉《おしろい》は殆《ほと》んど眼につかないし、香料なども強いものはもちいなかった。曲町の妻の部屋にこもっていたような、くどい香料の匂《にお》いや女臭さは、花木町のこの家ではななえ自身にもどの部屋にも、そういうものは感じられなかった。しかし、のちになって気づいたことであるが、この家には隅ずみまで、女のあたたかさや、やわらかなあやすような気分が満ち満ちていた。壁も天床も柱も、襖や障子にまで、ななえのあたたかな血がかよっていて、彼の心をやわらげ、彼を慰め、しんから彼を休息させるように思えるのであった。

朝食は麦めしに、卵をおとした味噌汁《みそしる》、青菜の胡桃和《くるみあ》えに佃煮《つくだに》の小皿《こざら》、そして香の物という膳《ぜん》であった。味噌汁の中の卵を見たとき、主水正は曲町の下男のことを思いだした。主水正のための滋養にと、自分の手で鶏《にわとり》を飼って卵を採ったり、季節になると野鳥を捕って来たりするという。下男の仕事だけでも手いっぱいなのに、彼が好きだと聞けば、庭にくぬぎ林を造ったり芒《すすき》を植えたりする。むろん自分でも好きだからするのだろうが、ななえの麦めしの食膳とともに、――金銀では買うことのできない、人間が人間であることの基本的なものだ、ということを強く感じた。

「お好みがわかりませんから、わたくしの勝手にいたしました」と給仕をしながらななえは云った、「もしもお口に合いませんでしたら、そう仰《おっ》しゃって下さればお好きなようにいたします」

「こんなにうまい朝めしは初めてだ」と主水正は答えて云った、「ただ一つ、私は贅沢《ぜいたく》なことが嫌いだ、ということを覚えていてもらおうかね」

これからは五人衆が集まるときでも、決して贅沢なことをする必要はない、おまえの考えどおりの接待で充分だ。そう云いながら彼は、自分の言葉づかいが変ってきたこと、「おまえ」という呼びかけが、ごく自然に出たことにおどろきを感じた。食後の茶を啜《すす》り、出仕の支度をしていると、小女のおすみが主水正に客だと告げに来た。

「お侍ではありません」とおすみは云った、「人足のような恰好《かっこう》をした若い人です」

「名前を云ったか」

「しちとか云って、おめにかかればわかるって、申していました」

「わかった」主水正は袴《はかま》の紐《ひも》をむすびながら頷《うなず》いた、「すぐにゆくから待たせておけ」

七は狭い玄関に立ったまま待っていた。股引《ももひき》をはいた脚が、寒さのためか、昂奮《こうふん》のためかふるえてい、白く氷《こお》る荒い呼吸が、走って来たことを示すようにみえた。主水正は出てから聞こう、という意味を眼がおで知らせ、脚絆をはき草鞋をはいた。空が晴れているので、合羽《かっぱ》は手に持ち、塗笠《ぬりがさ》をかぶって出ようとしたが、そこで思いだしたように振り返った。

「聞けなかったな」とななえに頰笑みかけながら彼は云った、「それとも、私がうっかりして聞きもらしたのかな」

「なんでございましょうか」とななえはきき返した。

「うぐいすさ」と主水正が云った、「かた言で鳴くうぐいすが来るっていう」

「あら本当に」ななえは微笑しながら彼を見あげた、「今朝はわたくしも聞きませんでしたわ、昨日までは毎あさ鳴いていたんですけれど」

今日はここへは戻らないからと云って、主水正は七といっしょに外へ出た。

この家をどこで聞いたと、あるきだしながら彼は七にきいた。曲町のお屋敷へいったら、ここだと教えられたと、七は答えた。

十三の五

曲町の家の者がどうして、花木町のことを知っていたのだろう。主水正はちょっとおどろいたが、すぐに見当はついた。五人衆のうちでも牡丹屋などは、常に出入りをしているのだから、むしろ、わからないほうが不自然だと云うべきであるし、それよりもつるがどんな反応を示すか、ということのほうに興味がわいてきた。

「さあ聞こう」あるきながら主水正が云った、「用はなんだ」

「悪いやつがみつかりました」

「工事の邪魔をする人間か」

「そうです」七は唇を舐めて答えた、「五日まえの晩におれたちなかまで一人捉《つか》まえた、ふた岐《また》から下の、簗堰《つきぜき》に近いところでよ、きちげえのように暴れるのを、おらたち四人で叩《たた》き伏せて、ふた岐の小屋へしょっ曳《ぴ》いてった」

小屋には佐佐義兵衛、小野田猛夫、猪狩又五郎、栗山主税《ちから》の四人がいて、その男を引取り、七たちの見ている前で、佐佐義兵衛が簡単な吟味をした。男はさんしゅうという名で、としは三十一歳、大坂から来た粂五郎《くめごろう》の組の者だという。工事妨害のことは否認し、人夫小屋では禁じられているから、簗堰のところで酒を飲んでいただけだ、と云い張るばかりであった。そんなことは嘘《うそ》だ、と七たちは云った。そいつは築き立てた堤から横杭《よこぐい》を抜いていた、自分たち四人が見ていたし、酒などは持っていなかった。酒を飲んでいたとしたら、現場に徳利ぐらいはある筈《はず》だ、と七たちは云った。

「そうすると佐佐の旦那《だんな》が、もういいからおまえたちは帰れと云った」七は怒ったように続けた、「この男は慥《たし》かに預かったからって、それが、届け物をした八百屋《やおや》の小僧でも追いかえすような口ぶりなんだ」

「江戸の人間は切り口上なんだ」

「そんなことは知ってるさ」と云って、七は自分の乱暴な口に気づいたように赤くなった、「江戸の人のぶっきらぼうなことは知ってるけれど、その晩の佐佐の旦那はそれとは違ってた、まるでおれたちがその男をしょっ曳いてったことが気に入らねえ、っていうような口ぶりだったんです」

「それを云いに来たのか」

七は頭を振った、「そうじゃねえ、そんなことなら来やあしません、これが大事なことなんだが、おれたちの捉まえた人足を、あの旦那は逃がしちまったんです」

主水正は足を停めて七を見た。

「そうなんです」七は主水正に向かって頷いた、「小屋の奥に錠の掛かる部屋を造ったでしょう、あそこへ入れて錠を掛け、鍵《かぎ》は佐佐の旦那が持つことになってるんです、それが昨日、おれがようすを見にゆくと、板壁をやぶって逃げたっていう、いつ逃げたかもわからねえし、捜し出そうともしねえらしい、おれがきいたら佐佐の旦那はただ、黙ってろって云っただけなんです」

ふた岐の小屋は広いし頑丈《がんじょう》に出来ている。昼でも役人の内だれか一人と、下役人が二人はいるし、すぐ裏の小屋には米村家から来ている男たちが、三人から五人は雑用をしている。夜は佐佐たち四人の役人が寝ているので、人夫の逃げだす機会は殆んどないといってもいい。やぶられた板壁は厚さ一寸もある樫材《かしざい》であり、外から縦に桟《さん》が打ちつけてあるから、素手で壊して逃げだすなどということは不可能なことだ、と七は確信ありげに云《い》った。主水正はあるきだし、暫《しばら》く黙ってあるいた。

「むずかしいことになったな」と主水正はあるきながら呟くように云った、「――七にはなにか考えがあるのか」

「あるけれど」七は頭をひねり、低い小さな声で云った、「――いつかのね、堤の下で悪いやつと人に隠れて話してた、小屋の旦那の一人っていうのが、こんど人夫を逃がしてやったんだと思う、おじさんは、じゃあねえ三浦さんの旦那もそう云ってたでしょ、捉まえた男をどう片づけるか、それで内通者が誰だかわかるだろうって」

「そう云った、慥かにそう云ったが、あて推量はいけないぞ」と主水正は遮《さえぎ》った、「あの小屋には四人のほかに、中にも外にも人間がたくさんいる、現にそれとはっきりしない限り、決して独り合点《がてん》はしないことだ」

七は不満そうに、ではこのまま黙っているのか、とき返した。考えてみようと、主水正が云いかけたとき、お早うございます、とうしろから呼びかける声がした。

振り返ると、測地支配のひとり竹内要であった。

「晩に曲町の家へ来てくれ」と主水正はすばやく七に囁いた、「それまでは黙ってなにもするな、わかったな」

七は頷いて小走りに去っていった。

「どうしました」主水正は竹内に挨拶《あいさつ》してからきいた、「昨夜は外泊ですか」

測地のために江戸屋敷から来た者は、城中の庭方《にわかた》長屋に居住していた。支配二人、その助《す》け役《やく》二人と五人の小者《こもの》たちで、竹内もその中のひとりであった。

「城中はあんまりさっぷうけえでしてね」と竹内は笑いながら云った、「久しぶりにゆうべは命の洗濯をしました」

「島田さんは御承知なんですか」

「あなたの名を借りましたよ」と云って竹内はにやっと笑った、「白状するとこれで三度めです、三浦さんに招待されたからと云いましてね、あなたにそう断わろうと思いながら、仕事にかかるとつい忘れてしまう、というわけです、まさか怒りゃあしないでしょうね」

主水正は苦笑いをし、首を振った、「そういうことは先に云ってくれないと、私がもし島田さんにきかれでもしたら、口が合わなくて困るとは思いませんか」

「あの人は易に凝ってましてね、そのほかのことなんか気にしやあしません、あなたにはこのとおりあやまります」竹内はさっと一礼してから云った、「――けれどもあの老人は、ええ島田は三十五か六ですが、もう気のいい老人なんですから、決してそんな心配はいりませんよ」

銀杏屋敷にて

「三浦の妻女は来ないのか」滝沢兵部《ひょうぶ》は湯呑茶碗《ゆのみぢゃわん》の水を呷《あお》って云《い》った、「正直に云え、来るのか来ないのか」

「あなたはここの約束を御存じないようでございますね」

「おれのきいたことに返辞をしろ」と云って兵部は相手を凝視した、「――おまえは誰だ」

「この屋敷の差配《さはい》を任されている、花月尼《かげつに》でございます」

「すると、出家か」

女あるじは微笑した、「ございました、と申上げましょうか、わけあって還俗《げんぞく》はいたしましたが、自分では世捨てびとのつもりでございます」
「それで髪を切っているのか」兵部はからになった湯呑を卓の上に置き、皮肉な笑いの眼で女あるじを見た、「――面白いな、この放埒《ほうらつ》無残《むざん》な家のあるじが、尼僧あがりの世捨てびととは、まるで変化草紙《へんげぞうし》でも読むようではないか」
「持仏堂にある本尊は歓喜天《かんぎてん》でございます」
「持仏堂まであるのか」
「ごらんになりますか」
「たくさんだ」兵部はぐらっと首を振った、「仏像などはそっとしておけ、それよりおれは三浦の女房に逢《あ》いたい、三浦の女房は来ているのかいないのか」
「存じません」花月尼と名のる女あるじは答えた、「ここでは人の名は口にしないことになっています、家柄も身分も名もなく、ただの男と女、世間態や羞恥心《しゅうちしん》や、みえや作法をきれいにぬぎすて、日常おさえられがまんをしいられている、にんげん本来のやりたいことを自由にやる、ただの女と男に返る、という固い約束でございます」
「ではおれの名はどうだ」
「存じあげません」と花月尼は云った、「あなたは広間の催しものがいやだと仰《おっ》しやって、ここへ逃げていらしったのでございましょう」

兵部はしかめた顔を左右に振った、「あんなものは見るだけで反吐《へど》が出る」

「持仏堂をごらんあそばせ、あれなら御気分が直るかもしれませんわ」

襖《ふすま》があいて一人の女がこの座敷へはいって来た。としは二十歳とも二十五歳ともみえる、中肉のすんなりした軀《からだ》つきで、尋常な顔だちながら、どこかに育ちのいい品が感じられた。酔っているのだろう、眼がうわずり、唇が濡《ぬ》れているし、きらびやかな衣装も着崩れていた。

「わたくしが案内をしましょう」とその女は喉声《のどごえ》で云った、「持仏堂はよく知っていますし、そちらの方にお話もあるんです」

女あるじは兵部を見、兵部は眼をあげてその女を見た。

「おまえは誰だ」

「女よ、いまお聞きになったでしょう」

「広間の見世物は終ったのか」

「もうあんなものには飽きています」と女は眉《まゆ》をしかめ、それからあまやかな口ぶりで云った、「わたくしは見るより自分でするほうが」

あとの言葉をにごして、女は嬌《なま》めかしく兵部に頬笑《ほほえ》みかけた。

「それがようございましょう」と云って女あるじは立ちあがった、「いま手燭《てしょく》を持ってまいりますから」

「それがいいとは」と女あるじが隣り座敷へ去るのを見ながら、兵部は云った、「いったいなんのことだ」

「お立ちあそばせ」とその女が云った、「持仏堂へ案内してさしあげるわ」

女あるじが火のはいった手燭を持って戻った。朱塗の柄《え》に八角形をした手燭は、乳白色のギヤマン張りで、光は眩《まぶ》しいほど明るかった。それからあとのことは、はっきりした記憶がなかった。灯《ひ》のない狭い部屋をぬけ、階段を幾つかおりて、重おもしい車戸をあけたようだ。先に立った女が、手燭をかかげてここですと云い、兵部はあたりを眺めまわした。車戸をはいったところは、三間に五間ほどの広さで左右と向うの壁に沿って、勾欄《こうらん》の付いた高さ三尺ばかりの台があり、その上に奇怪な像がずらっと並んでいた。湿っぽい淀《よど》んだような空気には、甘いような刺戟《しげき》的な香の匂《にお》いがし、どこかで水のせせらぎに似た、ひそかな物音が、遠くなり近くなりして聞えた。

「よくごらんなさいな」と女は手燭を仏像のほうへ近づけながら云った、「これが歓喜天というの、こちらへ来てよく見なければわからなくてよ」

兵部はそっちへ近よっていって見た。初めに奇怪な像だと思ったが、それらは奇怪なだけではなく、淫靡《いんび》と邪悪と人間冒瀆《ぼうとく》とを、あくどく嘲弄《ちょうろう》するような表現で彫刻されたものであった。幻想的な動物と人間の裸の女躰《にょたい》とのまじわりが、常識をはずれた組合せを示し、どの一つも他の像とは似ていないが、その背徳的な邪悪さと、人間嘲弄のあくどい表現の点では一致していた。

「これが男と女よ」と女は云った、「わたしは女、あなたは男、それだけを認めてむすばれれば、この仏像たちのように本当のよろこびがあじわえるんです、家柄とか身分とか、世間的なみえ外聞にとらわれ、しかつめらしい夫婦などになっては、とても本当のよろこびなんかあじわえやしません、ですからわたくし、あなたと結婚はしないつもりですわ、滝沢さま」

兵部は女に振り向いた、「私を知っているんですね、あなたは、――誰です」

「八重田のこのみですわ、でもいまはただの女」彼女は手燭を台の上に置き、昂奮《こうふん》のため妖《あや》しく光る眼で兵部をみつめながら、なめらかに帯を解いた、「そしてあなたはただの男、そのほかのことはなにもかも忘れるんです、さあ、あなたも帯をお解きになって」

この室内にこもっている香気はなんだろう、この香気はおれの頭を痺《しび》れさせるようだ、と兵部は思った。手燭の光を下からあびた歓喜仏の一つ、裸の女躰を抱えた醜悪な動物の、大きくあけた口から、死を告げるような咆哮《ほうこう》が吹きあがるのを兵部は聞いた。彼は逃げだそうとしながら、せせらぎのような水の音と、動物の恐ろしい咆哮とが自分を包み、蜘蛛《くも》の糸で巻かれるように、自分の全身が緊《し》めあげられるのを感じた。彼の神経と脈搏《みゃくはく》とは、あの水のせせらぎのような音と、同じ律動に溶けあっていった。そして耳のすぐ近くで、非現実的な野獣の咆哮のような声が、断続して聞えていた。

十四の一

三月下旬、飛驒守昌治《ひだのかみまさはる》は参覲《さんきん》のため江戸へ立った。その二日まえ、出府祝いの宴のあとで、主水正《もんどのしょう》はじめ高森、岩上、佐佐、小野田、栗山、猪狩ら七人が、二の丸奥庭にある築山《つきやま》の茶屋へ、昌治から一人ずつべつに呼ばれて集まった。いちばんあとから来た岩上六郎兵衛は、少し酒でも飲んだように陽気な顔で、今日の殿は新《しん》鋳《ちゅう》の小判のようにきりりとしていたぞ、と大きな声で云った。

「悪い癖だ」と高森宗兵衛が眉をしかめて云った、「譬《たと》えようもあろうに殿を小判とは」

「ただの小判じゃあない新鋳のぴかぴかしたやつさ」と岩上はやり返した、「おれはみんなと違っていつもふところがさみしいからな、小判がおがめるのはなにより有難い、しかもぴかぴかした新鋳とあってはね」

「勘当されなければ」と猪狩が云った、「老臣格七百五十石の相続人だからな」

「しかし彼は五十石二人扶持《ぶち》だ」と小野田が猪狩と栗山を見ながら云った、「おれたち三人はいずれも二三男のひやめしくいだからな、いつもふところがさみしい、などと岩上が云うのは贅沢《ぜいたく》の沙汰《さた》だ」

「静かに」と佐佐義兵衛が制止した、「殿のおいでだ」

かれらは口をつぐんで坐《すわ》り直した。昌治は小姓も伴《つ》れず、常着《つねぎ》に葛布《くずふ》の袴《はかま》、脇差《わきざし》だけの軽装で縁側から奥の間にはいり、敷物を押しのけて坐った。七人の者がこちらの八帖《じょう》で低頭すると、昌治はかれらに「楽にしろ」と頷《うなず》いた。佐佐が堰堤《えんてい》工事の報告をし、主水正が領内測量、岩上が城下町一般の情勢について、それぞれの報告をした。それらを聞いたあと、昌治の質問が半刻《はんとき》あまり続いた。堰堤工事では妨害者のことが出て、主水正はまた、誰がそんなことを告げたのかと、不審に思った。正月に同じ七人が呼ばれたときにも、昌治から工事妨害者のあることをきかれ、互いに極秘ときめてあったのに、誰が告げたのかと考えあぐねたものだ。

「つい先ごろ一人捕えました」と佐佐が答えた、「捕えて押し込めておきましたが、板壁をやぶって逃げられてしまいました」

「岩上は酒を飲んでいるな」と昌治は急に話を変えた、「梅の井は昼でもしょうばいをしているのか」

「まさか梅の井なんぞへ昼からはゆきません」

「よかろう」と云って昌治は主水正を見た、「測地図には堰《せき》を書き入れるのか」

そのつもりである、と主水正は答えた。

「むずかしいな、むずかしいところだ」と昌治はしぶい顔をした、「もう堰のことは幕府に知られていると思わなければならない、知られているものとして、測地の図面にのせるかのせないか、書き入れない場合にどんな問題がおこるか、みんなに意見があったら聞こう」

水を治める者は国を治めるという古語がある、と高森宗兵衛が云った。治水は民を肥やす根元《こんげん》であるから、万一にも咎《とが》められるようなことはないだろうと。所領の石高《こくだか》をあげられたらどうする、と岩上六郎兵衛が云った。これまでも内福《ないふく》で知られているから、公儀の賦役《ふえき》が増大することは分明《ぶんめい》だと。小野田、栗山、猪狩らがそれぞれ意見を述べ、佐佐は自分にはわからないと答えた。

か」
「三浦はどうだ」と昌治が云った、「おまえの担当していることだ、意見はないのか」
「私は書き入れると申上げました」
「ただそれだけか」
「堰はまだ完成してはおりません」と主水正はゆっくり答えた、「また、完成するまでに何年かかるかもわからないのですから、予定地として記入するつもりでおります」
「なるほど」昌治は頷いて他の六人を見た、「三浦の案に反対な者があるか」
佐佐義兵衛が主水正に振り向いた、「予定地と記入すれば、完成予定の年月も書かなければなるまい」
「未定と書くつもりです」と主水正ははっきりと云った、「現在までにも予定の期日は延びているし、いままでは工事の妨害者がいることもわかった、そのうえ二カ所の築堰は難工事ですから、いつ完成するかは、予測することが困難だと思います」
「それを聞きたかった」と頷いて、佐佐は昌治に答えた、「私は三浦の意見に手をあげます」
「ほかに反対はないか、――よし」昌治は微笑した、「次にもう一つ、こんどの帰国までに、側女《そばめ》を一人捜しておいてくれ、ひでは二十二歳になるがまだ子を産むようすがない、おれには男子が欲しいのだ、ぜひ早く欲しい、顔かたちには構わず、健康で世継ぎの産めるような者を捜しだしてくれ」

「それはむりな仰《おお》せつけですな」岩上がずけずけと云った、「この女なら男児が産める、などということがわかる道理がありません、それは難題です」

はっきり云うやつだ、と昌治が笑い、みんなも笑った。昌治はおよその見当でいいのだと云い直し、席を変えようと、立ちあがった。

十四の二

四月になり五月になった。五月五日には例年のとおり、城中と椿山《つばきやま》とで剣術の幼年試合があり、主水正は尚功館《しょうこうかん》の試合に判士として出た。平来《へらい》林太郎が師範を辞し、代って師範になった由布木小太夫《ゆぶきこだゆう》から求められたものであった。平来が辞任したのは七十歳の老年になり、躯《からだ》がなまってきたという理由であった。由布木もすでに五十八歳だが、一筋の白髪《しらが》もなく、痩《や》せてはみえるがばねのように柔軟な躯と、精悍《せいかん》とも云える気力をもっていた。彼は主水正に幼年試合の判士に加わるよう、熱心に求めたが、じつはそれを機会に、尚功館道場の範士に据《す》えようという下ごころがあった。主水正はそのことをまえに勘づいていたから、幼年試合に限って、という条件で出席した。勘づいたのは、堰の工事から呼び戻されてまもなく、藤明塾《とうめいじゅく》の井戸勘助が曲町《まがり》の家へたずねて来て、塾の道場で教えてくれと頼まれたとき、測地の仕事で身にいとまのない事情を話して断わった。すると井戸は例によってすぐ不機嫌になり、やっぱり尚功館のほうがいいのか、という捨てぜりふを残して去った。井戸勘助には竹刀《しない》の持ちかたから教えられた恩があるし、塾そのものも彼にはおいたちの母校であった。けれども彼は仕事に追われている事情に加えて、剣術というものに情熱を感じていなかった。軀の健康と、機敏な動作、精神の集中力をやしなう、という意味なら剣術の稽古《けいこ》もいいが、名人、上手になろうとする稽古は、特殊な人たちに限るべきだ、と信じていたからだ。そして由布木から判士に加わるよう求められたとき、その口ぶりで井戸勘助の言葉を思い出し、由布木の本心をみぬいたのである。

椿山の幼年試合には、藤明塾の者をはじめ、市民の子弟たちも参加することができるので、八歳から十歳までの少年たちが、その年によって差はあるけれど、多いときには七十余人、少なくとも五十人は下らなかったし、その試合ぶりもしんけんで、気合がこもっていた。尚功館のほうはそれと反対に、参加する人数も少ないし、闘志のある試合は稀《まれ》にしかみられなかった。特に藩主が留守のときなどはその傾向がめだつようで、主水正が判士に加わった試合には、人数が十九人、勝ち抜き試合ではあったが、試合数は四回しかなかった。

藤明塾では負けた者も、五回から七回まで試合を組むが、尚功館ではそれがない。負ければそれでひきさがってしまうし、負け組どうしの試合などは、師範がすすめてもやろうとはしなかった。

判士は主水正ともに五人、貝山吉十郎と与石松之助は古参であり、在学中は主水正も教えを受けた人だが、他の二人は新任で若く、由布木師範のむきになる態度を、ひそかにわらっているようすであった。

「おとしのせいだな」と一人がそっと囁《ささや》くのを主水正は聞いた、「だんだん石あたまになるばかりだ」

他の若い判士の一人はなにも云わなかったが、唇にうかんだ冷笑は言葉よりも辛《しん》辣《らつ》な感じであった。その冷笑を見たとき、主水正は相手がどこかで会ったことのある男だということに気づいた。同じ家中の者だから、名は知らなくとも顔に見覚えくらいあるのは珍らしくない。けれども江木丈之助と紹介されたその男は、もっとじかな、強く印象に残るようなことで対面した覚えがある。

――誰だろう、どこで会ったのだろう。

主水正はいろいろと記憶をさぐった。印象に残るような出来事や場所を、あれかこれかと思い返しているうちに、その男とは関係のない、まったくべつなことに気がつき、胸の中であっと声をあげた。いまから六年ほど以前、彼は滝沢兵部に決闘を挑まれたことがある。そのとき兵部は「殿の御前で嘲笑された」からだと云った。主水正にはそんな覚えはなかったけれども、御前で嘲笑されては面目が立たないと兵部は云い張り、刀を抜いて迫った。さいわい太田亮助の機転で、その決闘は避けることができたが、自分が兵部を嘲笑した、などという記憶はまったくなかった。それがいま突然、ああそうかと思いだされたのだ。同じ年の夏、二の丸の馬場で兵部が馬を御《ぎょ》していた。飛騨守昌治が床几《しょうぎ》に掛けて見ており、太刀持ちの小姓のほかに高森宗兵衛がいい、主水正も呼ばれてその側にいた。兵部の乗っている馬は滝沢主殿《とのも》が自慢の「こがらし」という駿馬《しゅんめ》であったが、乗り終って兵部が礼をしようとしたとき、昌治が床几から立ちあがり、それに驚いたものか、馬がとつぜん棒立ちになったため、兵部は落馬してしまった。馬はそのまま走り去り、主水正も昌治にうながされてそこから去った。

――兵部は落馬したみじめな恰好《かっこう》で、昌治とともに去ってゆくおれのうしろ姿を見た、これはひどい、と主水正は思った。

二十歳の神経ではわからなかったが、いまその場面を回想し、自分を兵部の位置に据えてみると、嘲笑されたという気持がわかるように思えた。自分のみじめな恰好に背を向けて、藩主と二人で去ってゆく姿を見たら、屈辱と憎悪《ぞうお》を感じるのは当然であろう。兵部は特に、家柄や才能や風貌《ふうぼう》に自信と誇りをもっていたから、屈辱感も憎悪も一倍だったに相違ない。

――そうか、そのことだったのか。

主水正は心の中で幾たびも頷き、兵部の傷つけられた気持に深い同情を感じた。

試合のあと、二の丸の広間で祝宴がある。椿山のほうは餅《もち》三片《きれ》の包みだけであるが、尚功館では膳《ぜん》が並び十五歳以下は酒一盞《さん》に食事、十六歳以上は酒三献《こん》が許される。だが主水正は辞退して、試合が終るとすぐに下城した。

「話したいことがあるのだがな」と由布木師範が残念そうに云った、「――道場の気ふうがすっかりなまってしまった、平来さんが隠退したのもそのためだ、老齢のためでもなく健康のためでもない、世の中が変った、もう自分の出る幕ではない、そう云ってやめてしまったのだ、代って私が師範に直ったけれども、ゆるんだ気ふうをひき緊《し》め、これを高めてゆくことは極めてむずかしい、私はいま片腕になってくれる人物が欲しいのだ」

「失礼ですが、私はその任ではございません」主水正は声を強めて云った、「正直に申上げますが、藤明塾の井戸先生からも同じ話がありました。しかし私には仰せつけられた大事な役目があり、とうてい時間の繰合せがつかないのでお断わりしました」

そのもとの役目は知っている、農地開拓のための用水堰も大切だ。また領内測地は公儀からの命令でゆるがせにはできないだろう、どちらの仕事も疎略《そりゃく》にはならないが、藩士ぜんたいの志操を高め、すぐれた人間を育てることのほうが、はるかに大切であり急を要する問題だ。堰の工事や測地には、その技術を身につけた者なら誰にでもできるが、侍らしい侍を育てるために必要な人物、身心ともにぬきんでた人物は極めて稀《まれ》である。そういう人物こそ、藩ぜんたいの気ふう刷新の任にあたるべきである。なぜかなら、藩士の優劣はそのまま藩家の興廃にかかわるからだ。そういう意味のことを、由布木師範は熱心に云った。

——由布木さんもかたくなになった、と帰る途上で主水正は思った。武芸が志操を昂揚《こうよう》するというのは方法の一つであって、根本的なものではない、僧家の苦行、商家の修業、絵師、工匠、農漁その他のあらゆる職業にわたって、当人がこころざしさえすれば志操は高められるだろう、信念を固執すると自分で自分を縛り、狭い穴の中にとじこもるようなことになる、汚れた手で握っているものを取り返すのに、こちらの手の汚れるのを避けていてはだめだ、と谷先生は云った、これがその任に当る者にとっては志操であり、侍の侍らしい本分なのだと、彼は自分を慥《たし》かめるように思った。

「降ってきました」と大手門を出たとき、供の杉本大作がうしろで云った、「——梅雨の始まりですね」

十四の三

梅雨にしては強い降りが、五月中旬まで続き、そのあいだ測量ができなかったから、主水正は堰の工事場へかよった。井関川の水嵩《みずかさ》が増して、洗堰《あらいぜき》が危なくなり、その補強をしなければならなかった。築堤工事は雨のため休み、その人夫の大半を洗堰のほうへまわした。堰の上に多くの石を沈め、下側には合掌木《がっしょうぎ》を組んだ「牛」に、根籠《ねかご》、敷籠、立籠、蛇籠《じゃかご》などを据えた。「牛」というのは組んだ合掌木の尖端《せんたん》が、牛の角のように見えるからで、その桁《けた》が蛇籠類を支えるのであった。

降りだして七日めくらいになると、水が堰を越し、排水口の水門を押し流して土出しの端を崩しだした。そこで石固めや杭《くい》打ちの道具を運びだし、筏《いかだ》を組んで堰の上下に、水除杭《みずよけぐい》を多く打ち込んだり、土出しの端部を崩して排水口をひろげたりした。或《あ》る日その雨の中を、米村青淵《よねむらせいえん》が現場までやって来た。もう七十歳か、一つ二つ越した筈《はず》なのに、二人の供よりしっかりしたあるきぶりで来て、主水正に話しかけた。

「いま郡奉行《こおりぶぎょう》と普請《ふしん》奉行へいった帰りです」と青淵は笠《かさ》から雨をしたたらせながら云った、「これは安永申《さる》の年の降りかたに似ている、時期も降りかたもそっくりですな」

「申の年というと」主水正が問い返した、「丙申《へいしん》の五年ですか」

青淵は頷いた、「あの大洪水《だいこうずい》のあった年です」

「拾礫紀聞《しゅうれききぶん》で読みました」と主水正が云った、「佐伊、吉原、又野の三郡が洗われ、城下町では武家屋敷の一部まで浸水したそうですが」

「たいそうな記憶力ですな」

類別に二度も抜き書きをしたからであるが、主水正は聞きながしにして、なにか水除けの法があるだろうかと、質問した。

「さよう」青淵は濁った激しい水勢を見やりながら、冷やかな口ぶりで、ゆっくりと答えた、「――あの取入れ口をあけて、用水堰へ水を放すがいいでしょう」

主水正は眼をみはり、口をあいた。佐佐たちは二段《たん》ばかり下った詰所の前にいる、主水正は聞かれることを恐れるように、すばやくそっちを見てから、青淵に向かって云った。

「堰堤はまだ固まっていませんし、築堰のところで切れています、いま水を入れれば、ひとたまりもなく堤は崩壊してしまいます」

「そのとおりだろう」青淵はわかりきっているというふうに頷いた、「だが、知っているると思うが大事なのはこれからだ、この雨がやんだあとに川は大きく増水する、いままでもこのすさまじい勢いだが、降りやんだあとはおよそ十倍も増水すると思わなければなりません、――拾礫紀聞にそう書いてあったのを読んだ筈ですがね」

主水正は頷いて云った、「読みました、けれども堰堤のことは御上意*ですし」

「聞えない」青淵は右の耳のうしろへ手を当てて云った、「もっと大きな声で云って下さい」

対岸の断崖《だんがい》に反響する流れの音はかなり高かった。しかし青淵が急に「聞えない」と云いだしたのは、そのためではないと思われた。水音は高かったが、急に高まったわけではないし、それまではちゃんと聞えていたのである。主水正は口をつぐんだ。

「安永の大洪水にどんな損害があったかを考えて下さい」と青淵が云った、「堰の工事は新たに始めたもので、まだ完成には年月を要するだろうし、完成したとしても、新田開拓にどこまで役立つか、実際のことはわからない、だが洪水は目前に迫っているばかりでなく、避けられなかった場合の被害がどんなに大きいかは、三浦さんにもよくおわかりでしょう」

安永五年のときには流された農地がこれこれ、家屋の損害がこれこれ、人畜の被害がこれこれ、これらの恢復《かいふく》に要した年月と費用がこれこれと、たぶんしらべて来たのだろう、概算ではあるがそれぞれの数字をあげてみせた。

「用水堰へ水を入れるほかに、洪水を避ける法はありません」青淵は声をはげますように云った、「堰が崩れたら、そこから落ちる水を三つ沼へ送るがいいでしょう、そうすれば溢《あふ》れても水勢は弱まるから、激しい濁流に襲われる危険だけは避けられます、この作業は一刻も早くやらねばなりませんぞ」

老人の語尾には命令するような強い調子がこもっていた。去ってゆく青淵を送り、主水正は詰所へ四人に集まってもらった。掘立《ほった》てに腰掛があるだけの詰所は、洗堰の看視のために建てられたもので、板屋根、板壁の仮小屋であり、川の水音と屋根を打つ雨の音とで、声を大きくしなければ話もできなかった。

「そんなばかなことがやれるか」小野田がまっさきにどなりたてた、「いま水を放流すれば堰はこっぱみじんだ、卵を石に叩《たた》きつけるようなもんだぞ」

佐佐は黙っていたが、猪狩も栗山も同じように叫びだした。一昨年の冬、世間の眼を忍んで測地にかかってから、今日までに払った費用や労力、失敗し、やり直す苦心の積みかさねなどを思うと、かれらの怒りがどんなに大きいか、主水正にも痛いほど理解ができた。彼もその一人であり、現実には発起者でもあったからだ。

「待ってくれ、まず聞いてくれ」主水正は手をあげてかれらを制止した、「みんなは国許《くにもと》のことを知らない、けれどもこの土地の人間はみな、安永丙申の洪水の恐ろしさと、被害の大きさをよく知っている、その難を避けるために、未完成の堰を犠牲にすることは、領民はもとより、もし御在国なら殿もお許しなさるだろうと思う」

仮に拒否したとしても無事には済まない。この工事に妨害者のあることは知っているとおりで、かれらがこの機会を黙ってみのがす筈は決してないだろう、と主水正は云った。そのとき川のほうで騒がしい叫び声があがり、一人の人夫が詰所の戸口へ走って来た。

「来て下さい、人が川へ落ちた」とその人夫は息を切らせながら喚《わめ》いた、「筏から落ちたそいつを助けようとして、また二人が流された、早く来て下さい、いますぐに」

小野田がとびだしてゆき、猪狩と栗山も駆けだしていった。残った佐佐義兵衛は、主水正に向かって頷き、まずなにをすべきかと問いかけた。主水正が青淵の言葉を伝えると、佐佐はすでに心をきめていたらしく、ふた岐《また》の小屋へ帰ろうと云った。

「図面にあたってみましょう」と佐佐は云った、「堰堤ぜんぶを犠牲にすることはない、図面にあたってみて、必要な場所で水を逃がすようにくふうするんです、いそぎましょう」

あなたは先にいって下さい、私はあの三人を伴《つ》れて追いつきます、と佐佐義兵衛は云った。雨の中をいそぎながら、主水正は仕事の手筈について考えた。第一に堰堤の幾箇所かを切ること、第二はそこから落ちる水を、三つ沼までみちびくための水路を掘ること。すぐにかからなければならないのはその二つであり、また、人数と道具を集め、その配置をきめることだ。

「石原村の伊平を呼ぼう」主水正は呟《つぶや》いた、「三つ沼へ水路を作っているから、手順は心得ているだろう、近村の百姓を集めるにも、彼ならすばやく、適任者が選べる筈だ」

　青淵は郡奉行と普請奉行をまわって来たと云った。そちらでも必要な準備をすすめているに相違ない、しかしいまはそれをあてにせず、われわれの責任でやるべきだ。特に堰堤には縁のない者を近よせてはならない、さあいそげ、と主水正は自分をせきたてた。佐佐は三人を説き伏せるのにてまどっているのか、主水正がふた岐の小屋へ着くまで、その姿を見せなかった。そして彼が着いてみると、小屋にななえが待っていた。雨合羽をぬぎ、手拭《てぬぐい》で髪や顔をぬぐっていたななえは、主水正の顔を見るなり、泣きべそをかくように微笑し、そしていまにも抱きつきたいというようなそぶりをみせた。

「どうして」と主水正は驚いて眼をみはった、「こんな雨の中を、どうして」

十四の四

　ななえは主水正の笠や蓑《みの》を受取り、雨合羽をぬがせ、それらを片づけながら、心配でたまらないからようすを見に来た、どうか怒らないで下さい、御無事なお顔を見てようやく安心した、という意味のことを、詫《わ》びるような調子で云った。小屋には番士が二人いるだけで、ほかの者はみな洗堰のほうへいっている。主水正は番士の一人に、石原村の伊平を呼んで来るように命じ、他の一人は佐佐たち四人の迎えに出した。

「いけなかったでしょうか」二人になるとすぐにななえが問いかけた、「わたくしいまのお二人には、曲町《まがり》の召使のように云いました、お二人ともそう信じて下すったようですけれど」

「心配してくれるのは有難いが、いま急を要する大事な仕事があって、すぐにもここへ人が集まって来るのだ」

「わたくしなんでもお手伝い致しますわ」

「せっかくだがそれは困る」と主水正は框《かまち》へ腰をおろしながら首を振った、「仕事の話には他人に聞かせられないこともあるし、おまえに手伝ってもらうことはなにもない、私のことなら大丈夫だから、安心してこのまま帰ってくれ」

お弁当を持って来ましたと、ななえが云いかけたとき、番士の一人が駆け戻って、みなさんが帰られたと告げ、そのあとから佐佐たち四人がはいって来た。ななえが自分の笠や雨合羽を持って、小屋からそっと出てゆくのを、主水正は眼の隅でとらえながら、佐佐の表情を見あげた。佐佐はその眼に頷いてみせ、四人は雨具をぬいだ。

工事の図面が検討され、各自の担当部署がきまり、すぐにみんな必要な行動を起こした。

「断わっておくが」と出てゆくまえに猪狩が云った、「おれたち三人はいまでも反対だ、割当てられた役目ははたすが、ぜんたいの事には責任はもたない、それを承知しておいてもらうぞ」

「わかった」と佐佐が云った、「もしよければ記録しておくよ」

堰の造築と新田開拓には、二方面に強い反対者のあることが予想された。その一は五人衆であり、その二は地主たちで、どちらも藩の重臣とつながりをもっている。堰堤の工事はかれらの眼をかすめて着工したが、工事の進行がわかればかれらは黙ってはいまい、妨害するために動きだすことは慥かだ、と飛騨守昌治は云った。しかしかれらが動きだせば、こちらはその尻《し》っぽをつかんで、うまくゆけばかれらの首の根を押えることができる。そう云った昌治の言葉どおり、工事の妨害者が実際にあらわれた。若い七たちの協力で、その一人を捕え、ふた岐の小屋に押し込めたが、その男は逃げた。七の口ぶりでは、佐佐たち四人の中の誰かが、妨害に加担し、その男を巧みに逃がしたようである。

「それについで、こんどは米村老だ」と主水正は呟いた、「この雨で井関川は慥かに増水しているし、洪水になる危険はあるかもしれない、安永五年の洪水が雨後に起こったことは、紀聞にはっきり書いてあった、けれども確実に洪水が起こるという証明はできないだろう」

青淵は領内で第一の大地主であり、堰の造築にはあきらかに反対の意志を示した。そして洗堰へ来て、取入れ口をあけて水を放せと云った調子はたかびしゃで、有無をいわさない命令のようであった。

「殿の予想されたことの、少なくとも一つが仮面をぬいだ、と思うのは考えすぎだろうか」主水正は呟いた、「もしもそれが事実だとすると、米村老が先頭にいるということは悲しい、あの人はおれを、こんにちのおれにまで育ててくれた恩人のひとりなのだから」

雨の中を伊平が近づいて来た。ここは堰堤尻《じり》から三つ沼へ水を引くために、堰の工事と併行しておこなわれている用水堀の側で、すでに三分の二までは出来あがっていた。風がないのでまっすぐに降る雨のため、どっちを向いても灰色のとばりでとざされ、伊平の姿はそのとばりの中からうかびあがって来るように見えた。

「仕事はうまくはこんでいます」伊平は筍笠《たけのこがさ》の下で顔にかかった雨しぶきを拭《ふ》きながら云った、「仰《おっ》しゃるとおり、田川《たがわ》から田川へつなぎますから、思ったよりずっとはかがいくようです、堰へ水を入れるのはいつですか」

「計算では明日あたりかな」と主水正は答えてあるきだした、「洗堰の上流に、増水度を計る監視所を三つ設けた、そこからの連絡で大増水のまえに取入れ口をあける手筈だ」

「三つ沼の内、ひとつはまだ底濮《そこざら》いが終っていないのです、田地のほうはもう田植を済ましたあとですから、出水《でみず》にでもなると大変なことになるんですがね」

「そうしたくないものだ、われわれの計算では、たとえ出水になっても、丙申のときより被害はずっと少なくなる筈なんだ、しかし実際にどうなるかは誰にもわからない」と主水正は云った、「できるだけのことをやってみるだけだな」

「私はいまでも半鐘の音が聞えるようです」

「仕事のほうを頼むよ」主水正はなだめるように云った、「気を揉《も》むだけではなんのたしにもならないからな」

伊平は戻ってゆき、主水正はふた岐の小屋のほうへあるきだした。自然の力は恐ろしいし、その作用は計りがたい。梅雨は田植に欠くことのできないものだが、いまのように強い降りが続くと稲田は逆に壊滅してしまう。堰堤を造りつつあるのは、捨て野へ水を引くためであるが、いまはその水が堰堤を崩壊しようとしている。わかりきったことだ、と主水正はあるきながら思った。人間は自然のために翻弄《ほんろう》されてきた。恵まれ与えられると同時に、奪われたりふみにじられたりする。自然そのものは云いようもなく荘厳《そうごん》で美しいが、その作用はしばしば恐怖と死をともなう。人間はその作用とたたかい、それを抑制したり、逆用したりすることをくふうしてきた。その幾十か幾百かはものにしたが、どの一つも完全にものにはできなかった。いま降っているこの雨のように、用心していても、しっぺ返しにあうようなことが繰返されるのだ。

「自然の容赦のない作用に比べれば」と主水正は声に出して云った、「貧富や権勢や愛憎などという、人間どうしのじたばた騒ぎは、お笑いぐさのようなものかもしれない」

「そら、ぼつぼつ出てきたな」主水正はすぐに舌打ちをし、自分に対して眉《まゆ》をしかめた、「同じようなことをずいぶん聞いたものだ、人間のすることなどたかの知れたものだとか、この世でおこなわれていることはみな道化芝居だとか、——人間は少しばかり成長すると、すぐにそんなえらそうなことを云いたがる、おい主水、恥ずかしくはないか」

お笑いぐさであり、道化芝居かもしれない。しかし人間は生きてたたかってきたし、これからも生きてたたかってゆかなければならない。こういう雨で洪水になる危険が迫っても、鳥や毛物にはなにもできないが、人間にはそれを防ぐためのなにかができる。おれたちのいまの力では防ぎきれず、丙申の年のような洪水になってしまうかもしれないが、いつかはそれを防ぐ方法をみつけだし、自然の作用のもたらす災害にうち勝つようになるだろう。拾礫紀聞の記事が、いまわれわれに一つの知恵を与えてくれたように、われわれがたとえ失敗したとしても、それはあとからくる人間の参考にならない筈はない。

「お笑いぐさと云われるようなわざを積み重ねるところにこそ」と彼はまた呟いた、「人間の人間らしい生活をたかめてゆく土台があるんだ、しっかりしろ主水、たたかいは始まったばかりだぞ」

十四の五

紛れもなくそれはたたかいであったし、僅《わず》かながらにしても勝ちいくさでさえあった。単に洪水の被害を大きくせずにくい止めたばかりでなく、堰堤がどれだけ水の圧力に耐えられるかという、各部分にわたって詳しい実験にも役立ったからだ。「入香沼《いるかぬま》の堰はしらべるべきだった」と佐佐は主水正に云った、「こっちは洗堰にばかりとらわれていたから、用水堰は参考にならないと思った、しかしあれは誤りだった、土出しの構造だけでもしらべるのが本当だった、というのは、こんど佐伊郡の水害を見てまわったとき、田の畝《うね》作りの変っていることに気づいたのだが、それは堰堤の堤腰《ていよう》に新らしいべつの方法のあることを教えているんだ」

それはどんな意味なのかと、主水正がきき、佐佐義兵衛は手の甲を上にし、それをゆっくり裏返してみせた。

「畝そのものが役に立つという意味ではなく、こういう方法も可能だという例を示していることだ」と佐佐は云った、「それと反対の例をあげればこんどの洪水だろう、井関川の水を堰へ放流した結果、堰堤は到《いた》るところで損害を蒙《こうむ》ったけれども、図上の計算と実際とがどんなふうに違うか、という大きな事実をまなんだ」

これは洪水という異常な条件が、平常な状態でも起こり得る危険を示したもので、築堤法を変えなければならない箇所の、少なくないことがわかっただけでなく、故障の起こった場合に、まずどこから手を着けるべきか、ということも実際に知ることができた。

「入香沼の用水堰もそうだし、佐伊郡の畝作りにも、理論より実際の知恵のほうが役立っているだろうと思う」

畝というものは田の泥を盛って作るのだが、乾いて固まれば俵を担《かつ》いだ人間の重さにも耐えられる。畝腰にはたいてい大豆などを植えるが、これは堰堤の堤腰に木や竹を植えるのと同じではない。大豆は畝腰を強くする目的ではなく、どんなに狭い土地からも収穫を得ようという、農民の本能からうまれたものだ。

——洗堰で流れに落ちた、三人の男たちはどうしたろう、と主水正は思った。無事に救われたろうか、それとも溺《おぼ》れてしまったのだろうか。

佐佐義兵衛はまだ話し続けていた。水がひいて、いちおう騒ぎがおさまると、ふた岐小屋から工事人夫ぜんたいに、二日間の休息を命じた。いまはその二日めの晩であった。ふた岐のこの小屋には、佐佐と主水正だけが残り、そのほか猪狩たち三人も番士や小者たちも、骨休みに城下町へでかけたのであった。——二人の前には、洪水による被害の報告書がひろげてある。家屋、河川、道路、架橋、耕地、人畜などに類別されたそれらの報告書には、みな数字と図面が添えてあり、丙申《へいしん》の洪水に比べて、損害がいかに少なくくい止められたかを示していた。洪水そのものは丙申のときに等しいか、ことによると上廻っていたともいわれるが、人畜に被害はなく、ところによって浸水はしたけれども、流されたり壊れたりした家屋は殆《ほと》んどなかった。橋が一つ、道路が数カ所、小さな崖《がけ》崩れが二カ所。冠水した田の範囲は丙申の年より広かったが、植えた苗は九割がたまで無事であった。——米村青淵の警告が役立ったのだ。堰堤へ水を入れ、水路で三つ沼へ引いたため、井関川の溢水《いっすい》は激しい濁流とはならず、勢いをそがれて静かにひろがった。三つ沼の二つは深く底土が濼《さら》ってあったので、捨て野から溢《あふ》れ落ちる水は、佐伊、吉原、又野の三郡を背後から浸していったが、それも湧《わ》き水がひろがるようなかたちであって、危険を感じさせるような状態は見られなかったという。

——堰堤がこんな場合にも大きな役に立った、ということは領内ぜんぶが認めたであろう、と主水正は思った。仮に青淵が堰堤を崩壊させようと計っていたにせよ、結果としては堰堤の重要さを改めて承認したに違いない。

佐佐義兵衛はまだ話していた。話すことが必要だからではなくて、なにかから逃れるため、話すことにしがみついている、という感じであった。彼がそんなようすをみせるのは初めてのことだ。本当のとしより老《ふ》けてみえる佐佐は、いつもきちんとおちついていて、むだ話に加わることもなく、たやすく笑うこともない。入香沼をしらべるため戌山《いぬやま》藩へいったとき、宿で女を呼び酒を飲んだ。佐佐が自分から云《い》いだし、主水正には反対する隙《すき》も与えなかった。そしてしたたかに酔い、女を抱きよせて主水正にいろいろと忠告をした。こんな一面もあるのだなと、そのとき驚いた記憶が、いま多弁に話し続ける佐佐を見て、主水正のあたまによみがえってきた。「さて、――」と佐佐の話の区切りをみて主水正が云った、「私は帰ることにしよう」

「帰るんですって、こんな時刻にですか」

「まださしておそくはない」と云って主水正は立ちあがった、「いずれにしろ明日にでも、測地を始める準備にかかるつもりだから」

「ではまた暫《しばら》く会えませんね」

「私はいまでも堰のほうが本職だと思っている」と主水正は云った、「ひまができれば来てみるつもりです」

われわれはよくたたかいましたな、と云いたげな微笑が佐佐義兵衛の顔にうかんだ。しかも勝ちいくさだったよ、と云う意味の微笑を返しながら、主水正は頷《うなず》いた。そしてその足で彼は花木町の家へ帰り、そこで泊った。

「こんなわがままなことをしていいでしょうか」とななえが囁《ささや》いた、「お気に召さなかったらそう仰しゃって下さい、わたくしがまん致しますから」
「心がやすまっていい」と彼が答えた、「骨も肉も柔らげられるようだ」
「わたくしは溶けてしまいそう」
「伊平さんと会ったね」
「会いました」と云《い》ってななえは彼の胸から顔をはなし、上眼づかいに彼を見た、
「知っていらしったんですか」
「うしろの小屋で三日、炊《た》き出しの手伝いをしているのを見た」
「でも黙っていて下すったのね」
「帰れと云っても帰らないだろうからね」
「わたくし心配で」ななえはまた彼の胸に顔をうずめながら云った、「もう大丈夫だとわかるまでは、はなれられなかったんです、もしも帰れば、そのあとですぐあなたが水にさらわれそうな気がして、——いまこうしていても、本当にあなたが御無事なのかどうかわからないんです」
「そんなにしては苦しい」
「でもこわいんです、わたくしふるえているでしょう」
「おとなしく頼む」と彼が云った、「伊平さんはなにか云っていたか」

「あなたのことを褒《ほ》めるばかりでした、ほんのちょっとのまの立ち話でしたけれど、うちのこともきょうだいのこともきかず、ただあなたのことを褒めるだけで、兄はあなたが出世なさる人だと、小さいじぶんから信じていたなどと申しました」

「この家のことは知っているのか」

「はい、わたくしが手紙で知らせました」

「怒ってはいなかったか」

「天下一の果報者ですって」

「それでは苦しい、今夜はおとなしく頼むよ」

「ふるえが止まるまで、もう少しこうさせていて下さい、もう少しですから、かんにんして」

この安息感と、満ちたりた気持をなんに譬《たと》えたらいいだろう、と主水正は思った。あたまの奥では、まだ井関川の激しい流れの音が聞えるようだし、閉じた眼のうらには、水浸しになった道を走りまわる人たちの、緊迫した顔や身振り動作が見えるようだ。それらの体験はまだなまなましい現実感をもっているが、そのなまなましさは、いま彼が包まれているあたたかな幸福感を、いっそう深めてくれるようであった。

――こういう仕合せな時間が、と彼は心の中で呟いた。おれの一生にどれだけ恵まれるだろうか。

阿部家にて

阿部小左衛門は勝手口から妻を呼んだ。その住居は元の家ではない、小左衛門が隠居をし、小四郎が跡を継いでから、組頭を免ぜられて平徒士《かち》になったとき移されたもので、長屋建ての端にあり、部屋は三帖《じょう》と六帖の二た間しかなかった。その二た部屋も戸納《とだな》に入りきれない蔵書のため、身動きもできないようなありさまであった。

「その――」と彼は声を高めた、「そのはいないのか、ちょっと来ておくれ」

妻女のそのが出て来た。もとから小柄で瘦《や》せた軀《からだ》つきが、さらに干《ひ》からびて縮んだようだし、あたまもすっかり白髪《しらが》になって、良人《おっと》の小左衛門より三歳とし下の、四十八歳とは信じられないほど老《ふ》けていた。

「今日は大漁でね」と彼は持っている魚籠《びく》を妻に見せ、いかにも自慢そうに顔を崩した、「三寸鮒《ぶな》が二十尾、小鮒のほかに鰻《うなぎ》もかかったよ、鰻はおまえにあげよう、精が付くからね、――水を汲《く》んで来ておくれ」

「はい」そのは手《て》桶《おけ》を二つ取り出しながら、感情のない声で云《い》った、「小《こ》出《いで》さまがいらしっていますよ」

「それは珍らしい、ずいぶん久しぶりじゃないか」

「あのことを話してみて下さいね」そのは良人の顔を見ようともしなかった、「小出さまならきっと相談にのって下さるでしょうから」

　小左衛門は眼をしばしばさせた、「ああいいとも、話してみるよ」

　そのは手桶を二つ提げて、井戸のほうへ出てゆき、小左衛門は泥まみれの草鞋《わらじ》をぬいだ。なにを話すのだ、と彼は呟《つぶや》いた。小四郎のことかな、それなら小出さんに話してもむだじゃないか、ばあさんぼけてきたからな。口の中でそんなことを呟きながら、草鞋を戸袋のところへ置き、かぶっている笠《かさ》をとった。その菅笠《すげがさ》は古くなって、幾ところも穴があき、編み糸もほつれて、ちょっと叩《たた》けば塵《ちり》になって消えそうにみえた。そのが水を汲んで戻ると、彼は足を洗って勝手へあがり、半挿《はんぞう》へたっぷり水を汲み入れて、丹念に顔と手を洗った。洗いかたは念入りだが、動作はぎごちなく、はねかした水でそのまわりはびしょびしょになった。

「もういっぱい頼むよ」小左衛門はからになった手桶へ顎《あご》をしゃくって云った、「ついでに魚を作ってしまうからな」

「はい」そのは顔をそむけて、からの手桶を取りながら云った、「小出さまのことをお忘れにならないで下さいまし」

「小出さんは本を見ているさ」小左衛門は手拭《てぬぐい》で、頸《くび》から胸を拭《ふ》きながら云った、「魚のほうはこんな陽気だから、早く作っておかないと悪くなってしまう、こっちのほうが先だよ」

妻が去ってゆくと、彼は魚籠の蓋《ふた》をあけ、流し台へ洗い桶を置いて、魚をみんなその中へ入れた。川魚の匂《にお》いが勝手じゅうにひろがり、生きている魚の幾尾かが、勢いよく跳ねて水滴をとばした。

「小出さんも飽きないもんだ」と彼は桶の中の魚を、指でかきわけながら呟いた、「本をしらべに来はじめてから、もう二十年以上にもなるだろう、かび臭い古い本をひっくり返してみながら二十年、なんの役にも立ったようすはないのに、いったいなにが面白いのか、へんな道楽があればあるものだ」

「そうそう、おまえだ」と彼は鮒の一尾を手に持って云った、「骨を折らせやがって、おまえを揚げるには汗をかいたぞ、おまえはいつか私が釣り落したやつじゃないかな、あの癖のある引きようには覚えがあった、きっとそうだ、いつか釣り落したのはおまえだ」

そのは戻って来て手桶を置き、水だらけの勝手を爪先《つまさき》立ちであがると、わたしは小出さまにお茶をだすからと云って、三帖のほうへ去った。小左衛門は俎板《まないた》と庖丁《ちょう》を揃《そろ》え、皿《さら》と鉢《はち》を並べてから、魚を作りにかかった。けれどもそれが彼にとってたのしみであるようではなかった。小鮒の鱗《うろこ》までもこそげ取りながら、彼の意識はそこにはなく、ただそのほかにすることがないために、あるいはほかになにかさせられるのを避けるため、というようにもみえた。主水正《もんどのしょう》が最後に会ったときよりも、彼の顔は若やいでいた。痩せてはいるが、陽《ひ》にやけた皮膚には張りと艶《つや》があるし、眼のまわりの皺《しわ》も消え、唇などはきみの悪いほど赤かった。心を労することのない生活に慣れた人たちに特有の、無気力さと、消極的な自己主張とがよくあらわれていた。

小左衛門は庖丁の手を止めて、洗い桶の中の鰻をじっと見まもり、なにやらぶつぶつと呟いていたが、やがて妻の名を呼んだ。

「その、聞えないのか」と彼はまた呼んでから、だるそうに首を振った、「耳まで遠くなったらしい、ぼけてゆくばかりだ」

妻が来ると、錐《きり》を取ってくれ、と彼が云い、そのは戻って錐を持って来た。

「鰻を裂くんだよ」と彼は云った、「おまえに喰《た》べさせる鰻なんだからな、私が押えつけるから、錐の柄《え》がしらを叩いておくれ、おまえが喰べるんだからな」

「小出さまにあのお話を申上げてみました」

「話なんかあとのことだ」彼はそう云いながら鰻を摑《つか》み、俎板の上へのせようと苦心した、「こいつにはいつも弱らせられる、なにか合性《あいしょう》のようなものがあるんだな、死んだ山中次郎兵衛にかかると、手もなく伸びておとなしくなったものだが、私がやろうとすると暴れだして、うまくつるつると逃げてしまう、そらまた、このとおりつるつるとな、私はこいつとは合性じゃないんだな、きっと」

表の障子をあける乱暴な音がし、人の喚《わめ》く声が聞えた。

「この家のあるじ、小四郎さまの御帰館だ」とその声は云った、「あるじの御帰館だぞ、しかも妻を土産に伴《つ》れ戻った、家来ども迎えに出ないのか、家来どもどうした」

小左衛門は流し台から身をはなし、うしろに掛けてあった手拭で手をぬぐった。

「私はちょっとでかけてくる」と彼はこころぼそげに云った、「ちょっとした用を思いだしたのでな、ほんのそこまでだ、つまらない用だからすぐに帰って来るつもりだ」

そして妻の下駄《げた》をはき、さもせわしそうにあゆみ去った。そのは溜息《ためいき》をつき、しらがになった頭を弱よわしく振りながら、三帖の部屋へ出ていった。そこには小四郎と、若い女が一人いた。どちらも酔っているのだろう、坐《すわ》って凭《もた》れあい、小四郎に肩を抱かれた女は、着崩れた着物の裾《すそ》がわれて、あくどい色の蹴出《けだ》しが見えるのも構わず、斑《まだら》になった厚化粧の顔を、小四郎の頰にすりつけていた。

「よう、来たな」小四郎は母を見ると、抱えている女の肩をゆりたてながら云った、「よくみろ、ばあさん、これがおれの新嫁《にいよめ》、名はこしず当年二十三歳、かたじけなくも白壁町の御出生で、五石三人扶持《ぶち》の阿部家へこんにちただいまお輿入《こしい》れになった、大事にお仕え申すんだぞ、いいかばあさん」

「お客さまだから」とそのは低い声でなだめた、「どうか静かにしておくれ」

「客なんぞ呼んだ覚えはねえ」と小四郎はどなり返した、「この家のあるじはおれだ、まず新嫁に挨拶《あいさつ》をしろ、じじいも呼ぶんだ」

そんな大きな声を出さないでと、そのが制止していると、六帖の部屋から小出方《かた》正《まさ》が出て来た。五十八か九歳になる筈《はず》の彼は、軀の肉がおち、髪にしらがの見えるほか、昔の柔和な顔つきや、穏やかな身ごなしに変りはなかった。

「邪魔をしていました」と小出は小四郎に会釈《えしゃく》しながら云った、「しらべたい書物があったので、御面倒をかけました」

「やあ、これは先生」と云って小四郎は急に、充血のため濁った眼をほそめた、「それで思いだした、おまえさんの顔を見て思いだしたが、いつか云おう云おうと思いながら、いつもつい忘れちまっていたんだが、おまえさんうちの書物をしらべに来て、ただで済ますってえのはひでえぜ、一度や二度ならいいが、何十年もただってのは虫がよすぎる、これからはあるじのおれに、借覧料を払うんだ、借覧料だよ先生、一回一冊について幾ら幾らというぐあいにさ、ことによるとこれまでの分も纏《まと》めて貰《もら》うかもしれねえ、世の中にただでいただけるものなんてありゃあしねえからな、わかったかい、先生」

小出方正は穏やかな眼つきで、どなりたてる小四郎の顔を黙って見まもっていた。

十五の一

「わたくしうかがいたいことがあります」

「私はでかけるところだ」

「今日は非番に当る筈です」と云ってつるはそこへ坐った、「そうではないのですか」

「今日は非番だ」と主水正《もんどのしょう》は頷《うなず》いた、「しかし西小路の谷先生が御病気なので、これからみまいにゆかなければならない」

「わたくしのほうはすぐに済むことです」

「では聞きましょう」

「人を遠ざけて下さい」

着替えを手伝っていた杉本大作は、見向きもせずに、主水正のぬいだ衣類をゆっくりと片づけていた。

「そんな必要はない、家の者に聞かれて悪いようなことはない筈だ」

「わたくしが困ります」

ほう、という表情で、主水正はもの珍らしそうに妻の顔を見た。こちらに用のあるときは平気で逃げ、あとで来ると云いながら外出してしまうのに、自分がしたいと思うと、こんなふうに強引に我意をとおそうとする。いって話そうとすれば、女の部屋へ男がむやみにはいるものではない、ここは自分の部屋だ、などと拒絶するのに、自分が必要なときには押しかけて来て、思うままにふるまう。勝手な女だ、と主水正は心の中で呟いた。

「なるほど」と彼は頷いた、「するとまた、銀杏《ぎんなん》屋敷のような話ですか」

つるはけげんそうな眼つきをした。おそらく忘れていたのだろう、だがすぐに思いだしたとみえ、頬からこめかみのあたりが赤くなった。

「そんなことを仰《おっ》しゃるなんて」つるの声は僅《わず》かながら怒りのためにふるえた、「あなたには似合いません」

「どんなことなら似合いますか」

「人を遠ざけて下さい」

主水正は杉本に眼くばせをし、杉本は部屋から出ていった。主水正は袴《はかま》をさばいて坐り、さあ聞こうと、促すように妻を見た。

「わたくし、花木町の噂《うわさ》を耳にしました」とつるは云った、「どういうことになっているのか、あなたのお口からうかがいたいと思います」

「どういうわけで」と主水正がきき返した。

「三浦の家名のためです」つるは挑戦的な口ぶりで云った、「家名のためでもあり、あなたの外聞のためでもあります」

「家名、外聞」主水正はふしぎなことでも聞いたように、首をかしげ唇を噛《か》み、そして微笑しながら妻に反問した、「――おまえからそういう言葉を聞こうとは思いもよらなかった、家名、——外聞、ねえ」と彼は言葉をゆっくりとひきのばして云い、それからふいにつるに眼を向けた、「それはどういう意味です」

つるは咳《せき》をした。突然の問いかけにどぎまぎし、良人《おっと》が自分の言葉に動じないこと、そればかりでなく、なにか自分に反撃しかけようとしているらしいことに、びっくりし戸惑ったようであった。彼女はそのことに狼狽《ろうばい》し、慌《あわ》てて対抗の姿勢をとろうとするのがよくわかったので、こんどは主水正がおどろいた。これまでつるがそんなようすをみせたことは、一度もなかったからである。

「あなたの御身分なら、側女《そばめ》を置くくらいふしぎではありません」とつるは云った、「そうなさりたいのなら、正式に側女としてお置きになるがいいでしょう、どうして花木町などに隠して置くんですか」

「つるにはかかわりのないことだな」

「いいえかかわりはあります」とつるは云い返した、「わたくしは、——三浦家の主婦ですから、主人のあなたに隠し女があるなどという、世間の噂がひろまればわたくしの恥になります」

主水正はちょっとのま黙っていて、それから静かに云った、「私には隠し女などはありません、なにかの聞きちがいでしょう」

「いいえ聞きちがいではありません、事実だということはこの眼で、いいえ」つるは強くかぶりを振って云い直した、「事実だということは、ちゃんと慥《たし》かめてあります」

「つるはいつか、私がつるのあとを跟《つ》けさせたと云ったな」主水正は声をやわらげた、「私にはそんな覚えはなかったが、こんどはつるが私のあとを跟けさせたとでも云うのか」

「わたくしは、三浦の家名大事と思うから申上げるのです」

「そのことなら心配には及びません」

「どうしてですか」

「よくしらべてごらんなさい、花木町の家はつるもひいきにしている牡丹屋《ぼたんや》、越後屋はじめ、藩の御用商人たちの物で、私の持ち家ではないし、家にいる女もかれらが接待のために雇い入れたものだ」

「でもあなたは、そこで泊ることも少なくないのでしょう」

「必要があればね」

「どういう必要ですか」

こんどは主水正が咳をした、「――これもずいぶん以前のことだが、つるは私にこう云ったことがある、武家では奥と表とにはっきり区別があって、表は主人はじめ男子、家士たちが御奉公のためにはたらき、奥は主婦が女中たちとともに家事の取締りをする、家のあるじが奥へ来て、家事のことに口出しをするのは無作法だ、とね、まさか忘れはしないだろうな」

「わたくしは三浦の家名が大切だからこそ」

「それはもう聞いたよ」と云って主水正は立ちあがった、「私はいま、必要があれば泊ると云った、その必要の第一は御奉公ということだ。もしも疑わしければ、もっとよくしらべさせるがいいでしょう、尤《もっと》も、――侍の御奉公は一生のことだから、眼に見え耳に聞える、行動や言葉を拾い集めても、それでしんじつがわかるとは思わないがね」

いつもなら怒って威たけだかになる筈のつるが、ふしぎなことに黙っていた。蒼《あお》ざめた顔が硬《こわ》ばり、唇を嚙んで、心にあるなにかをこらえるような眼つきで彼を見あげていた。供を伴れずに曲《まがり》町の家を出た主水正は、西小路へゆき、谷家の前に立つまで、つるのようすの変っていたことに、訝《いぶか》しさとおどろきを感じていた。

宗岳は寝具の中で、はいって来る主水正を眼で迎えながら、案内して来て去ろうとする女を呼び止めた。

「はる、茶はいらん酒だ」と宗岳は命じた、「肴《さかな》などは構わない、すぐに酒の支度をしろ」

女は囁《ささや》くような声で返辞をした。ほっそりとしたそのうしろ姿を見て、主水正は相変らず陰気なことだと思い、まえにもそう思ったことをおもいだした。

「へたなみまいなんぞ云うなよ」と宗岳はまず云った、「丈夫なときのおれもおれ、病気になったおれもおれ、丈夫か病気かはおれとは無関係だ、へたなことを云うと追い返すぞ」

「暫《しばら》くおめにかかりませんので、今日は非番に当りますから伺いました」

宗岳は「涙が出るな」と云った。

十五の二

酒肴《しゅこう》をはこんできたのは、はるという女ではなく、ばあやと呼ばれる老女であった。曲町から西小路へ移るとき、書生の一人は江戸へ帰り、河野という書生の一人が残った。しかしそれもいまこの家にはいない、岩上六郎兵衛の話によると、もう三四年もまえに姿を消したらしい。それがいつのことだったか、岩上も知らないし、宗岳はもとより口には出さない。この西小路へ移ってからの、宗岳の生活は荒れるばかりで、尚功館《しょうこうかん》をしりぞいたあとは、学問からまったくはなれてしまい、酒と女遊びに溺《おぼ》れているありさまだから、宗岳を師とたのみ、敬愛していた書生の河野も、ついには失望し、逃げだしたものと想像するほかはなかった。

「おれはこれだ」宗岳は寝たままで、盆の上のどびんを取った、「これなら横になったままでも飲めるからな、主水は手酌でやれ」

主水正の前には膳《ぜん》が据《す》えられ、燗徳利《かんどくり》や盃《さかずき》や、三つばかりの皿小鉢がのせてあった。

「医者はおれの寿命をあと百日だと云った、つまり来年の一月いっぱいだな」どびんの口から酒を飲んで、宗岳は云った、「そう云えばおれが驚いて酒をやめると思ったらしい、酒もやめ規則正しい生活に戻るだろうとな、ばかげたはなしだ、笑う気にもなれない」

「どこがお悪いのですか」

「みまいめいたことは云うなと禁じたぞ」宗岳は乱暴にどなって、酒を飲んだ、「人間の躯は健康と病気とがないまぜになっているものだ、臓腑《ぞうふ》の一つ一つが、いつも病んだり治ったりしている、四季があり、風雪晴曇があって自然が保たれるように、人間の肉躰《にくたい》もつねに病気と健康とがせりあっている、自分ではわからないが、肉躰の内部では絶えまなしに、生と死が陣取り遊びを繰返しているんだ」

おまえだってそうだぞ主水、人間はみなそうだ。五欲に昏《くら》まされているから気づかずにいるけれども、生命は死と同位に存在するのだ。宗岳がそんなふうに主張するのを聞きながら、主水正は自分を恥じていた。つるに問い詰められたとき、彼女がまえに云ったことの、言葉じりを取ってやりこめた。そういうつもりはなかったのだが、結果としてはやりこめたことになる。軽薄な、おとなげない態度だった、と彼は思った。

「飲まないのか、主水」と云って、ふいに宗岳は眼をそばめた、「――おれのことを話したのは岩六だな」

主水正は答えなかった。宗岳は酒だとどなり、岩六は女のように口の軽いやつだと呟いた。あたまが混乱しているな、と主水正は思った。生は死とないまぜになっているとか、肉躰の内部では生と死が、絶えまなしに陣取り遊びをしているとか。その云いかたには、あと百日で死ぬと宣告された病人の、死の恐怖から自分を解放しようとする、心理的なあがきが感じられ、主水正は胸が痛んだ。酒を持って来たのはこんどもばあやであり、酒はやはりどびんに入っていた。

「おまえ飲まないのか」と宗岳はまた云った、「客として来て、家のあるじのすすめを拒むのは失礼だぞ」

「いただきます」

「それでいい、主水もそろそろおとなになってもいいころだからな」宗岳は歯を見せて頷いた、「ことによるとこれが別盃《べっぱい》になるかもしれない、生別はすなわち死別、いま改めて云うまでもないだろう、おれを安心させるためにも、飲めるところを見せてくれ」

　どうしたのだ、忘れてしまったのかな、そう思いながら、主水正はぶきような手つきで、盃に酒を少し注ぎ、一と口啜《すす》った。

「またいつ会えるかわからないから、主水に知っておいてもらいたいことを云おう」宗岳は酒を飲み飲み云った、「――岩上六郎兵衛を軽蔑《けいべつ》してはいけない、彼はお饒舌《しゃべり》で起居動作もおちつかず、作法を無視して勝手なふるまいをする、だがそれは彼の本当の姿ではない、仮面であり擬装なのだ」

　とかげはその周囲の条件によって躰色を変えるという。岩上の実家は七百五十石あまりの老職格、六郎兵衛はその長男であったが、放蕩《ほうとう》のため勘当となり、弟の八郎右衛門が家督に直った。けれども六郎兵衛の放蕩には隠された理由がある、彼の放蕩にも勘当にも理由があったのだ。

——それはもうわかっている、と主水正は思った。彼自身の口から、おれは殿のふところ刀だと云うのを聞いた、先生はそれを知っているのだろうか。飛騨守昌治《ひだのかみまさはる》に認められ、そのために自分から勘当されて、親きょうだいの絆《きずな》を断ち、自由な行動のとれるようにした。二十歳で小姓組にあげられ、五十石二人扶持で一家を立てたのも、事があったとき、実家の岩上に累《るい》の及ばないように仕組まれたのだという。だが、起こるかもしれない「事」の内容によっては、そんな仕組などなんの役にも立たないであろう。或《あ》る意図によって操作されたものは、たいてい他の意図によって潰《つぶ》されるからだ。飛騨守がもしその計画を押し進め、断じておこなうつもりなら、岩上の実家の存亡などに気を使う筈はない。飛騨守その人の命さえ覘《ねら》われている事実を、主水正が現実に見ているのだから。

——殿は鵜匠《うじょう》に似ている。

六郎兵衛はいつかそう云ったことがある。幾十羽かの鵜を放って魚をとらせるが、綱の元は握ってはなさない、引寄せるのも放すのも殿の意志ひとつだと。そんな譬《たと》えがなんの役に立つだろう。ときどき会って情報を交換しようと云ったり、「拾礫《しゅうれき》紀聞《きぶん》」の失われた七巻が、滝沢邸《じょうぜつ》にあるらしいとも云った。

——口が軽すぎる、彼の饒舌は害になりかねない、と主水正は思った。

気がつくと、宗岳が急に黙りこみ、眼を細めながら天床をみつめていた。禿《は》げあがった頭の髪は黒いがまばらで、両鬢《りょうびん》とも膚《はだ》の地がすけて見える。かつて肉の薄いことがするどい精神力を示していたのに、頬やこめかみの痩《や》せて骨張った顔は、老いの苛立《いらだ》ちとあせりが露骨にあらわれ、ぜんたいに生活の荒廃ぶりがにじみ出ているように感じられた。

「おまえの黙っている理由がいまわかった」と宗岳はやがて低い声で云った、「おれは主水を手紙で呼んだんだな、大事な話があると書いてやった筈だ」

主水正は眼で頷いた。

「もっと寄れ」と宗岳が囁いた、「巳《み》年の騒動の真相を聞かせよう」

主水正はおどろいて遮《さえぎ》った、「先生はいま御病気です」

「あと百日の命だ」

「臨終の言葉ならしんじつと云えるでしょうか」

「信ずるかどうかは主水の自由だ」

「先生は弱っていらっしゃいます」

「躯《からだ》はいかに衰弱していても、おれは谷宗岳だ、百日の余命という医師の言葉が当座のなぐさめで、じつは明日にも死ぬかもしれない」宗岳はどびんの口から酒を飲もうとしたが、思い返したようすでそれを戻し、盆ごと押しやった、「――おれが死んでも、やがて真相はわかるかもしれない、だが主水には、事前にそれを知っておく責任があるのだ」

主水正は膝《ひざ》の上の両手を重ね、そっと頷いてみせた。宗岳は殆《ほと》んど囁くような声で語った。主水正は黙って聞いていたが、聞き終ったときには、疲れはてた軀に重い荷物を背負わされたような気分になった。

「先生は」とやがて主水正がきいた、「拾礫紀聞という記録のことを御存じですか」

「欠けている七冊のことも知っている、その中に証拠となる記事があるのだ」と宗岳が云った、「そしてそれは、抹殺《まっさつ》されるおそれがあったので、滝沢城代が保管することになり、いまでも滝沢家にある筈だ」

「知っている者はほかにもいますか」

十五の三

宗岳は暫く考えていた。

「いるかもしれない」ようやくにして宗岳は答えた、「しかしいたにしても、知っているだけで手出しはできないだろう、滝沢老は鉄壁のような人だからな」

「岩上からいつか、そういうようなことを聞いたのですが」

宗岳は主水正を見て、自分を憐《あわ》れむように苦笑し、頷いた、「それで混乱したんだな」と云った。

「それを云おうとしたため、主水に手紙をやったことを忘れたのだ、けれども」宗岳はさらに声をひそめた、「――巳年と亥《い》年の、騒動の原因がわかれば、欠本七冊の有無はさして重大ではない、その七冊が抹殺されず、現に保存されてあるというだけで、かれら一味の首枷《くびかせ》になっているからだ」

「ぬすまれる危険はないでしょうか」

「主水も滝沢老の人柄は知っているだろう、その心配だけはないものと思っていい」

どうしろと云うのです、と主水正はききたかった。私になにをさせようとして、そんな秘事を話されたのですかと。しかし彼はその質問はしなかった。いま宗岳から聞いた秘事を、いつか、ずっと以前に誰かがほのめかした。真相を知っているか、少なくとも勘づいているのでなければ、口にはできないような言葉で、さりげなく主水正にほのめかした人間がいた。彼はそのことを思いだしたのだ。

――あれは誰だったろう、どこで聞いたのだろう、いつ、どこで、誰からだったろうか。

谷家を出た主水正は、堰堤《えんてい》工事の現場へと向かいながら考え続けた。巳年の騒動が極秘であり、飛騨守その人も知ってはいなかった。知らない証拠には、いまから十年以前に、飛騨守昌治がそれを知ろうとして、仁山《にやま》村の青淵《せいえん》にまで問い糺《ただ》しにゆき、また主水正にさえ問いかけたことでわかる。事は昌治の父、故佐渡守昌親《さどのかみまさちか》にもかかわりがあり、佐渡守もその秘事は知らずにいたと思われる。というのは、藩主がこの事の埒外《らちがい》に置かれていれば、万一の場合その累を及ぼさずに済むからであろう。あのあとでも、昌治が秘事を知ったと思われるふしはない、気にかかるのは、——江戸屋敷の一部で、兄松二郎を擁立しようという動きがある、と昌治がもらしたことだ。松二郎は佐渡守昌親の長男であるが、病弱という理由で二男の昌治が世継ぎに直された。その松二郎を正統に据《す》えようとする動きが起こり、国許《くにもと》では山内安房《あわ》にその手がのびているようだと、主水正は昌治の口から聞いた。とすれば、巳の年の騒動のことを昌治が知っている、という疑いは充分にあるだろう。

「いや、そうではないな」主水正はあるきながら呟《つぶや》いた、「知っているとすれば予防手段をとるだろう、そんなことはなにもせず、殿は堰の工事と新田開拓にうちこんでいる、予防手段をとるのは、やはりわれわれの責任だと思わなければなるまい」

ことに自分はもうその渦中《かちゅう》にはいってしまった。六年まえ、井関川の岸で昌治が襲われたとき、自分はその三人の刺客《しかく》を斬《き》った。なんのために昌治を刺そうとしたのか、そのときはわからなかったが、宗岳の話を聞いたいまは、巳の年に始まった紛争が終っていないばかりでなく、現在さらに大きく動きだそうとしていることがわかったし、三人の刺客を斬ったことで、自分がそのまっただ中に立った、という事実もはっきりした。

「谷先生の云うことがしんじつだとしてだ」と彼はまた呟いた、「そして、それが真相であるかどうかを慥《たし》かめる方法は、ただ一つしかない、ただ一つ、すなわち滝沢邸にあるという紀聞の七冊」

主水正は急に口をつぐんだ。そこは二の丸筋の静かな屋敷町で、向うに四つ辻《つじ》がある。その辻を右から左へ、一人の侍が犬を曳《ひ》いて横切るのが見え、その男に見覚えのあることに気づいたからだ。犬を曳いた侍の姿は、たちまち見えなくなったけれども、主水正にはその男が誰だかすぐにわかった。

「名は忘れたが、彼だ」と主水正は呟いた、「材木倉の裏の草原へ、おれを呼びだしたなかまの一人、徒士組《かちぐみ》の同じ屋敷内にいた男だ、待てよ、それだけではない、ほかにもなにか思いだすことがあるようだ、あの男にかかわりがあって、まったくべつな、なにかの出来事」――そのように記憶をたどろうとしたとき、吉川つやという名とその顔が思いうかび、それがそのまま吉川庄一郎の名にむすびついた。

「そうだ、吉川庄一郎だ」

犬を曳いている意味がわからなかった。茶と白の毛で、尾の巻きあがった、大きな犬であり、首輪を紅白ないまぜの太い綱でつながれていた。大きさは仔牛《こうし》ほどもあって、吉川はひきずられているように見えた。吉川の飼い犬である筈《はず》はない、誰かに頼まれたか命じられたかして、運動させるために曳きあるいているのであろう。犬の守、――かなしいな、と主水正は思ったが、その思いに続いて、吉川庄一郎も生きてい、生活していたのだということに、殆んど驚きのような感動をおぼえた。

「おれは自分の眼で見、耳で聞き、手足で触れるもの、また自分の思考の中で生きてきた」と彼は呟いた、「おれだけには限らない、人間はたいてい自分の五官によって生きる、個人の五官は一つの星のようなもので、そこに起こるどんな現象も、その五官の範囲内でしか理解も処理もできない、つづめたところ、人間は自分の五官の壁にとりまかれているようなものだ」

けれども星はほかにもある、と主水正は思った。

「星は一つだけではない」と彼は呟いた、「一人の人間をとりまく五官の壁のそとにも、無数の星があり、それが相互に釣合《つりあ》いを保つことで、世の中というものが動いてゆくのだろう」

彼はあるいてゆく自分の一歩、一歩が、確実に大地を踏んでいることを感じ、身のまわりをとりまいていた壁の一部に窓があいて、視界が大きくひらき、そこから新鮮な、すがすがしい風の吹き入ってくるのが感じられた。

「吉川庄一郎も生きていたのだ」あるきながら彼は自分に云った、「おれがこれまで、いろいろな経験をしながら生きてき、これからも新らしい経験をしながら生きてゆくように、吉川は吉川で質や内容に違いはあるだろうが、やはり彼なりに、いろいろな経験をしながら生きてき、これからも生きてゆくことだろう」

主水正は眠りからさめたように、自分がいま生きているという、現実感をなまなましく感じた。彼は大地を踏んでゆく自分の足を見、両の手を眺めた。吉川は犬を曳いていた。誰の飼い犬で、なぜ吉川が曳きあるいているのかはわからない。今日だけのことかもしれないが、これから先、幾十日か幾年か曳いてあるくかもわからない。そしておれも同じだ、おれもなにかを曳き、なにかに曳かれて生きている。辻を横切っていった吉川をおれが見たように、吉川もどこかでおれの通りすぎる姿を見るだろう。——明らかに、主水正は鏡の中に写る自分の虚像を見るようにではなく、吉川の実像の上に自分を発見したようであった。

ふた岐《また》の小屋には猪狩又五郎が、下役の者二人と記録の整理をしていた。はいって来た主水正を見ると、猪狩は筆を置き、両手を力いっぱい伸ばして大きな欠伸《あくび》をした。

「いいところへ来てくれました、ちょっと外へ出ましょう」と云って猪狩は立ちあがった、「ここは息が詰まりそうだ」

主水正は猪狩といっしょに外へ出た。猪狩はさもこころよさそうに、胸を張って幾たびも深い呼吸をし、腰の屈伸運動をし、両手の指を折って鳴らした。

「おちつかないようだな」

「いろいろなことがあってね」と猪狩が云った、「腑《ふ》におちないことがいろいろあるんです、妙なことがね」

「話したいのか」

「あるきましょう、こっちのほうがいい」

「丸腰のままでか」

「私は剣術をやったことがないんです、両刀差していたって使えやしません、そんなことより」云いかけて猪狩は首を振った、「いや、口で話すよりまず見てもらいましょう」

彼は主水正を堰堤へ案内し、三の曲りと名付けられた曲流部のところへいった。堤の腰には芝が植えてあり、等間隔にはこやなぎの若木が並んでいた。芝も茶色く枯れているし、はこやなぎはみな裸になっていた。

「ここだ」と云って猪狩は堤腰《ていよう》のひとところを指さした、「ここをよく見てくれ」

ふと見ればなんの変ったところもなかった。けれども猪狩がやなぎの若木を脇《わき》へ曲げ、芝の一部へ手をかけると、二尺四方くらいに切られた芝が剝《は》げて、堤腰の土と、横杭《よこぐい》を引き抜いたらしい穴崩れがはっきり見えた。

「何本ぐらい抜いてある」

「よくしらべないとわからないが、おそらく三本は抜いてあるでしょう、それもみな親杭です」

「現場を見た者はあるか」

猪狩は首を振った、「あの七という若者も知らなかったそうです」

「妨害者、――信じられないな」主水正は軀を起こし、堰の上下を眺めやりながら云った、「御用商人たちにせよ大地主たちにせよ、洪水《こうずい》に際して堰堤がどんなに役立ったか、みんなよく理解した筈だ、かれらは堰堤の価値を認めたのだから、いまさら工事の妨害をするとは思えない」

「しかもしろうとではない、工事の作業をよく知っていて、ここが重要だという勘どころを誤らないだけの知恵も持っている、いったい誰だと思いますか」

「茶が欲しいな」と主水正が云った、「小屋へ戻るとしよう」

十五の四

猪狩は主水正の袖《そで》を押え、もう一とところあるのです、と云ったが、主水正はまず小屋へ戻ろう、と構わずにあるきだした。

「いまのことは誰と誰に話した」

「私たち四人のほかには、あの七という若者だけです」

「いろいろ妙なことがあるというのは」

「云っていいか悪いかわからないんだが」

「そういうときにはたいてい黙っているほうがいいらしいな」

「むろんそのとおりだが」猪狩は片手で首のうしろを叩《たた》いた、「それではどうしてもおちつかないんだ、すぐ身のまわりで腑におちないことが次々に起こり、それが二度や三度でないとすると、そしておまけに、疑わしい人間の見当までつくとなると」

「困った問題だ」

「あんたにも見当はつくんでしょう」

主水正は枯草に蔽《おお》われた、広い野のほうを見やった。小春日和《びより》ともいえるような、日光をぬくぬくと浴びている枯野には、かげろうが立ち、珍らしくそよ風もなく、ところどころに梢《こずえ》を寄せている杉林《すぎばやし》、くぬぎ林、椎《しい》ノ木林なども、ひっそりと眠たげに見えた。

「世の中には、黒白をはっきりさせないほうが、却《かえ》ってよい場合もある、ということを聞いた覚えがある」と主水正はあるきながら云った、「——是非善悪の判別で片づくこともあるが、それでは片のつかないこともある、という意味だろう、誰に云われたかはわからない、言葉もそのままではないかもしれないが、私にはいまがそのときだ、という気がする、慥かにそんな気がするんだ」

猪狩はびっくりしたように、眼をみはって主水正の顔をみつめた。主水正がそんなふうに多弁だったこともなし、特にそんな理屈めいたことを口にしたためしはなかったからだ。主水正はその眼には気づかないようすで、足を停め、振り向いて猪狩を見返しながら、低い声に力をこめて云った。

「妨害者が誰かということより、なぜ工事の妨害をするのか、なにが目的なのか、ということのほうが大切だと思う、だから」

「へたな詮索《せんさく》をするなということですか」

「おちつかない気持もよくわかるがね」

「三浦さんにも見当はついているんですね」

「それを忘れてもらいたいんだ」と主水正はさらに力をこめて云った、「私も忘れよう、いまは人間より、そのうしろにある妨害の意図をさぐりだすほうが先決問題だと思う、猪狩に異論があったら聞こう」

猪狩又五郎は右手を大きくあげ、それを着流しの右腿《みぎもも》に打ちおろし、俯向《うつむ》いて首を振った。

「おれはそれでもいい」と猪狩は云った、「三浦の云うこともほぼわかるから、必要ならそのようにしてもいいが、ほかの二人と七という若者がどうしますかね」

「七たちには私が云おう、三人のほうは猪狩に頼む」

猪狩は片手で鼻の脇をこすりながら、待ってくれと云い、次にどう云ったらいいかと迷うように、空を見あげたり、地面をみつめたりした。

「私にはそういう肚芸《はらげい》はむりだ」

「私ではだめです」とやがて猪狩は云った、「私にはそういう肚芸《はらげい》はむりだ」


「肚芸などは無用だ」

「私はあとの二人と云い、三浦さんは三人と云った、つまりあなたはその当人をも含めているわけでしょう」

主水正はそっと首を振った、「その、当人などという考えは、忘れるんだ、大事なのは人間ではなく、その人間を動かしている理由なんだから」

大目付か町奉行にでも任せたらどうか、自分たちはこのとおり多忙だし、探索のような仕事にはまったくしろうとなんだ、と猪狩が云った。いや、これはわれわれがやるべきことだ、と主水正は云った。

「その理由は、背後のつながりが、ことによると大目付か町奉行であるかもしれないからだ」

「まさかそんな」

「いや、疑えば疑えるふしがある、いまはただそれだけしか云えないが」主水正はあるきだしながら慎重に続けた、「――初めにわれわれは、妨害者のことは決して口外しない、自分たちだけで処理をすると約束した」

「そのときとは事情が違ってきたと思うんだがな」

「たとえそうでも、こっちの組合せに変りはないさ、このままでやるんだ、いいな」

　小屋へ戻ると、猪狩を残して、主水正は工事現場へまわった。現場のはなはまだ第一の築堰《つきぜき》のところで、洪水のときに崩れた部分の築き直しにかかっていた。主水正が現場の小屋へ近よってゆくと、うしろから「振り向かないで下さい」と呼びかける声がした。七だな、主水正は思った。

「用のあるふりをして戻って下さい」とうしろの声が云《い》った、「材木と石の積んである蔭《かげ》のところで、例の人が人足となにか話しています、すぐにみつかりますよ」

　主水正は黙って脇へ軀《からだ》をよけた。すると竹束を担《かつ》いだ七が、こっちには眼もくれずに通りすぎていった。どうしよう、主水正は立停《たちどま》って考えた。七の密告を無視すれば、彼の気持を傷つけることになるだろう。しかし猪狩とも話したとおり、いまは誰が妨害者であるかということより、その背後にある「理由」をつきとめることのほうが大事になった。

「この穏やかなあたたかい真昼に」主水正はよく晴れた空を見あげて呟いた、「――人にみつけられる心配もしないのだろうか」

　彼は頭を振り、重たげな足どりで、そのまま現場小屋のほうへとあるきだした。

あたりには洪水で流れ出た泥を、搔《か》き集め積みあげた土堆《つちづか》が、左右に列をなして並び、中には土の隙間《すきま》から春さきのように、なんの草か浅みどりの若葉を覗《のぞ》かせているのも見えた。主水正は現場小屋にも寄らず、誰にも会わなかった。現場のようすも横眼で見たまま、三つ沼から捨て野をまわって、城下へ帰った。

四五日して雪が降りはじめ、測地の仕事は金尾郡から山下郡に移った。これで東北三郡が終るわけであるが、山下郡の次は山岳地帯になるので、雪のあるうちはそちらを先に測量することになり、対立山のふところに、全員の宿舎として三棟《むね》の小屋が建てられた。城下から遠いので、まいにち往復するわけにいかなかったからだ。そこには測量器具をはじめ、越冬用の衣類、寝具から食糧、燃料など、必要と思われる物資はみな用意された。

「越冬ですって、冗談じゃない」竹内要《かなめ》がすぐさま抗議した、「十二月から一月いっぱいは休む筈じゃありませんか」

「去年はね」と主水正は軽く受けながした。

「去年と今年とどう違うんです、去年は平地でさえ休んだんですよ」

「でさえ――ではなく、だったからだ」と主水正は答えて云った、「平地は雪の積もりかたも深いし、足場に高低や溝や軟土その他の障害が多く、降りが強くなれば遠望がきかないから、しばしば中止しなければならない、山間ではそれと反対に、降ってもあまり積もらないし、邪魔な林や藪《やぶ》がはだかになるから、対角線や等高線がはっきり測定できるんだ」

「三浦さんは地着きだからな」竹内は顔をしかめ、右手の拇指《おやゆび》の爪《つめ》を噛《か》みながら、主水正の右手をじろっと見た、「おまけにその鞭《むち》がある、その鞭にはかなわないわけだ」

握りに朱房の付いた鞭を、主水正はゆらりと振った、「眼障《ざわ》りなら持つのはよしてもいい」

「あなたは川端町の、いや、鳥越といったかな、あそこの倉本という料亭を知っているでしょう」

「知らないようだな」

「私が外泊するときの宿坊でしてね」と云って竹内はにっと笑った、「そこで私のゆくのを待ちこがれている美人があるんです」

十五の五

主水正は聞きながして云った、「これまで同様、十日に一度ずつ交代で非番がある、往復にちょっと骨が折れるだろうがね」

「彼女は六十日の休みを待ちこがれていたんですよ」と竹内は云った、「それを山ごもりと聞いたらどうするかな、こがれ死にに死んで化けて出るかもしれませんぜ」

「私のところへよこすんだな、いい退屈しのぎになるだろうよ」

山内時四郎はむろん、山の小屋へは来なかった。主水正が総支配の代理を勤め、島田と竹内の両支配とその助け役たちから、竿役《さおやく》、縄役の徒士十五人、小者五人、それに雑役夫五人を加えた人数が、山ごもりにはいった。

山へはいる前夜、主水正は花木町の家で泊った。まえからの知らせで、五人衆が集まり、彼のために別盃《べっぱい》を交わす約束だったが、あらわれたのは太田巻兵衛と、桑島三右衛門、牡丹屋《ぼたんや》勇助の三人で、佐渡屋と越後屋の二人は顔をみせなかった。

「佐渡屋どのは疝痛《せんつう》、越後屋は商用で大坂へ、というわけです」桑島がそう云った、「――儀平さんの疝痛は四十代からの持病でしてな、あれが起こると薬はむろんのこと、鍼《はり》も灸《きゅう》もききめがないそうで、ただじっと動かずにあたたかくしているだけだというのですから、あのはたらき者には辛《つら》いことです」

「もう隠居するんですね」と牡丹屋がすでに酔っている口ぶりで云った、「倅《せがれ》の儀助さんもそこそこ四十ですからな、尤《もっと》も親まさりのきれ者だから、みなさま御用心と」

桑島が咳《せき》こんで牡丹屋の言葉を遮《さえぎ》り、牡丹屋もそれと気づいて首をすくめながら、六十日の山ごもりはたいへんですな、などと急に話を変えてしまった。みなさま御用心、そのひと言は忘れないぞ、と主水正は思った。

ななえの作った膳《ぜん》の上は、主水正に云われて以来ずっと単純なものになった。その夜も煎《い》り鳥と川魚の煮浸し、青菜と銀杏《ぎんなん》の卵とじに野菜のつくね煮、そして粕漬《かすづ》けの香の物だけであった。品数も量も少ないが、どの一つにも心がこもっていて、牡丹屋のほかはみな感嘆した。

「どうです、でかけませんか」と牡丹屋は繰返し云った、「今夜はやかましやがいないんだから、久しぶりで平野屋へでかけましょう、向うでも待っていることうけあいです」

「それがようございましょう」とななえが、主水正に一種のめまぜをしながら云った、「たまには賑《にぎ》やかなお席もようございます、どうぞいらしって下さいまし」

このままここにい据《す》わられるより、平野屋へ伴《つ》れだして、早くぬけだして来てくれ、という意味らしい。だが主水正は聞きながして、太田巻兵衛に向かい、製紙業者たちがなにか騒いでいるようだが、本当の事情はどうなのかと問いかけた。太田はよほど驚いたらしく、まるで顎《あご》でも外れたかのように、ぽかっと口をあけ、大きくみはったまるい眼で、主水正を見まもった。五月の洪水で楮《こうぞ》その他の、製紙の原料に必要な材料の栽培地がひどくやられ、その耕地の整備と、近国からそれらの苗木を移植するためには、かなり多額な資金がなければならなかった。太田巻兵衛は代々その製紙を一手に握り、数量も価格も思いのままに操作してきた。五人衆はそれぞれ独占権を持っているから、それは当然のことなのだが、同時に業者たちのため、備荒資金の蓄積と、庇護者《ひごしゃ》としての責任を負わされている。ところがしばしば、その「責任」は「権利」に転用され、業者を庇護するより、かれらを支配し、思うままに操縦する、という結果があらわれるようであった。独占権のあるところには必ず起こる問題で、決して珍らしくもなし、その善悪もいちがいにはきめられないが、こんどの場合は業者の困窮がいちじるしく、それに乗じて太田があまりに専横なため、業者たちのあいだに藩へ訴えようと騒ぎだした、という噂《うわさ》がひろまっていた。

「どこでそんなことをお聞きになりましたか」太田巻兵衛は唾《つば》をのんで云った、「噂というやつは尾鰭《おひれ》の付くもので、たぶん事実とは違うことがお耳にはいったのだと存じますが」

「おそらくそうでしょう」主水正はさりげなく頷《うなず》いた、「私はお役目で、このところずっと城下をはなれていますから、詳しい事情はなにも知ってはいません、けれども、その私にさえ聞えるくらいですから、噂の真偽はべつとして、注意なさるほうがいいと思います」

云い終るとすぐ、主水正は桑島三右衛門に話しかけ、幕府で二分銀の改鋳《かいちゅう》をするというが、銭相場に大きな変動があるのではないか、と質問した。桑島はすらすらと答え、江戸から早く知らせがあり、すでに手が打ってあるから心配はないと云った。太田のように狼狽《ろうばい》したふうは少しもみせなかったが、主水正から初めてそんな質問をされたこと、しかも通貨の新鋳や改鋳は、その筋の者でも情報をつかむのが困難なことだけに、桑島の驚きは小さくないようであった。

「そうか」と主水正は夜具の中で大きく眼をみはった、「その手がある、地主や御用商たちのほかに、堰堤《えんてい》工事を失敗させようとするたくらみがもう一つ、――殿のお命を覘《ねら》い、松二郎さまを正統に直そうとする動きがあるという、もしも殿の仰《おお》せが事実なら、その手が工事妨害にのびているとも考えられる」

暗くしてある行燈《あんどん》の光で、部屋の中はぼんやりと、やわらかく暈《ぼ》かされたように見える。隣りに並べた夜具には、ななえが顎《あご》まで掛け夜具にうめて眠っているが、すっかり熟睡したとみえて寝息もたてず、戸外も雪だからなんの物音も聞えなかった。

——仮にそうだとすると、その手は堰堤だけではなく、五人衆や地主たちにまで及ぶかもしれない、と彼は思った。御金御用の桑島は、その職業の関係で江戸とは密接なつながりがある、そしてこの領内における貨幣流通の面でも、相当な支配力がある筈《はず》だ。

いつからかはっきりしないが、城下では*文銭《ぶんせん》が不足し始め、小さな買物に困っている。釣銭《つりせん》がないと云って、商人たちはこまかい銭を要求するか、よけいな品を釣銭として押しつける。両替をすれば両替賃を取られるし、それも多くは替えてくれないという。

——これが桑島ひとりの操作でないとしても、彼にはその力があるし、その力を強化すれば、領内の経済攪乱《こうらん》を起こすこともできるだろう、と主水正は思った。領民に現在の藩政に対する不信と、反感をいだかせることは、かれらにとってさして困難ではないだろう。

主水正はそっと溜息《ためいき》をついた。五人衆や大地主たちは、藩主が誰であろうと問題ではない。家臣の中にも飛騨守昌治を藩主として守りぬこうとする者ばかりでなく、松二郎昌之《まさゆき》を正統に直そうとする一派があり、その尖鋭《せんえい》な一部では、昌治の命をさえ覘うという、直接行動に出ている。混沌《こんとん》たるものだ。丙申《へいしん》の洪水のときのように、気がついたら周囲が浸水していて、それを防ぐことも、そこから脱出することもできなくなっていた、という事態が起こるのではないか。混沌としていまはなにがどう動いているのか判然としない、けれどもなにかが動きだしているのは事実だ。

「はい」とななえが云った、「——なにか仰《おっ》しゃいまして」

ななえは枕《まくら》から頭をあげて、眩《まぶ》しそうに主水正のほうを見た。

「あら、わたくし眠ってしまったのでしょうか」

「よく眠っていたよ」主水正は劬《いたわ》るように微笑してみせた、「構わないからそのまま お眠り」

「あなたがいらっしゃると心丈夫で、ついうとうと眠ってしまいますの」と云ってから、ななえはあまやかに囁《ささや》いた、「そちらへゆかせていただいてもいいでしょうか」

十五の六

主水正はやさしく、枕の上で頭を振った。

「いや、そのままがいい、おまえが自分でそうしたんじゃないか」

ななえは恥ずかしそうに、掛け夜具で顔を隠し、含み声で囁き返した。

「そんなことはない」と主水正がなだめた、「こうして夜具を並べるだけでも、私には有難い伽《とぎ》だよ」

「でもわたくし」とななえは掛け夜具の中から云った、「――ただの障《さわ》りではございませんの、こう申上げればわかっていただけると思いますけれど」

主水正は口をつぐんだ。風がでたのであろうか、どこかの雨戸がときおりことんと鳴り、それが雪の夜の静かさを際立《きわだ》てるように思えた。

「たしかなことか」と暫《しば》くして主水正がきいた。

「まだ慥《たし》かとは申せません」となながえが答えた、「お医者さまはたぶんまちがいはないだろうけれど、当分は軀を大事にするように、と仰しゃっていました」

主水正は自分を殴りつけ、罵《のの》り喚《わめ》きたてたいような衝動を、けんめいに抑えた。ゆだんだった、うかつだった。そうなることはわかりきっていたのに、そうならないほうが稀《まれ》であって、初めからその覚悟でなければならなかったのに、自分はまるでそんなことを考えもしなかった。それほどななえとの仲は自然であり、他の感情のはいる隙がなかったとも云えるだろう。けれどもそれではいけなかった。将来のことを考えるまでもなく、自分はつねに身辺を単純に整理して、心の絆《きずな》になるような条件は、絶対に作ってはならない筈であった。自分はいつどこで、どんな重大なことに当面するかわからない。こっちから動きだすことでも、また向うから襲いかかることでも、生死を賭《か》ける場合が少なくないだろう、そのとき係累《けいるい》があれば、心たじろがずとは云いきれない。たとえ自分はたじろがず、まっすぐに本分をはたしたとしても、禍《わざわい》が係累に及ぶことは避けられない。ゆだんだった。落し罠《わな》に足を取られたようなものだと思い、主水正は深くするどい悔いのために、歯をくいしばった。

「こっちへおいで」と彼は云った。

ななえが来ると、主水正はそっと抱きよせ、片手で背中を撫《な》でてやった。ななえの躯は柔軟で小さく、彼の躯の中へ溶け入ってしまうように感じられた。ななえの手が動き、彼はその手を押えた。

「さあ、おとなしく寝よう」と主水正は囁いた、「仕合せな、いい夢をみるんだよ」

ななえはいっそう身をすり寄せた。自分たちだけが特別ではない。どんな男と女でもそうであろうが、伴れ添う者に身も心も任せ、安心して幸不幸をともにしようとする女の姿ほどいじらしく愛らしいものはない。この平凡な、わかりきったところから、男のもっとも男らしいはたらきが生れるのだ。いつまでも仕合せでありたいのは云うまでもないが、おれがもし自分に課された役目のため、ななえを不仕合せにしたとしても、ななえはおれを恨むようなことはないだろう。いまこの藩の事情が混沌としているように、おれとななえの将来も混沌としている。たじろぐことはない、このままでいいのだ。これが生きてゆくということだ、と彼は思った。

明くる朝、主水正がでかける支度をしていると、岩上六郎兵衛がたずねて来た。

「いや、中へははいらない」と岩上は戸口の外で云った、「いっしょに出よう」

主水正は草鞋《わらじ》の上から雪沓《ゆきぐつ》をはいているところだった。ななえは岩上六郎兵衛に挨拶《あいさつ》しながら、主水正に合羽を着せかけ、塗笠《ぬりがさ》と鞭《むち》を渡した。

「けばけばしいもんだ」と岩上が無遠慮に云った、「よくそんな物を持ってあるけるな、てれくさくはないのかい」

「田舎者だからな」と主水正は答えた。

雪は五寸ほども積もって、まださかんに降っていた。岩上は曲町《まがり》の家へゆき、それからこっちへ来たのだという。また、杉本大作が荷物を持って、北の木戸で待っているから、曲町へは寄らなくともよいと告げた。

「ゆうべはどうだ」とあるきながら岩上が問いかけた、「例のことは話してみたか」

「話した、太田巻兵衛にも、桑島にも」

「効果があったか」

「裏道をゆこう」主水正は道を曲った、「わからない、効果はあったかもしれない、しかし私には効果の有無よりも、あの話をしたことで、深みにはまった自分の立場を、改めてはっきり認めたことのほうが、収穫だった」

「深みにはまったって」

「ずっぷりと、首までな」と主水正は持っている鞭の握りのところを喉首《のどくび》に当てた、「――指に火傷《やけど》をしてみて、その指の存在を改めて認めるようにさ」

「通俗なことを云うやつだ、尤《もっと》も」と云って岩上はにやりとした、「ああいう可愛《かわい》い女ができると、弱気になるのは当然かもしれないがね」

「わかりがいいな」と主水正は云った、「――今朝はなんの用だ」

「宗巌寺《そうがんじ》の和尚《おしょう》が危篤《きとく》だ」

主水正は急に立停《たちどま》った。それはほんの二拍子ばかりのことで、彼は岩上のほうへ振り向こうともせず、おちついた足どりであるきだした。みまいにゆかないのか、そのため曲町の家へ寄らなくともいいように、手配してきたんだぞ、と岩上六郎兵衛が云った。

「ゆかないさ」と主水正は答えた、「ゆけば和尚に笑われるだけだ」

「死ぬまえに逢《あ》いたくはないのか」

主水正は自分の胸を押えた、「和尚は死ねばここへはいってくる、ここへね」

「薄情なやつだ」

主水正は眉《まゆ》も動かさなかった。

「ではここで別れよう」と岩上が云った、「おれはこれから宗巌寺へゆくよ」

主水正は頷いただけであった。

北の木戸には杉本大作と、庭男の重吉が待っていた。重吉は桐油《とうゆ》紙《がみ》で包んだ挟箱《はさみばこ》を肩にし、山まで供をすると云った。主水正は杉本を脇《わき》へ呼んで、留守のあいだの打合せをし、重吉を供に山へ向かった。この土地の冬は風が少なく、吹雪になることは稀であり、いまも雪は殆《ほと》んどまっすぐに降っている。その穏やかな雪の中をあるいてゆきながら、主水正は自分の身のまわりに、激しい渦《うず》が巻きだしたような、なまなましい幻覚に包まれた。

谷宗岳が余命百日と云った。巳《み》の年の騒動の秘密を聞き、「拾礫紀聞《しゅうれききぶん》」の欠本の所在がわかった。尤もこの二つは、宗岳の言葉がしんじつだと仮定してのことだが、——江戸屋敷に飛驒守排斥の動きが起こり、国許《くにもと》では山内安房《あわ》にその脈が通じているという。宗巌寺の和尚が危篤になり、ななえが身ごもった。

——いろいろな事が動きだし、しだいにその力を強めながら、巨大な渦巻のように廻り始めた、と主水正は思った。

彼にはその大渦の咆哮《ほうこう》が聞えるように思え、彼を巻き込もうとする、巨大な水の力が現実のもののように感じられた。

——いまそんなことを考えてなんになる、と云う声がふと記憶の底からよみがえってきた。どんなに苦心し努力しても、よくなるものもあるし悪くなるものもある、するだけのことをしたら、あとは自然のなりゆきに任せろ。

石済《せきさい》和尚の言葉だ、と彼は思い出した。いつのことだったかも忘れたし、言葉の内容は違っていたかもしれないが、その意味だけは深く印象に残っていた。

「なりゆきに任せてはいられない」と彼は呟《つぶや》いた。「この渦は人の力によって巻き起こされるものだ、それなら人間の力で抑制することができるだろうし、ぜひとも抑制しなければならない、だが、どうやって止める」

攻める力はいつも、守る力に先行する。攻め口がわかるまでは、守る手段も立てられない。いまどこがどのように攻められているか、敵の力がどれほどのものか、それを知ることができたらと思い、主水正は溜息《ためいき》をついた。山へ近づくにしたがって、雪の降りかたはますます激しくなった。彼はそのまっ白なとばりの中で、絶望的な孤独感におそわれた。

（下巻に続く）

注解

9＊城代家老　藩主が江戸にいる間、領国の居城を預かり政務を行う重職。

10＊七万八千石　「石」は体積の単位。米などを量るのに用いられ、大名や武士の知行高（領地の米の生産量）をも表した。一石は約一八〇リットル。七万八〇〇〇石は、大名の石高として多いとはいえない。

12＊江戸屋敷　大名が江戸に居住するために幕府が与えた屋敷。通常、政務と生活の拠点とした上屋敷と、控屋敷としての中屋敷、下屋敷などがある。ここでは、江戸屋敷の藩士、の意。

13＊一丁四方　約一一〇メートル四方。「丁」（町）は距離の単位。

13＊二間ほど　四メートル弱。「間」は長さの単位。一間は約一・八メートル。

13＊五六尺　二メートル弱。「尺」は長さの単位。一尺は約三〇センチメートル。

13＊在国　大名やその家臣が、義務として自分の領国にいること。

13＊お止め場　お留め場。主君の狩猟場となるので、一般の狩猟が禁止される場所。

14＊下馬先　城や社寺の門前で、馬を下りるように指示する下馬札の立ててある所。

14＊徒士組屋敷　徒士組の集団に与えられていた屋敷。「徒士組」は武士の職名。主君の外出の時に徒歩で先駆を務めたり、城の警固にあたったりする。

14＊組下　徒士組などで、組頭の配下にある者。

17＊小者　武家に仕え、走り使いや物品の運搬などを担当する者。「小人」とも。

19＊表祐筆　藩の公文書を作成する役職。機密文書を作成する奥祐筆と区別していう。

19＊曝書　書物の虫干し。

20＊片明り　ここでは、行燈の片側を覆《おお》っている意。

20＊四つ半すぎ　午後一一時すぎ。江戸時代の時の数え方の一つ。深夜と昼の一二時前後を「九つ」として、一刻《とき》（約二時間）ごとに「八つ」から「四つ」まで数を減らしていく（「三つ」以下はない）。

21＊題簽　和漢書の表紙に書名を記して貼《は》る細長い小さな紙や布。

22＊礫　小さい石。ここでは、価値のないこと、好ましいものではないこと、の意。

23＊書院番　本来は、幕府の職名で、江戸城の警固や将軍外出時の護衛などの任にあたる。江戸城白書院の紅葉の間に詰めるところからいう。諸藩においても、主君警護の役職を幕府の役職名にならってこう呼ぶところがあった。

23＊式日　ここでは、行事のある日、の意。

24＊老臣格　重臣格。「老」は重要な役・人の意。

27＊一刻　約二時間。江戸時代には、昼夜をそれぞれ六等分し、その一つを一刻とした。そのため季節によって一刻の長さが変った。

29＊物頭　戦国時代以来の武家の職制で、弓組や鉄砲隊などを統率する役職。

32＊馬廻り　主君の乗馬の際、騎馬で護衛にあたる役。

32＊江戸詰め　江戸の藩邸での勤務。

34＊五十坪ばかり　約一六〇平方メートル。「坪」は面積の単位。一坪は約三・三平方メートルで、畳二畳分の広さ。

37＊作事方　建築や修理などの工事を受け持

った下級の役人。

37＊めみえ格　「めみえ」はお目見え。主君に直接対面できる身分。

38＊学頭　学校の長。または、首席の教師。

38＊老職　家老職。藩主を直接補佐し、家中を統率する重職。

38＊金穀収納の元締　租税として収納する金銭と穀物の管理官。

42＊材木奉行　幕府や諸藩で、土木建築の事業に際し、材木の切出しや買取り、また運搬を司《つかさど》る役職。

43＊なにょう　「なにを」のなまり。

43＊あけて　ここでは、抜け出して、の意。

49＊半刻ほど　約一時間。

57＊左手に持ち替えながら　いつでも右手で刀を抜けるようにしながら、の意。

62＊謹慎　上級武士に科された刑罰。門戸を閉ざして、昼間の出入りを禁じた。慎《つつしみ》。

62＊昌平坂学問所　徳川幕府直轄《ちょっかつ》の学問所。湯島昌平坂（現在の東京都文京区内）にあり、昌平黌《しょうへいこう》ともいう。上野にあった江戸時代前期の儒学者林羅山の家塾を前身とし、寛政の改革の際、幕府直属の教育機関として整備された。旗本、御家人の子弟だけでなく、各藩藩士や処士（民間人）の入学・聴講も許した。

66＊閉門　武士や僧に科された刑罰の一つ。住居の門や窓を閉ざし、昼夜とも出入りを禁じる監禁刑。

66＊山内国老　「国老」は大名の家老。藩主を補佐し、藩政を行った重臣。

75＊郡奉行　江戸時代の諸藩の職名。領地内の村落を管理統轄《とうかつ》する役職。

76＊入部　ここでは、江戸屋敷で生まれ育った大名の跡取りが、初めて自分の領国に入ること。

76＊小姓　主君のそば近くに仕えて、身のまわりの雑用を務める役。多くは少年。

77＊こちら　ここは、米村青淵のことをいっている。

79＊土師　古代の日本で、陵墓の管理や埴輪《はにわ》の製作などを担当した人。

80＊人別帳　江戸時代の戸籍簿。

85＊二段ほど　約二〇メートル。「段」は距離の単位。一段は約一一メートル。

85＊隠し目付　隠密《おんみつ》。命令を受け、秘密裡《り》に情報収集、警護、暗殺などの任務を遂行する役。

87＊内福　見かけに比して内実の裕福なこと。

102＊江戸家老　藩主を補佐して江戸屋敷を取り仕切る重臣。

103＊常着　日常着る衣服。

112＊剃刀役　元服親のこと。元服式で、元服する男子に剃刀を当てて前髪を落とし、烏帽子《えぼし》をかぶせる仮の親。

113＊雑兵　身分の低い兵士。

113＊太閤さま　豊臣秀吉のこと。安土桃山時代の武将。織田信長の後継者として天下統一を果たした。

113＊草履取り　主人の草履を持って供をした下僕。秀吉は、青年時代に織田信長の足軽となり、草履取りをしていたと伝えられる。

114＊与力　ここでは、奉行を補佐し、部下の同心を指揮する役職。

114＊役料　役職手当。

114＊同心　与力の部下として働く下級役人。

119＊番頭格　「番頭」は、ここでは、馬廻り組の組頭、の意。

129＊中老　ここでは、四、五〇歳ぐらいの年頃。

133＊老臣評定　「評定」はある問題について、

人々が相談し、方針や処置を決めること。

137 *丙申　十干十二支による年の数え方。ここでは、安永五年（一七七六）のこと。

139 *御用商人　幕府や諸藩に出入りを許されて用品の納入や金銀の調達をし、特権を得ていた商人。

139 *回米　米を江戸や大坂に船などで送ること。

139 *金銀両替　江戸時代、幕府が制定した金・銀・銭の三貨制度を基に、関東では金建て（金遣い）、関西では銀建て（銀遣い）の経済圏が成立したが、三貨の交換率は、金銀価値の変動や貨幣の改鋳《かいちゅう》などの影響で常に変動した。両替商はその変動に合せ手数料をとって貨幣の両替・売買を行った。

140 *御恩借嘆願書　「恩借」は特別の情けで金品を借り受けること。

141 *追廻し　掃除や使い走りなどの雑役をする者。

142 *普請奉行　藩の職名。土木工事や武家屋敷の管理などにあたった。

142 *常賃銀　通常の賃金、の意。

142 *運上　商・工・漁・狩猟・運送業者などに課した雑税。

143 *普請方　普請奉行支配下の職名。土木工事の現場に臨んだ。

144 *町奉行　藩領内の町地・町人に関する行政・司法・警察などを司《つかさど》った役所。

145 *御金御用　藩の運営資金を用立てる役割、の意。

147 *大木戸　ここでは、遊郭の大門。

147 *町役　町役人。町人の中から選ばれて町の行政事務に従事する役人の総称。

150 *辻番小屋　町内の警備のために辻々に設けられていた見張り番の詰め所。

153 ＊**下見板**　ここでは、上がり口の下の部分を、板材を少しずつ重なるように横方向に張って仕上げたもの。

162 ＊**十二刻**　一日中。当時は、昼夜をそれぞれ六等分して、約二時間を一刻としていたことによる表現。

168 ＊**寒の水**　寒の内の水。「寒」は暦の上で、小寒から大寒までの期間。立春前の約三〇日間。

168 ＊**藩庁**　藩の役所。行政業務を行った。

172 ＊**お手許金**　ここでは、主君が手許において自由に使える金銭。

184 ＊**勘定方**　藩の財政を担当する役職。

184 ＊**三十石五人扶持**　三十石の上に五人扶持が加えられる意。「扶持」は扶持米。一人一日玄米五合の割合で与えられた。

190 ＊**勘定方改め役**　「改め役」は監査にあたる役職。吟味役。

194 ＊**和学**　日本古来の文学・歴史・法制・有《ゆう》職故《そくこ》実《じつ》などについての学問。国学。

199 ＊**司書**　ここでは、筆役を監督する役職。

199 ＊**筆役**　公文書などを書いたり管理したりする役目。

228 ＊**示票**　書名を記した短冊《たんざく》状の紙。和綴《わとじ》の本では書名を背に記さないので、横にして積み重ねた時、書名を書いた紙を本の間に挟み垂らしておく。

244 ＊**佩刀**　貴人が帯びる太刀を敬っていう語。

246 ＊**三井**　江戸時代前期の商人、三井高利《たかとし》を家祖とする豪商。呉服商と両替商で財を成した。

246 ＊**鴻ノ池**　大坂の豪商。一六世紀末、鴻池新六が摂津の国鴻池村（現在の兵庫県伊《い》丹《たみ》市内）で酒造業を始め、後に大坂で海運、大名貸、両替業などの事業を拡大した。

250 ＊照誓院さま　祖父を戒名で呼んでいる。「院」は戒名に用いる語。当時は、身分のある人に限られた。
252 ＊国目付　徳川幕府の職名。大名の領国での治政の状況を監察し、報告する。
253 ＊まいない　賂。賄賂《わいろ》。
253 ＊熟寝　ぐっすり眠ること。熟睡。ここでは、ぜいたくな暮しのたとえ。
266 ＊大目付　ここでは、藩の職名。家老以下お目見え以上の藩士の言動を監察し、違反や不都合を発見した場合は藩主に報告する重職。
270 ＊寛政十一年己未　西暦一七九九年。「己未」は十干十二支による年の数え方。
272 ＊参与　学識経験者を行政事務に加わらせる際の職名。
277 ＊聖坂　ここでは、昌平坂《しょうへいざか》学問所のことをいっている。幕府直轄《ちょっかつ》の学問所。
278 ＊後詰　応援のために後方に控えている軍勢、ここでは、後続の刺客のこと。
278 ＊お部屋さま　身分の高い武家の側室の敬称。
279 ＊お末　公家《くげ》や武家にあって、水仕事や雑役を担当する身分の低い女性の使用人。
314 ＊享和　寛政一三年（一八〇一）二月五日改元。
314 ＊庭子　代々その家に隷属《れいぞく》する農民。
314 ＊牢問い　自白を強要する拷問《ごうもん》方法のうち、笞打《むちう》ち・石抱《いしだ》き・海老責《えびぜめ》の総称。牢問《ろうもん》。
321 ＊風雑え…　歌意は、「雨風《あめかぜ》の夜、雨雪の降る夜は、どうしようもなく寒いので、塩の塊をかじったり、糟汁をすすりながら、咳《せ》き込み鼻水を垂れ、貧相な鬚をなでつつ、私より優れた人材はあるまいと威張ってみても、寒いので、麻ぶとんを引きかぶり、袖《そで》なしの上着をありったけ着重ねるが、それでも寒い夜なのに、私より貧しい人の親たちは、飢えて寒がっているだろう、妻や子は呻《うめ》き泣いているだろう、こんな時にはどうやってこの世を渡っていくのか、天地は広いというが、私には狭くなっているのか、日月は明るいというが、私には照ってくれないのか、皆そうなのか、私だけなのか、幸い人と生れ、人並みに働いているのに、袖なしの、海藻のように破れ下ったぼろだけを羽織り、傾《かし》いだ家の地面に藁を解いて敷き、父母は上に、妻子は下に身を寄せて、悲しみ呻き、竈には火の気もなくて、蒸し器には蜘蛛が巣を張り、飯を炊《た》くことも忘れ、トラツグミが鳴くように泣いている、それなのに短い物の端をさらに切り詰めるという諺《ことわざ》のように、笞《むち》を持つ里長の声が寝床まで来て呼びたてている、こんなにも辛《つら》いものなのか、この世に生きるということは」。

322＊世間を…　この世の中を嫌な所、身も細るような所と思うが、どこかへ飛び去ることもできない、われらは鳥ではないので、の意。

322＊山上憶良　奈良時代の官吏、歌人。『万葉集』に長歌、短歌、旋頭歌《せどうか》、漢詩文が収められている。

322＊大伴旅人　奈良時代の公卿《くぎょう》、歌人。神亀《じんき》四年（七二七）頃、大宰帥として赴任した。『万葉集』に七〇首余の歌が収められる。

322＊国司　律令制で、中央から派遣されて諸国の政務を行った地方官。

323＊大多分　ここでは、大多数、大部分の意。

323＊東照公　初代将軍徳川家康のことをいっている。死後、朝廷から「東照大権現《とうしょうだいごんげん》」

の神号をおくられたことによる。

325 *伊能忠敬　江戸時代後期の地理学者、測量家。上総《かずさ》の国（現在の千葉県中央部）に生れ、一八歳で伊能家の養子となり酒造業などで成功した。寛政六年（一七九四）に隠居し、翌年から江戸で高橋至時に天文学を学ぶ。寛政一二年（一八〇〇）から文化一三年（一八一六）まで、測量隊を組織して日本全国を調査し、日本地図を作成した。

325 *天文方　徳川幕府の職名。若年寄の支配下で、天文・暦術・測量などを担当した。

325 *高橋至時　江戸時代後期の天文学者。大坂定番同心であったが、天明七年（一七八七）に麻田剛立《ごうりゅう》に入門、天文・暦学を学び、寛政七年（一七九五）天文方に登用された。翌年、同じ麻田門下であった間《はざま》重富とともに改暦作業に着手し、寛政九年「寛政暦」を完成させた。

340 *銀一分　一分銀は四枚で小判一枚（一両）にあたる。

341 *書院番　本来は、幕府の職名で、江戸城の警固や将軍外出時の護衛などの任にあたる。江戸城白書院の紅葉の間に詰めるところからいう。諸藩においても、主君警護の役職を幕府の役職名にならってこう呼ぶところがあった。

351 *御前　家臣が主君を敬って呼ぶ語。ここでは、滝沢主殿《とのも》のことをいっている。

363 *黄白　黄金と白銀。転じて、金銭の意。

364 *陋巷　むさくるしい町。

433 *綿もなき…　主水正が主君昌治に読めと言われた「貧窮問答歌」の一節。袖なしの、海藻のように破れ下ったぼろだけを羽織り、傾《かし》いだ家の地面に藁を解いて敷き、父母は上に、妻子は下に身を寄せて、悲しみ呻《うめ》き、竈《かまど》には火の気もなくて、の意。三二一頁《ページ》参照。

434＊**楚取る…**　笞を持つ里長の声が寝床まで来て呼びたてている、の意。

436＊**天地は広しといえど**　天地は広いというが、の意。

436＊**吾がためは…**　私には狭くなっているのか、日月は明るいというが、私には照ってくれないのか、皆そうなのか、私だけなのか、幸い人と生れ、人並みに働いているのに、の意。

446＊**疝痛**　繰り返して起こる発作性の激しい腹痛。

448＊**節季**　盆、暮、また各節句前の掛売買の決算期。ここでは、年末。

504＊**安永申の年**　安永五年（一七七六）のこと。

505＊**上意**　主君の命令・意向。

559＊**文銭**　寛永通宝の一種。寛文八年（一六六八）に鋳造が開始された一文銭。

編集について

一、新潮文庫の文字表記については、原文を尊重するという見地に立ち、次のように方針を定めました。

①旧仮名づかいで書かれた口語文の作品は、新仮名づかいに改める。

②文語文の作品は旧仮名づかいのままとする。

③旧字体で書かれているものは、原則として新字体に改める。

④難読と思われる語については振仮名をつける。

一、本作品中には、今日の観点からみると差別的表現ととられかねない箇所が散見しますが、著者自身に差別的意図はなく、作品全体のもつ文学性ならびに芸術性、また著者がすでに故人であるという事情に鑑み、原文どおりとしました。

一、注解は、新潮社版『山本周五郎長篇小説全集』（全二六巻）の脚注に基づいて作成しました。

一、改版にあたっては『山本周五郎長篇小説全集　第十一巻』を底本としました。

（新潮文庫編集部）

山本周五郎著

赤ひげ診療譚

貧しい者への深き愛情から〝赤ひげ〟と慕われる、小石川養生所の新出去定。見習医師との魂のふれあいを描く医療小説の最高傑作。

山本周五郎著

青べか物語

うらぶれた漁師町・浦粕に住み着いた私はボロ舟「青べか」を買わされた――。狡猾だが世話好きの愛すべき人々を描く自伝的小説。

山本周五郎著

五瓣の椿

連続する不審死。胸には銀の釵が打ち込まれ、傍らには赤い椿の花びら。おしのの復讐は完遂するのか。ミステリー仕立ての傑作長編。

山本周五郎著

柳橋物語・むかしも今も

幼い恋を信じた女を襲う悲運「柳橋物語」。愚直な男が摑んだ幸せ「むかしも今も」。男女それぞれの一途な愛の行方を描く傑作二編。

山本周五郎著

大《おお》炊《いの》介《すけ》始末

自分の出生の秘密を知った大炊介が、狂態を装って父に憎まれようとする姿を描く「大炊介始末」のほか、「よじょう」等、全10編を収録。

山本周五郎著

日日平安

橋本左内の最期を描いた「城中の霜」、武士のまごころを描く「水戸梅譜」、お家騒動をユーモラスにとらえた「日日平安」など、全11編。

山本周五郎著

虚空遍歴（上・下）

侍の身分を捨て、芸道を究めるために一生を賭けて悔いることのなかった中藤冲也――苛酷な運命を生きる真の芸術家の姿を描き出す。

山本周五郎著

季節のない街

生きてゆけるだけ、まだ仕合わせさ――。貧民街で日々の暮らしに追われる住人たちの15の悲喜を描いた、人生派・山本周五郎の傑作。

山本周五郎著

おさん

純真な心を持ちながら男から男へわたらずにはいられないおさん――可愛いおんなであるがゆえの宿命の哀しさを描く表題作など10編。

山本周五郎著

おごそかな渇き

〝現代の聖書〟として世に問うべき構想を練った絶筆「おごそかな渇き」など、人生の真実を求めてさすらう庶民の哀歓を謳った10編。

山本周五郎著

つゆのひぬま

娼家に働く女の一途なまごころに、虐げられた不信の心が打負かされる姿を感動的に描いた人間讃歌「つゆのひぬま」等9編を収める。

山本周五郎著

ひとごろし

藩一番の臆病者といわれた若侍が、奇想天外な方法で果した上意討ち！　他に〝無償の奉仕〟を描く「裏の木戸はあいている」等9編。

山本周五郎著

栄花物語

非難と悪罵を浴びながら、頑ななまでに意志を貫いて政治改革に取り組んだ老中田沼意次父子を、時代の先覚者として描いた歴史長編。

山本周五郎著

松風の門

幼い頃、剣術の仕合で誤って幼君の右眼を失明させてしまった家臣の峻烈な生きざまを描いた「松風の門」。ほかに「釣忍」など12編。

山本周五郎著

深川安楽亭

抜け荷の拠点、深川安楽亭に屯する無頼者たちが、恋人の身請金を盗み出した奉公人に示す命がけの善意——表題作など12編を収録。

山本周五郎著

ちいさこべ

江戸の大火ですべてを失いながら、みなしご達の面倒まで引き受けて再建に奮闘する大工の若棟梁の心意気を描いた表題作など4編。

山本周五郎著

山彦乙女

徳川の天下に武田家再興を図るみどう一族と武田家の遺産の謎にとりつかれた江戸の若侍。著者の郷里が舞台の、怪奇幻想の大ロマン。

山本周五郎著

あとのない仮名

江戸で五指に入る植木職でありながら、妻とのささいな感情の行き違いから、遊蕩にふける男の内面を描いた表題作など全8編収録。

山本周五郎著 **四日のあやめ**

武家の法度である喧嘩の助太刀のたのみを、夫にとりつがなかった妻の行為をめぐり、夫婦の絆とは何かを問いかける表題作など9編。

山本周五郎著 **町奉行日記**

一度も奉行所に出仕せずに、奇抜な方法で難事件を解決してゆく町奉行の活躍を描く表題作ほか、「寒橋」など傑作短編10編を収録する。

山本周五郎著 **一人ならじ**

合戦の最中、敵が壊そうとする橋を、自分の足を丸太代りに支えて片足を失った武士を描く表題作等、無名の武士の心ばえを捉えた14編。

山本周五郎著 **人情裏長屋**

居酒屋で、いつも黙って飲んでいる一人の浪人の胸のすく活躍と人情味あふれる子育ての物語「人情裏長屋」など、〝長屋もの〟11編。

山本周五郎著 **花杖記**

父を殿中で殺され、家禄削減を申し渡された加乗与四郎が、事件の真相をあばくまでの記録「花杖記」など、武家社会を描き出す傑作集。

山本周五郎著 **扇野**

なにげない会話や、ふとした独白のなかに男女のふれあいの機微と、人生の深い意味を伝える〝愛情もの〟の秀作9編を選りすぐった。

山本周五郎著

寝ぼけ署長

署でも官舎でもぐうぐう寝てばかりの〝寝ぼけ署長〟こと五道三省が人情味あふれる方法で難事件を解決する。周五郎唯一の警察小説。

山本周五郎著

あんちゃん

妹に対して道ならぬ感情を持った兄の苦悶とその思いがけない結末を通して、人間関係の不思議さを凝視した表題作など8編を収める。

山本周五郎著

彦左衛門外記

身分違いを理由に大名の姫から絶縁された旗本が、失意の内に市井に隠棲した大伯父を天下の御意見番に仕立て上げる奇想天外の物語。

山本周五郎著

やぶからし

幸せな家庭や子供を捨ててまで、勘当された放蕩者の前夫にはしる女心のひだの裏側を抉った表題作ほか、「ばちあたり」など全12編。

山本周五郎著

花も刀も

剣ひと筋に励みながら努力が空回りし、ついには意味もなく人を斬るまでの、平手幹太郎（造酒）の失意の青春を描く表題作など8編。

山本周五郎著

楽天旅日記

お家騒動の渦中に投げ込まれた世間知らずの若殿の眼を通し、現実政治に振りまわされる人間たちの愚かさとはかなさを諷刺した長編。

山本周五郎著

雨の山吹

子供のある家来と出奔し小さな幸福にすがって生きる妹と、それを斬りに遠国まで追った兄との静かな出会い――。表題作など10編。

山本周五郎著

月の松山

あと百日の命と宣告された武士が、己れを醜く装って師の家の安泰と愛人の幸福をはかろうとする苦渋の心情を描いた表題作など10編。

山本周五郎著

花匂う

幼なじみが嫁ぐ相手には隠し子がいる。それを教えようとして初めて直弥は彼女を愛する自分の心を知る。奇縁を語る表題作など11編。

山本周五郎著

風流太平記

江戸後期、ひそかにイスパニアから武器を密輸して幕府転覆をはかる紀州徳川家。この大陰謀に立ち向かう花田三兄弟の剣と恋の物語。

山本周五郎著

艶書

七重は出三郎の袂に艶書を入れるが、誰からか気付かれないまま他家へ嫁してゆく。廻り道してしか実らぬ恋を描く表題作など11編。

山本周五郎著

菊月夜

江戸詰めの間に許婚の一族が追放されるという運命にあった男が、事件の真相を探り許婚と劇的に再会するまでを描く表題作など10編。

山本周五郎著
朝顔草紙
顔も見知らぬ許婚同士が、十数年の愛情をつらぬき藩の奸物を討って結ばれるまでを描いた表題作ほか、「違う平八郎」など全12編収録。

山本周五郎著
夜明けの辻
藩の内紛にまきこまれた二人の青年武士の、友情の破綻と和解までを描いた表題作や、"こっけい物"の佳品「嫁取り二代記」など11編。

山本周五郎著
日本婦道記
厳しい武家の定めの中で、愛する人のために生き抜いた女性たちの清々しいまでの強靭さと、凜然たる美しさや哀しさが溢れる31編。

山本周五郎著
生きている源八
どんな激戦に臨んでもいつも生きて還ってくる兵庫源八郎。その細心にして豪胆な戦いぶりに作者の信念が託された表題作など12編。

山本周五郎著
人情武士道
昔、縁談の申し込みを断られた女から夫の仕官の世話を頼まれた武士がとる思いがけない行動を描いた表題作など、初期の傑作12編。

山本周五郎著
酔いどれ次郎八
上意討ちを首尾よく果たした二人の武士に襲いかかる苛酷な運命のいたずらを通し、著者の人間観を際立たせた表題作など11編を収録。

山本周五郎著

風雲海南記

西条藩主の家系でありながら双子の弟に生まれたため幼くして寺に預けられた英三郎が、御家騒動を陰で操る巨悪と戦う。幻の大作。

山本周五郎著

与之助の花

ふとした不始末からごろつき侍にゆすられる身となった与之助の哀しい心の様を描いた表題作ほか、「奇縁無双」など全13編を収録。

山本周五郎著

泣き言はいわない

ひたすら〝人間の真実〟を追い求めた孤高の作家、周五郎ならではの、重みと暗示をたたえた言葉455。生きる勇気を与えてくれる名言集。

山本周五郎著

ならぬ堪忍

生命を賭けるに値する真の〝堪忍〟とは――。「ならぬ堪忍」他「宗近新八郎」「鏡」など、著者の人生観が滲み出る戦前の短編全13作。

山本周五郎著

明和絵暦

尊王思想の先駆者・山県大弐とその教えをめぐり対立する青年藩士たちの志とは――剣戟あり、悲恋あり、智謀うずまく傑作歴史活劇。

山本周五郎著

正雪記 (上・下)

染屋職人の伜から、〝侍になる〟野望を抱いて出奔した正雪の胸に去来する権力への怒り。超大な江戸幕府に挑戦した巨人の壮絶な生涯。

新潮文庫最新刊

西加奈子著
夜が明ける
親友同士の俺とアキ。夢を持った俺たちは希望に満ち溢れていたはずだった。苛烈な今を生きる男二人の友情と再生を描く渾身の長編。

江國香織著
ひとりでカラカサさしてゆく
大晦日の夜に集った八十代三人。思い出話に耽り、それから、猟銃で命を絶った——。人生に訪れる喪失と、前進を描く胸に迫る物語。

結城真一郎著
#真相をお話しします
日本推理作家協会賞受賞
でも、何かがおかしい。マッチングアプリ・ユーチューバー・リモート飲み会……。現代日本の裏に潜む「罠」を描くミステリ短編集。

森絵都著
あしたのことば
小学校国語教科書に掲載された「帰り道」や、書き下ろし「％」など、言葉をテーマにした9編。すべての人の心に響く珠玉の短編集。

梓刈湯葉著
幽霊を信じない理系大学生、霊媒師のバイトをする
理系大学生・豊は謎の霊媒師と出会い、奇妙な〝慰霊〟のアルバイトの日々が始まった。気鋭のSF作家による少し不思議な青春物語。

緒乃ワサビ著
天才少女は重力場で踊る
未来からのメールのせいで、世界の存在が不安定に。解決する唯一の方法は不機嫌な少女と恋をすること?!　世界を揺るがす青春小説。

新潮文庫最新刊

芦沢央著
神の悪手
棋士を目指し奨励会で足掻く啓一を、翌日の対局相手・村尾が訪ねてくる。彼の目的は一体。切ないどんでん返しを放つミステリ五編。

望月諒子著
フェルメールの憂鬱
フェルメールの絵をめぐり、天才詐欺師らによる空前絶後の騙し合いが始まった！　華麗なる罠を仕掛けて最後に絵を手にしたのは!?

午鳥志季・朝比奈秋
春日武彦・中山祐次郎
佐竹アキノリ・久坂部羊著
遠野九重・南杏子
藤ノ木優
夜明けのカルテ
―医師作家アンソロジー―
その眼で患者と病を見てきた者にしか描けないことがある。９名の医師作家が臨場感あふれる筆致で描く医学エンターテインメント集。

霜月透子著
祈願成就
創作大賞（note主催）受賞
幼なじみの凄惨な事故死。それを境に仲間たちに原因不明の災厄が次々襲い掛かる――日常を暗転させる絶望に満ちたオカルトホラー。

大神晃著
天狗屋敷の殺人
遺産争い、棺から消えた遺体、天狗の毒矢。山奥の屋敷で巻き起こる謎に満ちた怪事件。物議を呼んだ新潮ミステリー大賞最終候補作。

カフカ
頭木弘樹編訳
カフカ断片集
―海辺の貝殻のようにうつろで、ひと足でふみつぶされそうだ―
断片こそカフカ！　ノートやメモに記した短く、未完成な、小説のかけら。そこに詰まった絶望的でユーモラスなカフカの言葉たち。

ながい坂《さか》（上）

新潮文庫　や－3－7

昭和四十六年七月十五日　発行
平成三十年一月二十五日　八十四刷
平成三十年十二月一日　新版発行
令和六年七月五日　五刷

著者　山《やま》本《もと》周《しゅう》五《ご》郎《ろう》

発行者　佐藤隆信
発行所　株式会社 新潮社
郵便番号　一六二—八七一一
東京都新宿区矢来町七一
電話 編集部（〇三）三二六六—五四四〇
読者係（〇三）三二六六—五一一一
https://www.shinchosha.co.jp

価格はカバーに表示してあります。

乱丁・落丁本は、ご面倒ですが小社読者係宛ご送付ください。送料小社負担にてお取替えいたします。

印刷・錦明印刷株式会社　製本・錦明印刷株式会社
Printed in Japan

ISBN978-4-10-113482-6　C0193